背徳の貴公子 II

竜の子爵と恋のたくらみ

サブリナ・ジェフリーズ

富永佐知子　訳

MIRA®

TO PLEASURE A PRINCE
by Sabrina Jeffries

Japanese translation rights arranged with
POCKET BOOKS, a division of SIMON & SCHUSTER, INC.
through Japan UNI Agency, Inc., Tokyo.

Published by Harlequin K.K., Tokyo, 2010

二十年の歳月をともにしてきた気難しい夫に本書を捧《ささ》げます。いまのままのあなたを愛しています。

それから、デブ・ディクソンへ。本書に関して多くの助言をいただき、ありがとうございました！

竜の子爵と恋のたくらみ

■主要登場人物

レジーナ・トレメイン……………………フォックスムア公爵令嬢。

サイモン・トレメイン……………………レジーナの兄。フォックスムア公爵。

シスリー・トレメイン……………………レジーナの親類。

ヘンリー・ホイットモア…………………レジーナのいとこ。パクストン伯爵令息。

リチャード、トム…………………………ヘンリーの弟たち。

マーカス・ノース…………………………第六代ドレイカー子爵。摂政皇太子の私生児。

ルイーザ・ノース…………………………マーカスの妹。

ジリアン・ノース…………………………マーカスの母親。故人。

ギャヴィン・バーン………………………マーカスの異母兄。賭博場〈ブルー・スワン〉経営。

アレクサンダー（アレク）・ブラック……マーカスの異母弟。アイヴァースリー伯爵。

キャサリン…………………………………アレクの妻。

ジョージ・オーガスタス・フレデリック……マーカスの実父。摂政皇太子。

プロローグ

社交の場でお嬢さまの後見を務める者は、まったく欠点のない人物でなくてはなりません。家族に問題がある場合は、お嬢さまの行く先に顔を出さず、邪魔をせぬようにしましょう。

――ミス・シスリー・トレメイン『理想のお目付役《シャペロン》　若き淑女の話し相手《コンパニオン》のための手引き』

一八一四年四月　ロンドン

ここからでは、ろくに見えやしない。

第六代ドレイカー子爵マーカス・ノースは大理石の長椅子から腰を上げてテラスを突っきり、ガラス戸ごしに舞踏会の広間をのぞきこんだ。よく見える。こんなところにいるとまずいのだが。フランスの密偵さながらに隠れているのを人に見られたら厄介だ。

「そこで何をしている」背後で声がした。

振り向くと、腹違いの弟がこちらをにらんでいた。入手したばかりの町屋敷の庭園から石段を上がってくる。ち、見つかったか。

アイヴァースリー伯爵アレクサンダー・ブラックがテラスに上がり、歩みよってきた。

「とっくにキャッスルメインに引きあげたかと思ったのに」

「引きあげたさ」マーカスは大理石の長椅子に戻り、置きっぱなしにしていたマデイラ酒のグラスを取った。「だが、ハートフォードシャー州まであと半分のところで、戻ってくることにした」

「なぜ?」

マーカスは酒をすすった。「万事うまくいっているかどうか、見ておこうと思ってな」

「うまくいっていなかったら?　どうする気だ。乗りこんで手を出すか」

「えらくおもしろい冗談だな」顔をしかめ、ガラス戸ごしにアイヴァースリー邸の舞踏会の広間に目を向ける。続々と入ってくる招待客の輪のなかに、妹の姿があった。

マーカスは息をのんだ。見えるのは大事なルイーザの頭だけだが、最新流行のスタイルに整えた髪を大きな駝鳥《だちょう》の羽根で飾っており、実に美しい。まったく、いまいましいほど立派に育ったものだ。ほんの少しだけつりあがった大きな目、黒い髪。亡き母親と生き写しだ。不細工になるわけがない。

マーカスは、ぐびりと酒を飲んだ。アイヴァースリーとその妻キャサリンは、本当に若いレディを社交界に出すうえでの心得があるのか。下劣な噂《うわさ》の的にしかならない厄介者の兄がくっついているというのに。

マーカスは扉から視線を引きはがした。「宮中舞踏会で、ルイーザはどうだった?」

「上出来だ。ばかみたいに長く引きずる裾《すそ》を踏んづけて転んだりもしなかった。若い娘は、ああいうドレスを着るんだよな。裾を踏んづけて転ぶのが何より怖いらしいが。キャサリンが、そう言っていた」

　人垣が分かれ、大きく開いたドレスの胸元まで見えるようになった。妹のロンドン行きを許してしまった日のことが悔やまれてならない。気がもめてしょうがない。ルイーザは十九歳の娘なのに、二十五歳の既婚婦人のように見える。「あんなドレスで。露出しすぎだ」

「おや。へそまで切れこみのあるドレスを着た若い女性というのは、なかなか眼福ではありませんか」耳慣れた声がアイヴァースリーの背後から聞こえてきた。「あれならば、まだおとなしいほうです」

「きさま、こんなところで何してやがる」マーカスは声をとがらせた。異母兄弟の片割れギャヴィン・バーンが、シャンパンのグラスを手に近づいてくる。「ルイーザは俺《おれ》の妹だ。きさまには関係ない」

　バーンが肩をすくめた。「種馬殿下の落《お》とし胤《だね》同士で兄弟の契りを結んだとき、ルイーザを社交界に出すことも契約に含まれていたではありませんか。わたしにできることといえば、ルイーザのいる舞踏会に顔を出すぐらいですが」人を小ばかにしたような顔でちらりと視線を向けてくる。「実の兄が顔を出そうとしないのだから」

「出せるわけがないだろう。俺がしゃしゃりでたら何もかも終わりだ」

「だったら、こそこそしなさんな。こんなところで。過保護な兄ばかと言いますか。なかに入らないのなら、わたしとアイヴァースリーに全部まかせて、さっさとお帰りなさい」

マーカスは鼻を鳴らした。「アイヴァースリーは信用できるが、きさまは――」

「いいかげんにしろ、ふたりとも」アイヴァースリーが割って入った。「今夜は誰だって落ち着かないが。いちばん神経をつかうところは過ぎたから、もう心配いらないよ」

人の気も知らないで。妹に関しては、心配ごとが次から次へと出てくるものだ。

マーカスはガラス戸ごしに邸内を見やり、苦い顔をした。どこの馬の骨とも知れぬやさ男に紹介され、ルイーザが恥ずかしげな笑みを浮かべている。「なんだ、あのすかした男は」

「熱くなるなよ。れっきとした人物で、極上の男らしいぞ。サイモン・トレメイン。フォックスなんとか公爵だ」

「フォックスムア？」マーカスはうなった。「例の公爵か。キャサリンは、あんなやつを招待したのか」

「いけなかったか？　若くて裕福な独身で――」

「皇太子殿下と親交が深い、そういう男です」バーンが口をはさんだ。近づいてくると、隣で肩を並べるようにしてガラス戸の前に立った。「これは見ものだ」

アイヴァースリーが目をみはった。「申しわけない。そんなこととは知らなかった。キャサリンも俺も、社交界のゴシップに興味がなくてね」

バーンが、わけ知り顔で目くばせをよこしてきた。「お忙しいようですよ。いろいろと、お盛んで」

「それほどでもないんだけどな、最近は」アイヴァースリーが歯切れの悪い口調で言い返した。「だってほら、二カ月前に子供が生まれたばかりだし」

「やれやれ、所帯持ちののろけ話ですか」バーンが取り澄ました態度で言った。「こちらは独身生活で間に合っています。ねえ、ドレイカー？」

「まったくだ」だがマーカスは内心、妻と生まれたばかりの娘を心から愛しているアイヴァースリーがうらやましかった。自分にも妻と娘ができるのなら、全財産と引きかえにしても惜しくはない。

そんな機会もないだろうが。それは認めなくては……。フォックスムア公爵のエスコートでダンスフロアに向かうルイーザを見て、マーカスは目をすがめた。「殿下は今日の宮中舞踏会に顔を出したのか？」

アイヴァースリーが、いかにも腹立たしげな声をもらした。「そう聞いている。俺自身は、われらが種馬親父《おやじ》を見ていないが」

「いままで会ったこともないのでしょう？」バーンがアイヴァースリーにきいた。

「ああ。会ってどうなる。殿下も、俺が息子だとは気づかないだろう。そっちは？」

「子供のころ、一度だけ劇場で見かけましたよ。母が殿下を指さして、教えてくれたのです。舞台裏からね」バーンは眉根を寄せた。「母は、わたしを認知させようとしなかった。

公式どころか内輪での認知も受けていない。むろん、殿下のほうも、育ちの悪いアイルランド女優の子供を認知するくらいなら死んだほうがましでしょうが。お上品な取り巻き連中に何を言われるかわかりませんからね」バーンはマーカスに視線を飛ばしてきた。「殿下が認知するのは、ドレイカーのような息子だけですよ。いいところの奥さまで身持ちの堅いご婦人に産ませた息子だけです」

マーカスは、うなるような声を出した。「殿下とは絶対かかわり合いにならんほうがいい。本当だ。なんでルイーザを長年あいつから遠ざけてきたと思う」

アイヴァースリーが目をしばたたいた。「ルイーザも殿下の？　あんただけだと言っていなかったか？　ルイーザも落とし胤なら――」

マーカスは顔をゆがめた。「俺だけだ。ルイーザは、殿下が結婚して何年もたってから生まれた。俺の母親と殿下は、とっくに切れていた。ルイーザは間違いなく父の娘だ。なのに、いきなり殿下に目をつけられてな。ひと月前に使いをよこして、謁見しろと言ってきた。ルイーザの将来のことで話し合おう、とか抜かしていたぞ。追い返してやったが」

バーンが一方の眉をつりあげた。「殿下は何かをつかんだのかもしれませんね、わたしたちが知らないことを。わざわざ自分から父親の名乗りを上げたりしない男です」

「殿下はルイーザの父親じゃない」マーカスは野太い声で言った。「いっときだけ、うちに来ないことがあった。そのころルイーザが生まれたんだ。それに、もしルイーザが自分の娘だと思っているのなら、とうの昔に俺と親権を争ったはずだ。何年か前、元愛人の娘のミニーを引きとったときみたいにな。父は、ルイーザが実の娘だと信じていた。世間の連中も、そう思っている。落とし胤だなんて戯言《たわごと》は聞きたくない」

「しかし、ルイーザは気づいているはずですよ。あなたが殿下の息子だと――」

「だとしても、絶対に口に出したりしない。いいか、バーン、父親のことでルイーザによけいな疑いを抱かせて、つらい目に遭わせたら承知せんぞ。無駄口ばかり叩《たた》かんで黙っていろ。聞こえたか」

「聞こえましたとも」くぐもった声でバーンが答えた。「何をそんなにいきりたっているのです？　落とし胤だと何かまずいことでも？　内々に認知を受けた庶子は皆、王室とつながりができて、実にいい思いをしていますよ。ああもったいない、あなただって、お母上と殿下をキャッスルメインの屋敷から追いだしたりしなければ甘い汁が吸えたでしょうに」

　たった一度、母と殿下を出入り禁止にしたせいで、社交界での評判は地に落ちた。後日、母は友人に嘘《うそ》八百を並べるという報復に出て、息子の体面を永遠に踏みにじったのだ。九年の歳月が過ぎてもなお、いまだにマーカスはその代償を払わされている。それもこれも、ろくでなしの助平殿下のせいだった。

「追いだされるようなことをするほうが悪い」いつもの怒りが胸にこみあげてきた。「殿下も、あの女も、ふたりともだ。父が死んで一週間しかたっていないのに、ベッドで抱き合っていたんだからな」

「それが何か？」バーンがグラスを傾けた。「先代の子爵は奥方の浮気を許していたのに、なぜあなたが文句を言うのです？　先代は、とっくにあの世へ旅立っているのに。そのうえ、あなたの父親でもない」

「父親そのものの態度だった。それに、実の息子のように俺をかわいがってくれたんだから、連中も少しは遠慮するのが筋だろう」

バーンが鼻で笑った。「妻を寝取られて文句も言わず――」

「どの口で言ってやがる」マーカスは低い声をしぼりだした。「きさまがベッドの相手に不自由しないのも、心の広い夫が大勢いてくれるおかげだろう」

バーンの青い瞳が硬くなり、氷と化した。「聞き捨てなりませんね、あまり図に乗ると――」

「やめろ、ふたりとも」アイヴァースリーがガラス戸ごしに屋内を見すえた。「ルイーザの心配が先だ。フォックスムアを遠ざけたほうがいいか？」

マーカスは酒をあおった。「当然だ。殿下の取り巻きのなかでも、いちばんの野心家だぞ。ルイーザのまわりをうろついているのは偶然なんかじゃない」

「わかった。うちのパーティーに招待するのは、今夜が最後だ」

「おまえが招待しなくても、あいつは……殿下は止められない。ほかのパーティーでルイーザに近づいてくる」マーカスは不機嫌な顔で、宝石のように輝く空のカットグラスの底を見下ろした。

「大丈夫、止めてやる。あの子を傷つけそうなやつは誰も近寄らせない。何カ月もルイーザを預かって社交界に出す仕度を整えるうちに、俺もキャサリンも、あの子が大好きになった。殿下の悪だくみの餌食《えじき》にさせてなるものか」

「考えすぎではありませんか、ふたりとも」バーンがシャンパンを口に運んだ。「フォックスムアがルイーザと踊ったからといって、殿下の差し金とはかぎりませんよ。なにしろ、きれいなお嬢さんですからね」

「それはそうだが。気がもめてな」陰口を叩かれたり、白い目で見られたりすることなく人前に出たいと思ったのは何年ぶりだろう。ひときわ悪意に満ちた噂の的になるのも恐れず、醜い傷を隠す髭《ひげ》もそってしまいたい。自分のことならどう思われようと何を言われようとかまわない。だがルイーザだけは……。

自分が顔を出して、妹の社交界デビューをだいなしにするわけにはいかない。一緒にキャッスルメインに引きこもっていろと言うわけにもいかない。そう言いたいのはやまやまだが。ルイーザは、まともな扱いを受けてしかるべき娘だ。そのためには、アイヴァースリー夫婦を信頼して何週間か町屋敷に預け、パーティーだの舞踏会だの夜会だのに飛びまわらせるしかない。

自分は抜きで。

マーカスはガラスの向こうの広間に視線を戻した。「おまえとキャサリンには心の底から感謝している。妹が世話になって本当にありがたい」

「お安い御用だよ。俺たち夫婦も、あんたの世話になったんだから」アイヴァースリーが感慨深い声で応じた。

「あれぐらい、たいしたことじゃない」マーカスは口ごもった。感謝されるのは慣れていない。感謝してくれるような友達とも……兄弟とも……まるで無縁だった。

気づまりな沈黙が続き、アイヴァースリーが咳《せき》ばらいをした。「戻って客の相手をするほうがよさそうだな。あんたがたはひと晩じゅう、ここで作戦を練るつもりか」

「ドレイカーにできることといえば、妹のダンスの相手に片っ端から難癖をつけるのがせいぜいですよ」バーンが言い返した。「冗談じゃない。わたしたちは〈ブルー・スワン〉に移ります」

マーカスはバーンに渋い顔を向けた。「きさまの下賤《げせん》な賭博《とばく》場で、俺がおとなしく座っていると思うなよ。飲んだくれの連中に取《と》り沙汰《ざた》をされて、この髭のこととか――」

「バーンのクラブが下賤な賭博場だと思っているようじゃ、実際に行ったことはないらしいな」アイヴァースリーが言った。「それに、たしか個室もあったぞ」

「もちろん、フランスから密輸した最高級のブランデーもあります。いらっしゃい、図体《ずうたい》の大きな雷鳥のように文句ばかりたれていないで。この手の舞踏会は何時間たっても終わりませんよ。最後まで、ずっとここに隠れていたくないでしょう?」

認めるのも癪《しゃく》だが、バーンの言うとおりだ。「帰ろうかな」しかし、キャッスルメインに帰る気がしない。ルイーザのいなくなった空虚な屋敷に戻るのは気が重い。「本当に個室があるのか」

「言うまでもありません」悪魔めいた笑みがバーンの顔に浮かんだ。「お望みとあらば、あなたにも女性をあてがってさしあげましょう。わたしのおごりでね」

ひどく心《こころ》惹《ひ》かれる申し出だった。愛人を囲ったことなど一度もなく、女を買ったことも数えるほどしかないとはいえ、今夜は罪悪感など放《ほう》りだしてしまいたい。それに、明るい日中に戻れば、キャッスルメインもそれほどさびしくは感じないだろう。

「ほら、ドレイカー、一緒に行け」アイヴァースリーが促した。「俺たち兄弟は、なるべくくっついていなきゃいけない」

兄弟。胸のなかの苦痛がやわらいだ。「わかった。行こう」

「結構」バーンはマデイラ酒の瓶を取り、マーカスのグラスに注《つ》いだ。それから、瓶をアイヴァースリーに渡し、自分のグラスをかかげた。「助平殿下の血を引く兄弟に乾杯」

マーカスたちも同じ文句を繰り返し、乾杯した。アイヴァースリーは、らっぱ飲みをしている。

そのあと、マーカスはふたたび自分のグラスをかかげた。「われらが尊い種馬殿下にも乾杯。あの男が地獄で朽ち果てんことを」

1

他人の噂《うわさ》を流してはなりません。ただし、人の善《よ》し悪《あ》しを見分けられるよう、流れている噂にはいつも気を配りましょう。

——ミス・シスリー・トレメイン『理想のお目付役《シャペロン》　若き淑女の話し相手《コンパニオン》のための手引き』

一八一四年五月　ハートフォードシャー

馬車が丘の上まで来たとき、チルタン丘陵の緑豊かな窪地《くぼち》にそびえるキャッスルメインの屋敷を初めて目のあたりにして、レディ・レジーナ・トレメインは息をのんだ。まさしく城《キャッスル》と呼ぶにふさわしい豪邸だった。堀こそないものの、矢狭間《やざま》つきの胸壁や上部のとがったゴシックふうの細窓もあり、チューダー朝様式の城を思わせる。ロンドンから三十キロほどしか離れていないハートフォードシャーで、牛や大麦に囲まれて、こんな建物がそびえていようとは。伝説に謳《うた》われたアーサー王のキャメロット城がロンドンのホワイトチャペル地区のまんなかに忽然《こつぜん》と現れたかのようだった。

「変わった屋敷だこと」シャペロンとして付き添ってくれている独身で年配の親類、シスリーが話しかけてきた。

「壮麗だわ」ルイーザに私邸の様子を延々と熱く語って聞かされたから、だいたい想像はついていたけれど。「でも一歩なかに入ると、いやというほど陰気だったりしてね。こういう古い屋敷は、ものすごく湿っぽくて暗いこともあるから」

ほどなく使用人の案内で屋敷のなかに足を踏み入れたが、陰気なところなど少しもなかった。やや過剰なくらいに趣向をこらした内装と言ってもいい。噂によれば、先代の子爵が二十五年ほど前に、かなりの財を投じて豪壮な屋敷に仕立てあげたらしい。作家ウォルポールの邸宅ストロベリー・ヒルに感化され、崩れかけた古い建物をゴシックふうの城に改築したのだという。

とはいえ、実にみごとな仕上がりだった。黒光りする木材と鉄細工の装飾が力強い雰囲気を醸しだしている。一方の壁のタペストリーは年代物で、少し色あせた感もあるものの、全体的な印象としては色彩にあふれていた。まばゆい金糸を織りこんだシルクのカーテンもかかり、重厚なマホガニー材の階段上には、鮮やかな赤と青のステンドグラス窓がある。

シスリーが身を寄せてきた。「なかも予想とは違ったわね」

「そうね」ドレイカー子爵が裕福なのは、よくわかった。世捨て人のような暮らしをしていると評判だったから、天井は煤《すす》まみれで、どの椅子の下も蜘蛛《くも》の巣だらけだと思っていたのに。一点の曇りもなく磨きあげられた玄関広間は、予想外としか言いようがない。燦《さん》然《ぜん》と輝く水晶のシャンデリアや巨匠ティントレットの絵画もあり、主《あるじ》の豊かさと趣味を如実に物語っている。

それとわかるのも、美術の素養があってのことだけれど。ドレイカー子爵は意外に洗練された人物なのだろうか。それとも、絵の趣味がいいだけなのか。

絵が好きなだけであってほしい。軽薄な男や頭の弱い男が相手なら、すぐに片がつく。もしも聡明《そうめい》な男だとしたら、面倒なことになる。本気さえ出せば簡単に丸めこめるけれど。

あわただしく執事が近づいてきた。「おはようございます。少々行き違いがございましたようで。ミス・ノースは、ただいまロンドンに滞在中でして――」

「ルイーザに会いに来たのじゃないわ」レジーナは、にこやかに告げた。「お目にかかりたいのは、お兄さまのほうよ。レディ・レジーナ・トレメインが来たとドレイカー子爵に伝えてちょうだい」

執事の顔つきが変わり、なかなか珍妙な紫の色合いをおびた。「は……ドレイカー子爵でございますか？」

レジーナは一方の眉を上げた。「ここはキャッスルメインでしょう？」

「さようでございます。しかし……その……主にお会いになりたいとおっしゃるので？ドレイカー子爵に？」

「そうよ」

「当家の主は、第六代ドレイカー子爵マーカス・ノースでございますが」

「その子爵さまに会いたいの」レジーナは、しびれを切らして言った。「訪ねる屋敷を間違えたかしら」

「いまは都合が悪いのかも」青ざめたシスリーが耳打ちをしてきた。

「まさか」レジーナは執事に冷たくほほえんでみせた。「レディ・レジーナ・トレメインが会いに来たと伝えてちょうだい」軽口でも叩《たた》くように言い添える。「お邪魔でなければ」

執事がふたたび赤面した。「いえ、お邪魔だなどと。さようなことは申しません。めっそうもない。お許しください、ご婦人が訪ねてみえるのは珍しいことでして……その、主はあまり……」しどろもどろになって、執事は言葉を濁した。「ただいま伝えてまいります」

「まったく、どうしようもないわね！」執事が急ぎ足で中央の階段を上がっていくのと同時に、レジーナはシスリーに声をかけた。「使用人があんな調子では、主人まで鈍いと思われてもしょうがないんだから」

「ドラゴン子爵なんて綽名《あだな》で呼ばれている人よ？」シスリーが言った。

レジーナはティントレットの絵を見上げた。聖ゲオルギウスがドラゴンを退治する絵だった。後ろ脚で立ちあがる黒いドラゴンをかたどったドレイカー子爵家の紋章も見える。マホガニー材の階段の親柱に目を向けると、てっぺんにドラゴンが巻きついていた。「なぜかしらね。想像もつかないわ」レジーナは冷ややかに応じた。

その視線を追うように、シスリーも顔を上げた。「屋敷のせいばかりでもないでしょう。

ほら、つい去年も、ストランド通りの本屋を泣かせたらしいわよ。かびの生えたような本一冊のことで。予約していたのに、ギボンズ卿《きょう》に売ってしまったからって。先月なんて、皇太子殿下のお使いまで叩きのめしたんだから」

「ギボンズ卿は寝室で山羊《やぎ》を飼っているそうね。わたしも噂は耳にしたけれど。だからって、〝じゃあ誰かに乳しぼりに行かせましょう〟なんて言うと思う？　根も葉もない噂に振りまわされてどうするの」

「子爵のことは、たんなる噂じゃないもの」あいかわらず肺の具合が悪いらしく、シスリーが重く息を吐いた。「実の母親にも、とんでもない仕打ちをしたんですってよ。あなたのご両親のところにレディ・ドレイカーが訪ねてみえたとき、言ってらしたでしょ。ひどい目に遭ったって。覚えてない？」

「覚えているわ。ものすごく大げさに話をなさる癖があったわね。それに子爵は、レディ・ドレイカーが言うほどひどい人だとも思えないわ。妹さんを立派に育てあげたのだから。ちなみにルイーザのほうは、お母さまが子爵に虐待されたなんて大嘘《おおうそ》だと言っていたわ」

シスリーは不服そうな顔をしている。「ミス・ノースは子爵が怖くて、本当のことが言えないのかも」

「そんな様子じゃなかったわ。それどころか、聖人君子みたいな人だと思っているようだし」実際、ルイーザから見たドレイカー子爵の姿が、世間の印象と一致しないのは興味深い。キャッスルメインを訪問する用事がなくても、子爵の人柄を見きわめるためだけに来てしまったかもしれない。「だからお兄さまがルイーザに心を寄せても、いい返事がもらえないのよ。子爵のお許しが出なきゃだめなの。ルイーザは子爵の言いつけに従うもの」

「そうだけど――」

「黙って」レジーナはシスリーを制した。「聞こえる？」

執事の哀れっぽい声が階段から降ってきた。「し、しかし……旦那《だんな》さま……おふたかたになんと伝えればよろしいのです？」

「俺《おれ》の具合が悪いとでも言っておけ」野太い声が答えた。「インドにいるとか。うまく追い払ってくれれば、どう言おうとかまわん」

「かしこまりました」執事の気弱な返事が聞こえた。

レジーナは眉をひそめた。つまり、わたしとは話もしたくないってこと？　許せない。広間の隅にある召使い用の階段に目をとめ、レジーナは、そちらへ歩きだした。

シスリーに腕をつかまれた。「何するの、やめなさい――」

「ここで執事を足止めしておいて」シスリーの弱々しい手を振りほどく。「何がなんでも子爵と話をするんだから」

「待って、レジーナ――」

なお叱声《しっせい》を背中に受けながらも、レジーナは立ちどまらなかった。ロンドンから三十キロも馬車を走らせてきたあげく、しつこい借金取りか何かみたいに追い払われて、すごすご帰ると思ったら大間違いよ。

延々と廊下の続く二階に上がり、わずか数分のうちに重厚なオーク材の扉の向こうを全部のぞいてまわったあと、子爵の書斎らしき扉を見つけた。かたわらにあったマホガニーの木枠つきの鏡をのぞきこみ、手短に自分の姿を検分する。馬車に揺られてきたせいで頬がきれいに紅潮している。ここは申し分なし。フランスふうの新しい帽子は、きちんと頭にのっている。ここも申し分なし。同じライラック色のマントから、ちらりと胸元がのぞいている。たいへん結構。これなら楽勝だわ。

怖《お》じ気《け》づいてしまわぬうちに扉を開け、ドラゴンの巣穴に足を踏み入れた。黒ずんだ岩壁も硫黄の臭気もないかわりに……金文字を刻印した革表紙の本で埋めつくされ、インクのにおいが漂っている。どの壁面にも本が無数に並び、さまざまな茶色や紺色に陰って見えた。主の教養と豊かさを、さらにうかがわせる光景だった。

とてつもなく広い書斎は、屋敷そのものと同じくらいの奥行きがあるだろうか。本の数も、どうしたら全部読めるかというのはもとより、個人の蔵書とは思えないほど多い。

これは……かなり厄介かもしれない。子爵は聡明なだけでなく、きわめて博識らしい。レジーナは不安な思いをぬぐい去った。しょせん、ただの男よ。読書家というだけのことでしょう。社交界についての知識は皆無に近く、事情通でもなく……色仕掛けにも弱いはず。いつもの魅力を振りまき、なまめかしく笑ってみせれば落とせるだろう。

ドラゴンが見つかればの話だけれど。書斎には誰もいないらしい。後ろ手に扉を閉めると、思いがけず大きな音が響いた。そのとき、豊かなバリトンが頭上から降ってきた。

「フォックスムアの妹は追い払えたようだな」

　はっと仰ぎ見れば、頭のすぐ上に本棚がせりだしている。少し歩を進めて振り向くと、ドラゴンがいた。天井の高い書斎の入口側が桟敷のようになっていて、その上にも本棚が並んでおり、そこに子爵の姿があった。思わず見入ってしまうほど大きな背中をこちらに向けたまま、子爵は本を棚から取りだすと、大事な子供でも抱くかのように細心の注意を払って開いた。

　注意を払っているのは本だけらしい。それ以外は無頓着《むとんちゃく》もいいところだった。もっさりとした髪は、適当に襟の下で切ってある。泥のこびりついたファスティアン織りの質素な服。すり減ったブーツ。

　おまけに、巨漢だった。まさしく殿下の落《お》とし胤《だね》だと誰もが信じて疑わないのも当然だろう。がっしりとして上背のある体つきは、たしかによく似ている。殿下の悩みの種である肥満は受け継がなかったようだけれど。

　蓬髪《ほうはつ》の巨人は本を棚に戻すと、しゃがんで下の棚の本に手を伸ばした。贅肉《ぜいにく》のないヒップがレジーナの目の前に下りてきた。体に合わないズボンの生地が突っ張り、たくましい腿の筋肉が浮きでている。レジーナは喉の渇きを覚えた。わたしだって、すばらしく均整の取れた肉体美は見ればわかるのよ。

「で、どうだった？　悶着《もんちゃく》を起こさず帰ったか。厄介な女だと聞いているが」

その言葉で、レジーナは当座の問題に引き戻された。「これほど厄介な女もいないでしょうね。ちゃんとしたレディなのに、無礼な殿方に追い払われたのですもの」

子爵が体をこわばらせ、立ちあがって振り向いた。レジーナは息をのんだ。

父親と噂される殿下とは似ても似つかない。ひどく田舎くさい髭《ひげ》のせいでもある。もし殿下なら、ここまで長く髭を伸ばすより先に、癇癪《かんしゃく》でも起こしているに違いない。こういう体つきになることには文句も言わないだろうけれど。拳闘《けんとう》士のごとく筋骨たくましい肩と分厚い胸は下にいくほど細くなり、驚くほど引きしまった腰へと続いている。ふくらはぎさえ格好がいいけれど、ストッキングが……。

まばたきをしてから、もう一度ストッキングに目をこらした。左右が違う。

「気がすんだか」ぶっきらぼうに子爵が言った。

レジーナは飛びあがった。「なんのこと?」

「さんざん見ただろう」

わたしったら。見つめたりするつもりじゃなかったのに……。レジーナは視線を引きはがし、伸び放題の髭に向けた。「気になるのも当たり前でしょう。キャッスルメインを目にした人なんてほとんどいないし、ましてや当主は、めったに人前に出てこないのだから」

「事情があってな」子爵はふたたび背を向け、本を棚に戻した。「もういいだろう、帰ってもらおうか――」

「帰るものですか。あなたに話があるの」

子爵は別の本を取った。「ふん、兄が兄なら、妹も妹だ。言っても聞きゃしない」

「なんの説明もなしに帰れと言われても聞かないわよ」

「忙しいんだ。それで説明がつくだろう」

「忙しいんじゃなくて臆病《おくびょう》なだけでしょう」

子爵が振り返り、にらみすえてきた。いかめしい顔でドラゴンの怒りをあびせてくる。

「いまなんと言った？」

上出来よ、レジーナ。手袋を顔に叩きつけてやりなさい。

それにしても、殺気立っている子爵の様子は尋常じゃない。「臆病と言ったのよ。ルイーザには嬉々《きき》として兄の悪口を言うくせに。文句があるなら、わたしと兄の前ではっきり言ったらどう？」

笑い声が書斎に反響した。「この俺が、あんたや公爵を怖がっていると思うのか」

腹が立ってきた。「兄に聞いたわ。あなた、直接会って話をするのも断ったそうね」

「アイヴァースリー伯爵夫妻をあいだにはさむほうがいい。その理由は、公爵もちゃんと心得ている。ルイーザをしつこく口説いて堕落させるつもりなら――」

「堕落ですって？」レジーナは抗議した。「兄は誰も堕落させたりしないわ！」

「いいとも、フォックスムアに会ってやろうじゃないか」ドレイカー子爵が厳しい目で見すえてきた。「妹を送りこんでも俺を丸めこむのは無理だと伝えろ」

「兄は、わたしがここにいることも知らないわ。わたしは兄のために来たんじゃないの。ルイーザのために、話し合いに来たのよ」

わずかながら子爵の表情に穏やかな色が浮かんだのを、レジーナは見逃さなかった。

「ルイーザに頼まれて来たのか？」

「あなた、妹さんが世間知らずだからって、まるで聞く耳を持たないらしいわね。でも、世知にたけた人から説得されれば、兄との交際も悪くないとわかってもらえる……ルイーザは、そう思ったの」なにしろ、気の毒なルイーザを兄に近づけさせまいとするドレイカー子爵のかたくなな態度に、アイヴァースリー伯爵夫妻までが同調しているのだから。

子爵が顔を突きだしてきた。「心得違いもいいところだ。俺の気持ちは変わらない」

「兄のどこが不満なの？　ロンドンでも指折りに条件のいい花婿候補よ」

「そうらしいな」いらだたしげに片手を振りながら子爵が言った。「さあ、もう帰ってもらおうか。仕事が忙しいんだ」

レジーナは、追い払われたり無視されたりすることに慣れていなかった。おまけに、こんな……野蛮な悪魔から非常識な扱いを受けるなんて。「どこが不満なのか、ちゃんと理由を聞くまでは帰らないわ。まともな理由があるとも思えないけれど」

「聞いてもわからんだろう」視線がライラック色の帽子から子山羊革の高価な靴のつま先にまで下りてきた。そのまなざしのなかに称賛の光が垣間見えたのは間違いない。だがそれも、子爵が冷笑混じりに言い添えるまでのことだった。「あんたみたいな女じゃわからん」

レジーナは、かっとなった。憎たらしい大男をにらむため思いきり上を向くのもいやになり、桟敷への階段に歩みよった。「どういう女だとおっしゃるの？」

「社交界のいちばん上を飛びまわっている金持ち娘だ」

レジーナは小さな階段を上がっていった。話を聞いてくれないのなら、桟敷に追いつめて聞かせるだけよ。「妹さんだって裕福な家のお嬢さまだし、社交界のいちばん上を飛びまわっているわ」

子爵が顔をしかめた。「ちゃんとした連れ合いを見つけるまでのことだ。社交界の女なんかよりも、まともな暮らしをさせてやりたい」蔑《さげす》むように、こちらを一瞥《いちべつ》する。「夜会に何色のドレスを着ていこうかとか、毎日そんなことばかり考えているような暮らしじゃなくてな」

とんでもない言いがかりに、レジーナは、いっそう怒りをたぎらせた。桟敷に上がり、子爵に近づいていく。「あなたみたいな髭面の世捨て人に妹さんを嫁がせたいのかしら。毎日、自分のお客をみんな追い返してしまう旦那さまの声を聞きながら暮らせるわね」

燃える瞳がにらんできた。見たこともないほど美しい瞳に、不覚にも、どきりとした。深みのあるブランデーのような茶色の目。まつげは長く、髪よりもなお黒々としている。

瞳に射抜かれ、頭の芯《しん》まで焼きつくされてしまった。「女好きの殿下や、似たような連中の慰み者になる暮らしより、よっぽどいい」

なるほど。「ふうん。兄が気に入らないのは、殿下とつき合いがあるからなのね。父親を妹さんに近づけたくないのでしょう。何年も前、躍起になって追いだした相手ですものね」

「そうだ、悪いか。おまけに――」ふいに言葉がとぎれた。眉間《みけん》のしわが消えたあとは、輝く両目が疑い深げにすがめられるばかりだった。「わかっているのか。たったいま、あんたは俺のことを私生児呼ばわりしたんだぞ」

「そんなこと言っていません！」

「法的には、俺の父は第五代ドレイカー子爵だ。だが、あきらかに父の話をしていたんじゃない。ということは……」

痛いところを突かれてしまった。聡明な殿方は、これだから面倒なのよ。

子爵はいやみな口調で言いつのってきた。「いやしくも公爵家の令嬢なら、もっと分別があってもよさそうなものだが。他人の生まれがどうとかいう怪しい噂を、当の本人に直接ぶつけたりするんじゃなくてな」子爵が桟敷の手すりに片手を置いた。「ま、お互い承知のうえだな、あんたみたいな女がやたらとこだわる礼儀作法ってやつが薄っぺらいのは」

「何よ、体ばっかり大きくても頭は空っぽね。わたしみたいな女がどうとかいう生半可な講釈は、いいかげん聞き飽きたわ」レジーナは踵《きびす》を返し、小さな階段に足を向けた。「兄とルイーザをこっそり交際させたいの？　ああそう、勝手にすれば？　恥ずかしいところを見つかって醜聞まみれになろうと、知ったことじゃないわね。兄に伝えておきます。好きなように逢引《あいびき》の段取りをつけて――」

「待て！」子爵が吼《ほ》えた。

レジーナは口元をゆるめ、階段の近くで足を止めた。

背後から子爵が近づいてきた。

「別に。つまらないおしゃべりで、お手間を取らせるわけにはまいりません。お忙しいんですものね」階段に向かって、ゆっくりと歩きだす。とてもゆっくりと。「もうさんざん、大事なお時間を無駄にさせてしまったようだし。ですから、失礼いたしますわ」

子爵に腕をつかまれ、真正面から向き合う格好になったときには、もう階段の手前に来ていた。「どういうことだ。ちゃんと話すまで帰さないぞ」

レジーナは笑いたくなるのをこらえ、子爵の手を払いのけた。「お時間のほうは大丈夫なんですの？」にこやかに言う。「無理を申しあげてもよろしいのかしら」

子爵が身を乗りだしてきたので思わずあとずさり、階段を一歩下りた。「逢引だと？　意味深なことを言いやがって。くだらん想像で言ってるんじゃなかろうな。いいか、ろくでもない小細工で気を引けると思ったら――」

「小細工？　まさか。どのドレスを着ようかと悩んでばかりいる女が、あなたみたいな聡明な殿方に小細工なんか仕掛けられるはずもないでしょう」

子爵が小声で毒づいた。

いい気味だわ、うどの大木……。悦に入っていたせいで注意がおろそかになり、レジーナは階段を踏みはずした。よろけて転落しかけたそのとき、子爵に腰を抱きかかえられた。しばらくのあいだ、ふたりとも凍りついていた。腰に腕一本まわすだけで転落を防いでくれたとは。なんと力持ちなのだろう。

そのうえ、左右ちぐはぐなストッキングをはき、むさくるしい格好をしているわりに、驚くほど清潔だった。うっとりするような月桂樹油《げっけいじゅ》と石鹸《せっけん》の香りがほのかに漂ってくる。案外、うどの大木というわけでもないらしい。

ふと、子爵の視線が下りてきた。マントの前が開き、襟ぐりの深い胸元があらわになったところで釘《くぎ》づけにされている。

男に胸を見つめられるのは珍しくない。ときには、胸元を見せつけて主導権を握ることさえあった。それなのに、子爵に見つめられると、なんだか落ち着かない気分になってしまう。食い入るような視線が……ひどく心地よい。

凝視された胸元が淡い紅色に染まった。文句を言おうと口を開きかけた瞬間、髭の上から頬に延びる傷痕《きずあと》に気づいた。傷があるという噂は聞いていた。しかし、どれほど大きな傷なのか、どういう経緯で傷を負ったのか、知っている人は誰もいないらしい。伸び放題の髭でほとんど隠れているとはいえ、それ以外の部分はかなり深い傷だった。

子爵が目を上げ、顔をのぞきこんできた。傷痕を凝視する視線に気づいたのか、眉間に深いしわが刻まれた。「足元に気をつけたほうがいい。転げ落ちたくなければな」

あからさまな脅しに背筋がぞっとした。それにしても、こんなに深い傷を負う羽目になったのは、どういうわけだろう。考えるだけでも恐ろしくなる。

体重もないかのごとく両腕で軽々と持ちあげられ、無事に二段下の床に下ろされた。それから子爵も下りてきて、のしかかるような体勢になった。

「さあ、レディ・レジーナ、きっちり説明してもらおうか。妹と逢引？　どういうことだ。ちゃんと説明するまで、どこにも行かせないからな」

低くとどろくような声が、いわく言いがたい戦慄《せんりつ》を胸の奥底に引き起こした。どうやら、眠れるドラゴンを目覚めさせてしまったらしい。

うまくあしらう方法をなんとか見つけなくてはならない。

2

貧しい庶民だろうと、爵位を持つ裕福な貴族だろうと、若い男を信用してはなりません。お嬢さまとふたりきりにさせぬよう注意しましょう。

——ミス・シスリー・トレメイン『理想のお目付役《シャペロン》　若き淑女の話し相手《コンパニオン》のための手引き』

マーカスはフォックスムア公爵の妹を追い、書斎の中央へと進みでた。目玉が頭から前方に飛びだしてしまいそうになるのを必死にこらえる。

だが、こらえきれない。女はソナタのように甘美な身ごなしで歩いている。ソナタにもご無沙汰《ぶさた》だというのに。まぎれもなく最新流行のドレスに包まれた尻からも目が離せない。こんなにかわいい尻で膝の上に座ってもらえるなら、財産の半分をやってもいいのだが。この女を膝に座らせて、甘い香りのモスリンに柔らかく包まれた体をなでまわし、好き放題にできるのなら……。

マーカスは顔をしかめた。これほど高飛車な女が三メートル以内に近寄らせてくれるとでも思うのか。あやうく転落しかけたのを抱きとめたときでさえ、あの場で押し倒そうとしたかのように思われているのに。

押し倒したい気持ちはあったが。みごとな胸がすぐ目の前にあり、さあ飛びこんでいらっしゃいと楽しげに誘いかけてきたのだから。

岩に頭でもぶつけて死んでしまえ。どう理屈をつけようと、フォックスムアの美人の妹が会いに来たのは、偶然などではない。ドラゴンを手なずけるために送りこまれるのは、若く美しい乙女と相場が決まっている。

だが、この乙女は人並み以上に度胸がいい。紹介もなしに子爵家の書斎に乗りこんでくる令嬢など、そうはいない。ドラゴン子爵の悪評を聞いていれば、なおのことだ。おまけに、この女は文句なしに麗しい。冷淡な麗人を描いたチョーサーの詩になぞらえて〝つれなき美女〟などと社交界で渾名《あだな》されているほどだった。

だからこそ、公爵が送りこんできたのだ。忘れるな。愛のために命を落とすような詩で謳《うた》われるたぐいの女だ。

厄介な女。

「それで？」妖術《ようじゅつ》に魅せられぬうちに妖精《セイレーン》を書斎から追いだしてしまおうと本気で思いつつ、マーカスは吐き捨てるように言った。「どういうことだ、逢引《あいびき》ってのは」

女が果敢に視線を合わせてきた。ちくしょう、どうしてこの女までもがブロンドなのか。ブロンド女に弱いのに。羽根飾りつきの帽子の下から金色の巻き毛がのぞいている。誘いかけてくるかのように。ほうら、なでてちょうだい、かわいがって……。

ブロンドだろうとなんだろうと、だまされるな。鼻の下を伸ばしている場合じゃない。

落ち着き払った態度で、レディ・レジーナが冷ややかに見つめてきた。「ルイーザと兄は会いたがっているの。あなたに反対されたら、うるさい大人の目の届かないところで隠れて会おうとするでしょうね。そのうち、恥ずかしいところを見つかったりするのよ。そうなれば、痛い目を見るのは兄じゃなく、ルイーザのほうだわ」

「だからこそ、ルイーザは恥知らずな真似《まね》などしない」

「そうかしら」女のまなざしに圧倒されてしまう。「隠れて会うのは不本意だけれど、どうしても認めてもらえなければしょうがない……そんなふうに言っていたわ。それで、わたしが足を運んできたってわけ」

不安に襲われた。「ルイーザと、そんな話をしたのか」

「徹底的に話し合ったわ。兄は逢引を考えているし、ルイーザも乗り気よ。でも、わたしが説得したの。こういう問題では、たとえ公爵でも責任を問われるって。それに、恥ずかしいところを見つかったら、たいへんなスキャンダルに――」

「スキャンダルなんぞ知ったことか！　ルイーザには近づけさせません。フォックスムアにも、女たらしの遊び仲間にも手出しはさせません！」

シルバーグレーのまなざしが鋼のように硬くなった。「妹さんは、あなたほど殿下を毛嫌いしていないようね」

それが問題なのだ。妹は何もわかっちゃいない。母親が出ていったとき、ルイーザは十歳だった。記憶にある殿下は、たまに贈り物を持って甘やかしに来てくれる〝ジョージおじさん〟でしかない。あの男と母親との交友の実態に関する噂《うわさ》が妹の耳に入らぬよう、マーカスは必死に努力していた。

　マーカス自身は、早くも十一歳のときにハロー校で噂を耳にしたのだが。入学初日、根性の腐った連中から、殿下の私生児と嘲笑《ちょうしょう》された。自分が世間から忌み嫌われ、揶揄《やゆ》されるたぐいの人間だと認識したのは、そのときだった。品位ある社交界の値打ちすら下げてしまうような面汚しだと思い知らされた。だから、その後まもなくルイーザが生まれたとき、この恥辱から妹を守るためならなんでもすると誓ったのだった。なにしろ、妹には、自分のようにけがれた血は流れていないのだから。

　以来、その誓いをずっと守ってきた。ルイーザが恥辱にまみれぬよう、心を砕いてきた。なのに、色っぽくて口も達者な女とその兄が、ルイーザを恥辱にさらそうとしている。そんなことをさせてなるものか！「あんたも承知しているはずだ。ルイーザは社交界の流儀ってやつに不慣れだから、公爵夫人には向かないぞ」

「そのうち慣れるでしょう。あの子なら兄を幸せにしてくれる。それが重要じゃない？」

　マーカスは辛辣《しんらつ》に笑った。「そんなきれいごとを、あんたの口から聞かされるとはな」

　女が首をかしげた。駝鳥《だちょう》の羽根飾りが揺れる。「どういう意味？　わたしのことを知りもしないのに」

「知っているさ。レディ・レジーナ・トレメインの名を聞いたことのない者などいるものか。あんたに振られた紳士の数が年々増えていって、それがさらに求婚者を呼ぶ、そんな女だろうが。あんたを幸せにしてくれる男は見つからんのか。それとも、公爵家の由緒正しい血筋と高い望みに見合うほど立派な男が見つからんのか」

きれいな頬に朱がさした。「根も葉もない噂を耳にしていらっしゃるようね」

「本人を前にしたら、噂ばかりでもないと思えてきた」

「噂というなら、あなたも他人事ではないでしょう」

「ほう？　最近じゃ、どんな噂が流れている？」言えるものなら言ってみろ。どうせ口ごもってしまうくせに。面と向かって噂の真偽を問いただしてきた者など誰もいない。

砂糖をまぶした短剣のごとき笑みが刺しつらぬいてきた。「気性の激しい厄介な人ですって。とても口にできない暗い秘密があって、それを守るためならなんでもするそうね」

「ふん、そっちこそ。社交界の新参者にしては、えらい人気で、いいご身分だな。腐り果てた社交界を毒舌でぶった斬《ぎ》るところが粋《いき》だとか言われているそうじゃないか。デビューして七年しかたっていないのに」

「六年よ」ぴしゃりと訂正された。「あなたは理由もなしに商人を脅したり、気の毒な特使を叩《たた》きのめしたりするそうね」

マーカスは女に近づいた。「どこぞの能天気な詩人に、氷の美女などと謳われたらしいな」

女の顔から表情が消えた。「ウィリアム・ブレイクとかいう頭のおかしな画家が描いた恐ろしいドラゴンは、あなたがモデルなんですって？」

　はからずも、その〝恐ろしいドラゴンの絵〟は、自分の手元にある。キャサリンと面識のある画家本人から贈られたのだった。画家の冗談か何かだろうと思っていたが。いまのいままでは。

　マーカスは眉間《みけん》にしわを刻み、生意気な女と鼻が触れ合いそうなほど顔を突きだした。

「見てくれのいいのは顔だけで、とんでもなく高慢ちきって噂だな。太陽が昇ったり沈んだりするのも、公爵令嬢である自分のためだと思いこんでいるとか」

　強い光を放つ視線がぶつかってきたとき、瞳の奥に苦痛が垣間見えたような気がした。いや、見間違いだろう。この手の女が傷ついたりするものか。

「朝食に子供を食べるのよね」女が言いつのった。「ジャムをつけて」

　ここまで愚にもつかない悪口を、わざわざ言い立ててこようとは。意表を突かれるのは好きではない。マーカスは女をねめつけた。「〝つれなき美女〟とかいう渾名なんだってな」

　レディ・レジーナも思いきり顔を突きだしてきた。駝鳥の羽根飾りが額をかすめてくる。

「ドラゴン子爵と呼ばれていらっしゃるのかしら。でも、まわりから怖がられたり、嫉妬《しっと》や賞賛の的になったりする人には、ちょっと変わった渾名がつくだけのことよ。みんながおもしろ半分に渾名をつけただけ。あなたやわたしの人柄を表すものではないわ。心得ておいたほうがよろしいわね」

社交界の噂の真髄を鋭く見てとった言葉に、マーカスはたじろいだ。のしかかるようにかがめていた上体を起こし、むっつりと言い返す。「俺《おれ》の噂で最悪のやつを忘れてるぞ。俺の母親が死ぬ前、親切な友達に……あんたの親とかに頼って暮らす羽目になったのは、俺がいじめたせいだと評判だよな。俺が父親の遺言を守ろうとしないだの、母親に手まで上げただの、そんな噂もある。聞いていないとは言わせんぞ」

「聞いたわ」

「だったら、どうして言わなかった。信じていないわけでもあるまいに」

令嬢は、きっと顔を上げた。「信じなきゃいけない？　事実だとでもおっしゃるの？」

マーカスは愕然《がくぜん》とした。あえて尋ねようとする者など、ひとりもいなかったのに。「どうせ勝手な思いこみで判断するんだろう。俺が何を言おうと、たいして変わらないな」

「わたしにしてみれば大違いよ」

真剣な口ぶりに、思わず信じてしまいそうになった。そんな自分に激怒する。「ならば、好きなように判断しろ」マーカスは、うなるような声をあげた。「俺には、どうでもいい」

「わかりました。好きなように判断させていただくわ」

それきり女が黙りこみ、判断の結果を口に出そうともしないので、マーカスは悪態をついた。どう思われようと、かまわないが。ああ、全然かまわないとも。これほど魅力的な女が書斎に入ってきたこともなかったが。

すると、女は、ふてぶてしくも妖艶《ようえん》な笑みを浮かべた。心拍数がはねあがる。「どうしてこんな話になってしまったのかしら。わたしたちの話をしに来たわけじゃないのに。ルイーザのことで来たんだったわ」

そうだ、ルイーザの話だ。兄の幸せがどうとか世迷《よま》いごとを言うから混乱しただろうが。生意気な偽善者め。妖《あや》しいまでに色っぽく男心をそそってくる。こんな体を見せられた日には、思わず……。

マーカスは歯ぎしりをした。こうなるのを見越して、フォックスムアは妹を送りこんできたのだろう。食えないやつめ……。マーカスは、つっけんどんに応じた。「そうだな。あんたら兄妹《きょうだい》が、どんなふうにルイーザを堕落させたかって話だった。そうでもなけりゃ、ルイーザが俺に反抗するはずもない。軽率なところもあるが、そこまでばかじゃない」

すっきりとした眉が片方だけ上がった。「恋をなさった経験がないようね。恋する男と女なら、ときには理性を失ったりするのに。そんなこともわからないなんて」

「ふん、恋だと？　初めての舞踏会で何度か踊っただけの相手と？」ふいに寒気を覚えた。女をよけて通り、暖炉に向かう。「ふたりが顔を合わせたのは、そのくらいだろう」視線を感じつつ、火かき棒に手を伸ばす。

「パーティーに行けば、バルコニーに出たりするでしょう。心を奪われた殿方も、庭園まで追いかけていくの。そう何度も会わなくたって、惹《ひ》かれ合ううちに恋の花が咲くものよ」

マーカスは火かき棒を炎に突き入れた。「ルイーザは恋にのぼせているかもしれないが。あのフォックスムアが、そんな雅《みやび》なものに心を動かされているとは思えんな」

「兄がルイーザの貞操を奪おうとしているとでも言いたいの？」

「いいや。それこそ、フォックスムアの好き勝手にはできないだろう」殿下と無関係にちょっかいを出してきたわけでもなかろうに。そのくらいお見通しだ。

女が鼻白んだ。「まさか、兄が財産ねらいだとでも？　もとから裕福なのに」

「そりゃ結構だな」火かき棒を脇《わき》に放《ほう》りだし、マーカスは女に向き直った。「ルイーザがフォックスムアと結婚するなら、持参金はやらん。フォックスムアに入る金は一文もない」

なめくじでも見るような目で凝視され、あからさまな嘘《うそ》を撤回したくなった。ああ言えばレディ・レジーナも考えを改め、兄の交際の後押しをやめるかと思ったのだが。

「その程度の脅しでは、ルイーザとつき合いたがっている兄を止められそうにないわね」静かな声だった。「むきになった兄とルイーザが、隠れて会うようになるだけよ。わたしも応援してあげましょう」

「なんだと？　スキャンダルになってもいいのか」マーカスは、せせら笑った。「そんなことを、あんたが許すはずもない」

値踏みするかのごとき冷たいまなざしが飛んできた。「ふたりがスキャンダルの危険も顧みず幸せを追い求めるなら、喜んで力を貸すわ」

マーカスは悪態を抑えこんだ。いいかげんレディ・レジーナに兄の下心を教えてやれ。愛だの恋だのという笑止千万なものを信じているのなら、兄の悪だくみを止めてくれるかもしれない。

だが、下心に気づいているとしたら？　ならば全部さらけだすほうがいい。「フォックスムアにきいていないのか。結婚相手は選び放題なのに、なんでルイーザみたいな娘を追いまわす。俺や友人たちに反対されるのは目に見えているだろうが」

レディ・レジーナが胸を張った。「恋に落ちたからよ」

マーカスは鼻を鳴らした。「恋か、なるほど。だが首相にもなりたいわけだ」慎重に言葉を選ぶ。妹の生い立ちについて殿下が口出ししてきたのを、レディ・レジーナに知られたくない。「いいか、殿下は……あんたの兄貴が腰巾着《こしぎんちゃく》をやっている殿下は……何年もジョージおじさんの真似ごとをするうちに、ルイーザを好ましく思うようになった。だが、俺が邪魔でルイーザに近づけないもんだから、じれったくなり――」

「殿下の邪魔をしたの？　ルイーザに近づけないよう？　殿下は文句を言わなかった？」

「言わせるものか。無理じいできないのは、向こうも承知している。ルイーザとは縁もゆかりもないんだからな。昔の愛人の娘というだけの話だ。なのに、性懲りもなく、よけいな口出しばかりしてくる。殿下と愛人のミセス・フィッツハーバートが、かわいそうなミニーにどんな扱いをしたか見てみろ。別の愛人だった母親が死んだあとで。あの子が殿下の娘じゃないのは周知の事実だ。それなのに、殿下は権力にものをいわせ、親権を親族から奪った」マーカスはレディ・レジーナをにらみすえた。「だが、おかげさんで、こっちは殿下の秘密を握っているからな。殿下も、同じ手口で攻めてくるわけにもいくまい。だからフォックスムアを通じて、ルイーザを手に入れようとしているんだ。いずれ政界でのしあがるためなら、フォックスムアはなんでもする。俺の意に反してルイーザを殿下の縄張りに連れこむ段取りもつける」

レディ・レジーナが顔色を失い、あとずさった。「まさか、兄が……殿下に利用されているなんて……」

「むしろ、あんたの兄貴が俺の妹を利用しているんだと思うが。殿下に命令されれば尻尾《しっぽ》を振って、望みどおりの働きをする。殿下が国王になったら援助してもらう約束でな」

再度こちらを向いたレディ・レジーナの瞳は、光を放っていた。「そんなふうに思っていらしたのね。ルイーザはなぜ話してくれなかったのかしら」

「俺がフォックスムアを疑っていることなど、知るよしもないからだ。ルイーザの身の振りかたに殿下が関心を寄せていることも、フォックスムアのたくらみも、ひとことだって話していない。ルイーザを傷つけたくないんだ」

「それは、わたしも同じよ。そんなたくらみがあると知っていれば、兄のことで話し合いに来るわけがないでしょう。いいこと？　兄が政界での地位のためにルイーザとの結婚を望んでいるとしたら、そう言ってくれたはずだわ」

「本当に結婚する気があるかどうか、わからんぞ。ルイーザと交際するなんてのは名目だけで、本当は殿下に接近させるつもりかも――」

「聞き捨てならないわね！　兄がそんな陰険なやりかたで女を利用したりするものですか。政界での地盤を固めるぐらいのことで、ルイーザを苦しめたりしないわ」レディ・レジーナは勢いこんで言った。「それに、政治的な思惑もあったとすれば、最初のダンスのときから殿下のことを言い含めていたはずよ。なのにルイーザは、そういう話をいっさいしてこなかった。やっぱり考えすぎでしょう。殿下の陰謀なんて」

「違うな。フォックスムアがあんたに何も話さなかった理由は知らんが、ルイーザへの大いなる愛だのなんだののせいじゃない。それは断言できる。逢引も、ルイーザを殿下のもとへ連れこむための口実だ。だからこそ甘い言葉も吐くし、保護者の俺を邪魔にする」

「殿下に将来を案じてもらっていると、ルイーザ自身が気づいたのかもしれないでしょう」

「まさか。年端も行かない娘だぞ。有頂天になって社交界をひらひら飛びまわるのが関の山だ。殿下が危険な相手だと悟れるような才覚はない」さらに間合いをつめ、マーカスは声を落とした。「だから、力を貸してくれ。あんたが殿下やフォックスムアのことを説明してくれれば、ルイーザも――」

「わたしは告げ口なんかしません」レディ・レジーナは反抗的に顔を上げ、言い返してきた。「それに、事実無根の憶測を伝えるつもりもないから。殿下と兄が密約を交わしているだなんて、ばかばかしい」

兄思いなのは結構だが、身内贔屓《びいき》もいいところだ。「事実無根だと思うのなら、どうしてルイーザと結婚したいのか、フォックスムアにきいてみろ。なんと答えるか見ものだな」

不安げな色が瞳に浮かんだものの、レディ・レジーナは小さく鼻を鳴らし、あとずさりをした。「きくまでもないわ。兄のことなら全部わかっているし。あなたが思っているような欲得ずくの悪党ではないもの」優美な眉が片方つりあがる。「あなたって、実の妹も信用できないのね。きれいなお嬢さんだから、誰から結婚相手に望まれてもおかしくないのよ」

「ドラゴン子爵の妹なのに？　母親も、若いころは札つきだった。男をたぶらかす性悪女だってな」マーカスは手近な本棚に寄りかかった。「ルイーザを社交界に出したのは、若くて二枚目の男爵か、気のいい商人と出会ってほしいと思ったからだ。こんな兄がくっついている田舎娘でも大目に見てくれて、気立てのよさに惚《ほ》れこんで結婚を申しこんでくるような相手と出会ってもらいたかった。ところがどうだ、ルイーザに目をつけたのは、裕福で前途有望な公爵じゃないか。うさんくさく思うのも無理はなかろう？」

「あの子に惹かれているのは兄だけじゃないわ。本当よ」

それも癪《しゃく》にさわる。社交界の浮かれ女が、自分よりも妹の花婿候補たちのことを知っているのも腹立たしい。「だったら、ほかの男に言いよらせればいい。計算ずくの公爵との交際など、絶対に認めないからな。殿下がからんでいるとわかった以上、許すわけにはいかん」

「一度でも兄に会ってみれば、そんな誤解はすぐに――」

マーカスは、とげとげしい声で笑った。「無理だな。生意気で二枚舌の若造がどんなに言葉たくみでも、ごまかされんぞ。頭の弱い議員連中ならともかく」

レディ・レジーナは憤慨したらしい。頬が深紅に染まり、胸が大きく上下している。いやもう、激怒したレディ・レジーナの姿といったら、息をのむほど麗しい。あの肢体を組み敷き、熱い激情をすべて解き放てるなら、どんな犠牲も払おう……。

「そうやって突っぱねてばかりいると、駆け落ちされてしまうわよ」鋭い切り返しだった。

マーカスは、惚《ほう》けた意識を引きしめた。「あの男が本気で駆け落ちするとは思えんな。魂胆は見えている。ルイーザは領地に呼び戻そう。屋敷にいれば、あいつにも手は出せない」

「ルイーザを兄から引き離すためなら、縁談の口が全部なくなってもいいの？」

マーカスは肩をすくめた。「社交シーズンは来年もある。そのころにはルイーザにも、ちゃんと人を見る目ができているはずだ」

「頭の固いお兄さまへの鬱憤《うつぷん》もつのらせているでしょうね。あなたの裏をかくことばかり考えるようになってもしょうがないわ」威圧的な視線が飛んできた。「あなたの命令で牢《ろう》屋《や》にでも閉じこめられないかぎりね。ここの地下にあるそうだけど」

「ばかを言うな。ルイーザを呼び戻したら、しっかり言い聞かせて――」

「そうやって厳しくしていると、家出されてしまうかもね。うちに助けを求めてきたら、絶対かくまってあげましょう」

「冗談じゃない！　かくまったりしてみろ、許さんからな。あんたを……あんたを……」

「何？　社交界で糾弾する？　わたしや兄よりも、あなたの言い分に耳を傾ける人なんているると思う？」

マーカスは両手のこぶしを握りしめた。公爵家は社交界の上層部に顔がきく。子爵には異母兄弟はいるが。「わかった、ルイーザを呼び戻すのはやめる。だが、あんたと公爵財産と無愛想な気質しかない。

「そうなれば、兄はあなたの知らない女性に頼んで、ひそかにルイーザを連れだすでしょうね。結局、駆け落ちだわ」

「ちくしょう」マーカスはうなった。「どうしろと言うんだ。あれもだめ、これもだめじゃ、らちが明かん。逢引などもってのほかだが、殿下の縄張りにルイーザを連れこむことしか考えていない男と交際させたりするものか！」

「じゃあ、兄が何を考えているのか、自分の目で確かめてみたら？」

マーカスは固まった。「どういう意味だ」

「ふたりを会わせて……あなたが自分で監督すればいいわ。社交の場に顔を出して、兄とルイーザがどんな交際をしているか、ご覧になったらいかが？　ふたりが一緒のところを見れば、くだらない疑いも晴れるでしょう。それでも万が一、兄の嘘を確信できるようなことが少しでもあったなら、好きにすればいい。あなたも社交界に出るのよ」

鼻持ちならん連中や噂雀《うわさすずめ》だらけの社交界に？　マーカスは身ぶるいした。「何を言ったか、自分でわかっていないんだろう。社交界なんぞ虫が好かん。どうせ社交界のほうでも俺を毛嫌いしているしな」

「昔のゴシップか何かのせいで？　そんなことないでしょう。最初は少し騒ぎになるかもしれないけれど、あなたが妹さんを気にかけているとわかったら、すぐに落ち着くわ」

そう簡単にいくと本気で思っているのなら、高慢ちきな公爵令嬢は、頭の中身も足りないのだ。とはいえ、社交界に出れば、たしかにルイーザを見守りやすくなる。「俺に隠れて、よけいなことはしないか？　逢引も許さんぞ」

「大丈夫。一カ月間きちんと交際させてみれば、兄が誠実だとわかってもらえるはずよ」

はっ、誠実だ？　フォックスムアに、そんな言葉の意味がわかるものか。ルイーザに近づいてきたのは下心があるからだと証明してやれたら、レディ・レジーナは大あわてで兄の行状を責め立てるだろうか。

陰謀の片棒をかついでいるのなら、話は別だが。しかし、そうだとすれば、兄の陰謀の邪魔になると承知のうえで俺に首を突っこませるはずもない。俺が社交界に出たら最後、フォックスムアの思いどおりにはさせやしないのだから。

マーカスはレディ・レジーナをにらんだ。「俺がそんな条件をのむはずもないと、たかをくっているんだろう。俺が突っぱねたら、話のわからん石頭だったとルイーザに説明できるからな。兄妹そろってルイーザをそそのかし、俺に逆らうことになってもしょうがないと言うつもりか」

レディ・レジーナが天を仰いだ。「どこまで頑固なのかしら」

「よくよく考えてみれば、うまい作戦だな。あんたが思いついたのか。それとも、兄貴の入れ知恵もあったのか」

シルバーグレーの瞳が刺しつらぬいてきた。「陰謀だの策略だのの標的にされているなんて、ありもしないことばかり考えながら、こんな田舎の屋敷に一日じゅう引きこもっていらっしゃるの？　あなたを失望させるのは不本意ですけれど、わたしは兄とルイーザの幸せを願っているだけよ」

まったくもって信用できない。命でも落とすような事態になれば、嘘を暴いてやれるのだが。「わかった、要求をのもう。社交の場に出て、ルイーザと公爵をまとめて見張ってやる。それでルイーザに分別がつくというなら、ゴシップや憶測の嵐《あらし》にも耐えよう」

「お願いしたいのは、それだけですわ」取り澄ました口調でレディ・レジーナが言った。

「兄にチャンスをくださるのね？」

「ただし、ひとつ条件がある。もちろん受け入れてくれるだろうが」

女が身構えた。「条件？」

考えれば考えるほど申し分のない条件だった。マーカスは、ほくそえみながらレディ・

レジーナを見下ろした。「あんたの取り決めだと、こっちが苦労するばかりじゃないか。要求をのんで社交の場に出れば、昔のゴシップにさらされるし、虫の好かないおつき合いとやらにも耐えなきゃいかん。それもこれも、ルイーザがぼうっとなったりしないよう、フォックスムアを遠ざけておくためだ。まあいい。俺は別に、おしゃべりな連中に噂されようと痛くもかゆくもない。だが、そっちこそ、連中の視線にもめげず俺と一緒にいられるかな？　フォックスムアとルイーザの交際を認めてやろう……そのかわり、俺もあんたと交際させてもらう」

女が目をみはり、ぽかんと口を開けた。

さあ、捕まえたぞ、高慢ちきなレディ……。マーカスは悦に入った。

つれなき美女が、おぞましいドラゴン子爵に人前で馴《な》れ馴《な》れしくさせる？　そんなことができるものか。社交界の華としての名声に傷がつくような真似など、できるはずがない。これでルイーザにも言い聞かせてやれる。新しい友人たちは底の浅い連中だったと、きっぱり言ってやろう。

レディ・レジーナの唇に微笑が浮かび、まなざしが硬くなった。「わたしが断ると思っていらっしゃるのね」

「まさか」マーカスは、からかうような声を出した。「妹の幸せだけを願ってくれているのだろう？　だったら、俺との交際にも喜んで耐えてくれるはずだ。ひとえに、恋人たちを結びつけるためだからな」

「そうはいっても……わたしみたいな女と交際したがる人の気が知れないわ」

マーカスは肩をすくめた。「社交の場に出るなら、きれいな女を腕にぶらさげていきたいからな」ぶしつけな視線をレディ・レジーナの全身に走らせる。頬が薔薇色《ばらいろ》に染まるのを見はからい、言い添えた。「場所が場所だし。あんたみたいな女でも、連れがいれば楽しいはずだ」

レディ・レジーナが半眼で見すえてきた。「兄を怒らせるためだけに、わたしと交際するつもりじゃないでしょうね」

「それはそれで楽しさ倍増だが、いやがらせだけでもない」最初に心に浮かんだ理由は忘れ去ることにしよう。どのみち、こんな条件が通るはずもあるまい。「俺だって、そろそろ身を固めてもいいころだ」社交界の頂点に咲く名花とつき合うのも悪くない。

「お世辞がお上手ね」レディ・レジーナが冷ややかに応じた。

「結婚してくれと頼んでいるわけじゃない。エスコートさせてほしいと言っているだけだ。あんたの兄貴にルイーザをエスコートさせてやるから、それと同じようにな。あんたほどの身分の女が俺をかばってくれたら、社交界での風当たりも弱くなるだろう」

レディ・レジーナは長いあいだこちらを凝視していたが、きりりと顔を上げた。「いいわ、その条件をのみましょう」

マーカスの顔から薄笑いが消えた。いや、本気じゃあるまい……。「説明が足りなかったか。ふたりきりで会おうと言っているんじゃないぞ。ひとけのない場所で遠乗りをするとか、暗い劇場で一緒に芝居を観《み》るとか、そういうのとは違う。公衆の面前で俺と踊ったり、うちの馬車でハイドパークのロットン通りを走ったりする羽目になるんだ。俺が社交界に戻ったときの風当たりをやわらげるには、少なくとも二回か三回は人前に出てもらわなきゃいかん。俺と腕を組んでな」

シルバーグレーの目がきらめいた。「それだけ？　一カ月、あちこち出歩いてもいいのよ。兄とルイーザの交際を一カ月お許しいただけたのだから、こちらも同じようにしなきゃね」

「俺が冗談でも言っていると――」

「いいえ、まさか。そんな冗談で人をからかったりなさらないでしょう、子爵さまは」

「そのとおりだ。そんなことはしない」だが、本当に一カ月も社交の場に顔を出せるのか？

ああ、やってやる。ルイーザのためなら、どんなことも辛抱してみせよう。この兄が人前に顔を出すとルイーザの立場が悪くなるかもしれないが、フォックスムアと恥知らずな真似をしているところでも見つかれば、それこそ面目など丸つぶれなのだ。ましてや、殿下の口車に乗せられて、たらしこまれでもしたら身の破滅だ。口八丁手八丁の殿下にかかれば、あっけなく人生を狂わされてしまう。この体で、痛いほど思い知らされてきたことだ。ルイーザの人生だけは狂わせたりするものか。

フォックスムアがルイーザを利用するというなら、こっちも妹を利用してやるまでだ。

ドラゴン子爵と仲良く社交の場に顔を出すとどうなるか、レディ・レジーナに思い知らせてやる。お高くとまった公爵家のお嬢さまもさすがに音を上げ、ルイーザとつき合うのはやめてくれと兄に泣きつくだろう。「では、決まりだな。フォックスムアはルイーザとつき合う。俺はあんたとつき合う」

レディ・レジーナは躊躇《ちゅうちょ》すらしなかった。「わたしのほうは、それでかまわないわ」

「よし。明日、アイヴァースリー伯爵邸の夜会でルイーザが音楽の腕前を披露することになっている。七時に迎えに行くから、町屋敷で待っていてくれ」

たじろぐかと思いきや、レディ・レジーナは肩をそびやかしただけだった。「兄も連れていってちょうだい。招待されていないから。招待状が届いたのは、わたしだけ。アイヴァースリー伯爵夫妻もあなたと同じで、兄がルイーザに惹かれたのを快く思っていないようね。兄と一緒でなければ、わたしはどこへも行かないから」

「いますぐ手を打とう」マーカスは書き物机に向かい、紙にペンを走らせた。「あんたは人を訪ねるのが好きなようだから、午後にでもアイヴァースリー伯爵夫人のところへ持っていくといい」紙をレディ・レジーナに手渡す。「いま読んでもいいぞ。まともな手紙かどうか信用できないなら、勝手に確かめろ」

レディ・レジーナの顔に妙な動揺が浮かんだが、たちまち消えた。「これで結構よ」

「では、また明日」

〝さっさと出ていけ〟という意味だと察してくれ……そう思いつつ、マーカスは桟敷の階段へと戻っていった。ひとりで書斎まで入ってきたのだから、ひとりで出ていけるはずだ。

「帰る前に、もうひとつだけ。明日までに髭《ひげ》をそってちょうだいね、ドレイカー子爵さま。いまどき、髭をたくわえているなんて粋じゃありませんわ」

マーカスは振り向き、冷たい視線を送った。「生意気な女も粋じゃないぞ。ま、どうせ聞きゃしないだろうが。ごきげんよう、お嬢さん」

「せっかく教えてあげようと思ったのに――」

「ごきげんよう、お嬢さん」マーカスは厳しい口調で繰り返した。

レディ・レジーナは何か言いたそうだったが、鼻を鳴らし、踵《きびす》を返して扉に向かった。白いモスリンのドレスをひるがえし、レディ・レジーナが出ていったあと、マーカスも鼻を鳴らした。ふん、髭をそれだと？　だから条件をのんだのか。この俺を、まっとうな紳士に変えられるとでも思ったか。

ならば、せいぜい面食らってもらおう。俺は令嬢の取り巻き連中とは違う。おべんちゃらを言ったり、小指一本で遊び半分にもてあそばれたりするものか。毒舌で文句を言われたからといって、身なりを改めたりもしない。

愛嬌《あいきょう》たっぷりに笑いかけてくるのは、そっちのほうだ。そうなるように仕向けてやる。みごとな胸を見せびらかしてきて、どうぞ口づけたり、なでたりしてくださいと言わんばかりの様子で……。

額に噴きだした汗に、マーカスは悪態をついた。くだらん遊びだが、うまく乗りきってやる。できるとも。目的を見失わぬよう、いつも神経を研ぎ澄ませておけ。それに、あの高飛車な女のために人生を棒に振ってもいいと思ったところで……思うわけもないが……どうしようもない。高慢ちきな令嬢のご機嫌が斜めになればなるほど、兄に泣きついてルイーザとの交際をやめさせるのも早くなる。

一刻も早く機嫌をそこねてもらいたいくらいだ。

3

お目付役《シャペロン》の仕事は、お嬢さまのためではなく、雇い主のために行うものです。万が一にでも過ちが起これば、責められるのはお嬢さまではなく、シャペロンのほうなのですから。

――ミス・シスリー・トレメイン『理想のお目付役　若き淑女の話し相手《コンパニオン》のための手引き』

「大丈夫？」ふたりで馬車に乗りこんだとき、シスリーが問いかけてきた。「顔が赤くなってるわ」

「大丈夫よ」レジーナは嘘《うそ》をついた。ドラゴン子爵の手厳しいいやみと熱い視線を三十分も受ければ赤くもなるだろう。厚かましい無頼漢に友達がひとりもいなくても、なんら不思議ではない。

シスリーは、いぶかしそうにしている。「どなられたり……さわられたりしなかった？」

レジーナは窓の外を見つめた。たくましい腕を腰にまわされ、抱きとめてもらった感触を思いださぬよう努める。「ひたすら理性的に話し合えたわ。子爵は紳士だもの」石頭で、厄介な偏見に凝り固まった紳士だけれど。

おまけに、聡明《そうめい》すぎて扱いにくい。あんな条件をのむべきではなかった。ドラゴン子爵……台風みたいに何をしでかすかわからない人に、おつき合いを許してしまったなんて。われながら、どうかしている。

それでもやはり、あそこまで兄を悪く言われた以上、ほかに手はなかった。身内の名誉が傷つけられたのだから。あの取り引きを蹴《け》ったら、傲慢《ごうまん》で無作法な子爵に家族そろって卑怯者《ひきょうもの》呼ばわりされていた。わたしが条件をのまなかったせいで、兄が非難されてしまう。

しかも、言うに事欠いて、兄のことを計算ずくの腰巾着《こしぎんちゃく》だなんて！　自分こそ無法者じゃないの！　少なくとも兄は紳士らしい態度を身につけている。レディをどなりつけたり、悪口の応酬をしたりすることなど絶対にない。ほんのわずかでも分別のあるレディならば確実に拒絶するような、非道な条件など出さない。

〝社交の場に出るなら、きれいな女を腕にぶらさげていきたいからな〟

心ならずも呼吸が乱れた。美貌《びぼう》をほめてくれた男性なら、数えきれないほどいる。けれども、そう言いながら欲望に満ちた熱いまなざしで体じゅうを見つめてきた男性は、ほとんどいない。あんなにも大胆に……。

「本当に大丈夫？」シスリーが尋ねてきた。「頬が真っ赤だけど」

「暑いから。それだけよ」レジーナは手提げ袋《レティキュール》を開け、扇を捜した。頬が赤いのは、燃える瞳で見つめられたからじゃない。絶対に違う。

扇を出した拍子に、紙が膝に落ちてきた。いけない、すっかり忘れていた……。向かいの席を盗み見れば、シスリーは午後の容赦ない日差しをさえぎろうと日よけを下ろしている。レジーナは紙を広げた。奇跡でも起きて、今度こそ文字の意味が理解できるようになればいいのにと願いつつ、目をこらす。ほかの人たちは、この文字の羅列が言葉だと言っているのだから。

しかし、いつものように奇跡など起きず、言葉として理解できる文字もなかった。dがあって、次はp、そして1か……もしかするとeかしら。なんという言葉？　紙を真横にしてみる。たぶん、これで真横だと思うのだけれど……やはり、記された文字は、ちゃんとした言葉になってくれない。ああもう、この手紙はどう読めばいいの？

頭が痛くなってきて、レジーナは文句を言いながら紙を小脇《こわき》に放《ほう》りだした。視線を上げると、心配そうにのぞきこんでくるシスリーと目が合った。

「それは？」シスリーが問いただしてきた。

レジーナは肩をすくめた。「アイヴァースリー伯爵夫人に渡す手紙。子爵は封もしなかったわ。読んで確認したければ好きにしろって」

シスリーが目をみはった。「あらまあ。それで、どうしたの？」

「読むふりをしたわ。うまくごまかせたと思う」

シスリーが眼鏡をかけた。「読んであげましょうか」

レジーナは歯を食いしばり、紙を渡した。「面倒でなければ」

「面倒なものですか」

　手紙に見入るシスリーを眺めていると、突如、六歳のころに戻ったような気がしてきた。目の前でシスリーと家庭教師が苦もなく読んでしまう文章を、自分では、どうあがいても理解できなかった。「自分でも読もうと、がんばってみたのだけれど」

シスリーは、ふむふむとつぶやきながら文字を追っている。レジーナが口をつぐむと、シスリーが顔を上げた。「がんばらなくてもいいのよ。わたしがいつでも読んであげるから」

「でも、努力が足りない気がして。本気で努力すれば――」

「だめだめ、とんでもない！」シスリーが、ひどく心配そうな顔をした。「頭が痛くなったんじゃない？」

「少し。でも――」

「脳が傷ついて、治らなくなったらどうするの。どんなことになるか見当もつかないのよ。お医者さまにも言われたでしょ。忘れたの？　脳が壊れるほど重い負担をかけてまで読むようなものはないって。話したり考えたりすることも、できなくなるかもしれないのよ。そんな危険を冒したいの？」

　レジーナは窓の外に目をやった。「まさか」

　まだレジーナが小さかったころ、シスリーは誰にも内緒で医師に相談し、無理に読もうとするのは危険だと忠告されたという。とはいえ、頭痛をがまんして読み続けたらどうなるか、実際には知るよしもない。ほかの人は、少し字を読んだだけで頭が痛くなることもないらしいのに。字を逆にたどったり、逆さに見たりしながら読む人もいない。

どうしてこんなに頭が変なのだろう。人の話や、読みあげてもらった文章は普通に理解できるのに。そのうえ、誰かに読んでもらうように仕向ける要領まで身につけた。声に出して読んでもらえば、文章も理解できる。名文は耳に快く響いたし、芝居を観《み》に行くのも好きだった。

なのに、本を開いたり楽譜を読んだりすると、いきなり文字や音符が変なふうに見えてしまうのはなぜだろう。

シスリーに言わせれば、二歳のときに高熱を出したせいだという。もう助からないと、乳母が絶望しかけていたらしい。言葉をしゃべりだすのも、大半の子供より遅かった。

「それで、なんと書いてあるの？」なおも紙に目をこらしていたシスリーに尋ねる。

「ものすごく達筆というわけでもなくってね……」シスリーが笑顔を向けてきた。「ちゃんと読めていればの話だけれど……あなたの説得で、子爵は妹さんとサイモンの交際を考え直したらしいわね。明日の夜会にサイモンを招待するよう、アイヴァースリー伯爵夫人に頼んでいるわ」とまどったように眉を寄せ、さらに目をこらす。「子爵も出席するんですって……あなたと？　だめね、やっぱり読み違えたみたい」

レジーナは肩をそびやかした。「読み違いじゃないわ。わたしがいいと言ったのよ……その……一緒に出かけてもいいって」ドレイカー子爵との取り引きの内容は伝えないほうが無難だろう。シスリーが卒倒し、そのまま息を引きとってしまいかねない。それどころか、頭が転げ落ちてしまいそうな勢いで、シスリーが顔を上げた。「嘘でしょ。そんな必要があるわけ？　本当に？」

「ないわ」レジーナは顔をしかめた。「でも、どうしようもなくて。お兄さまとルイーザの交際を許してもらうには、そうするしかなかったのよ」

シスリーが座り直し、自分のレティキュールで激しく顔をあおぎだした。「あらまあ、なんてこと……ドラゴン子爵と……あなたが……」あおぐ手を止めて眼鏡をはずし、手紙を返してきた。「サイモンが納得するかしら」

レジーナは手紙をレティキュールに押しこんだ。「好きな子に会いたければ文句は言わないでしょう」気取った笑みを浮かべてみせる。「それに、ドレイカー子爵が迎えに来るまでばれないわ。来たときは、もう遅いし。わたしが子爵と話し合いにキャッスルメインへ行ったことも知らないんだから」シスリーの顔から血の気が引いた。レジーナは目をすがめた。「教えてないわね？」

「ええ！　い、いえ……その……書き置きを残してきたの。でも、わたしたちのほうが先に帰れるはずだから、すぐサイモンの机から書き置きを取り戻すわ」険しくなるレジーナの表情に、シスリーがあわてて言い添えた。「誰かに行き先を知らせておきたかっただけなのよ。ほら、キャッスルメインで何かあるとまずいから」

レジーナは目をむいた。「ドレイカー子爵に何かされるとでも思った？　噂《うわさ》の地下牢《ちかろう》に閉じこめられるとか？」

シスリーが興奮ぎみに目を輝かせ、かがみこんできた。「とんでもない。でも、その噂は聞いているわ。地下牢で女を鎖につないで、言葉にできないようなことをするんですって」

レジーナは笑いをこらえた。「言葉にできないようなこと？　何かしら」

「レジーナ！」シスリーが悲鳴をあげた。おびえているらしい。

「冗談よ」もっとも、半分は本気だけれど。ドレイカー子爵の地下牢に閉じこめられ、〝言葉にできないようなこと〟をされると思うと、妙に胸の奥がざわざわする。

地下牢の様子が目に浮かぶ。子爵の前で縛《いまし》められ、身動きもできない女……肌もあらわな格好のまま、むさぼるような熱いまなざしで体じゅうをなでまわされて……視線がなでていったのと同じところに両手が伸びてきて、何度も愛撫《あいぶ》されるうちに、いつしか快感の吐息を……。

いやだ、快感だなんて！　そんなはずがないでしょう。しかも、あの傲慢な無礼者を相手に？　ああもう、ばかみたい、わたしったら。想像力が豊かすぎるのは、シスリーにも負けていないわね。

「くだらないゴシップ新聞を読むのは、やめたほうがいいわよ」レジーナは口をとがらせて言った。「ばかなことばかり考えるようになるから」わたしも、いいかげんにしないと。

シスリーがのけぞった。「世のなかの動きをあなたに教えてあげられるよう、読んでいるだけでしょう」

たちまち、レジーナは後悔の念にさいなまれた。「ええ、そうだったわね。ありがとう。面倒をかけてごめんなさい。シスリーがいてくれなきゃ何もできないわ」

これでシスリーの気分も治まったらしい。あいまいな微笑を浮かべると、編みかけのレースをレティキュールから取りだした。

いまの言葉は大げさでもなんでもない。シスリーがいてくれなければ、頭がおかしくて字も読めないと世間に知られていただろう。誰もが公爵と妹を哀れむに違いない。家族全員について、どうでもいいようなことまで蒸し返し、兄妹《きょうだい》のあら捜しをするのは目に見えている。それだけでなく……。

だめ！　絶対に耐えられない。この秘密は誰にも知られてはいけない。

シスリーが機転のきく人で本当によかった。いとこの娘が字も読めないと悟るやいなや、両親にさえ気づかれぬよう必死に隠してくれた。読む力が発達していないと察するだけでなく、母に完璧《かんぺき》を求められていたことまで悟ってくれた。なんといっても、身内の名誉は守らなくてはいけないのだから。

幸い、母に期待されていたものは、頭のよさではなく女らしさだった。レジーナはハープの弾きかたを耳で聴き覚えたし、歌も得意だったので、社交界に出た直後に母が世を去るまで自慢の娘でいられた。

字は読めなくても、不幸だとは感じていない。お芝居は観に行けるし、新聞ならシスリーが読み聞かせてくれる。詩はシスリーが大嫌いで読んでくれないから、社交の席で詩の話題になると、ついていけず焦ってしまうこともある。それでも、やすやすと切り抜けてきた。どうにかして状況を変えようとまでは思わない。

とはいえ、不便なことに違いはないし、その度合いは増す一方だった。シスリーの肩にかかる負担は言うまでもない。シスリーは倍も年上で、目も弱ってきている。シスリーはもともと、さほど丈夫な体でもなかったけれど、最近はひどく病気がちになってしまった。そのうち、付き添いを頼むのも難しくなるだろう。

「子爵って、どんな人？」向かいの座席からシスリーが問いかけてきた。「噂どおり怖い？」

「いいえ、ちっとも」これ以上シスリーを怖がらせる理由もない。

「乗馬中に事故に遭うまでは男前だったらしいけど」

好奇心が頭をもたげた。「それで顔に傷を負ったの？」

「あなたのお母さまがレディ・ドレイカーに聞いた話では、そうらしいわ」

「事故って、どんな？」

シスリーは同じ速さで器用に手を動かしながらレースを編んでいる。「詳しく聞いたわけじゃないけど。子爵のお父さまが亡くなったころだそうよ。子爵が成人して、すぐのころかしら。悲しみに打ちひしがれて、ろくに注意もせず無謀な乗りかたをしたせいで馬から落ちたのかもね。本当のところは、わからないけど」

悲しみに打ちひしがれて傷を負った？　あの人から受けた印象とは合わない。いつもいやみな態度ばかりとっていたせいで、仲間を怒らせて斬《き》りつけられたのではなかったの？ひとしきり、馬車の走る音が大きく響いた。「お気の毒ね、傷を負ったなんて」しばらくしてから、シスリーが口を開いた。「痕《あと》が残って、ぞっとするような面相でしょうね」

「そんなことないわ」レジーナは即座に反論した。

シスリーが、いぶかしげな顔になった。「じゃあ、いまも男前なの？」

「それほどでもないけれど」子爵は印象的で、たくましい。とても興味深い男性だった。けれども、男前とまでは言えない。髭《ひげ》も伸び放題だし。でも、きれいに髭をそり、泥まみれの世捨て人ではなく紳士らしい格好をしたら……。

「どうだっていいでしょう、見た目なんか」レジーナはあたり散らした。「お兄さまがルイーザとつき合うあいだ、わたしもがまんして子爵とつき合えばいいだけなんだから」

「つき合う？」シスリーが甲高い声を出した。「あなた、子爵とつき合うの？」

いけない、言うつもりじゃなかったのに。「ええと、その……」

道の前方から怒声が聞こえてきたかと思うと、いきなり馬車が止まり、レジーナは反動でシスリーのほうへ投げだされた。

「なんなの、いったい……」レジーナはつぶやき、あたふたと体を起こした。

「旦那《だんな》さま！」度肝を抜かれたような声が御者台から降ってきた。「いかがなさいました？」

「レジーナは？」どなるような口調に、レジーナはうめき声をもらした。馬車の扉が勢いよく開き、いまだけは顔を見たくない相手が現れた。

兄だった。

開いた扉の向こうから、サイモンがにらんできた。金色の髪が乱れ、青い目がぎらついている。「レジーナ。今度ばかりは、やりすぎだ」飛び乗ってきたサイモンが隣に腰を下ろし、馬車を出せと御者に命じた。

走りだした馬車の窓から外に目をやったレジーナは、兄の従者がフェートン型馬車を御しているのに気づいた。なんと心配性の兄だろう。いちばんスピードの出る馬車を飛ばしてきたとは。兄が軽装の二頭立て四輪馬車を使うのは、よほど急ぎの用事か、殿下との外出にかぎられている。

面倒なことになるのは目に見えていたので、レジーナは、兄の厳しい小言が始まらないうちに機先を制した。「こんなに遠くまで付き添いに来てくれたの？　本当にやさしいのね、お兄さま。わざわざ来てくれなくてもよかったのに」

サイモンが顔をしかめた。「機嫌をとろうとしても無駄だぞ。よけいなことをしたのは、自分でもわかっているのだろう？　キャッスルメインに行くなんて」

「お友達のお兄さまを訪ねて何が悪いの？」

「独身男の屋敷だぞ。おまえの評判にも傷がつく――」

「シスリーも来てくれたから平気。向こうでは誰にも会わなかったし。それに、いつからわたしの評判を気にかけてくれるようになったの？　わたしに逢引《あいびき》の手伝いをさせて、あちらの保護者をかわそうとした人が」

サイモンが、うさんくさそうな視線を向けてきた。「まさか、ドレイカーにそんな話をしていないだろうな」

「一カ月だけ、お兄さまとルイーザのおつき合いを許してもらったわ」

サイモンは愕然《がくぜん》とした。「嘘だろう？」

「本当よ」シスリーが割って入った。「レジーナは、アイヴァースリー伯爵夫人への手紙をことづかってきたわ。明日の夜会に、あなたも招待してもらうよう頼む手紙よ」

とまどった様子で、サイモンが座席に体をあずけた。「どんな手を使ったんだ？」

口を開きかけたシスリーを鋭い目つきで制し、レジーナはにっこりと兄にほほえんだ。

「子爵は申し分のない紳士よ。きちんと事情を話せばいいの」

「とても信じられない」兄は考えこむような表情で窓の外に目をやった。「で、つき合いを許すかわりに、どんな条件を出してきた？　アイヴァースリー邸でルイーザに会ったり、あちこちの舞踏会にエスコートしたりできるのか？」

「もちろん」

「ふたりでフェートンに乗って出かけようかと思うのだが」

レジーナは、ごくりとつばをのんだ。「子爵は……一緒に行くと言うでしょうね。ルイーザと馬車で出かけるのを許してもらいたければ、うしろに子爵も乗せないとだめかも

――」

兄が向き直ってきた。「なぜドレイカーまで乗せなきゃいけない？」

「それが条件だから。お兄さまとルイーザの交際を監督させることになっているの」

「なんだそれは。どういう交際だ！」

「清く正しい交際よ、要するに」

「あり得ないね、ルイーザと一緒にいるときにドレイカーにうろちょろされるなんて。全部だいなしだ」

レジーナは眉根を寄せた。「どうして？」

兄の顔に微妙な表情が広がり、レジーナは躊躇《ちゅうちょ》した。〝むしろ、あんたの兄貴が俺《おれ》の妹を利用しているんだと思うが〟下心があると言われて腹が立ったけれど、結局、そのとおりなのだろうか。

凝視に気づいたサイモンが身構えた。「延々と文句を言われて必死に弁解するうちに、ルイーザまで怒らせてしまうのがおちだ。ひっきりなしにいやみばかり言う兄貴のいるところで、どうやったら結婚前提の交際なんかできる？」

兄の顔をうかがってみる。その言い分は、もっともなのだけれど。「ねえ、どうしてルイーザと結婚したいの？　何週間か前に出会ったばかりで、ろくに知らないのに」

「よく知っている。すてきな人だ。教養があるし、おもしろいし、落ち着きがあって
――」

「じゃあ、ルイーザが好きだから結婚したいのね？」教養が真っ先に挙がったことは考えないようにしながら念を押す。

まっすぐに見返してきたサイモンと目が合った。「当然だろう。ドレイカーに妙なことでも言われたのか」

疑われていると告げて兄を不機嫌にさせてもしかたがない。その疑い自体、あきらかに理不尽だというのに。

「いいえ。ちょっときいておきたかっただけ」ほらね、ドレイカー子爵。言ったでしょう。やっぱり、あなたの考えすぎよ。「それなら、ルイーザの家族に悪い噂があっても気にしない？　都会育ちでとても洗練されたお嬢さんとは言えないけれど、それでもいいの？」

「おまえこそ、それでもいいのか？」サイモンが問い返してきた。

「ええ。だって、あの子と結婚するのは、わたしじゃないもの」

とはいえ、結婚相手が誰になったとしても、自分が嫁ぐ気などない以上、一緒に暮らすことになる。だからこそ、兄の縁談に一から十まで口をはさむつもりでいるのだった。兄が気づいているかどうかはともかく。

老いたシスリーに無理をさせずにすむよう、かわりに字を読んでくれる相手と結婚してもらわないと困るのだから。それに、自分もシスリーも、かわいいルイーザをとても気に入っている。あの子なら自分たちの暮らしを変えようとはしないだろうし、増長することもなさそうだった。兄が好きになるのは生意気な女の子ばかりみたいだけれど、そういう子たちとは大違いで。ルイーザなら、秘密も打ち明けられる仲になれるだろう。そんな友達は、いままでひとりもいなかった。

女友達は何人もいるけれど、誰ひとり、洗練された公爵令嬢として慎重に築きあげてきた人物像を疑いもしない。その虚像がなければ、寄ってたかって頭からむさぼり食われてしまうだろう。社交界で公爵令嬢に完璧を求めるのは母だけではなかった。

でも、ルイーザは違う。やさしいルイーザが兄と結婚すれば、身内も思いやってくれるだろう。それが何よりなのだけれど。

だからこそ、憎たらしい子爵とも親しくつき合わなくてはいけない。「本気でルイーザと結婚するつもりなのよね?」レジーナは感情を交えず、兄に話しかけた。「だったら、保護者にも気に入ってもらわなくては。でないと、駆け落ちしなきゃいけなくなるわよ。気に入ってもらえるよう、お膳立《ぜんだ》てをしてあげたんだから、活《い》かせばいいでしょう。まじめな気持ちでおつき合いしているところを見せても損はないわ」

サイモンは座席の背もたれに寄りかかり、口元を引きしめた。「まあ、そうかもしれないな。うるさいドレイカーと、ずっと一緒にいさせられるわけでもないし。夜会に出てしまえば適当に動きまわれる。最初の予定どおり、ふたりきりになればいい」

レジーナは厳しく言った。「そうはいきません。だいいち、ルイーザはもう、人目のないところには行かないと思うの。正式なおつき合いを子爵に認めてもらったのだから。それに、まわりから見えるところで清く正しい交際をすることも、条件に入っているわ」

サイモンの目が、すっと細くなった。「いつまで辛抱すればいい?」

「一カ月」

「レジーナ!」シスリーが大声をあげた。「あの悪魔に一カ月も言いよらせておくつもり?」

「悪魔?」サイモンが問いただした。「言いよらせておく? なんの話だ」

シスリーは過保護で、ときどきうっとうしい。レジーナは目尻をつりあげて年配の親戚《しんせき》をにらんでから、兄に顔を向けた。「子爵と取り引きをしたの。お兄さまたちの交際を認めてもらうかわりに、わたしとも交際していいことにしたのよ」

「レジーナ、気でも違ったのか?」兄が絶叫した。「ドラゴン子爵と交際してもいいなんて言ったのか? 女を見たとたん襲いかかるようなやつなのに?」

「何言ってるの。無愛想かもしれないけど紳士よ」〝紳士〟の定義を、うんと広く取ればの話だけれど。

「女から目も向けてもらえないようなやつだぞ? そんなやつに一カ月もじろじろ見られても、がまんするのか? どういうつもりだ」

「押しきられたっていうか……子爵がお兄さまを……わたしたちを誤解していたから。兄妹そろってルイーザを堕落させると思いこんでいたのよ。だから、断れなくて。断ったら、勝手な思いこみを認めることになってしまうもの」

「札つきのドラゴン子爵なんかと一緒にいたら、おまえまでパーティーに出入り禁止になるぞ。いいのか？」

「何を言ってるの？　ちょっと変わった男性から、たまに言いよられたからって、こっちの立場まで悪くなるはずないでしょう。逆に、つまはじきにされている子爵の立場をひっくり返せたりして。おもしろいと思わない？　社交界の語り草になるわ」

「なるほど。チェルシー王立病院で慈善看護婦をするのも飽きて、別の趣味がほしくなったのか。あの男をこざっぱりした紳士に改造して、愛想よくさせようとか？」

「そんなんじゃないけど。ちょっと説得すれば、たぶん――」

「はっ、無理だな。おまえの足元にひれ伏して崇《あが》め奉るようなお人よし連中とは違う。冷たいお小言くらいで調教できるわけがない」兄は何やら含むところのある顔で、こちらを見た。「まあ、せいぜいがんばってみろ。見物するのもおもしろそうだ。いいよ、あの子爵を調教できるかどうか試してごらん。あいつを平伏させられるのは、おまえぐらいだろう」

「そういう言いかたをしないで」子爵や、ほかの人たち全員から〝高慢ちきで性格のねじまがった女〟と思われるだけでもうんざりなのに。兄にまで、そんなことを言われなきゃいけないの？

「せっかくがんばるなら、もっとおもしろくしよう。僕は失敗するほうに賭《か》ける。一カ月間、おまえがちょっと説得したくらいでは、子爵を社交界向きの紳士に変えるなんて無理だ。僕が賭《かけ》に勝ったら、ルイーザとのつき合いに今後いっさい口を出さないと約束してもったいね」

賭なんて大嫌いだからと断るつもりでいたけれど、兄の最後の言葉で気が変わった。交際を後押ししてもらいたくないのだろうか。感謝してくれてもよさそうなのに。

〝本当に結婚する気があるかどうか、わからんぞ〟

レジーナは体をこわばらせた。「わたしが勝ったら、ドレイカー子爵のところへ行って、ルイーザと結婚させてくださいと正式にお願いしてね。子爵に何を言われても、黙って従うのよ」

大きく息を吸い、返事を待つ。いまの言葉を兄が聞き入れるなら、本気でルイーザと結婚する意思があり、ドレイカー子爵のほうが誤りだったということになる。

サイモンが眉を一方だけ上げた。「わかった。でも、おまえに勝ち目はないから。あいつが身のほど知らずに結婚を申しこんでくることはあっても、尻尾《しっぽ》を振って命令を聞く子犬になったりするものか」

レジーナは兄をにらんだ。「わたしが彼を子犬扱いしたがっているなんて、なぜ決めつけるの？　彼に気があるからだとは思わない？」

サイモンが声をたてて笑った。「目がくらむような色男で、なんでも言いなりになってくれる能天気な男じゃなければ興味を示さないくせに」

たしかに。でもそれは、聡明な男が相手だと、極秘の瑕《きず》を暴かれそうな気がするからだった。少なくとも、能天気な男なら、公爵令嬢が文字も読めぬとは疑いもしない。

もっとも、そういう男には、パーティーへの同伴しか許さない。それさえ思い至らないから、能天気だと言うのだけれど。そんな男と結婚する気にはなれない。

　そもそも、誰とも結婚する気はなかった。字が読めなくてもいいと言ってくれる相手がいたとしても、運を天にまかせて子供をもうける勇気などない。字の読めない子供が生まれてしまったらどうするの？　もっと頭のおかしな子供が生まれてきたら？　そんな危険は冒せない。

　サイモンが言いつのった。「誰の目から見てもドレイカーは醜男《ぶおとこ》で――」

「醜男じゃないわ」

　サイモンが片方の眉をつりあげた。「まあいい。物知りで頭がよくて、ろくでもない噂まみれの男だぞ。おまえとは合わないよ」

「わたしの趣味が変わったのかもね」

「筋骨たくましい男で小手調べをするつもりか。気をつけたほうがいいぞ。目標を高く設定しようという気構えは頼もしいが、いきなりドレイカーみたいな男を相手にするなんて正気の沙汰《さた》じゃない」

「わたしもそう言ったのよ」シスリーが口をはさんできた。「だけど、ちっとも聞いてくれなくてねえ」

　だって、あの男の無礼な思いこみが許せなかったのだもの。わたしなら、彼が間違っていると思い知らせてやれるのだから。「お兄さまがどう思おうと勝手だけれど、わたしも賭に乗るわ。勝つのはわたしよ」兄がまじめな気持ちでルイーザとつき合っているのだとはっきりさせるためにも。

サイモンが笑った。「では、お手並み拝見といこうか。調教がうまくいかなくて、あの野獣が僕たちの交際にいつまでも横槍《よこやり》を入れてくるようなら、最後は妹にも縁を切られるだけだ。僕たちの好きにさせてもらう」

レジーナは歯を食いしばった。「負けないから。お兄さまに、恋人を連れて街をこそこそ歩くような真似《まね》はさせないわ。恥知らずのごろつきでもあるまいし。そんなことは絶対にさせません」

4

好ましからざる求婚者に対する最高の武器は、きつい目です。非難がましい目つきができるよう、鏡を使って練習しましょう。

――ミス・シスリー・トレメイン『理想のお目付役《シャペロン》　若き淑女の話し相手《コンパニオン》のための手引き』

フォックスムア公爵家の町屋敷は広々とした豪邸で、ぜいたくな調度品であふれていた。マーカスは玄関広間を行ったり来たりしながら顔をしかめた。じきにレディ・レジーナが下りてくると執事は言っていたのに、ゆうに十五分は待たされている。これも自分を服従させるための作戦かもしれない。

よかろう、小細工でもなんでも弄《ろう》するがいい。動じるものか。そちらが妖精《セイレーン》だろうと、こちらも帆柱に体を縛りつけたオデュッセウスのごとく微動だにしない。妖《あや》しい歌を耳にしても誘惑に屈するものか。

「ドレイカーかな？」背後で声がした。

振り向くと、近づいてくる男の姿があった。金髪の若い男で、ダークブルーの上等なシルクで仕立てたそろいの服を身につけている。妹のお披露目の舞踏会で見かけていなくとも、レジーナによく似た顔立ちから、すぐに公爵だと気づいただろう。まったく、ルイーザのような箱入り娘を有頂天にさせるぐらい朝飯前と言わんばかりのやさ男だ。

マーカスは、ひとめで嫌いになった。「おう、フォックスムア」

男は、ふいに足を止めた。「前に会ったことがあるかな？」

「いや、一度も。だが、あんたがフォックスムアなのはわかった」

「なるほど」公爵が片手を出してきたが、マーカスは黙殺した。一瞬の間をおいて、公爵も手を下ろした。「妹を誘いに来たか」

マーカスは相手を油断なく見すえた。「レディ・レジーナに聞いたのか？　俺《おれ》と……その……」

「取り引きをしたって？　ああ。頭が痛いよ、まったく」フォックスムアが口元を引きしめた。「許可した覚えもないのだが。僕が何を言おうと、あれは自分の好きなようにやるたちでね。まあ、妹がいれば、こういう苦労もつきものなんだろうな」

「こっちは、そんな苦労をさせられたことなどない」マーカスは薄笑いを浮かべた。「うちの妹は俺の許可なく勝手な真似《まね》などしないからな」

フォックスムアの目が細くなった。「どうかな。ミス・ノースにも自分の意思はある。きみと僕のどちらかを選べと迫るなら、すぐ思い知らされることになるぞ」

「俺がひとこと言えば、ルイーザは、きさまなど絶対に選ばん」

フォックスムアも薄笑いを浮かべたが、目は笑っていなかった。「言わせるものか」

マーカスはフォックスムアをねめつけた。「いいか、この計算ずくの鼬《いたち》野郎――」

「いいかげんにして、ふたりとも」

ふたりは同時に階段のほうを振り返った。夜会服姿の妹に、フォックスムアは苦々しい表情を浮かべ、マーカスは言葉を失った。

昨日のレジーナを見ただけで、美しいと思ったとは。頭がどうかしていたに違いない。あれは引きこもりの田舎紳士を訪問するときの地味なレディ・レジーナだった。これは社交用の正装に身を包んだレディ・レジーナで、華やかに咲き誇る〝つれなき美女〟だ。ピンクの薄絹と無数の真珠で身を包んだ絶世の麗人。

こんな女に服従させられることなど絶対にないと思っていたが、甘かった。用心しなければ、たちまちセイレーンの誘惑におぼれ、海に身を投じる羽目になってしまう。

目を奪われていると、レジーナが階段を下りてきた。均整の取れた曲線美をふわりと包むのはサテンのドレスで、オーバースカートが軽やかに揺れている。金色に輝く髪を飾るのは、昨日とは違うピンクのサテンの帽子だった。白い房飾りがふたつたれさがっているものの、すべるような足取りに、ほとんど揺れもしない。これほど優雅に、なまめかしく動ける女がいようとは。硬い表情さえ、速まる鼓動を抑えてはくれなかった。

「お行儀よくしてちょうだい」ほんの一瞬、マーカスは、腿のあいだに高ぶる熱のことでたしなめられたかと思った。だが、話しかけられているのはフォックスムアのほうだった。

「子爵さまへの挑発をひと晩じゅう聞かされるなんて、お断りよ」シルクのような柔らかさで兄を叱責《しっせき》する声が、マーカスの血潮をさらに熱くたぎらせた。

「レジーナ!」フォックスムアが抗議した。

「お兄さまがチャンスをいただけたのも、ご親切な子爵さまが、お願いを聞いてくださったからでしょう。だから、いやみばかり言わせておくわけにはいきません。礼儀正しくしてくださらない? でないと、置いていくから。ご自分の馬車で行っていただくわよ」

「そりゃいい考えだ」マーカスはつぶやいた。

そのせいで威圧的な一瞥《いちべつ》をたぐりよせてしまったわけだが。「子爵さまこそ、なんですの、その嘆かわしいくらいに流行遅れの夜会服は。大目に見てあげなきゃいけないのかしら」使用人に毛皮の縁取りつきの外套《がいとう》を手早く着せかけてもらいながら、レジーナが冷ややかな視線を送ってきた。「社交の場に顔を出すのに、新しい夜会服を買う暇もなかったのね」

「暇もないし、そんなちゃらちゃらしたことに金を使う気もない」マーカスは言い返した。

「服なら、まだ着られるものがあるからな」

「子爵家は裕福だと思っていたのだけれど。間違いだったようね」マーカスがいやみに反応するより早く、レジーナは甘い声で言葉を継いだ。「でも、かみそりは高価なものじゃないわ。髭《ひげ》をそるよう助言してあげたのに無視するなんて、どんな理由があったのかしら」

この俺に説教を食らわせて、ただですむと思っているのか？　冗談じゃない。「ご婦人に見せられないようなしろものが髭の下にあってな。あんたら社交界の連中は見かけなんてものにむやみやたらとこだわるから、みんなわかってくれるはずだ」

レジーナがいやみの応酬に気づいたとしても、表情には何ひとつ出ていない。「髭の下にあるものが婦人向きかどうか、わたしが判断させてもらえばいいということね？」

「だがなあ、ぞっとして尻ごみされても、もとどおりの髭をきちんと生やすには何週間もかかるぞ。それまで、あんたと一緒にいられなくなってしまう」

レジーナがほほえんだ。「そのくらい、どうってことないでしょう」

「契約どおりにしてもらいたい」消えていくほほえみに目もくれず、マーカスは腕をさしだした。「行こうか」

レジーナが腕を組んだとき、左のほうで含み笑いが聞こえた。横目で見ると、兄が笑いをこらえていた。

レジーナは兄をにらみつけた。「何かしら」

「いや、別に」愉快そうに瞳を輝かせている。「シスリーを呼んでくる。客間にいたな」

フォックスムアが肩を震わせながら離れていったあと、マーカスはレジーナを見下ろした。「俺が何か言ったせいで笑っていたのか？」

「兄は、あなたに紳士らしくさせるのは無理だと思っているのよ。しかも、あなたの口から出た言葉が、ことごとく兄の考えを裏づけたのだもの」

マーカスは腹立ちを抑えこんだ。「紳士らしくする約束などしていないと思うが」

「でも、わたしに恥をかかせるつもりで交際を申しこんできたようにも見えなかったわ」

マーカスは彼女を見下ろした。「俺は俺らしくする。一緒にいるのが恥ずかしいなら――」

「ドラゴンみたいに頭から湯気を立てて言いつのらなくても結構。わたしを恥ずかしがらせるのも、そう簡単にはいかないわよ」

「いやいや、あんたの猛々《たけだけ》しさのほうが、よっぽど恥ずかしいかもしれんぞ」

レジーナがたじろぎ、目をそむけた。「そうね。まわりの人に気まずい思いをさせてしまうのは、わたしの得意技だもの。子爵さまは聡明《そうめい》なのね、人を見る目があって」

まずい。まさかとは思うが、本当に傷つけてしまったか。

いや、そんなはずはあるまい。この手の女は、たったひとことで他人を恥じ入らせてしまう自分を鼻にかけているものだ。いやみを言われて不機嫌になっただけだろう。

しばらくすると、公爵が女を連れて戻ってきた。紹介を受けながら様子をうかがったところ、どうやらミス・シスリー・トレメインは令嬢づきのシャペロンらしい。高飛車なレディ・レジーナとて、シャペロンなしで人前に出るような暴挙は冒せないようだ。

だが、五十歳くらいのミス・トレメインは、やせぎすで顔色も悪いとはいえ、意を決して近づこうとする求婚者さえ寄せつけぬほどの警戒ぶりだった。令嬢を守る使命に燃えているらしいが、勝手にしろ。こっちは、ふしだらな真似で令嬢をはずかしめる必要もない。

夜会に同伴するだけでも、両家の結びつきなど言語道断だと思い知らせてやれるだろう。

実際、レジーナへの戒めは、もう始まっていた。シャペロンのほうはドラゴン子爵への不快感を隠そうともしないのだから。四人で子爵家の馬車に乗りこみ、マーカスと公爵の向かいにレディたちが腰を下ろしたあと、ミス・トレメインはこちらを見るたび苦い顔をしていた。息づまるような馬車のなか、緊張をほぐそうとしたマーカスの脚が軽くかすめたとき、恐怖に襲われたミス・トレメインの表情は、ほとんど喜劇に近いものがあった。

あくまでも、近かっただけだが。

マーカスは奥歯をかみしめ、こういう反応がほしかったのだと自分に言い聞かせた。領地から出るたびに突き刺さってくる視線を、レジーナに見せつけてやりたかった。恐怖や嫌悪、不審、あるいは軽蔑《けいべつ》に満ちたまなざしが飛んでくるのだ。

レジーナだけは、そんな目つきをすることもなかったが。心の動きをあらわにせぬよう鍛えられているに違いない。

馬車が走りだしたとき、マーカスは斜め前に座るレジーナを盗み見た。まったく、感情を隠すのが達者な女だ。この女の考えだけは読めない。

だから、なおのこと信用できない。

視線に気づき、レジーナが頬をゆるめた。「今夜、妹さんはピアノとハープを演奏なさるそうね。ハープが得意だとは知らなかったわ」

「得意なものか。下手くそだ。そう言うと、演奏の出来を云々《うんぬん》するほどの耳もないくせにとか言い返してくるが」

「ハープを弾くミス・ノースは天使のようだ」フォックスムアが、ぼそりと口にした。

マーカスは横目でフォックスムアを見やった。「ああ、見た目だけは天使そのものだが。残念ながら、出てくる音は梟《ふくろう》の絶叫のごとく清らかだ」

レジーナが笑い声をあげた。「お兄さまに何がわかるの。音痴と言ってもいいくらいなのに。梟の絶叫もナイチンゲールのさえずりも一緒でしょう」

「あんたは？」マーカスはレジーナにきいた。「出来のいい音楽を聞き分けられるか？」

「耳はいいと言われているわ。妹さんのハープが神業とまではいかないにしても……判断をくだすのは、あとにしましょう。わたしはまだ、演奏を聴いたことがないから。とにかく、あの子はきれいな声で歌えるし、ピアノもすごく上手だわ」

「ふん、そりゃそうだろう。音楽の教師に、どれだけ金を払ったと思う」

「ちゃらちゃらしたことには、お金を使わないんじゃなかったかしら？」レジーナが、あてこすりを言ってきた。

「耳を守るための処置は、ちゃらちゃらしたことではない」

形のよい唇に好戦的な微笑が浮かんだ。「あんなにすてきな水彩画を描《か》けるのも、そのせい？　あなたが、ご自分の目を守ろうとなさったから？」

「一流の美術教師は金で買える」

「まあすごい、いろんなものを守るには、ずいぶんお金がかかったでしょうねえ」斜め向かいの席から、強い光を放つ視線がぶつかってきた。「足を守るためのダンス教師とか、名馬を守るための乗馬教師とか――」

「もちろん、日々のいやみから理性を守るための家庭教師も必要だ」マーカスは、見下したような一瞥を送ってやった。「ああ、女に教育なんぞ必要ないという考えかな？　女がシェイクスピアやアリストテレスを読んで、考える力をつけるなんてもってのほかだとか？　女らしいことが得意で美人なら、ばかでもいいと言いたいのか」

レジーナの笑みが消えた。「まさか」窓の外に目をやる。「着いたわ。申しわけないけれど、わたしの欠点を並べ立てるのは、なかに入るまでおあずけよ」

マーカスは沈黙した。何を間違えたか知らないが、今度こそ彼女を傷つけてしまった。それがどうした。さすがの公爵令嬢も、ドラゴンに軽々しく手を出してはいけないと思い知ったはずだ。

馬車から降りると、レジーナはミス・トレメインと腕を組み、先に立って歩きだした。フォックスムアが戻ってきてマーカスと並んだ。「なかなかの見ものだったぞ、大将。女の扱いが絶妙だな。いやみばかりで。妹がきみの虜《とりこ》になるのも時間の問題だ」

そう言うと、フォックスムアは勝ち誇った顔で足早に歩いていった。マーカスは、レジーナを虜にするつもりなどさらさらないと絶叫したくなった。だが、それでは敵に手のうちを見せてしまう。そんな真似をしてなるものか。

とはいえ、待ちきれない風情で玄関先に立っていたルイーザの姿を見たときでさえ、動揺は消えてくれなかった。

「お兄さま！」近づいていくと、ルイーザが叫んだ。「本当に来てくれたのね！　レディ・アイヴァースリーから聞いていたけど、とても信じられなかったわ」

喉の奥に引っかかっているしこりをそのままに、マーカスは妹をしげしげと眺め、ここ数日での成長ぶりに改めて驚嘆した。「妹の大演奏会を見逃せるわけがないだろう」ぶっきらぼうに告げ、かがみこんで頬にキスをする。

ルイーザは兄の腕を扇でぴしゃりと叩《たた》いた。「冗談ばっかり！　宮殿でのお披露目もデビューの舞踏会も見逃しておいて。わたしなんかのために足を運んでくれたわけじゃなさそうね」目を輝かせながら邸内をちらりと見る。視線の先では、レジーナとフォックスムアがアイヴァースリー伯爵夫妻とあいさつを交わしていた。「それでもいいけど」

喉のしこりが転げ落ち、岩のごとく胃につかえた。レジーナとの同伴を妹にどう思われるか考えずにいたのは迂闊《うかつ》だった。本当につき合っていると誤解された。まずい。

「早合点するな」マーカスは口ごもった。「つま先を水につけて様子を見るのと、泳ぎだすのとでは大違いだ」

「水が気持ちよければ、同じになるかもしれないわ」ルイーザが、ほがらかな声をあげた。

気持ちいい水など期待していないのだが。そんなことを妹に言えるわけもない。

言う必要もなかった。ルイーザと一緒に、招待客であふれる玄関広間に足を踏み入れたとたん、おしゃべりが徐々にやんだ。伯爵夫妻とレジーナが会話を続けているほかは、完全な沈黙が広がり、すべての目がこちらを向いている。

つかの間、マーカスは初めての舞踏会の記憶に引き戻された。もう十何年も前のことだ。十七歳で垢抜《あかぬ》けないマーカスは、母が望むとおりの紳士になろうとしていた。だが図体《ずうたい》が大きく、あまりにも不器用だったので、母に恥をかかせることしかできなかった。

それでも、あのころの自分に対する視線には、哀れみや軽蔑しか混じっていなかった。いまは、あからさまな敵意がこもっている。

マーカスは普段どおりの行動に出た。まさに暴挙だった。「乙女を食らいに来たぞ」野太い声でどなる。「乙女の居場所を教えてくれるやつはいないのか」

それが静寂を破った。騒々しいのは、ばたばたと玄関広間から逃げ去った招待客たちによるところが大きいのだが。〝なんてずうずうしい〟だの〝あんな人を招待するなんて〟だのとささやく声が、あちこちから聞こえた。〝ドラゴン子爵〟の渾名《あだな》もあった。

「九年たっても、社交界は少しも変わらんようだな」マーカスは妹に話しかけた。「悪かったな、ルイーザ。おまえの夜会をぶち壊しにするつもりじゃなかったんだが」

「あら、まだ壊れたわけじゃないけど。でも、いつまでもそうやって不機嫌に……」

「へそを曲げてばかりいるなって？」マーカスは先まわりして言った。

「そう、それよ。怖いことばっかり言うんだもの、お兄さまらしくもない。いいかげんにしたら？　せめて、礼儀正しくするよう努力して——」

「ドレイカー子爵さま！」キャサリンが足早に近づいてきた。「よく来てくださったわね！」

「どならんでも聞こえる。ほかの客は、とっくに逃げちまったから」

キャサリンが青ざめた。「ごめんなさい、マーカス……扉のところでお出迎えするつもりだったのに。まだルイーザとあなたが外にいらっしゃると思っていたから。もっと気をつけておけばよかったわ――」

「もういい」キャサリンには頭が上がらないのだ。困らせるつもりなど毛頭なかった。

「連中の反応には慣れている。鱗《うろこ》だらけのドラゴンから、雪崩を打って逃げだしたよ」

とにかく、今夜ひと晩の辛抱だ。それでレジーナが音を上げるだろう。この夜会が終われば、公爵とルイーザをくっつけるのも考え直すはずだ。きっちり考えを改めてもらおう。

その思いを新たにしたのは、フォックスムアがルイーザに腕をさしだしたときだった。ルイーザは兄のそばを離れ、悪魔に寄り添ってしまった。

マーカスはフォックスムアの背中をにらんでからレジーナに向き直った。「俺たちも人ごみに突入しようか、お嬢さん」どうせ体よく断られるだろうと思いながら腕をさしだす。

レジーナが無言で腕をからめ、ほほえんだ。まさか、ほほえんでくるとは！　この女とフォックスムアの思惑を知らなければ、目を疑ったに違いない。だが、そうはいくものか。

腕を組んでいるだけでも……紳士らしからぬ感情がこみあげてきて始末に負えないのに。

ふたりで玄関広間を進んでいると、レジーナが小声で問いかけてきた。「乙女がどうのって話は、冗談か何かなのよね？」

「連中が考えていることを言ってやっただけだ」マーカスは、いかにも陰険そうな目つきで見下ろした。「なぜだ？　やっと恥ずかしいと思えるようになったか」

「いいえ。妹さんは恥ずかしいようだけれど」

マーカスは、うなり声をもらした。悔しいが、痛いところを突かれてしまった。しかし、こんな責め苦に耐えているのも、ひとえに妹のためなのだ。いまは、わかってもらえないだろうが。「ルイーザに恥をかかせないよう、精いっぱい努力することにしよう」

そうとも、精いっぱい努力してやる……妹を腹黒いフォックスムアから引き離すためならば。それで、ちょっとばかり人前で恥をかかせることになったとしても、やむを得ない。いずれはルイーザも、わかってくれるはずだ。高飛車なレジーナの見てくれが気になってしょうがないが、どうとでもなれだ。

5

快活で愛想がよく、礼儀正しい人ばかりのパーティーなら、お嬢さまにも安心です。

——ミス・シスリー・トレメイン『理想のお目付役《シャペロン》　若き淑女の話し相手《コンパニオン》のための手引き』

夜会が始まって十五分後、レジーナは、ほとんどの招待客を叱《しか》りつけたくなった。そして三十分後には、絞め殺したくなっていた。みんな上流階級の一員なのに……ドレイカー子爵のことも大目に見て、礼儀正しく接するくらい、当たり前のはずなのに。業病持ちか何かのように彼を避けている。そうでなければ、彼が見えていないかのように、声の聞こえる距離で悪口を言うか。

子爵のほうも、どうしようもなかった。心ない扱いを受ければ受けるほど、無愛想になっていく。こんな大男でなければ扇で打ちすえてやるのに。体ばかり大きくて鈍感だから気づきもしないだろう。

この惨状さえ生ぬるいと言わんばかりに、子爵はいま、札つきの異母兄と噂《うわさ》のミスター・バーンと立ち話をしている。むさくるしい格好を人々の面前に突きつけるだけでは物足りないらしい。それこそ、先代のドレイカー子爵が心の広い人物でなければ、本物の私生児《ろくでなし》になるところだったという醜聞を蒸し返したいのだろう。寝た子を起こすような真似《まね》なんかして。放《ほう》っておけば、噂などすぐに消えてしまうのに。

風紀の乱れがどうのこうのと話しかけてくるハンゲート侯爵夫人の愚痴を聞き流しつつ、子爵のいるほうを盗み見た。そのとたん、不敵な笑みを返され、レジーナは眉根を寄せた。品位のかけらもない服装と態度が引き起こした顛末《てんまつ》を、子爵は本気でおもしろがっている。自分の立場を悪くするだけだと、どうしてわからないのだろう。

子爵が異母兄に何やら小声で話しかけたあと、こちらへ向かってきたので、レジーナは目をそらした。結構だこと、わざわざ騒ぎを起こしに来てくれるなんて。陰険なハンゲート侯爵夫人と無愛想なドレイカー子爵の死闘でも見なければ、気分は治まらない。

「なんなのかしらねえ、いまどきの若い人は」侯爵夫人が口をとがらせた。「たしなみってものを、まるで気にかけていないのだから。わたくしの若いころは、社交界に出る前の娘が若い殿方と乗馬に出かけるなんて、とんでもないことだったのに。先週、ミス・スプルースが公園でミスター・ジャクソンと一緒にいたらしいわね。見かけた人がいるんですよ。あのお嬢さんは、まだ社交界に出てないんじゃなかったかしら」

「ええ」近づいてくる子爵の存在ばかりを痛いほど意識しながら、おざなりに相槌《あいづち》を打つ。

ハンゲート侯爵夫人がレジーナの背後に目を向けた。柄つきの眼鏡を持ちあげてドレイカー子爵を凝視し、おぞましそうに顔をしかめる。「それに、わたくしの若いころは、髭《ひげ》もそらずに社交の場に顔を出す人なんていませんでしたよ」

レジーナが口を開くより早く、子爵が言い返した。「あんたの若いころは、おしゃべりな連中は広場で鞭打《むちう》ちの刑に処されていた。いまがあんたの若いころでなくてよかったな」

夫人が鼻を鳴らした。「んまあ、わたくしは――」

「若いころもなかったか、それは気の毒に」

とどめを刺された夫人は、ちらりとレジーナを見ながら言った。「人の迷惑も顧みず、こんな輩《やから》を連れてくるなんて」もっとましな相手を求めて去っていく。

いやみなハンゲート侯爵夫人をみごとに黙らせた子爵に感心するべきか、そのためにとった無礼な態度に憤るべきか。どちらともつかない。「楽しそうね。熊《くま》みたいに無作法で」

「熊を虐待する見世物には、熊がいなきゃ話にならんからな。俺《おれ》は連中の期待どおりにしているだけだ。爪研ぎ用の獲物がほしいんだよ、あいつらは」子爵が、ひたと見すえてきた。「まさか、口やかましい婆《ばあ》さんの愚痴を聞いていたかったなんて言うんじゃなかろうな」

レジーナは、しかつめらしく答えた。「そうは言わないけれど、あんなに無作法な真似をしなくてもいいでしょう――」

「噂話をするのも同じくらい無作法だと婆さんに思い知らせてやったんだが。それもだめか？　あんたが責めるのは俺だけのようだな。あっちの無作法はお目こぼしか」

「あなたがそんな態度だから、向こうも無作法になるのよ」

「違うな、もともと無作法な連中だ。無礼だし考えも浅いし、最新の噂話だとか、ちゃらちゃらした服のことしか頭にない」

どうせ、わたしも同類だと言いたいのでしょう。「たぶんね。でも、無礼な人たちを相手にするときは、気のきいた受け答えで流すほうがいいのよ。ひどいいやみを返したりしないで。機転をきかせて上手に噂をくつがえせば、白い目で見られることもなくなるわ」

子爵が一方の眉を上げた。「俺があんたの思いどおりに動くとでも思っているのか」

ふっと息を吐き、レジーナは言った。「ご冗談でしょう。あなたみたいに御しにくい人は見たこともないのに。わたしはあなたの力になりたいだけよ」

ぎらつく目がにらんできた。「よけいなお世話だ」

演奏の開始を告げるアイヴァースリー伯爵夫人の声に、レジーナは反論を思いとどまった。反論したところで、耳を貸してもらえるわけもない。ドレイカー子爵のような頑固者は見たことがない。そのうえ、何をしようと反発されてしまうのに、どうやって社交界での立場をよくしてあげればいいというの？　風当たりが弱くなるようかばってほしいと言われたけれど、何を提案しても全部はねつけてしまうのだから。わけのわからない人。

レジーナは席に着いた。驚いたことに、子爵も隣に座りこんだ。どさりと腰を下ろした子爵に、尻尾《しっぽ》もまっすぐ伸ばしていられない鈍重なドラゴンみたいに体を投げださなくてもいいでしょうと言ってやりたかったが、かろうじてこらえた。言ったところで、聞き入れてくれるはずもない。親切に教えてあげても、ねじまげて受けとられるのがおちだから。意固地もここまでくれば、むしろ立派だとも思う。そんなふうに思えてしまう物好きなんて、ほかには誰もいないだろうけれど。

少なくとも、ルイーザが歌っている最中は、子爵が騒ぎを起こすこともなかった。妹を溺愛《できあい》しているらしい。ならば、妹が主役のパーティーで、なぜ行儀よくできないのだろう。

曲が始まると気分もほぐれてきた。音楽はいちばんの癒《いや》しだった。心を静める必要に迫られると、いつもハープを弾いていた。楽譜が読めないから、耳で聴き覚えた曲しか弾けないけれど。幸い、曲を聴きとる才能には恵まれていた。それに、歌を聴くのも、曲種にかかわらず好きだった。ましてや、ルイーザのように声のきれいな歌い手なら申し分ない。

二曲めの歌が終わり、レジーナは隣の様子をそっとうかがった。子爵が誇らしげな笑顔を妹に向けている。何かに心臓をつかまれたような気がした。いまの子爵には、近づきがたい雰囲気など、かけらもない。意外なほど若く見える。

頭のなかで計算してみた。三十一歳より上のはずがない。わたしとの年齢差も、せいぜい七歳くらいだろう。それなのに、一生キャッスルメインに閉じこもったまま朽ち果てていくつもり？　もったいない。

じっと見つめていると、子爵に気づかれた。茶色の目の奥に何かがひらめいた。熱く激しい何かが。そのとたん、いままで味わったこともない不思議な戦慄《せんりつ》が背筋を走り、せつなくうずいた。音楽で凶暴な野獣をなだめられるなどと言う人は、ドレイカー子爵に会ったこともないのだろう。

　なにしろ、猛々《たけだけ》しい目でにらんでくるのだから。こうやって無遠慮に注視してきた男性など、ひとりもいなかった。それでいて不快ではない。というより、なぜこんなにも……。

　レジーナは赤面し、顔をそむけた。それでも、隣からひしひしと伝わってくる存在感は、時がたつにつれて強まる一方だった。子爵が妹の歌を聴きながら感嘆のため息をもらすたびに、体の芯《しん》が共鳴してしまう。華奢《きゃしゃ》な椅子の上で子爵が身じろぎをするたびに、すばらしく大きな体躯《たいく》を意識してしまう。広い背中、印象的な肩……みごとに筋肉のついた腿。

　その腿を、子爵の指先が曲に合わせて叩《たた》き、リズムを取っている。だけど、それが何？　流行遅れで古びた服の生地が腿のあたりで張りつめていて、目を奪われてしまうけれど、だからどうだというの？　あの腿がダンスの最中に密着してきたら、どんな感じかとは思うけれど……抱きしめられたりしたら……情熱的に口づけられ、唇や喉だけでなく……。

　かっと頬が熱くなった。なんなの……わたしったら。ろくに知りもしない男性に、おかしな想像を抱いたりして。ルイーザのきれいな歌をちゃんと聴かなくては。

　次はハープ演奏という段になって、ルイーザが一同の前に立ち、ほほえんだ。「少し予定を変更してもよろしいでしょうか。今夜だけ、ぜひ。実は、わたしの大切な家族も、すばらしく声がいいんです。兄に二重唱を頼みたいので、皆さまも一緒に説得してくださ い」

　ルイーザが手を叩きだし、まばらで気のない拍手も周囲で鳴り始めると、ドレイカー子爵がつぶやいた。「何を考えてるんだ、あいつは」

レジーナは子爵を横目で見た。「妹さんをがっかりさせちゃだめよ」

きつい視線が返ってきた。「あんたも相当だな」それでも子爵は立ちあがり、進みでた。

レジーナは興味を引かれて椅子に座り直した。ドレイカー子爵の才能は本物なのか、それとも身内贔屓《びいき》の妹には上手に聞こえてしまうだけなのか。歌が始まり、豊かなバリトンが広間に響いたとき、レジーナは顔をほころばせた。意外だった。世に驚きの種は尽きないと言うけれど。ドラゴンが本当に歌えるなんて。

賢明なルイーザは兄の株を上げようとしたのだった。この場の風当たりを弱めるには、子爵の才能を見せつけるのがいちばんいい。

ルイーザが兄のために選んだ曲も絶妙だった。《夏の名残の薔薇《ばら》》。低く重々しい声は、何を話しても威嚇のうなり声にしか聞こえないけれど、この物悲しい曲では、実に味わい深く思えてくる。おまけに、陰気な顔つきも、老いと死を謳《うた》った曲には似つかわしい。

誰もが心奪われたように聴き入っていた。耳のよさには自信のあるレジーナでさえ感動した。低い響きが流れてきたとたん、体じゅうが震えおののき、ときおり見つめてくる子爵のまなざしが脳裏によみがえってきたのだから。

それと同じまなざしで、いまも子爵はこちらを見つめている。その視線にとらえられ、息が喉の奥でつまった。〝美しい薔薇色を思い起こせば〟と歌いかけられ、ふたたび頬が朱に染まるのを感じた。哀愁に満ちた曲を子爵が最後まで歌いあげ〝この荒涼たる世のなかで、誰がひとりで生きられようか！〟と締めくくったときは、駆けよって孤独を癒してあげたくなった。

子爵の歌に、すっかり心を動かされていた。それは自分だけでもなかったらしい。最後の音が消えていくと、息をのむ静寂に続き、熱狂的な喝采《かっさい》が生まれた。

聴衆の反応に面食らったような子爵の様子も好ましい。ぼそぼそと小声で礼を述べ、子爵は席に戻ろうとした。

けれども、妹の明るい声に呼びとめられた。「まだ行かないで。もう一曲お願い」

子爵は首を横に振った。「みんな食傷ぎみだぞ。まあ、ひとりくらいは、おまえの願いを聞いてくれるレディがいるかもしれないが」こちらに視線を向けてくる。「レディ・レジーナが一曲やってくれるかな」

盛大な拍手に包まれたレジーナは、胸を高鳴らせながらドレイカー子爵を凝視するのがやっとだった。本当にわたしの歌が聴きたいの？　それとも、もう歌わずにすませようとしているだけ？

「そうね」ルイーザも、せっついてきた。「レディ・レジーナに歌ってもらわなくちゃ」

さらに拍手が大きくなり、子爵の熱いまなざしにも射すくめられては、とても断れない。

立ちあがって前へ出ようとしたとき、ルイーザが言い添えた。「二重唱をお願いしたいの。お兄さまと一緒に歌ってくださる？　《これでわたしを悩ませられるとお思いでしょうが》がいいわ。レディ・レジーナの声によく合うし、この曲は大好きなの」

どうしよう。有名な曲なら、だいたい覚えているけれど、これを頼まれるなんて。歌詞が二十五行以上もあって、とても暗記できやしない。歌詞を読むことさえ無理なのに。

レジーナは、重くなった脚を引きずりながらも歩みでた。「できたら、違う曲がいいわ。《清らかなるか、輝ける智天使《ちてんし》よ》にしましょう」

ルイーザが、いぶかしげな顔をした。「でも、それは二重唱じゃないわ」

「ああ、だったら……それなら……ええと……」ちゃんと頭に入っている二重唱が、なぜ出てこないのだろう。

「妹の選んだ曲が気に入らないのか」真っ白になった頭で必死に記憶をたぐっていると、ドレイカー子爵が冷ややかに問いかけてきた。「それとも、二重唱の相手が気に入らんのか」

緊張をはらんだ静寂が広間に立ちこめ、レジーナはますます平静を失った。「別に……わたしは……ただ……」

「両方だろう」誰にも聞かれないよう顔をそむけ、せせら笑いながら子爵が言いつのった。「つれなき美女が二重唱なんぞ歌うものか。注目をひとり占めできなくなるからな。それに、男と注目を分け合うなんて、とんでもないんだろう。なにしろその男ときたら――」

「ドレイカー子爵さま、緊急の連絡が届いています」背後から呼びかけてくる声。誰もがいっせいに振り向くと、険しい表情のアイヴァースリー伯爵夫人が立っていた。

ドレイカー子爵が半眼になった。「どこから?」

「お屋敷から。急ぎの用件です」伯爵夫人は、ぶつぶつ言いだした人々を視線でなだめた。「皆さまがたは、ゆっくり音楽をお楽しみください。ルイーザ、レジーナが歌えるような曲の伴奏をお願いね。皆さん、レジーナの歌を聴きたがっていらっしゃると思うの」

子爵が何か言いたそうに口を開きかけた矢先、伯爵夫人が手短につけくわえた。

「おいでください、子爵さま。お使者のところへご案内します」

ドレイカー子爵は伯爵夫人に目をむいたものの、冷たい声で〝失敬〟と言い放ち、広間から出ていった。頭からつま先まで屈辱に震えるレジーナを残して。

屈辱は、すぐに怒りへと変わった。なんなの、あの男？　人前で礼儀正しくしようとする意識なんて、これっぽっちもないわけ？　それにしても、わたしの態度も最悪だった。あんなに物怖《ものお》じした態度を見せていなければ、揚げ足を取られるようなこともなかっただろう。だけど、子爵も子爵だわ。どうしていつも、あんなにひどい言いかたばかりするの？

ほら、みんなを見てごらんなさい。ひどく衝撃を受けている。ルイーザのおかげで少しは風当たりも弱くなっていたのに、何もかも水の泡。アイヴァースリー伯爵夫人が機転をきかせたところで、どうにもならない。とはいえ、夫人の努力を無駄にするわけにもいかないでしょう……。レジーナはピアノに近づき、小声でルイーザに頼んだ。「《清らかなるか、輝ける智天使よ》を弾いてくれる？」

ルイーザがうなずいた。それから、とても冷淡な口調で言った。「ごめんなさい、お兄さまと歌うのがそんなにいやだとは思わなくて」

「いやじゃないわ。ちゃんと歌える曲が出てこなかっただけ」

ルイーザは半信半疑の様子でいたものの、何も言わず前奏を弾きだした。レジーナも歌い始めたが、大好きな曲なのに気分が乗らなかった。子爵がいやだったわけではないという説明に妹が納得しきっていないとすれば、本人に信じてもらうなんて無理だろう。きっと、誰にも信じてもらえやしない。わざと子爵を侮辱したと思われている。

けれど、本当のところ、すべての責めを負わされるのも心外だった。子爵こそ、別の曲を考える余裕もくれなかったのだから。

いらだちが胸の奥で固いしこりと化した。何がなんでもルイーザに兄と結婚してもらおうと決めたのだから、とげとげしい子爵にも耐えなくては。紳士としての心得も、鈍い頭のどこかに収まっているだろう。彼の良心に訴えるしかない。きっと子爵にも、いいところがあると思う。心ない人が、あんなに心をこめて歌うなんて不可能だから。

6

お嬢さまにも、ときには自分の頭で考えさせるのがよいでしょう。あなたの判断を重視すべきだという教訓になるはずです。

――ミス・シスリー・トレメイン『理想のお目付役《シャペロン》　若き淑女の話し相手《コンパニオン》のための手引き』

マーカスはキャサリンに従って廊下を歩きながら、必死に怒りを抑えていた。レジーナの甘美なソプラノが追いかけてくる。心の冷たい美女にふさわしい、妖精《セイレーン》の歌声だ。あんな女。「どこだ、使いの者とやらは」マーカスは厳しい口調で言った。

キャサリンが急に立ちどまり、振り向いた。「いないわ、そんなの。気づいていらっしゃるのでしょう?　あなたを連れださなきゃいけなかったのよ。これ以上、かわいいルイーザに恥をかかせないようにね」

「俺《おれ》のせいか?」マーカスは盛大に鼻息を吐いた。「恥をかかせたのはいやみな友達のほうだ」

「あなたと歌おうとしないから?　あなたが文句を言えた義理?　今夜の態度は最悪よ。

レディ・レジーナは何もしていないのに」

「フォックスムアと仕組んで、ルイーザを地獄に突き落とそうとしただけだな」

キャサリンが目をしばたたいた。「なんですって？」

「あんたの知ったことじゃない。口を出さないでくれ」マーカスはキャサリンに背を向け、広間に戻ろうとした。「もういいだろう、戻らないと――」

「だめ、待って」キャサリンが前方にまわりこみ、立ちはだかった。「戻っちゃだめよ」

鼠《ねずみ》が熊《くま》の前に立ちはだかるようなものだ。笑いそうになるが、弟の妻の怒りを買うのも具合が悪い。「夕食も出さずにベッドへ追いやるつもりか、母上？」ここは冗談で収めよう。

キャサリンの顔色が変わった。「ばかなことを言わないで。演奏が終わるまで、あなたを広間から遠ざけておきたいだけよ。そのあと、晩餐《ばんさん》の席で毒舌を吐きたければ好きになさい。とりあえず、両側に座る人はかぎられているし」

「わかった」やさしいキャサリンがレジーナの肩を持つとは。とても信じがたい。「晩餐まで書斎にいる。うまい酒も置いてあるだろうからな」マーカスは書斎のほうへ歩きだした。

キャサリンが追いすがってきた。「酔っ払ったら、よけい面倒なことになるのよ。ただでさえ無作法だと思われているのに。レディ・レジーナに酔っ払いだと思われてもいいの？」

マーカスは冷ややかな視線を向けた。「お高くとまった女にどう思われようとかまわん。思いきり酔っ払ってやる。あんたも、さっさと客の相手をしに行ったらどうだ。ぼやぼやしていると俺の気が変わって、陰険な女どもに毒を吐きたくなるかもしれんぞ」

何か言い返してくるかと思ったが。キャサリンは唇を真一文字に引き結ぶと踵《きびす》を返し、広間へ戻っていった。

マーカスは書斎に入り、ウイスキーの入ったガラス器に直行した。乱暴な手つきで酒をなみなみとグラスに注《つ》ぎ、喉に流しこむ。かっと胃が燃えた。

広間の歌声が書斎にまで聞こえてきた。妹の声は低いし、かすれているが、レジーナの声は高くて透明だ。癪《しゃく》にさわる。夜は半分も更けていないのに、早くも取り引きに終止符が打たれるのか。

有頂天になるのが筋というものだ。まさに計画どおりなのだから。レジーナは会話さえ拒むようになった。それどころか、ルイーザの目の前で、すげなく二重唱を拒絶した。ルイーザも、かちんときただろう。何もかも思いどおりだ。なのに、なぜこんなに腹が立つ？

二重唱をせがまれたとき、レジーナの表情を見てしまったからだ。よりによって恋の歌をせがむとは、妹は何を誤解したものやら。レジーナが嫌悪していたのは間違いない。急いで取り繕おうとしたようだが、遅すぎた。何を思ったか、たいがい想像はつく。〝でくのぼうのドラゴン子爵と一緒に歌う？　恋の歌を？　みんなに、なんと言われるか。恋仲だと思われてしまう。がまんできないわ〟

それでいいじゃないか。本気で結婚を申しこむわけでもあるまいし。ただの取り引きだ。一緒にいるのが恥ずかしいと感じさせれば、しめたもの。計画どおりで好都合だ。

背後で扉が開く音に、マーカスは渋面を作った。義理の妹が、飲みすぎるなと釘《くぎ》を刺しに戻ってきたのだろう。

「俺を広間から追いだしたとき、言いたい放題だったろうが」マーカスは反抗的に、手ずからウイスキーを注いだ。「いつまで説教を食らわす気だ、キャサリン。時間の無駄だぞ」

「あなたは誰のお説教も聞かないものね」柔らかな女の声が戸口から返ってきた。

胃がねじれあがった。心のなかで何度も悪態をつく。

マーカスは苦い顔でレジーナと向き合った。「そうだ、あんたの説教なんぞ聞くものか。広間では、なかなかの名演技だったじゃないか。だが、あんな小芝居で俺を痛めつけようと思ったら大間違い――」

レジーナが唇を震わせた。「痛めつけようだなんて。そんなつもりはなかったわ」さっと廊下に目を走らせてから、レジーナは書斎に入ってきて扉を閉めた。

「気は確かか？　閉めきった部屋で俺とふたりきりになるんだぞ」レジーナが怒ると頬が美しい朱に染まり、瞳が輝く……なんてことに気づいてはいけない。マーカスは胸のうちで自分に言い聞かせた。「ほかの連中に、どう思われるか」

「どう思われてもいいわ。どのみち、ここに入るところは誰にも見られていないし」

マーカスは、あてつけがましく笑ってみせた。「さすがだな。社交界の女王のイメージを守るのに抜かりはないか」だが、こちらの考えを読めたなら、レジーナもお高くとまってはいられまい。なにしろ、極薄のシルクのドレスに身を包んだ女神のような姿を見ただけで、喉首を絞めあげて揺さぶりたくなってしまうのだから。

それに、見境なく唇を奪いたいという衝動にも駆られてしまう。

近づいてきたレジーナに、マーカスは身構えた。「さりげなくいやがらせをしたのに手ごたえがないからって、何もわざわざ――」

「いやがらせをする気など全然なかったわ」レジーナが毅然《きぜん》と言い返してきた。

「なるほど」マーカスはウイスキーをあおった。

「うろ覚えの曲なんか歌って恥をかきたくなかっただけよ」

俺が気に病むとでも思ったか。俺もどうかしている。気に病むとは。「なんとでも言え。全部お見通しだ」

「人が説明しているのに！」

「説明してもらうことなどない。もう忘れた」

「わたしは忘れていないわ」レジーナが甘やかな声で言った。それを耳にした男は例外なく心を奪われてしまうという、セイレーンの声。「いやな思いをさせるつもりはなかったの」

目の奥に赤い靄《もや》が広がってくる。「いい気になるなよ。俺は、やたらとお世辞ばかり並べて女の機嫌をとるような連中とは違う。冷たくされたら死ぬとか言って泣くような連中と一緒にしないでくれ。どう思われようと、痛くもかゆくもない。仲間のところに戻るんだな。自分が人前で本性を丸出しにしたからって、俺のせいにするな。とても聞いてられん」

「本性ですって?」レジーナの目が細くなった。「よく聞きなさい、この酔っ払い。さっき広間で丸出しになったのは、あなたの本性だけよ。礼儀正しくしようという意識も紳士らしい分別もないのを、自分で暴露してしまったわね。わたしの本性がどうとかおっしゃいますけど、見当違いもいいところだわ。ほかの人たちも、そう思うはずよ」

「ほう? だったら、つれなき美女とかいう渾名《あだな》は偶然ついただけか」

レジーナがたじろいだので、傷つけてしまったのだと悟った。計算どおりだと悦に入ってもいいはずなのに。楽しくない。

「勝手に決めつけていればいいわ」レジーナが反論してきた。「でも、妹さんのことぐらい気づかってあげたらいかが? 礼儀知らずと評判のお兄さまのせいで、どれだけ損をするか。世間並みの結婚をさせたいなら、気をつかってあげなきゃ」

「あんたの言う世間が社交界ってことなら、そんな結婚はしなくていい」

「あら、あなた以外の誰ともつき合わず、田舎に引きこもるのが幸せだとでも? 生身の人間と礼儀正しく話をするより、本に埋もれていたがるお兄さまと?」

「本のどこが悪い」マーカスはウイスキーのグラスを持ったまま、伯爵家の大量の蔵書をさし示した。「本に逃避する人間は俺だけじゃない。自分が本嫌いだからって——」

「そんなこと言ってないでしょう」なんだかひどく、むきになっているようだが。「本だけが人生じゃないと言いたいの。本のなかでは見つけられないものもあるのよ」

「いや、それは違うな。ほしいものは、なんでも見つかる」

「音楽は？」レジーナがつめよってきた。「音楽はないわ」

マーカスはグラスを置き、書架に向かった。これという本を探しだすと、ページを繰って読みあげた。「〝黄金の眠りが、おまえのまぶたにキスをする。目覚めのときには、ほほえみが起こしてくれる〟これはトーマス・デッカーの詩で、有名な子守り唄《こもりうた》にもなっている。いま、この詩を聞いたとき、頭のなかで子守り唄が流れなかったか？」

「実際に歌を聴くのとは違うわ。ほら、大好きなオペラの歌詞を読んでも、それだけでは満足できないでしょう？」

「いつもオペラを観《み》に行けるとはかぎらない。本を開くのは、いつでもできるが」

レジーナが、いらだたしげに声をあげた。「では、体を動かすことは？　ダンスとか。本のなかにダンスはないわ」

「ないか？」マーカスは別の本を引きだした。「ここに、ダンスの踊りかたが書いてある」ページをめくり、レジーナに挿絵を見せた。「どうだ。本のなかでもダンスを見つけられる」

レジーナが、かぶりを振った。「ダンスの本を読むのと、実際に踊るのとは違うわ」

「ああ、読むだけのほうがずっとましだ。舞踏会の広間の暑さに辛抱しなくてもいいし、足も踏まれずにすむ」マーカスは冷ややかな一瞥《いちべつ》を向けた。「それに、お高くとまった女にわずらわされることもない。自分は高貴な身分だから俺なんかと一緒に踊るのはいやだと思っている女とか」一緒に歌うのはいやだと思っている女とか。

レジーナは顔を赤らめたものの、それで言い負かされるつもりはないらしい。「ほかの人と触れ合う喜びも得られないでしょう」さらに間合いをつめてくる。息苦しい。「胸がときめくようなこともないわ。それも本から得られるなんて言わないで。わたしだって感じたことがあるのだから」

「そうか？ 育ちのいいレディは、胸がときめくような経験とは無縁だと思っていたが」

レジーナの頬の赤みが増し、薔薇色《ばらいろ》に染まった。「そういう意味で言ったんじゃないことぐらい、ちゃんとわかっているでしょう？」

「当然だ」マーカスは、あざけるようにレジーナをねめつけた。「聞いた話だと、あんたは男どもに泣きつかれても、手にキスもさせないらしいな」

「ダンスくらいは踊るわ。あなたこそ、召使いしか屋敷に入れないのでしょう？ 地下牢《ちかろう》に、本当に女がいるなら別だけれど」

「なんの話だ」

レジーナの頬が、ますます紅潮した。「噂《うわさ》だと……あなたが地下牢で女を鎖につないで……好き放題にしているって」

なんとまあ……。「で、あんたはそれを信じたのか」

レジーナが、きっと顔を上げた。「信じたかもね。なにしろ、縛られていない女の扱いには、ずいぶん苦労なさっているようだから」

マーカスは思わずレジーナに歩みより、のしかかる格好でにらみつけたが、すぐに後悔した。えもいわれぬ香りが漂ってきたうえ、首筋で揺れる金色の巻き毛まで目にとまったからだ。貴族らしく上品な曲線を描いている首が目についたとたん、むらむらと……。

マーカスは視線を顔まで引きあげた。「その気になれば、女が喜ぶようにもできる」

「そう?」レジーナが一方の眉を上げた。「証拠がないわね」

「だからといって、不可能ということにはならない」

「そうかしら。だったら証明してみせて。女が喜ぶようにもできるんでしょう?」

熱に浮かされた頭の片隅の薄暗いところで、何やら声がする。〝違うぞ、女が喜ぶことってのは、そういう意味じゃない。お世辞を並べて礼儀正しくふるまい、紳士的に行動することだ……〟だがもう、そんな声など耳に入らない。ごまかされるのも愚弄《ぐろう》されるのもたくさんだ。ドラゴンを笑い物にしようとした愚かな女に、今度こそ思い知らせてやる。

「わかった。そこまで言うなら……」抗《あらが》う暇もあたえず、かがみこむなり、艶《つや》やかな赤い唇を奪う。昨夜、夢のなかで悩ましく誘ってきた唇だ。

レジーナが目をみはり、のけぞった。「何するの!」

「ご注文どおり喜ばせてやったんだ」

「俺のほうは、そういう意味だった」ひっぱたかれなかったのをいいことに、強気に出て言いつのる。「だが、ちゃんと喜んでもらえていないようだな。もう一度やってみるか」

片手を伸ばし、レジーナの顎をとらえた。

恐怖が瞳の奥で揺れた。「だめ、地下牢でもないのに」

「残念だったな」マーカスは、あいている手を細い腰に添えた。「地下牢なら鎖につないでやれたのだが」

レジーナは、握りしめた両手でマーカスの胸を押しのけようとした。「やめてったら。絶対に許さないから」

「ほう？　どうやって止める気だ？　こう言っちゃなんだが、あからさまないやがらせなど、地下牢では通用せんぞ」

「いやがらせなんか――」

マーカスは、さらに荒々しく大胆なキスで、その言葉を封じた。もう嘘《うそ》は聞きたくない。広間にいる連中のことなど考えたくない。ただ、もう一度キスがしたい。

抵抗は形ばかりのもので、弱々しく胸を押しのけようとするだけだった。重ねた唇も、逃げていくそぶりを見せない。やがて、レジーナの手のひらが胸に密着してきた。それを合図にマーカスは自分を解き放ち、本物の口づけをした。たっぷりと、時間をかけて。レジーナの誤解を正したい、自分がただの無作法な野獣ではないことを見せてやりたい、そんな衝動に突き動かされてのキスだった。

だが、それだけでもない。思いのままに抱いてしまいたい。ひとめ見ただけで理性を奪われてしまった理由が知りたい。

まずい。レジーナにキスをするのも大理石のヴィーナスにキスをするのも、そう変わらないと思っていたのに。唇はひんやりと硬く、抱きしめた体も硬直しているものとばかり思っていたのに。意外にも、その唇は温かく、震えていた。腕のなかの肢体はしなやかで、刻々と柔らかさを増していく。

レジーナの手がついに上着の襟を握りしめてきたとき、歓喜が胸にわきあがった。マーカスは上体をそらし、得意な気分で見下ろした。「どうだ、俺が女を喜ばせられないなどと、言えるものなら言ってみろ」

まぶたがゆっくりと開き、紫がかった灰色の目が現れた。朦朧《もうろう》と熱をおびたまなざしが見上げてくる。「無作法な真似《まね》をするのがお上手ね」喉にからんだ声で、レジーナが言った。「それだけは認めるわ」

「どこが無作法だ」うなじを片手で包みこんでレジーナを引きよせ、またキスをする。今度はもっと濃厚に。半開きの唇から舌をさし入れ、目もくらむようなぬくもりを味わった。

なんと罪作りな唇だろう。セイレーンのごとき甘さで男を惑わすとは。お高くとまったレディが、こうも無遠慮なキスを許す理由はわからないが、問いただすのも愚の骨頂というものだ。拒まれなかったことに気をよくして、ひたすら唇をむさぼり、レジーナが恍惚《こうこつ》ともらした嘘偽りのない吐息を堪能《たんのう》する。

華奢《きゃしゃ》な腕が首にからみついてくると、口づけはいっそう大胆になった。柔らかな唇を幾度も蹂躙《じゅうりん》し、豊かで香り高い息をのみつくす。とらえどころのない氷の美女から唇を奪う機会など、どれほど転がっているだろう。シルクのようになめらかで熱い唇を自分の唇でふさぎながら、みごとな腰とヒップの輪郭を夢中でなでる機会が、どれほどあろう。

くたりと力の抜けた体が腕のなかに堕《お》ちてくるまで、マーカスはキスをやめなかった。

「いまのが無作法ってやつだ」

レジーナの息は荒く、スタッカートを刻んでいる。「そうね」その声音に嫌悪の色はない。

「こういうのが無作法なんだ」赤く染まった頬に、さっと唇をあてる。「これも」唇でさぐる範囲を広げていく。壊れ物のようなまぶた、脈打つこめかみ、繊細な耳たぶの曲線。

それでも、耳を舌先でなぞったとたん、レジーナが息をのんだ。「子爵さま――」

「マーカスだ。つき合っているなら、名前で呼ばないと変だからな」

しばし逡巡《しゅんじゅん》したあと、レジーナが息をついた。「マーカス……」蠱惑《こわく》的なささやきに、自制心が吹き飛んでしまう。こうなったら、もう一度キスをするしかない。

のけぞるレジーナを書架に押さえこみ、唇を奪う。同じように体も奪いたかった。いつしかキスの味が感覚いっぱいに広がり、欲望が具体的になっていく。ドレスの裾《すそ》をまくりあげたい、そして……。

強い力で胸を押され、マーカスはようやく唇を離した。

「だめ、こんなこと。誰かに見られたらどうするの？」

欲求不満がつのり、マーカスは声を荒らげた。「体裁が悪い？」

「兄に見られたら、あなただって困るでしょう」

マーカスは口元をゆがめて笑った。「そうかもな。代償として、決闘に呼びだされるだろう。そして俺はきっと——」

「やめて、縁起でもない！」悲鳴をあげたレジーナに手で口をふさがれた。

そのまま、ふたりして身動きもできずにいた。やがて、レジーナの指が唇をやさしくなぞってきた。こうして誰かにやさしく触れられたことなど一度もない。マーカスは荒い息を吐いたものの、レジーナを止めようとはしなかった。

指が傷痕《きずあと》に触れてくるまでは。

「やめろ」マーカスは低い声で制した。

レジーナは好奇心に瞳の奥をきらめかせたものの、探索の方向を変え、なでおろした指で顎をさすり始めた。「髭《ひげ》が柔らかいのね。もっと硬いかと思ったわ」

やさしい指先に心が乱されていく。「ほかのところの毛と変わらん」マーカスは、かすれた声で言った。「そった直後はちくちくするが。驚いたな、あんたみたいに淑《しと》やかな女が男の髭にさわるなんて」

恥ずかしそうな表情がレジーナのおもてをよぎった。「淑やかな女も、たまには、いけないことをしてみたくなるの。信じていただけないでしょうけれど」

「なるほど」だからキスを許したのか。つれなき美女も、たまには胸をときめかせたくなるらしい。頭の弱い取り巻き連中では物足りないと見える。マーカスは首を曲げ、レジーナの耳たぶを軽くかんだ。「俺でよければ、なんでもやってみろ」耳元でささやきかける。

「誰にも言わないから」

レジーナが真っ赤になり、あわてて体を離した。「そんなつもりじゃ――」ドアノブがまわる音に口を閉ざす。腕から細い体がすり抜けていくのと同時に、いきなり扉が開いた。アイヴァースリー伯爵が入ってきて、固まった。マーカスからレジーナへと視線を走らせたあと、早口に謝罪する。「失礼、邪魔をした」

伯爵に顔を向けたレジーナは、いつも人前で身につけている冷ややかな表情を取り戻していた。つい先刻の柔らかな面差しなど、あとかたもない。わだかまる不満に、マーカスは怒声をあげたくなった。

「別に何も」いましがたまでお茶でも飲んでいたかのごとく、平然とした声だった。「話をしていただけですから」

体面を守ってやるべきだ。それは重々承知している。だが、なおも体の芯《しん》で血が沸き返っているいま、こうも平然と返されてしまうと、責められたような気分になる。

「そのとおりだ」いやみが口をついて出た。「レディ・レジーナに説明してもらっていたんだ。人前で二重唱をするより、ふたりきりで歌うほうがいいという理由をな」

振り返ったレジーナのまなざしは、ひどく傷ついていた。平然とした態度は、見せかけでしかなかったのだ。まなざしの奥に怒りが燃えあがり、平手打ちが飛んできた。強烈だった。「最低な人ね」しぼりだすような声で言い捨て、レジーナは足早に出ていった。

レジーナがいなくなるとすぐに、アイヴァースリーが扉を閉めた。「あんたが悪い」

「わかっている」マーカスは顎をこすった。淑やかな女のわりに、あのレディは実に手が早い。そのうえ、実に気が短い。「でもなあ、事実を言っただけだぞ」

アイヴァースリーが頭を振った。「ねらいをつけたのが別の女だったら、文句やいやみにも辛抱してくれたかもしれないが。レディ・レジーナは違う。社交界の女王で――」

「ねらってなんかいない」マーカスはウイスキーのガラス器をつかんでテーブルに歩みより、置きっぱなしにしていたグラスを取りあげた。

「嘘だね。あんな目つきで見ていたくせに」

「ほかの美人を見るときと同じだ」ウイスキーを注ぐ手が震えた。「おまえの奥方を見る目も同じだと思うが」

「そうだとしたら、俺たちは夜明けに決闘しなきゃいけなくなるぞ」アイヴァースリーがそっけなく言った。「ベッドに連れこみたいと言わんばかりの目だったじゃないか」

やかましい、そのとおりだ。「あの女を見れば誰だってそう思う」マーカスはウイスキーをあおった。「それがどうした」

「用心しろと言っているんだ。レディ・レジーナは……あんたとは……」

「住む世界が違う？　おまえに邪魔されるまでは、いい雰囲気だったぞ」

そして、自分で彼女を侮辱するまでは。

いや、こんなことで気に病んだりするものか。傷ついた心が垣間見えたからといって、なぜ気に病まなくてはいけない？　ドラゴン子爵とキスをしておきながら、いきなり背を向け、何事もなかったふりをしろと言うほうが悪い。レジーナが取り繕おうとしたのは、恥じたからだ。ちくしょう。「それはともかく、何か用か？」マーカスは異母弟に尋ねた。

「あんたが飲んだくれていると、キャサリンに聞かされたものでね。無茶だと思って。そりゃまあ、別の悪さをしているとわかっていれば――」

「レディ・レジーナの話を聞いていなかったのか？　何もしていない。さっさと客のところへ戻れ。晩餐の仕度が整ったら誰かに呼びに来させろ」

「はいはい」アイヴァースリーが扉を開けた。「ただ、ひとつだけ忠告しておくよ。次にレディ・レジーナと何もしないときは、扉に鍵《かぎ》をかけておくんだな」

弟が笑いながら立ち去ったとき、マーカスは歯ぎしりをした。お節介な身内ばかりで、うんざりだ。ルイーザは縁結びの二重唱を持ちかけてくるし、キャサリンは説教を食らわせてくるし、アイヴァースリーはうっとうしく見張ってくるし。連中の目には真実が映っていない。これまでずっと一線を画してきた、お上品な社交界にまつわる諸悪の象徴、それがフォックスムア兄妹《きょうだい》だ。兄は策士で、妹は……。

いや、レジーナのほうは、まだわからない。誰かに言われたわけでもないのに、なんでわざわざ釈明しに来たのか。二重唱を渋ったことで本当に気がとがめていたのだろうか。あるいは、別の動機があったのか。

いや、どうでもいい。平手打ちを食らわせてきたからには、もう取り引きを続行するつもりはないのだろう。あとで、はっきり申しわたしてくるに違いない。そうなれば、フォックスムアにもルイーザに近づくなと言ってやれる。こちらの勝ちだ。

もう二度とキスをすることもない。やさしく触れてもらうことも……。

マーカスは悪態をつき、乱暴な手つきでグラスをテーブルに置いた。二度めなど、はなからなかったのだ。ささやかな冒険で、レジーナは、わかりきっていることを思い知ったはずだ。そもそも、住む世界が違いすぎる。

早くも次のキスを待ちわびている自分が情けないが。

7

きつい小言と怖い目つきがきかなくても、お嬢さまの男性の身内を呼んでくればまず間違いはありません。

——ミス・シスリー・トレメイン『理想のお目付役《シャペロン》　若き淑女の話し相手《コンパニオン》のための手引き』

女たらし！　厚かましい田舎者！　腹黒い悪魔！　あんな男に〝ふたりきりの二重唱〟などと侮辱されるなんて。絶対に後悔させてやる。覚えてなさい。

人前でいやがらせをされたと言い張り、説明に耳も貸してくれないなら、もう手を切ってしまおう。ひと晩じゅう相手かまわずどなり散らしていらっしゃい。つき合っていられないわ。

髪がひと筋ほつれ、首筋に落ちている感触に、うなり声をもらしてしまった。あの悪魔が乱暴にしたものだから、房飾りつきの帽子がずれてしまったに違いない。きっと、わざとやったのよ。恥知らずな真似《まね》をしていたと、みんなにわかるように。壁の奥まったところにある鏡の前で、レジーナは自分の格好を確かめた。帽子がずれていなかったことに安《あん》堵《ど》する。ピンでまとめた髪がひと筋ほつれ、うなじに落ちているけれど。レジーナは手早くピンをさし直した。ピンクのオーバースカートにも劣らぬほど頬が紅潮していなければ、誰も気づかないだろう。あの礼儀知らずと一緒に……このうえなく恥ずかしい真似をしていたなんて。

それに、あの人の勝手な思いこみときたら。女の喜ばせかたを心得ている？　よく言うわね。何も知らないくせに。

不自然に赤く色づいた唇に目をとめ、レジーナは眉根を寄せた。まあ……ひとつかふたつは知っていると言ってもいいかしら。キスが上手だし。とても上手だった。上手を通り越していた。あんなキスをされると、自分の名前も体面も、そのあいだにあるものまで全部忘れてしまう。あの腕に抱かれ、熱い舌先に唇をこじ開けられたとたん……。

ああもう、どうしてこんな気分にさせられなきゃいけないの？　もっと早く、ひっぱたいてやればよかった。無作法なキスが唇に降ってきた瞬間に。

厚かましく抱かれたときでもよかったかもしれない。それなのに、唇のあいだからもぐりこんできた舌がとても気持ちよくて、その先が知りたくなってしまった。もう少し……ほんの少しだけ……長くキスを許したら、どうなるのか……。

膝が崩れそうになり、レジーナは背筋を伸ばした。どうしたの、わたしったら。ふしだらな女みたいな真似をするなんて。あんな人の口車に乗って、とんでもない行為を許してしまった。この世のものとも思われぬキスで、抵抗もできなくなるとは！

大胆なキスだから、抗《あらが》う気持ちも瞬時に消え失《う》せてしまったのだけれど。

それも、彼がいやみな男に逆戻りするまでのことだった。思わず眉間《みけん》にしわが寄る。あれがドレイカー子爵の困ったところよ。やさしく口づけ、名前で呼んでくれと頼んできた舌の根も乾かないうちに侮辱を吐くなんて。

あの人をどう扱えばいいのか、見当もつかない。普通の男なら、あんな態度をとってくることはない。なのに、なぜ彼だけ？　なぜわたしも、あんな行為を許してしまったの？

その問いの答えに向き合う勇気も出せぬまま、もう一度だけドレスと帽子に目をやると、レジーナは緊迫の場に打って出た。演奏が終わったらしく、広間ではルイーザのまわりに人だかりができている。もちろん、兄もそのなかにいた。

笑みを浮かべたサイモンが近づいてきた。「やっと戻ってきたな。いままでどこにいた。世にも名高い公爵令嬢のお説教をドレイカーに食らわせに行ったのか？　二重唱を蹴《け》ったのだから、それなりの反応を見せてもらいたかったよなあ」

「蹴ってなんかいないわ！」つい大声を出してしまった。周囲の視線が集まってきたのに気づき、声を落とす。「お説教もしていません。いいこと、お兄さま？　ルイーザと結婚したら、わたしの扱いには注意したほうがいいわよ。わたしがお兄さまとルイーザをくっつけたのだと肝に銘じてちょうだいね」

「もちろんだとも。いつまでも感謝の気持ちを忘れないよ、お嬢ちゃん」

「お嬢ちゃんと呼ぶのもやめて」レジーナは文句を言った。「とっくに大人になったのよ。その呼びかたが嫌いなのは、わかっているでしょう？」わかっているからこそ、そう呼ぶのだけれど。レディ・レジーナを怒らせておもしろがるのはドレイカー子爵だけではない。

サイモンが言葉を返してくるよりも早く、晩餐《ばんさん》の案内が告げられた。レジーナは重い吐息をこぼした。晩餐のことを、すっかり忘れていた。食事の席でドレイカー子爵がどんな騒ぎを起こすか、まるで想像もつかない。

とりあえず、そばに座らずにすむのはありがたいけれど。客の紳士のなかで二番めに爵位の高いドレイカー子爵の席は、夜会の女主人であるアイヴァースリー伯爵夫人の左隣だった。フォックスムア公爵令嬢の席はテーブルの反対端、アイヴァースリー伯爵の右隣になる。

伯爵から、書斎で目撃した出来事について何か言われると思い、レジーナは覚悟を決めた。けれども、数分が過ぎても何も言ってこない。伯爵が紳士で本当によかった。

話題にのぼったのは、サフォークの伯爵領や、馬を愛したレジーナの父のことだった。そして、レディ・アイヴァースリーが詩を好むという話題になったとき、レジーナはすぐに話をそらした。頭に入っている詩の数は、片手で数えられるほどしかなかったから。

レジーナはときおり、テーブルの奥へ視線をそっと走らせた。伯爵夫人をはさんでドレイカー子爵の反対隣にいるのは、客の紳士のなかで最も爵位の高い兄、フォックスムア公爵サイモン・トレメインだった。子爵は兄にも無礼な真似をするつもりだろうか。ほかの客に、なおもマナー違反を見せつけるのか。それとも、まともに食事をするぐらいのことはできるのだろうか。

どうやら、食事のマナーだけは心得ていたらしい。ちゃんとフォークを使っている。よその国のように料理をナイフで突き刺して口に運ぶこともなければ、皿に顔を突っこんで食べることもなかった。酒臭いのではなかろうかと気がもめたものの、度を超した飲みかたもしていない。ワインを少々、ごく控えめに飲むばかりだった。

アイヴァースリー伯爵夫人と楽しそうに話をしていることだけが、やたらと癪《しゃく》にさわる。子爵はとても親しげに、キャサリンと呼びかけていた。そんなことを気にしてもしょうがないのに。どうにも気になる。

キャサリンは、例の地下牢《ちかろう》に連れこまれたことがあるのかしら。たぶん、ないだろう。なんとなく、そう思う。詩を愛するアイヴァースリー伯爵夫人がキャッスルメインの地下牢で荒々しい情熱に苦悶《くもん》するところなど、まるで想像できない。だいいち、新婚の旦那《だんな》さまに心の底から愛されているはずだもの。

会話がとぎれたので、言わずもがなのことを口にしてみる。「奥さまはドレイカー子爵と本当に仲がよろしいのね」

「去年から、夫婦そろって親しくしていますよ」かすかに皮肉めいた口調で、伯爵がつけくわえた。「ドレイカーは家族も同然だ」

「それで、ルイーザの社交界デビューの後見をお引き受けになったの?」

「ええ。でも、あんなにかわいいお嬢さんですから。僕たちも張り合いが出ます」

「白状すると、ドレイカー子爵にお友達がいるとは思いませんでした。だって、めったに人前に出ていらっしゃらないでしょう？　出たら出たで、とても……とても……」

「礼儀知らずだし、ひどい格好だし？」

「〝垢抜《あかぬ》けない格好〟と言おうとしたのだけれど。まあ、おっしゃるとおりです。あなたのようなお友達がいて、子爵は本当に幸せね。何をしても大目に見てもらえるのだから」

アイヴァースリー伯爵がフォークをもてあそんだ。「さっきのように、ということですか？　わが友は……書斎で何かやったのでしょうか。僕に焼きを入れられてもしかたがないようなことを？」

レジーナは笑みを凍りつかせた。「いいえ、まさか。わたし、殿方をあしらうのは得意なんです。しつけのできていない殿方が相手でも、てこずったりしませんから」

伯爵が喉の奥で笑った。「でしょうね。しかし、ドレイカーをしつけるには、平手打ち一発では足りないと思いますよ。ちょっと鈍いところがあるから」

「本当ですの？」レジーナは冷ややかに言った。「気がつきませんでした」

「しかし、長年つらい目に遭ってきたのです。だから勘弁してやってくれませんか。今夜たまたまエスコートされてきただけのあなたに、そこまでお願いするほうが筋違いなのでしょうか」

顔が火照ってしまう。「いえ……でも……どう言ったらいいのかしら……」

伯爵が見すえてきた。「妻と僕はずっと、彼のことを気にかけていました。キャッスルメインに掘った穴蔵から出てこないドレイカーを、誰か……なんでもいいから……引きずりだしてほしいと思っていた。そういう人がやっと現れてくれたのに、彼が外の世界になじむ機会も持てぬまま、とぼとぼ穴蔵に戻っていくところなど見たくありません」

「そうですね」はた迷惑だし態度も大きいし、人だろうと物だろうと全部敵だと思いこんでいるような男性だけれど、キャッスルメインに引きこもったままでいいわけがない。本人がなんと言おうと、絶対よくない。

先刻、子爵の……マーカスの、やさしい一面を垣間見てしまった。本当は心弱く、傷つきやすい男性なのかもしれない。あの気性も恐れず光のもとへ連れだしてくれる人がいないからといって、本でしか人生を味わおうとしないのだから。

わたしは？　恐れず立ち向かうなんて真似ができるの？

レジーナは居ずまいを正した。できるに決まっているでしょう。なにしろ、賭《かけ》までしたのだから。かならず勝ってみせる。もっとましな人生をマーカスに送らせてあげるためにも。つれなき美女の異名を取っているからには、手加減などしない。気難しいドラゴン子爵を外のまともな世界に引きずりだしてみせる。じたばた抵抗されようと、無礼な態度で侮辱されようと、絶対に負けない。

幸い、マーカスが晩餐の席でおとなしくしていたため、新たな決意を揺るがすようなことは何もなかった。そのあとは夜が更けるのも早く、デザートから時を移さず夜会がお開きになったので、レジーナは胸をなでおろした。もうマーカスが騒ぎを起こす心配もない。たとえ騒ぎを起こしても、ほかの招待客にとっては大差なさそうだけれど。この場に集う人々は皆、すでに彼のことを疫病患者か何かのように扱っているのだから。何があろうと、いまさら事態が悪化することもないだろう。

それでもなお、マーカスは最後まで席を立たなかった。できるだけ長く妹と一緒にいたいのかもしれない。おやすみを言い合う兄妹《きょうだい》の姿に、レジーナは胸をつまらせた。恐ろしいドラゴンにも取り柄がある。妹への変わらぬ愛も、そのひとつだった。

けれども、馬車に乗りこむやいなや、敵意むきだしの態度が戻ってきた。シスリーが落ち着きを失い、サイモンが今晩の夜会の話をするあいだ、マーカスの暗いまなざしが突き刺さってきた。

サイモンが息を継いだとき、マーカスがようやく言葉を発した。「次はオペラの予定でも入れようか、レディ・レジーナ」思わせぶりにつけくわえる。「音楽は大好きなんだろう？」

レジーナは身構えた。実現しなかった二重唱へのあてこすりだけでなく、挑むような物言いをされたから。何を挑まれているのか、自分だけがよくわかっていない。

「何を観《み》るか決めていらっしゃるの？」レジーナは問い返した。

見すえてくるまなざしが半眼になった。「明日の夜、王立劇場へオペラを観に行こうと思うのだが。ジュゼッペ・ナルディが慈善興行で『フィガロの結婚』をやっている。見ものらしいぞ」マーカスがサイモンのほうへ顎をしゃくった。「むろん、フォックスムアとミス・トレメインも一緒でいい。ルイーザも行きたがっていた」

「桟敷席をお持ちなんですの?」驚きを隠そうともしないシスリーの口ぶりは、いささか礼を欠いている。

マーカスの瞳がぎらりと光った。「いや、アイヴァースリーの桟敷だ。使ってもかまわんと言ってくれたものでな」マーカスはサイモンを見やった。「フォックスムアも桟敷を押さえていて、そちらを使いたいのなら話は別だが――」

「いいとも、きみさえよければ、遠慮なくうちの桟敷を使ってくれ。でも明日は、僕は失礼するよ……その……友人の屋敷で食事に誘われている」

レジーナは息をのんだ。兄とふたりで殿下の邸宅《カールトン・ハウス》に招待されたのを、すっかり忘れていた。その晩餐の話は、さきほどの夜会の最中にも出たので、マーカスの耳にも入ってしまったのだろう。

子爵の唇が不敵な薄笑いを形づくった。「ああ、そうか。レディ・レジーナも一緒に行くんだな」

さっきから敵意むきだしで突っかかってくるのは、これが原因だったのね。こんなにも早く取り引きを放棄すると思われているのね。

「わたしはオペラのほうに行きたいわ」レジーナは割って入った。もう怖《お》じ気《け》づいたと思われているのが悔しい。

疑うような色がマーカスの顔に浮かんだ。「明日の晩だぞ。俺《おれ》と一緒なんだぞ」

「いいわよ。わたしもシスリーも『フィガロの結婚』は好きだもの」

「でもねレジーナ、殿下が――」シスリーが口を開きかけた。

「わかってくださるわ」レジーナは言葉を奪いとった。とりあえず、わかってもらえることを祈るしかない。


マーカスの視線が射すくめてきた。その表情の変化に、ひどく心地よい戦慄《せんりつ》が背筋をつらぬいた。よこしまな期待に熱をおびる瞳が、伯爵邸の書斎での記憶をよみがえらせた。熱いまなざしが唇まで下りてきたとき、レジーナは思わず目をそらした。

たいへんな約束をしてしまった。オペラの桟敷では、ほかに人がいても、遠慮のない行為が始まることもある。照明が消えたときが、とくに危ない。気持ちが傾きかけ、レジーナは喉を上下させた。それでも、尻尾《しっぽ》を巻いて逃げるわけにはいかない。

兄が話に割りこんできた。「音楽といえば、ミス・ノースのハープはどうだった？」

「ああ、聴きそびれたわ」その理由に思いあたったときには、もう遅すぎた。「わたし、その……ええと……」

「俺が伯爵邸の書斎を案内していたからな」マーカスの声が覆いかぶさってきた。

レジーナはマーカスを凝視したものの、彼の表情は暗く、馬車の小さな灯火《ともしび》のなかでは何も読みとれない。ぞっとした。まさか、わたしに大恥をかかせるつもり？　あそこでやっていたことを、ほんの少しでも言われてしまったら最後……。

「アイヴァースリーの膨大な蔵書を見てみたいと言うから」わずかに頬をゆるめ、マーカスが言葉を継いだ。「案内した」

レジーナは、ほっと息を吐いた。ドラゴンにも、少しは思いやりというものがあるらしい。助かった。

隣で硬直しているシスリーとは違い、兄は鼻を鳴らしただけだった。「レジーナが本を見たがった？　想像もつかないね。ちょっと本を開いたところも見たことがないのに」

「本当か？」マーカスが、いつまでも顔をのぞきこんでくる。「ずっと読書嫌いを通してきたとは思えないくらい、ものすごく知的だが」

胸がどきどきする。知的だなんて、本気で言っているの？

そんなはずがない。マーカスが言う〝知的〟とは〝計算高い〟の意味だろう。お世辞など口にする人ではないのだから。

「たまにはレジーナもがんばって、小説の朗読を聞いたりもするだろうが。自分に捧《ささ》げられた芝居を観たり、ダンスフロアでくるくる回してもらったりすること以外には、ほとんど興味がないのさ。あとはせいぜい、公園での乗馬や買い物に連れていってもらうとか」

屈辱に、かっと顔が熱くなった。腕に触れてきたシスリーの手を振りほどき、食ってかかろうとした。

マーカスの声のほうが早かった。「あんたの妹は、瞑想《めいそう》好きとまではいかないにしても、うわついたもの以外にも興味があるみたいだぞ。今夜、見ていてわかった。ほら、音楽も好きだし」

レジーナは体をこわばらせ、マーカスをにらみつけた。二重唱の話なんか蒸し返したら承知しないと、視線で釘《くぎ》を刺す。

「歌が上手だ」マーカスは言葉を継いだ。「それに、ルイーザの演奏も、ちゃんと聴いてくれた。ハープの腕も達者らしいな。今夜は弾いてもらえなくて残念だ」

レジーナは呆然《ぼうぜん》とマーカスを見つめた。いまのは、お世辞以外の何物でもない。その気になれば、非の打ちどころのない紳士になれるらしい。驚いた。

それにしても、こともあろうに、なぜオペラに誘ってきたのだろう。オペラが好きそうな感じには見えないのに。さっき書斎で、わたしがオペラ好きだという話をしたから？まさか本当に、わたしの機嫌をとろうとしているの？

それとも、何かの罠《わな》？ ああ、どう考えたらいいのか全然わからない。マーカスの無軌道ぶりには、どれほど理性的な女も翻弄《ほんろう》されてしまうだろう。長所もたくさんある。裕福だし爵位は高いし、頭の回転も速い。礼儀正しい行動さえ心がければ、社交界でも一目おかれるようになるかもしれない。それなのに、なぜ無作法な真似ばかりするのか。妹と一緒にいるときにさえ態度を改めないのはなぜ？

馬車の速度が落ちたので窓の外に目を向けると、町屋敷に帰りついていた。先に男ふたりが馬車から降りた。レジーナに避けられたサイモンは、しかたなしにシスリーと腕を組み、石段を上がっていった。

レジーナはマーカスとふたりきりで残された。屋敷の明かりを背に、手をさしだしてきたマーカスの顔は、影のなかに沈んでいた。それでも、心の奥まで射抜くような鋭い視線を感じた。手を取られ、石段に向かって歩きだすと、胸が躍った。この期におよんで、なおも心を乱されてしまう。崖《がけ》っぷちで不安定に立っているかのように。いまにも突き落とされそうになっているかのように。

それとも、マーカスに捕まりかけているのだろうか。どちらともつかない。

並んで石段を上がっていると、マーカスが低い声で言った。「なんだったら、オペラは別の日にしてもいい」

「その手には乗らないわ」レジーナは軽い調子で答えた。「どうせ、あとから責めるつもりでしょう?　わたしが契約を破ったとか言って」

マーカスが肩をすくめた。「フォックスムアが行かないのなら、あんたが行く必要もない。契約どおりだ」

あからさまな物言いに、レジーナはたじろいだ。「わたしと一緒に行くのがいやなの?」

「そんなことは言っていない」

レジーナは微笑を隠した。「じゃあ、一緒に行きたいのね?」

手のひらの下でマーカスの腕がこわばった。「そうも言っていない。出かけたくないなら好きにしろ。一緒に行こうが行くまいが、どっちでもかまわん」

「それなら、どうして別の日でもいいとおっしゃったの?」レジーナは冗談めかして言った。すぐに返事が来ないので、思いきって視線を向けてみる。

石段の上のガス灯が渋面を照らしていた。「あんたにかかっちゃ男は形無しだな」

「なぜ？　ドラゴン子爵に大量の煙や火を吐かせず、理にかなった答えを要求するから？」

目が合った。心ならずも感服したと言いたげな色が、瞳の奥に表れた。「あんたの右腕が強力だからだ」マーカスが声を落とした。「動きもいい」

レジーナは赤面して目をそむけ、屋敷に入っていく兄とシスリーを仰ぎ見た。「侮辱されれば、また躊躇《ちゅうちょ》せず振りまわすから」

大理石の広い石段を上がりきったそのとき、不意を突かれ、いちばん奥の柱の陰に引きずりこまれた。その意図を察したときには、すでに唇が重なっていた。マーカスの唇は熱く、無遠慮で、飽くことを知らなかった。いたずらな唇に、たっぷり時間をかけてていねいに愛撫《あいぶ》され、サテンの靴のなかで足の指が縮こまった。

体が離れたときには息も絶え絶えになっていた。闇《やみ》のなか、こちらを見つめる目がきらめいた。「いまのが侮辱だと言うのか？」低く太い声が耳をくすぐる。

侮辱だと言ってやらなくては。なのに、言えない。「このあと、ひどいことをおっしゃるご予定？　わたしがふたりきりで二重唱をしたがるとかなんとか」

マーカスの口元が、ひくりと動いた。「いまは何も考えられない」

「あら、残念」キスに揺れた心を必死に押し隠しながら、そっけなく言う。「おもしろくなりそうなのに」

正面玄関から顔を出したシスリーが、柱の陰にひそむふたりを見て眉根を寄せた。「ドレイカー子爵さま、何をなさっておいでですの？　レジーナ、早くいらっしゃい」

からかうような笑みを浮かべたマーカスに手をつかまれ、唇の高さまで持ちあげられた。名残惜しげな口づけを手袋ごしに落とされたとたん、はじいたばかりのハープ弦のように体が共鳴した。

「またな、お嬢さん。もう退散したほうがよさそうだ。無作法の報いでシャペロンに石段から突き落とされないうちにな」そして、心をかき立てる声がささやいてきた。「明日の晩は、人目につかないところで無作法な真似をしよう」

マーカスが悠々と石段を下り、待たせてあった馬車へと足を向けたときも、レジーナはまだ、厚かましい言葉の衝撃から立ち直れずにいた。ふと、マーカスの御者と従者たちに目をとめる。全員、わけ知り顔でにやにや笑いながら、こちらを見上げている。柱の陰で何をやっていたか、察してしまったらしい。

顔から火を噴きそうになりながら、レジーナはシスリーに続いて小走りに屋敷へ入った。どうしていつも、あの男に隙《すき》を突かれてしまうの？　マーカスは、わたしを人前でもてあそぶつもりらしい。気をつけないと身の破滅だわ。

キスが上手すぎて厄介だけれど。

屋敷に入るなり、シスリーが小声で謝ってきた。「ごめんなさいね、あの野蛮人の魂胆を見抜けなくて。少しでもわかっていればよかったんだけど。まさか、あの男が……あなたを……」

「大丈夫。何もされていないから」この二日間でシスリーについた嘘《うそ》の数は、一生分を超えている。全部マーカスのせいだわ。

シスリーが咳《せき》をした。「どうしてあんな人との交際を続けなきゃいけないの？　理解に苦しむわ」

「お兄さまとルイーザを応援したいからに決まっているでしょう」赤く染まった頰を隠そうと顔をそむけながら、レジーナは召使いの手を借りて外套《がいとう》を脱いだ。「わたしがドレイカー子爵に心惹《こころひ》かれているからだとは思わないのね」

「とんでもない！　あなたにふさわしい相手じゃないわ」

レジーナは表情を引きしめ、シスリーに向き直った。「彼の態度のことなら――」

「本好きのところよ」シスリーは召使いをちらりと見て、言葉を選んだ。「あなたとは趣味が合わないでしょう」

読めないのだから。

重苦しいしこりが胸につかえた。もとより、シスリーの言うとおりだった。「じゃあ、わたしが彼と出歩くのは、お兄さまを応援するためだけってことで。それならいい？」シスリーが顔をしかめて口を開きかけたとき、レジーナは話題を変えた。「そういえば、お兄さまは？　わたしをからかおうと待ちかまえているかと思ったのに」

「失礼いたします」執事が話に割りこんできた。「旦那さまは、特別なお客人をお迎えして奥の間にいらっしゃいます」

緊張が走る。「ありがとう、ジョン」執事の口から〝特別な客〟という言葉が出れば、それは殿下のことだった。なぜ今夜やってきたのだろう。どのみち、明日の晩餐の席でお兄さまと会えるのに。お兄さまと殿下に疑いの目を向けたマーカスが正しかったの？

そんなはずはない。まさか。そうはいっても……。

レジーナは東棟に続く廊下を振り返った。様子を見に行くだけなら問題はない。いずれにせよ、晩餐の招待を受けられなくなったと殿下に謝らなくてはいけないのだから。それには、直接会って謝るほうがいい。

おやすみなさいと小声でシスリーに告げ、レジーナは東棟へ向かった。マーカスの言い分が正しいなんて、考えるのもばかばかしい。たしかにお兄さまは野心家だけれど、悪知恵を働かせて若い娘を利用するような人ではない。

マーカスがそんな誹謗《ひぼう》中傷をするのは、誰も彼も最低だと決めつけているからよ。自分自身がマーカスにどんな目で見られているか、思いだしてごらんなさい。

正直に言えば、いまではそれも漠然としてしまったのだけれど。そもそも、マーカスが交際を持ちかけてきたのは、わたしとお兄さまを怒らせるため。間違いなく、それだけだった。おまけに、伯爵邸の書斎であれほど情熱的なキスをしておきながらいやみばかり言ってきたのは、わたしとの結婚を本気で考えていない証拠だろう。

けれどもそのあと、馬車のなかでは、わたしをかばってくれた。歌をほめたうえ、知的とまで言ってくれた。そんなことを言う人なんて、ひとりもいなかったのに。美人だとは言われるけれど。いちばん多いのは、気品があるというお世辞だった。それなのに、知的？　一度も言われたことがない。

知的と言われて、うれしかった。本当のわたしを知れば、そんなふうに思ってくれるはずもないのに。

シスリーの言葉が痛い。文字も読めないとマーカスに気づかれたら最後、ばかだと思われてしまう。これまで以上に底の浅い女だと思われるだろう。あるいは、手のつけようもないほど頭がおかしいと思われるか。もう見向きもされなくなる。

頭のおかしな子供を産むかもしれない女が、まともな男性に結婚を申しこんでもらえるとでも？　いくら裕福で美人で淑《しと》やかでも関係ない。女には、果たすべき義務がある。わたしが義務も果たせない女だったら……。

そうなってしまいそうで、つらすぎる。

いつしか奥の間の前まで来ていた。もう子爵のことなんて忘れてしまえる。ノックはあとまわしにして、扉に耳をあててみた。何かさぐりだせるのではないかと思ったから。しかし、聞こえてくるのは、ぼそぼそとした話し声ばかりだった。ふたりの男が、誰にも聞かれたくない話をしている。

悪態とため息をつき、レジーナは扉をノックした。とたんに、会話がぴたりとやんだ。サイモンの低い声がした。「入っていいぞ」

何食わぬ顔で奥の間に足を踏み入れたとたん、ふたりの男が立ちあがった。先に声をかけてきたのは殿下のほうだった。深々と膝を折って一礼すると、殿下に止められた。「ああ、よいよい、さように堅苦しいのは。なあ?」殿下は堅牢な長椅子に巨体を沈め、錦《にしき》織《おり》の座面をぽんぽんと叩《たた》いた。殿下の到来を見越し、あらかじめサイモンが購入していた長椅子だった。「そばに来るがよい。息災であったか?」

サイモンの怖い顔は〝うろちょろするな〟という意味なのだが、レジーナは目もくれなかった。「お目にかかれて、ようございました」殿下の隣に腰かける。「明日の晩餐にはうかがえそうにありません。お許しいただけますでしょうか」

「理由にもよるが」殿下の指が、顎の下に軽く触れてきた。「具合が悪いようには見えぬから――」

「ドレイカー子爵に誘われたのですよ。明日の晩のオペラに」どう説明しようかと考える間もなく、兄が露骨に口をはさんできた。

一瞬、殿下が興味をそそられたような顔をしたのは、見間違いようもなかった。「ならば話は別だ。真剣な交際の邪魔をするわけにはいかんな」

その言葉の選びかたが引っかかり、レジーナは怪訝《けげん》な目を兄に向けた。

サイモンは書き物机に寄りかかった。「殿下に説明してさしあげたんだよ。おまえに言いよってくる男が、また増えたって。上品な社交界に初めて乗りこんできたドレイカー子爵の奮闘ぶりは、おもしろい話題になると思ったから」

「お兄さまってば、いつからそんな噂《うわさ》好きになったの?」レジーナは声をとがらせた。

下劣な噂話をされたかと思うと腹立たしいし、そもそもなぜマーカスと自分の話題が出たのかと問いただす気にもなれない。

「余は、その手のおしゃべりが好きでねえ。そなたの兄は、それをわかってくれておるのだよ」殿下はレジーナの手を取ると、大きな両手でこすって温めた。「だが、かわいい頭をこんなことで悩ませてはいかんな。そなたについては、よいことしか言っておらぬから」

わたし自身は何を言われようとかまわない。マーカスについては、どんな話をしたの？　それに、なぜわたしが心配なんかしなきゃいけないの？　マーカスは落《お》とし胤《だね》かもしれないけれど、殿下のお気に入りになりたがっているふうでもなかった。なのに、なぜわたしがひと肌脱いであげたいと思わなきゃいけないの？

わからない。

ただ、そう思う。

「ドレイカー子爵の歌声がすばらしいという話は、お聞きになりまして？」

何やら思うところのある顔で、殿下が見つめてきた。「いや。だが、意外でもないかな」

たぶん、幼いマーカスの歌声を耳にしたことがあるのだろう。子供のころの様子をきいてみたくてたまらない。とはいえ、そこまでの度胸もない。

「で、それ以外では、子爵をどう思う？」殿下が尋ねてきた。「オペラに誘われて晩餐の約束を忘れたということなら、まんざらでもないと思ったのかな」

とたんに熱く燃える頬がいまいましい。よりによって、殿下に両手を強く握られているときに頬を染めてしまうとは。「まあまあかもしれませんね」感情を表に出さぬようにしながら答える。

「妹は子爵をまともな紳士に改造するつもりなのです」兄が投げやりな口調で言った。

こちらを見る殿下の目が、かすかに険しくなったらしい。「レディ・レジーナならできるとも」

さすがの兄も、賭のことまでは話さなかった。「改造だなんて、そんな。社交界での風当たりを弱くしてあげたいだけです。いいところもたくさんある人なのに、ずっと領地に閉じこもっているなんて、もったいないわ」

「いいところもある？　ドレイカーに？」兄が揶揄《やゆ》してきた。「気がつかなかったなあ」

「そちは案外、観察力に欠けておるようだな」殿下がぴしりと言った。

兄の苦々しい顔つきからすると、マーカスと殿下の関係を、しばし失念していたのだろう。「観察力なら足りております。あの男が妹に関心を寄せていることぐらい、ちゃんと存じております。妹のほうは、それほどでもなさそうですが」

勘気をそらそうとするサイモンの努力が実を結んだらしく、じっとりとした殿下の視線が戻ってきた。「本当かね？」

「兄は誤解しているのです。ドレイカー子爵が関心を寄せてきたのは、そういうことではありません」はぐらかして答える。「あの人は、社交界が腐りきっていると思いこんでいて、それをわたしに見せつけたいだけなのです。お互いに論戦を繰り広げているだけと言えばいいでしょうか」

「たしかに彼は、妹が好きこのんで交際するたぐいの男でもありません」兄が言い添えた。

「そんなことないわ」殿下が一方の眉を上げたので、レジーナは赤面した。「とにかく、わたしと子爵とでは、興味の対象が違いすぎます。あの人は上流社界を嫌悪しているようですし。それに、わたしはあまり好かれていないと思います。ときどき、軽蔑《けいべつ》したような目で見られることもありますから」

「ばからしい」くだけた調子で殿下が言った。「そなたのようにかわいい人を、誰が軽蔑するものか」

マーカスが。「いずれにしても、わたしとの結婚を本気で考えているとは思えません」

続く会話にしびれを切らしたのか、サイモンが書き物机から離れ、長椅子に近づいてきた。「お嬢ちゃん、おまえに色目を使ってくる男の話で殿下をおもてなしするのは、また今度でいいだろう。こっちは、いますぐ殿下とふたりだけで重要な政治の話をしなきゃいけないんだ。それに、もう時間も遅い」

いつから殿下はカールトン・ハウスではなく公爵邸の奥の間で、兄と政治の話をするようになったの？

殿下に握られていた手を引き戻しながら、レジーナは立ちあがった。「わかりました、もう行きます」

殿下も立ちあがった。「明日の晩はオペラだね。楽しんでくるがよい」

レジーナは奥の間を出た。兄たちの話の中身が気になってしかたがない。まさか、マーカスの言うとおり、兄は何かたくらんでいるのかしら？　兄とルイーザが交際できるようになった矢先、こんな夜更けに殿下が訪ねてきたのは、不思議な偶然の一致ではないの？もっとも、殿下が本当にルイーザの将来を案じているだけだとすれば、兄との交際を気にかけるのも当然だろう。兄と結託して何かたくらんでいるという証拠にはならない。

本当に政治の話をしているだけでしょう。くだらない思いこみで陰謀を疑うマーカスのせいで、こっちまで疑心暗鬼になってしまった。キスなんか許したのがいけないんだわ。だから、考えかたまで似てしまうのよ。

たしかにマーカスには心惹かれるし、たくましい体も、はっきりと見せつけられた。でも、それだけでは、まったく共通点に欠ける相手と本当につき合う理由にはならない。なのに、唇を奪われたとたん、つい分別をなくしてしまう。だから今後は、とにかく腕一本分の距離を開けておかなくては。もう二度とキスを許してはいけない。うっとりするようなキスだろうとなんだろうと関係ない。

あきらめず、がんばろう。あの野蛮人に礼儀を教えこみ、ルイーザと兄の結婚を成就させてみせる。友達づき合いをするのはかまわないけれど、それ以上は絶対にだめ。だって、マーカスと……ドレイカー子爵と親しくなりすぎても、いいことは何もないから。

レジーナが出ていくやいなや、殿下がサイモンに顔を向けた。「本当に大丈夫か。気づかれてはおらぬだろうな。そちの妹は意外に鋭いぞ」

「それは重々承知しております」妹がドレイカーの調教という新たな慈善活動に忙殺され、こちらの動きに目をとめずにいてくれるといいのだが。「ドレイカーの疑念は聞かされているかもしれませんが、だからといって、それに納得したわけでもないでしょう」

「だったらなぜ、ろくでもない取り引きに応じたのかね」

「あれの言葉どおりかと。ドレイカーの考えがすべて間違いだと証明するためです」賭の話は控えたほうがいいだろう。実子がらみの賭に殿下が興じてくれるとは思えない。「レジーナを味方につけているかぎり、何も心配はいりません」

殿下が長椅子から巨体を引きあげた。「そうとも言えんのではないか。もし余の息子が、そちやルイーザから一分一秒たりとも離れないと心に決めてしまったらどうする。どうやって余は娘に会えばよい？　どうやって将来について話し合えばよい？」

「わたくしからルイーザに話をさせていただけませんか。殿下との関係を知れば、きっとルイーザも――」

「いかん、冗談じゃない。ドレイカーが人嫌いで、ルイーザと余の親子関係を頑固に否定しておるからこそ、いままで都合よく運んできたのだ。まだルイーザには詳しい話もしておらぬようだし。あの子の母親と余の関係は、いささか人聞きの悪いものであったからな、とても詳しくは教えられん。そちの口から本当の話を聞けば、あの子はドレイカーと一緒に逃げてしまい、真偽を確かめようとするだろう。余が釈明の機会すら持てぬうちに、ドレイカーから余の悪口を吹きこまれてしまう」

人聞きの悪い関係？　サイモンは好奇心を抑えこんだ。殿下の相談役でいるための秘訣《ひけつ》は、質問しすぎないことだ。

殿下の話は続いている。「頃合《ころあ》いを見はからって父親の名乗りを上げるつもりだ。しかし、まずはルイーザをひとりにしなくてはならぬ。そちの役目だ、手を抜くでないぞ」

「抜いてなどいませんよ。アイヴァースリーに命じて、ルイーザをカールトン・ハウスに連れてこさせればよろしいでしょう。なぜ、そうなさらないのです？」

「アイヴァースリーに命令などしようものなら、ドレイカーが全部ぶちまけてしまうのは目に見えておる。ただでさえ何かとごたついておるのに、余のあずかり知らぬ話までされたらまずい」

「なぜドレイカーは、いまも秘密をかかえこんだままでいるのでしょうか」

殿下は宝石で飾り立てた手を振った。「余の頭上で秘密をかかえこむのが楽しくてならんのだろう。あの生意気な小僧め。どうすれば余を挫折《ざせつ》させられるか、さぐっておるのよ。レディ・レジーナと出歩いたり、余が娘に会えぬよう邪魔をしたりしてな。あやつめ！」

「ご辛抱ください、殿下、ご辛抱を。ドレイカーと妹は一カ月だけ交際する約束をしましたが、たぶん一週間以上はもたないでしょう」

頼むから、もってくれるな。一カ月もルイーザと清く正しい交際をするなど、こちらの身がもたない。ブルーのサテンと真珠で装ったルイーザを一カ月も目の前にしながら、レースのシュミーズにぴったり包まれた胸と腹を想像するばかりで……。

鼓動が三拍子にはねあがり、サイモンは小声で自分に言い聞かせた。たしかにルイーザは美しい。最高の妻になるだろう。

残念ながら、自分で妻に迎えるわけにはいかないが。首相の座をねらうからには、田舎でのびのび暮らすことを許されてきた妻ではなく、社交界の女主人としての教育を受けてきた妻が必要なのだ。洗練され、気品にあふれ、首相の妻の立場を心得ている女でなくてはならない。ルイーザはあまりにも世間知らずだし、正式な妻となることにこだわりすぎる。

それでもいい、ルイーザがほしい。純朴なところが実に魅力的だし、屈託のないおしゃべりも爽快《そうかい》だった。いつも社交界で出会うような計算高い令嬢たちとは大違いだ。ルイーザに身内がおらず、その将来を殿下が案じているのでもなければ、すぐさま愛人にするのに。あの豊かな黒い巻き毛が、ことごとく枕《まくら》の上に広がり……なまめかしい唇がきわどい約束をささやき……ほっそりした白い腕を広げ、胸のなかに飛びこんでくる……。

下腹部が張りつめ、サイモンはうなり声をもらした。こんなことを考えても意味がない。ルイーザを愛人にするのは無理だ。そんな真似をすればドレイカーに生き胆を抜かれ、朝食にされてしまうだろう。殿下まで加わってくるに違いない。

「妹とドレイカーがつき合うというのは都合がいいかもしれません。レジーナにまかせてみましょう」サイモンは言葉を継いだ。「一週間もすれば、ドレイカーは骨抜きになるはずです。そのあとは、なんでもレジーナの言うことを聞くでしょう。わたくしとルイーザが親しくつき合うことも含めて。そうなれば、殿下にルイーザを引き合わせる見通しもついてきます」

「それがよかろうな。わが姫とヴィレムの婚儀も近い。ふたりがオランダへの旅に出るときは、誰かに姫の後見をさせねばならん」

別居中の皇太子妃のもとで、唯一の嫡出子プリンセス・シャーロットにいいかげんな養育をさせてしまってからというもの、この際どんな危険も冒せないと殿下は肝に銘じたのだった。プリンセス・シャーロットとオラニエ＝ナッサウ公家のヴィレムとの政略結婚も絶対に邪魔させぬ覚悟でいた。皇太子妃は自分の立場も顧みず、恥知らずなことばかりしている。殿下としては、自分の次に王座につくべき娘を不名誉な醜聞から守りたいのだ。

殿下は目の前をうろうろと歩いている。「ルイーザは心やさしい娘で、分別もあると申したな。女官として腹違いの姉姫に仕えることも、ふたつ返事で引き受けてくれよう。姫の屋敷のほうにも信頼できる者を置いて、余の目や耳のかわりを務めさせる。余の思いどおりになる者でなくてはならん」

ルイーザを女官に任じることとは別の意図もありそうな気がする。だとしても、殿下は何も明かさないだろうが。サイモンは不安に駆られた。「ルイーザが兄でなく殿下の側につくという前提で話を進めていらっしゃいますが。彼女はドレイカーを心から慕っているのです。殿下が実の父だと知らされても、あまり喜ばないかもしれません」

「何を申すか。何年も父親なしで暮らしてきた娘だぞ。若い娘が実の父親から将来を気にかけられて、喜ばぬはずがなかろう」

サイモンは、もうひとつの微妙な問題を口にした。「わたくしに……結婚の意思がないと言われるのも……喜ばないかもしれません」

殿下が視線をすえてきた。「愚かなことは何もしていまいな？　守れもせぬ約束を交わしたか？　口説いて惚《ほ》れさせたりしたか？」のしかかるように身をかがめてくる。「それとも、もっと悪いことをしたのか？」

「いいえ、めっそうもない」サイモンは、あわてて首を横に振った。中国の宦官《かんがん》のようになりたくはない。やはり、股間《こかん》にあるべきものは、あったほうがいい。ルイーザにキスしたいという欲望を、どれほど長く抑えていられるか見当もつかないが。ただ一度。あの無《む》垢《く》な唇を味わえるなら……。

「最初に話し合ったはずだぞ。ルイーザを幸せにできる夫は、政治的な思惑抜きで惹かれてくるような男だ」殿下が念を押してきた。

「プリンセス・シャーロットには、政略結婚をするよう仕向けていらっしゃるのに」

「さよう。余も姫の母親と政略結婚をした。その結果が、このざまよ。だが、姫と余には義務がある。だから心の赴くままに結婚することはできん。幸い、ルイーザは心の赴くままに結婚できる。あの子を目的達成の手段として見るだけでなく、気持ちに報いてくれるような男と恋に落ちてもらいたい。そちが、かような男でないことは、そち自身も心得ておるはずだが」

まったくそのとおりだと言えば嘘になる。うっかりすれば、目的達成の手段としてではなくルイーザを見てしまう。場所が寝室なら、なおさらだ。しかし、こんな話をそのままルイーザの父親に打ち明けるわけにもいかない。

「いまのところは、レディ・レジーナが本当に余の息子を骨抜きにしてくれるよう祈るほかないな。われらに必要な突破口を開いてくれるとよいのだが。そうでなければ、余は満足せぬぞ」

殿下に満足してもらえなければ、政界で高い地位にのぼるための足がかりもすべて断たれてしまう。

「ご心配なく、レジーナは頼りになります。つれなき美女の異名は、伊達《だて》ではありません」

8

まっとうなお目付役《シャペロン》ならば、大好きな娯楽の最中でも、お嬢さまより私事を優先してはなりません。
――ミス・シスリー・トレメイン『理想のお目付役　若き淑女の話し相手《コンパニオン》のための手引き』

今夜の〝つれなき美女〟は、たしかに完璧《かんぺき》だ……王立劇場に着いたとき、マーカスは苦々しく思った。夜会で社交の中心にいたときのように、レジーナは礼儀正しく、そつがなく、よそよそしかった。昨夜、柱の陰で、この腕に抱かれて溶けたこともなかったかのように。

癪《しゃく》にさわる。あの唇にもう一度キスをすることばかり考えてしまう。しなやかで柔らかいレジーナの……。

マーカスは小声で悪態をついた。どうかしている。あれは、ばかな男を引っかける手管だ。調子に乗って鼻声を出したとたん、冷たい軽蔑《けいべつ》混じりに軽くあしらわれてしまうのだ。

よかろう、小細工でもなんでも仕掛けてこい。ささやかだが、こちらにも手はある。猫かぶりの小悪魔をキスと愛撫《あいぶ》で骨抜きにできることは、昨夜の一件でわかった。あれを思いださせてやろう。何度でも。男女の交際がどんな危険をはらむものか、男が何を期待して女に近づくのか、思い知らせてやる。さすがのレジーナも悲鳴をあげて逃げだすだろう。

アイヴァースリーの桟敷に上がるまで気づかなかったのだが、そこは、ほかの桟敷より前に突きでていた。たいへん結構。レジーナは衆人環視のなかでドラゴンと腕を組み、桟敷に出なくてはならない。

ここが逢引《あいびき》の小部屋のようになれば、もっと楽しいのだが。ふいに足を止めたレジーナにしてみれば、楽しいどころではないらしい。「うちの桟敷に移らない？ もっと広いわ」

「ここでいい」マーカスはレジーナをじろじろと眺めた。「落ち着く」

「舞台がよく見えるわ」ルイーザが晴れやかに言った。

「ご婦人がオペラ劇場でいちばん気にするのは、まわりの席からよく見える桟敷かどうかってことだろう？ ちゃんとわかってるんだぞ」

「なんでわかるの？」にぎやかな客席の騒音に負けないよう、ルイーザが声を張りあげた。

「劇場でオペラを観《み》るのは初めてなのに」

「初めてだからって、言いたいことも言わずに黙っているようなお兄さまじゃないわ」レジーナが軽口を叩《たた》いた。「なんの根拠もないのに社交界を断じようとする人ですもの」

「実は、オペラは前にも観に来たことがある。青二才のころは、目を皿のようにして踊り子を眺めていたものさ。無作法な若造らしいだろう？ 当時と状況が変わったのなら話は別だが、ここにいる連中で本当に音楽を聴きに来たやつなんぞ、ひとりもいない」自分自身、音楽を聴きに来たわけではないのだから。いい歌は人並みに好きだが、オペラは実にくだらない。「このままアイヴァースリーの桟敷を使うか？　それとも、よそへ移るか？」

「ここでいいわ」目くばせをしてきた妹が、ミス・トレメインに腕をからめた。「こっちにいらして。前に座りましょう」

うまい具合に妹がシャペロンを引き離し、背を向けさせてくれたので、マーカスは笑いをかみ殺した。うしろでレジーナが腰を下ろすまで待ってから、椅子を隣に並べて座った。レジーナの緊張した様子からすると、喜んではいないようだ。たいへん結構。騒ぎ立ててくれないかと思いつつ、マーカスはレジーナの椅子の背に腕をまわした。

レジーナは美しい眉をつりあげたものの、ただ微笑するばかりだった。そして手提げ袋《レティキュール》を床に落とした。「あら、いけない」聞こえよがしに言う。「レティキュールを落としてしまったわ。子爵さま、拾ってくださらないかしら」

拾うしかない。ということは、腕を下ろさなくてはならない。無駄に真珠まみれのレティキュールに手を伸ばしたとたん、レジーナが椅子をずらし、背もたれを壁に密着させた。こしゃくな女め。他人から見えないところで悪さをするだけならいいのか。ドラゴンとの交際を、知り合いに見られたくないのだな？

そうはさせるものか。「失礼」マーカスはレジーナのほうにかがみこんで、心にもない言葉を口にした。「すっかり忘れていたよ。人目につかないところで無作法な真似《まね》をする約束だったな」わざとらしくレジーナの手を取る。

レジーナも、わざとらしく手を振り払った。かすかに頬を染めている。「無作法な真似もやめていただきたいわ」

「無作法な真似を人に見られるのがいやだったんじゃないのか?」マーカスはレジーナの腿に手を置いた。レジーナが払いのけてきたが、逆にその手を捕まえてしまう。逃れようとするのを、しっかりつかんで離さない。

レジーナの視線に射抜かれた。憤慨したような目つきが、何やら鋭いものに変わった。

「翻訳版の台本はお持ちかしら?」

「もちろん持っている。馬車のなかで預かったやつだろう?」

王立劇場では、上演中のオペラの翻訳版台本が買える。しかし、レジーナは誰かしらの伝手《つて》を頼り、前もって翻訳版を買いこんでいた。あらかじめ台本を読んでおけば曲を聴き逃すこともないというのが、その理由だった。だが本当のところは、台本を劇場で買うしかない人々を見下したいとか、どうせそんな理由だろう。

レジーナの目が、きらりと光った。「では、見せていただいてよろしいかしら」

台本は椅子のあいだに落ちていた。腰かけたとき、はさんでしまったのだ。体の柔らかい軽業師でもないかぎり、レジーナの手を離さずに台本を取るのは不可能だった。それを見抜かれたらしい。知恵のまわる女だ。

「俺《おれ》の台本はどこに行ったかな」マーカスは切り返した。

「ルイーザとシスリーが持っているわ。だから、わたしの台本を見せていただきたいの」

マーカスは顔をしかめ、レジーナの手を離した。安っぽい装丁の台本を椅子のあいだから引っ張りだし、手渡そうとするやいなや、レジーナが流麗な早業で奪いとり、桟敷の隅にあるランプの下に持っていってしまった。

オーケストラが音合わせを始めた。まもなく開演だ。マーカスはレジーナを見上げた。

「今夜ずっとそこで台本を読み聞かせてくれるのか？」

揺らめく灯火《ともしび》が赤い頬を照らした。「まさか。第三幕を見直したかっただけよ」

ページを一枚しかめくっていないのに、第三幕も何もあるものか。マーカスは唇の隅を上げた。「もっとうしろだ。貸してみろ、探してやるから」

ふいに、レジーナの瞳がおろおろと宙を泳いだ。「結構よ。自分でちゃんと探せますから」

喧騒《けんそう》を突いて響きわたるほど甲高い声だった。ミス・トレメインが振り向き、警戒するように見すえてきた。にらみ返していると、彼女はついに咳《せ》きこみ、舞台に視線を戻した。

「戻ってきて席に着け」マーカスはレジーナに声をかけた。二度と体に触れさせまいと身構えている態度が腹立たしい。「そろそろ始まるぞ」

背後で扉が開き、男の声が響いた。「ほら、やっぱりいた。ちゃんとこの目でレジーナを見たと言っただろ、ヘンリー兄さん」

「そうだな、リチャード。おまえの言ったとおりだ」

ヘンリーとリチャードはレジーナと同年代の若者だった。レジーナに愛想よく声をかけられ、ふたりは桟敷に押し入ってきた。もうひとり、トムとかいう少年も一緒だ。

マーカスが立ちあがると、レジーナは例によって落ち着いた物腰で、若者たちを紹介した。パクストン伯爵の跡取り息子ヘンリー・ホイットモアと、弟たちだった。この三人もレジーナのいとこらしい。彼女に向けた表情からすると、とても慕っているようだ。生意気な小僧ども。レジーナを取りかこみ〝こんな狭い桟敷にいないで、うちの桟敷に行こう〟などと誘っている。連れの姿も目に入らぬかのように。

レジーナが断っても、若者たちは執拗《しつよう》に誘い続けていた。マーカスは、うっそりと立ちあがった。「行かないと言っているだろう。首を折られたくなければ言うことを聞け」

ルイーザがあわてて席を立ってきた。なだめるように話しかけてくる。「ね、お兄さま。このかたたちだって、無理にと言ってるんじゃないと思うの」

「おい、ドレイカー」リチャードとやらが割りこんできた。「僕たちはレディにくつろいでもらおうと思っただけだ。こんなに狭い桟敷でオペラを楽しめるわけがないだろう」

「口も頭も軽い連中がうろついていなければ、もっと楽しめる」マーカスは言い返した。

ヘンリーが近づいてきた。「なんだと、図体《ずうたい》ばかり大きくて――」

「ヘンリー」レジーナがすばやく割って入り、いとこの腕に手をかけた。「開演前に、ちょっと飲み物をいただきたいの。ロビーまでつき合ってくれる?」

ヘンリーが勝ち誇ったように顔を輝かせた。「喜んでお供させてもらうよ」薄ら笑いを浮かべ、こちらを横目で見ている。

はらわたの煮えくり返る思いで立ちつくすマーカスを残し、四人は桟敷を出ていった。

扉が閉まり、四人が見えなくなるとすぐに、マーカスはミス・トレメインを振り返った。

ミス・トレメインは無言で座っていた。「あんた、シャペロンだろう。放《ほう》っといていいのか。トムだかディックだかヘンリーだか知らないが、あんな連中といつも一緒に行かせるのか」

ミス・トレメインが肩をすくめた。「身内ですから。あの子たちと一緒なら、なんの心配もいりませんわ」底意地の悪そうな目を向けてくる。「それに、あの子たちは紳士ですもの」

ろくでもない紳士なのは、よくわかった。「そうか、では俺も行こう」引きとめようとする妹とミス・トレメインには目もくれず、マーカスは足早に扉をくぐった。

常軌を逸した行動なのは自分でも承知のうえだ。しかし、あの三人がレジーナを独占していると思うだけで腹が立つ。彼女を見る目が気に食わない。話しかける口調が気に食わない。しかもレジーナは、一瞬でも長くドラゴン子爵のそばにいるより、連中と逃げていくほうを選ぶだろう。それが腹にすえかねる。

取り決めを破るつもりか。もうルールをねじまげて、ばかな小僧どもと逃げだしたくなったのか。交際を終了させたいのなら、ルイーザにも聞こえるところで、はっきり言え。そうでなければ、交際を世間の目から隠す道理などない。

しばらく劇場内を捜してみたものの、レジーナの姿はどこにもなかった。そのあと、立ち並ぶ柱のそばの人ごみをかき分けるように進んでいくと、別の方向から声が聞こえてきた。「まったく、信じられないよ、レジーナ。あんな悪魔に辛抱できるなんて」

マーカスは足を止めた。イートン校出身らしい口ぶりに、ぴんときた。性悪ないとこだ。男の声がいやみたらしく言いつのった。「あんなやつと一緒にいるなんて。サイモンは何も言わないのかい？」

「誰と一緒にオペラを観に来ようと、お兄さまは何も言わないわ」レジーナの声がした。

「あなたたちが口出しすることでもないでしょう、ヘンリー」

マーカスは顔をしかめた。交際していると言わず、言葉を濁したな？

「いとこなんだよ。心配してるんだ」

「そうよ、レディ・レジーナ」女の声が割りこんできた。「ああ、ぞっとする。あんな人のそばにいて怖くないの？　わかってるでしょ、噂《うわさ》では――」

「根も葉もないことばかりよ。大丈夫、その気になれば、ちゃんと愛想よくしてくれるわ」

マーカスは面食らい、その場に立ちつくした。レジーナが、かばってくれた？　仲間にも反論して？

「桟敷では愛想のかけらもなかったじゃないか」別のいとこの声がした。「だってさ、あんなに無礼なやつは見たことないぞ」

「それに、あの髪」別の女の声。「いやあねえ、鋏《はさみ》ってものがあることも知らないのかしら」

「剃刀《かみそり》とか。仕立屋とか。まともな靴屋とか」

全員が笑い、マーカスは体をこわばらせた。噂をするしか能のない連中。軽薄なやつら。もうレジーナは、かばってくれないのか。どうせ一緒に笑っているのだろう。

マーカスは皮肉を吐き捨てながら、柱の陰から歩みでた。しかし、レジーナの姿がないことに気づいたとたん、言葉を失った。かばってくれたときから、いま嘲笑《ちょうしょう》が沸くまでのいずれかの時点で、レジーナは立ち去っていた。いとこの姿も、ひとり減っている。

憤りが、さらに熱く燃えあがった。こちらに顔を向けた女が小さな悲鳴をあげたものの、マーカスは気にもかけずロビーを見まわした。ちょうどそのとき、レースの帽子をのせたレジーナの頭が、髪ひと筋の乱れもないヘンリーの頭と並んで階段の上へ消えていった。

あの小悪魔！　交際中の男は遠ざけておきながら、別の男にくっついて歩くとは。捨て置くわけにはいかない……。マーカスは人垣を押しのけて突き進んだ。足を踏みだすごとに怒りがつのる。いい機会だ。どういう契約だったか、一言一句たがわずレディ・レジーナに思いださせてやる。

目の届かないところへお嬢さまを行かせてしまったら最後、悪魔のいたずらが大いなる災いを招くことになります。

——ミス・シスリー・トレメイン『理想のお目付役《シャペロン》　若き淑女の話し相手《コンパニオン》のための手引き』

9

一難去って、また一難。ヘンリーに腕を取られて混み合う階段を上がっていきながら、レジーナは内心つぶやいた。ほかのいとこたちも引きずってこなければいけなかったのに、名ばかりの友人たちにマーカスが滅多斬《めったぎ》りにされるのがいやでたまらず、そそくさと逃げてきてしまった。桟敷へ戻るための付き添いをリチャードに頼んだとき、ヘンリーさえ割りこんでこなければよかったのに。ヘンリーとふたりきりになることだけは避けたかった。

案の定、階段を上がりきったところで右に引っ張られた。

レジーナはヘンリーを左へ引っ張った。「桟敷はこっちよ」

「ふたりで話がしたいんだ。いまなら公爵家の桟敷には誰もいない。この前の話し合いが終わってないから、続きをしよう」

レジーナはため息をついた。話し合いなぞ、とっくに終わっている。ヘンリーが納得してくれないだけだった。だからこそ、あれ以来ずっと避けてきたのに。もう二度と変な期待を持たせないよう、けりをつけなくては。

手を引かれるまま公爵家の広い桟敷に入ったものの、ヘンリーが扉を閉めようとしたので押しとどめた。「開けたままでいいわ」これから客席の照明が落ちるのに、扉を閉めていたら桟敷が暗くなってしまう。真っ暗になる。

ふてくされた顔でヘンリーが正面から見すえてきた。「僕との結婚を考えておくと言ってくれたよな」

「いいえ、兄のように思っている人とは結婚できないと言ったでしょう」

「そんな。きみのうちの猟場で、ちびの野蛮人みたいに一緒に遊びまわったのは、もう何年も前の話だろう。僕はきみのことを妹だなんて思ってない」

「この際だから、妹だと思うほうがいいんじゃなくて？」

「なんでだよ。僕は理想の夫の条件をすべて兼ねそなえてるぞ。財産もあるし。僕を振っていい理由なんかないだろう」

傲慢《ごうまん》で退屈な男じゃなければね……。ヘンリーにとって、夜会の楽しみといえば、知り合い全員の悪口を言うことだった。わたしの悪口も陰で言っているだろう。「ごめんなさい、ヘンリー。とにかく、あなたにそういう感情は持てないの。これからも無理だわ」

「きっかけをくれなかっただけの話だろう？」ふいにヘンリーが入口の扉を閉め、抱きついてきた。「きっかけさえあれば、僕だって――」

止める間もなく唇を奪われた。抵抗せずにいたのは、まず、あっけにとられたから。それに、ヘンリーのキスでも、マーカスのときのように骨抜きにされてしまうのだろうかと気になったから。けれど、ずうずうしく唇を奪いに来た何人かの男たちの例にもれず、大勢の美人を相手に腕を磨いたのが透けて見えるキスだった。技巧に走るばかりのキスで、ちっとも燃えない。

レジーナは唇を引きはがした。「もういいわ。あなたとは、こういうことをしたい気にはならないもの」

「ばかを言うな」ヘンリーが、逃がすものかとしがみついてきた。「その気にならないか、試してみよう」

もがいても逃げられず、レジーナは恐怖におののいた。「いや、放して!」

ヘンリーの顔が醜くゆがんだ。「噂《うわさ》どおりだな」再度もがいて逃げようとすると、耳元でかみつくような声がした。「情け知らずの冷たい女だよ。男をじらして、もてあそぶくせに本物の愛情を向けられたとたん――」

「レディを放せ、さもないと俺《おれ》が後悔させてやる」怒号が飛んだ。

マーカス! 開け放した扉を、大きな体がふさいでいる。ヘンリーの手が即座に離れた。彼が腰抜けだと知らなければ、邪険にされたと思いかねないくらいの速さだった。ヘンリーが、おどおどとマーカスを見上げた。「きみには関係ない、さっさと出ていけ――」

「あんたは俺に出ていってほしいか、レディ・レジーナ?」ヘンリーから視線もそらさず、マーカスが尋ねてきた。

まさしくドラゴンだった。固めた両手のこぶし、力みなぎる巨体、火を噴きそうな顔。怒れるドラゴン以外の何物でもない。かろうじて理性を保ってはいるものの、貴婦人の〝かかれ〟の声ひとつで邪魔者に飛びかかり、ことごとく破壊するだろう。

レディ・レジーナのために戦うと誓った男は何人もいた。けれども、本当に戦ってくれた男は初めてだった。感動が体を駆け抜けた。「ここにいてください、ドレイカー子爵さま。ヘンリーが出ていきますから」

ヘンリーが、はじかれたように声をあげた。「レジーナ、まさか、僕より――」

「聞こえただろう」マーカスが桟敷に足を踏み入れた。「ロビーで仲間が捜していたぞ」

ヘンリーは躊躇《ちゅうちょ》した。だが幸い、ほとんど中身のない頭でも、ごくまれに働くことがあるらしい。ぎこちなく会釈しながらヘンリーが桟敷を出ていき、レジーナはマーカスとふたりきりで残された。

ヘンリーがいなくなればなったで、今度は、マーカスが来てくれたことを喜ぶべきか、よけいなお節介だと怒るべきか、見当もつかない。「なぜ、ここにいるとわかったの?」

「あとをつけた。あんたのいとこは信用できない」

「わたしひとりじゃ心もとないと思ったのかしら。ちゃんとヘンリーを追い払えたのに」

よその桟敷に目を向けたマーカスは、扉を閉め、近づいてきた。「ちゃんと追い払えた？　怪しいな」

「あなたが先に追い払ってしまったからでしょう。あなたが来たとき、わたしは強力な右腕を振りまわすところだったのだけど。それでヘンリーを止められたはずよ」

「昨夜《ゆうべ》、屋敷の玄関先でキスをしたのは止められなかったな」ささやく声が闇《やみ》のなかに響いてきた。距離が近くなっている。

ぞくぞくした。それでも、一歩も動かなかった。選択肢はふたつある。ヘンリーと同じようにマーカスもぴしゃりとはねつけるのが、賢明な選択。成り行きにまかせるのは、愚かしいかぎりの選択だった。

さっきまでなら賢明な選択をしていたと思う。けれども、ヘンリーの悲惨なキスのおかげで、根源的な事実に気づいた。ここまで心《こころ》惹《ひ》かれる男性は初めてだった。文句ばかり言うし、髭《ひげ》だらけで態度も悪いし、人を混乱させてばかりいるけれど。

混乱させられるから惹かれてしまうのかもしれない。「昨夜だって、止めようと思えば止められたわ」レジーナは率直に言った。

「では、なぜ止めなかった？」

「止めたくなかったから」

暗がりのなか、マーカスの瞳は穏やかならぬ光をたたえている。「だが、今夜は止めたくなったのか。俺に手も握らせようとしなかった」

「だって、あなたに……礼儀をわきまえていただきたかったの」レジーナは心にもないことを口にした。

「たまに礼儀を忘れてしまうんだ」いきなりマーカスの両手が腰にまわったかと思うと、壁際のカーテンの陰に引きこまれた。抵抗の余地は残してもらっているけれど。「何度も叩《たた》きこんでもらうほうがいいかな」

かすれた声に胸が騒ぎ、体を流れる血潮がいっきに燃えたぎった。ろくに息もつけず、抱きしめてくる屈強な腕に両手をすべらせた。「そうかもしれないわね」

そのせつな、マーカスが唇を重ねてきた。記憶に残っているものと寸分たがわぬ極上のキスで、とろけるほどに熱く、そして甘い。何をするにも型破りなマーカスらしく、驚くほど強引に唇をむさぼってくる。ヘンリーの強引なキスには嫌悪しか感じなかったのに、マーカスに同じことをされると、ただひたすら求めてしまう。

たくましい肩に夢中でしがみついていた。相手が違うだけで、ここまで抑えがきかなくなってしまうとは。それこそ理性も吹き飛んでいる。闇のなかで、ふたりきり。カーテンの陰なので誰にも見つからない。客席のおしゃべりは舞台上の歌より騒々しいから、ここでの会話が誰かの耳に入ることもない。たとえ声を聞かれたとしても、どこぞの商売女が無人の桟敷で仕事に励んでいるとしか思われないだろう。

こうしていると、本当の商売女のように身を投げだしたくなってしまう。なにしろ、獲物に襲いかかる暴徒のごとく激しい口づけなのだから。あまりにも情熱的な口づけに体がとろけていく気もする。溶けた蝋《ろう》のように、このまま灯心にしみこんでいき、ふたり一緒に燃えあがってしまいそう。

離れていったマーカスの唇が、熱い烙印《らくいん》を次々と顎に落としてきた。「さっき、ロビーでかばってくれたな。どういうわけだ?」

「聞いていらしたの?」レジーナは友人たちのいやみな物言いを悔しく思いつつ、かすれ声で問いかけた。

「愚にもつかない無駄話が聞こえた。あんたは俺をかばってくれていたが」

「あなたを知りもしないのに、みんな勝手なことばかり言うから」なんとか声をしぼりだした。耳たぶを甘がみされたり、熱い舌先でつつかれたりしながら話をするのは容易ではないけれど。

「俺だって、あんたを知らない」ささやき声が耳をくすぐる。「理解したと思っていたのだが。うわべだけでも俺とつき合うのがいやでたまらないから、逃げまわっていたんじゃないのか? なのに、噂好きの仲間から俺をかばうとはな」

「いやだなんて言っていないわ。いやだと思ったこともないのに」

マーカスが首筋に鼻をこすりつけてきた。感じやすい肌に髭があたる。「それなら、なぜ今夜はあんなによそよそしかったんだ?」

「だって、ふまじめな真似《まね》はできないでしょう……こんな……」

「たしかに、まじめとは言えないが。たいしたことじゃない」むきだしの肩を半開きの唇で愛撫《あいぶ》され、全身に震えが走った。

「わたしにとっては大ごとだわ。いつも分別を忘れないよう心がけているのよ」ほとんどいつも、と言うべきだろうか。

「俺は違うな。心がけたこともない」

レジーナはマーカスの髪に顔をうずめ、ほほえんだ。「そうね。どちらかというと、めちゃくちゃに無作法なことばかりする人よね」

マーカスが硬直した。「いやなことばかりすると言いたいのか。キスをしたり、好きだと思ったりするのも、ふまじめだと言いたいのか」

心臓がどきどきと脈を打ち始めた。「本気で思っているわけでもないのでしょう？」あなたの大切な本を読むこともできない女だとわかれば、愛想が尽きてしまうでしょう？

「だから、ふまじめだと言うのよ」

マーカスが上体をそらし、見すえてきた。激しい思いを宿した褐色の瞳にのみこまれてしまいそうだった。「そうか、こうやって男を足元にひれ伏させるんだな。自分じゃ何もしていませんって顔で」喉と肩と胸に、ざらりとした視線を感じる。「いつも垂涎《すいぜん》の的になっていなければ気がすまないか」

怒りが炎を噴きあげた。マーカスも、ほかの男と何ひとつ変わらない。「この体を餌《えさ》にしているとおっしゃりたいの？　そうね、男はみんなよだれをたらしながら、わたしの体を見るわね。それが何？　足元にひれ伏す男がもうひとり増えたからって、どうだと言うの？」

レジーナはマーカスを押しのけると、踵《きびす》を返して扉へ向かった。けれども、腰にまわった腕に荒々しく引き戻された。硬い胸板に背中があたる。ヒップが筋肉質の腿に触れた瞬間、胸がときめいた。

「その体を見て、何も考えるなと言うのか」吐息が耳元でささやいてきた。「とても無理だろう。そのくらいで怒られてもなあ」

からかうような口調に、いっそう怒りがつのった。「怒るわよ。体だけが目当てなのでしょう。わたしのことなんて、軽薄で、うわついた女としか思っていらっしゃらないのよね。何度も、そうおっしゃったものね。だからいまさら、気立てがいいとか性格がいいとか、常識があるとかいう理由で好きになってくださるはずがないわね」

マーカスが不機嫌な声で言った。「体だけが目当てならば、あんたの毒舌に辛抱しながらこんなところにいるものか。高級娼館《しょうかん》に行けば、淑《しと》やかな美人が金で買えるからな」

レジーナは体を硬くした。「それで謝ったつもり？　そういう失礼な言いぐさで――」

「謝ってなんぞいない。あんたの体を少しでも手に入れたいとか、そんな理由で謝るとでも思うのか。どうせ俺は礼儀知らずで野蛮で、あんたの手にキスをする資格もないさ。それがどうした」

マーカスの手で腰をかかえこまれた。サテンにしわが寄ってしまうほどの力で、彼の胸と腰と腿の隙間《すきま》に閉じこめられてしまう。あびせかけられた言葉のとげとげしさに劣らず、体までもがどこもかしこも硬くこわばっていた。抵抗しよう。マーカスの腕に爪を食いこませ、向こう脛《ずね》を蹴飛《けと》ばしてやればいい。逃げるためなら、なんでもしなくては。マーカスの言葉に耳も貸してはいけない。

感情を揺さぶられてしまうから。礼儀知らずで野蛮で、腹の立つことばかりする人なのに……どうでもよくなってしまうから。いったいどうしたの、わたしったら？

首筋に押しあてられた唇から、憤りの混じった声がもれた。「この俺が、軽蔑《けいべつ》しか感じない男の妹に手を出すとでも思ったか。あんたこそ、がまんできるのはキスまでだろう。危ない遊びで生活に刺激がほしいからって――」

「そんなつもりじゃないわ」レジーナは蚊の鳴くような声で言い返した。

「そうか？　何度も考えてみたが、ほかに理由があるとも思えんな。こうやって、おとなしく抱かれているし、こんなことも……」キスの雨が顎に降ってきた。「こんなことも」首筋を吸われ、ひどく心が震えた。「こんなことまで……」せりあがってきた手に胸を包みこまれた。

まず感じたのは、言葉も出ないほどの衝撃だった。こんなにずうずうしい真似をする人など、いままで誰もいなかった。このまま好きにさせるとでも思っているのかしら……。

レジーナはマーカスの手を押さえた。けれども、その指の下にマーカスの手がもぐりこんできた。ゆっくりと、誘うように。布地ごしに胸を愛撫されている。これではまるで、どこかの……。

商売女。

がくりと首の力が抜け、頭がふたたびマーカスの胸に沈んだ。ああ、やはりマーカスの言うとおり、危ない遊びに飢えているのかもしれない。それとも、長いあいだ男性を近寄らせずに暮らしてきたせいで、腕一本分の距離を開けておくことに疲れてしまったのかしら。

いいえ、どの男でもいいというわけではない。マーカスだけ。そばにいてほしいと思える男性は、マーカスだけだった。でも、どうして？　社交界にはいないタイプだから？　それとも、わたしの頭がおかしくなっただけ？

「危ない遊びがしたいなら、こういうのはどうだ」低い声が語りかけてきた。「喜んで手を貸すぞ」

「だめ……その……自分でもわからないの。どうして、黙ってさわらせているのか……」

「俺としては、別に異存はない」マーカスに軽く耳たぶをかまれ、快感の波が全身に広がった。「あまり早く夢から覚めたくないとは思うが」

「夢じゃないわ」それとも、夢を見ているのは、わたしのほうだろうか。

「いや、夢のような気がする。全部、夢だったんだ。ずっと、あんたの夢を見ていたんだ」マーカスの下腹部にヒップを押しつける格好で抱きしめられたまま、さらにカーテンの奥へと引きこまれ、桟敷の闇の淵《ふち》にとらわれていく。

マーカスが、わたしの夢を見ている……そう思うだけであおり立てられ、自分から求めてしまう。胸への愛撫を受けながら、なんとか声を出した。「どんな夢？」

もう一方の胸にも手が伸びてきて、唇から長いため息がもれた。「昨夜の夢では、あんたの歌が聞こえてきた。俺は妖精《セイレーン》の歌声を求めて屋敷じゅうを捜しまわり、地下牢《ちかろう》であんたを見つけた。女を鎖につないでいるとかいう噂を聞いたせいで、そんな夢を見たのだろう。噂がどうあれ、俺が地下に行くのは、他人と接するのもいやになり、鬱憤《うっぷん》をぶちまけたくなるときだけだからな」

「わたし……鎖につながれていたの？」

「いや。俺のほうが鎖につながれていた。地下牢に入ったあとに」

「じゃあ、わたしはそこで何をしていたの？」

「知らんほうがいい」

低くうなるような声でささやかれ、たちまち息づかいが速くなってしまった。「教えて」

「ハープを腿ではさむようにかかえこんで座っていた。一糸まとわぬ姿で、体を隠すものはハープしかなかった」

どきりとするほど扇情的な姿が脳裏に浮かび、息もできない。

「地下牢に入ったとたん、鎖が蛇みたいに俺の腕に巻きついてきた。がんじがらめにされ、あんたに触れることもできなかった」マーカスは、かすれた声で話し続けた。「なす術《すべ》もなく立ちつくしていたよ。あのハープになりたいと歯がみしながらな。ハープなら腿のあいだにはさんでもらえるし、あちこちさわり放題で……胸でこすられたり……」胴着《ボディス》の内側にすべりこんできた手が、素肌をなでてきた。「シルクみたいな胸で……」

ハープの弦のように胸の突起をはじかれた瞬間、体じゅうが快感に共鳴した。たくみにかき鳴らされ、悦楽の波が寄せては引いていく。胸をもてあそぶ手の動きが、ますます不謹慎で不届きなものとなり、せつない吐息がこぼれたものの、それでもマーカスを止める気にはなれなかった。信じられない……男と女、ふたりきりの秘めごとって、こういう感じなの？　結婚しなければ、こういうこともできないの？

「その腹をなでてみたいと思った……」あいているほうの手が下腹部まですべりおりたかと思うと、さらに下へと指が伸びてきた。そして……。「ここも……」脚のあいだの最も敏感な場所に指が密着したとき、突然そこが収縮したあと、柔らかくほぐれていった。

「そうだ、ここに……触れたくてたまらなかった」

ああ……そんな……ところ……。指の先端でつつかれ、思わず飛びあがりそうになる。指先で翻弄《ほんろう》され、なじみのない欲望に声があふれだす。マーカスの肩に頬を寄せながら、触れてくる指を止めようともしない自分に気づいていた。誰にも許したことのないほど罪作りな行為なのに。

そして、これほど強烈な感覚を味わったこともない。

往復する指先の動きにうめいたとき、かすれた声が問いかけてきた。「いいか？」

「わ……わからない……」

「よさそうだな」突き放すような口調になった。「まあ、こっちを見る必要もないし。ほかの誰かを思い浮かべていれば――」

「そんな……」レジーナは身をよじり、マーカスに顔を向けた。「ほかの人には、こんな勝手な真似をさせたこともないわ。本当よ」

「そうか?」闇のなかで瞳がきらめき、抱きしめる腕の力が強くなった。もう一方の手がボディスの下をゆっくりと這《は》いまわり、胸のふくらみを持ちあげた。

「だめ……」熱いまなざしで顔を見つめられながら指先と手のひらで愛撫され、レジーナは息をついた。「マーカス、だめよ……」

「だめじゃない」いきなり片膝をついたマーカスは、ウエストのあたりに腕をまわしてきた。「あんたを感じたい」ささやきが胸の谷間に近づいてくる。「味わって、危ない遊びがもっと楽しくなるように――」

「危ない遊びがしたいなんて……一度も言っていないわ」

ましてや、ここまで不届きな遊びなんて。マーカスの唇はとても貪欲《どんよく》で、大胆だった。いくらなんでも、やりすぎよ……こんなことを許してはいけない……絶対だめ……レジーナはマーカスの頭をつかんだ。引き離すつもりだったのに、絹糸のように艶《つや》やかで豊かな髪に両手をのみこまれ、ろくに抵抗もできないまま指をからませてしまった。

いまやマーカスはドレスのボディスを引きおろし、あらわになった片方の胸を熱いまなざしで見つめている。興奮のあまり体じゅうの神経が震え、マーカスの髪を握りしめた指にもますます力がこもった。

「ちょっと、何を……」ついさっき唇を奪われたときと同じくらい強引なやりかたで胸に口づけられ、言葉がとぎれた。ああ、信じられない……溶ける……。

そのうえ、胸の突起に舌でこんなことをされるなんて！

「驚いたな」マーカスが胸から唇を離し、つぶやいた。「ここも太陽と蜂蜜《はちみつ》のにおいがする。なんて温かく……甘いんだ」

マーカスがふたたび胸を吸いながらドレスの下に手を入れ、もう一方のふくらみをなでてきた。一方の胸の先端を指先でかき鳴らされ、もう一方を舌ではじかれているうちに、全身の血が轟々《ごうごう》と音をたてて流れだした。

いつしかマーカスの頭を自分の胸に押しつけていた。体の下から突きあげてくる、このなまめくような戦慄《せんりつ》をもっと感じたい。お腹《なか》のあたりに押しよせてくる戦慄が、さっき指でこすられた秘密の場所を激しくうずかせている。

胸からマーカスの手が離れていったけれど、すぐさま曲げた膝の上に座らされた。脚のあいだのうずきに硬い腿が押しつけられたとき、すべての神経がびくびくと震え、あえぎ声がこぼれた。

マーカスの唇が反対側の胸をとらえ、今度は情欲もあらわに吸い始めた。心臓が狂ったように脈打ち、自制心の小さな声をかき消した。

それでも、音楽までは消えなかった。玉を転がすようなソプラノのアリアがカーテンの向こうで響き、胸の突起をなぶる熱い舌と脚のあいだのうずきが、絶妙な対旋律を奏でている。うずきを静めるには腰を揺らしてマーカスの腿に押しつけるしかない、そんな感じ。

「そうだ、それでいい」胸にキスをしながら、マーカスがささやいてきた。

「危ない遊びがずっと楽しくなる」

「お願いだから……そういう言いかたをしないで……」腰を押しつけるなんて、たしかにとんでもなく危険な感じがする。甘美なまでの愉悦。揺れが大きくなればなるほど、うずきの中心部が欲望にこわばっていく気もする。糸巻きをしぼってハープを調弦するときのように。ぴんと弦を張っていくと、やがて音色が弧を描き、もっと高く、甘く、純粋に……。

そのとき、まわりで万雷の拍手が起こり、恍惚《こうこつ》とした気分をことごとく打ち砕いた。レジーナは目をしばたたき、のけぞった。泡を食ってマーカスの髪を引っ張る。「マーカス、やめて」

「ああ」マーカスが低くうなった。いくら頭を押しのけようと、かまわず舌で胸の突起を転がしてくる。「もう少し、あと少しだけ……」

「やめてったら」レジーナは厳しい調子で言った。「第一幕が終わるみたい」

マーカスが頭を上げた。「まだそんなに時間がたっていない。安心しろ」

どれほど時間がたったのか見当もつかない。マーカスの唇と手で愛撫されているうちに、時間の感覚がすっかりなくなってしまった。「もうすぐ照明がつくはずよ。シャペロンもなしに、ふたりでここから出ていくところを誰かに見られたらたいへんだわ」

無言のまま見つめてくる瞳は飢えをつのらせ、熱く燃えていた。両手はウエストを固くつかんでいる。レジーナはもう一度、喉にからむ声で哀願した。「お願い、わたしを破滅させないで」

マーカスは手の力をゆるめ、悪態をついた。レジーナが身をよじり、膝の上からすべりおりても、止めようとはしなかった。「勝手にしろ」

いますぐ離れなくては、一緒にいるところを見つかってしまう。とはいえ、まっとうな女が劇場内をひとり歩きできるはずもない。「早く！」レジーナは叫び、マーカスの腕を引いて立たせた。「行かなきゃ」

マーカスが大儀そうに腰を上げたものの、それと同時に拍手が静まり、ふたたび演奏が始まった。「アリアが終わっただけか。命拾いしたな、まだ時間があるぞ」

レジーナはカーテンの陰から舞台をのぞきつつ、昨日シスリーに読みあげてもらった翻訳版を思い返そうとした。「それでも、じきに第一幕が終わるはずよ」ドレスの乱れを直しながら、羽目をはずしすぎた自分に悪態をつく。「早くここから出ないと、通路にあふれてきた人たちに見られてしまうわ」

「いま出るわけにはいかない。いますぐ俺と明るい場所に出ていくなんて、もってのほかだぞ。こんな俺を誰かに見られたら最後、あんたの評判は地に落ちる」

わけがわからず、レジーナはマーカスを見つめた。

マーカスが苦笑した。「女は、その気になっていても興奮を隠せるだろう？　だが、男はそうはいかない」

レジーナの頬が真っ赤に染まった。既婚の女友達から、男性の体や夜の営みについての赤裸々な話を聞いたことがある。視線を下げてみたいという恥知らずな衝動に、レジーナは必死で耐えた。

マーカスの下半身に向けて、やみくもに手を振る。「どうにか……どうにかならないの？」

マーカスの顔に炎が燃えあがった。「あんたを床に押し倒して事におよぶという手もあるが。そういう処理じゃだめなんだろう？」

「当たり前でしょう！」

「だったら、しばらく待つしかない」皮肉めいた色がマーカスの口調に混じった。「いとこのヘンリー・ホイットモアの話をしてくれ。そうすれば……すぐに落ち着く」

思いがけない頼みに、意表を突かれた。「なんの話をすればいいの？」

「さっき、何をもめていた？」

どうしようもない。レジーナは肩をすくめ、目をそらした。「結婚したいと言われたの。でも、断ったわ。今回も」

「今回も？」

「前にも申しこまれて断ったのよ。聞き入れてもらえなかったようだけど」

「そもそも、これまで求婚を断った人数はどのくらいだ？　四人？　五人？」

「どうでもいいでしょう、そんなこと」

「何人だ、レジーナ？　本当のことを言ってくれ。隠したところで、ミス・トレメインにきくだけだが。いやみのつもりで教えてくれるだろう」

あなたには関係ないでしょうと言ってやりたい。いましがたまで罪深い行為に誘ってきた男に、こんな話をするなんて耐えがたい。「十一人よ」吐き捨てるように言った。「ヘンリーも入れて」

「いいとも、ヘンリーお坊っちゃまも勘定に入れよう。で、何が気に入らなくてヘンリーを二度も振った？」

劇場内に喝采《かっさい》が響いたので、答えない口実ができた。「急ぎましょう。あなたがどんなに興奮していようと、ぐずぐずしていられないわ」

「安心しろ」扉を開けたとき、マーカスが言い返してきた。「人並み程度には落ち着いてきたから」

扉の陰から様子をうかがうと、通路には誰もいなかった。安堵《あんど》のあまり、レジーナは崩れ落ちそうになった。「ほら、急いで」小声で呼びかけ、マーカスを引っ張りだす。「シスリーとルイーザには、モンゴメリー伯爵夫人の桟敷にいたと説明しておけばいいわ。伯爵夫人は高齢で物忘れが激しいから、人にきかれても、わたしたちと一緒にいたと言ってくれるでしょう」レジーナは小さく笑ってみせた。「わたしをかわいがってくれているの」

「あんたのことを、かわいいと思わないやつなどいるものか」マーカスがつぶやいた。

「あなたも？」

答えを聞く暇はなかった。角を曲がったところでヘンリーとでくわしたのだ。おまけに、ヘンリーの弟たちまでいる。行く手をふさがれ、レジーナとマーカスは立ちどまった。

「そこをどけ、ホイットモア」マーカスが、ぶっきらぼうに言った。

ヘンリーがマーカスの肩ごしに無人の通路を仰いだ。たちまち、その顔が赤いまだらに染まった。「ふたりして、いままでずっと公爵家の桟敷にいたのか?」

「おかしなことを言わないで」レジーナは何食わぬ顔で答えた。「モンゴメリー伯爵夫人のところにいたのよ」

「嘘《うそ》つき」ヘンリーの声は、ひどく耳ざわりだった。「こんな化け物と、ずっと一緒にいたのか。僕とふたりきりになるのは、ほんのちょっとでもいやがるくせに、ドラゴン子爵とはよろしくやって――」

「俺がきさまなら、それ以上は言わずにおくがな」マーカスが制した。「非の打ちどころのないレディの名誉に傷をつける気か」

「このことが世間に知れたら、名誉も何もあったもんじゃないだろ」

「やめようよ、兄さん」リチャードが割って入った。

誰ひとり次の言葉を口にする間もなかった。ヘンリーはマーカスに胸ぐらをつかまれ、壁に押しつけられた。足が床から離れ、だらりとたれさがる。

「誰にも、何も言うな」マーカスがヘンリーに顔を近づけて吼《ほ》えた。ろくに息もできずにあえぐヘンリーの顔は、早くも真っ赤になっている。

血の気の多い男たちは、これだから始末に負えない。お願いだから、まだ誰も通路に出てこないで……レジーナは心のなかで祈りながら、マーカスの腕をつかんだ。「ドレイカー子爵さま、ヘンリーを下ろして！」

街灯の支柱をつかむようなものだった。マーカスはこちらに目もくれず、鶏の首をひねるのと同じくらい造作もなくヘンリーを揺さぶっている。「よけいなことは言うな、ホイットモア。妙な噂でも流したら、その舌を切り落として喉にぶちこんでやる。わかったな」

レディの前で下品な言葉を吐くだけにとどまらず、暴力に訴えると脅すことさえ厭《いと》わないマーカスに、ヘンリーの弟たちが息をのんだ。

「マーカス！」レジーナの頬も紅潮している。「お願い、ヘンリーを下ろして！」

「わかったか、この野郎」マーカスはヘンリーを壁に叩きつけた。「答えろ」

ヘンリーの頭が、ほんのわずか縦に揺れたように見えた。マーカスは、いきなり手を放した。熱気球がつぶれていくように、ヘンリーが床に倒れこんだ。弟たちがあわてて駆けよっていくと、ヘンリーはよろよろと起きあがり、かすれ声でわめいた。「紳士らしく闘うこともできないのか、ドレイカー」

「できないな」マーカスが野太い声で言った。「またレディの名誉を泥にまみれさせたくなったら、思いだすがいい」

どうかしている、マーカスという人は。まさか、これで一件落着だとか思ってはいないでしょうね？　ヘンリーが腰抜けで、決闘を申しでる度胸もなくて助かったけれど。わたしとマーカスについて沈黙を守っているあいだは、暴言と手荒い脅しを受けたことも口外しないだろう。

マーカスが腕をさしだしてきた。「行こうか」

いっせいに周囲の扉が開き、桟敷にいた人々が通路に出てきた。なおも呆然《ぼうぜん》としているいとこたちを残し、マーカスと一緒にこの場を離れるしかない。それでも、通路を進むにつれて、ひどく腹が立ってきた。マーカスは、とんでもない面倒ばかり起こす。人前で礼儀正しくするだけの良識もないの？　世の習いってものを理解する分別もないの？　どちらもないのか、あるいは、どうでもいいのか。でも、なぜ？　母親から、まったくしつけを受けてこなかったとも思えない。なのに、どうしていつも親の教えをないがしろにするのだろう。

わざと他人から蔑《さげす》まれるように仕向けているみたい。でも、本当に蔑まれるのは許せないらしい。でなければ、昨夜、二重唱を断られたと思いこんでいやみを並べ立てることもなかったでしょう。誇り高い男なのに、軽蔑や非難の的になるような真似ばかりする。

おまけに、わたしへの仕打ちときたら。皮肉を言ったそばから、静かに情熱を燃やしてキスをしたり愛撫したり……思い返すだけでも体が熱くなってしまう。マーカスの行動をどうとらえたらいいのか、まったくわからない。

アイヴァースリー伯爵の桟敷に戻ってみると、シスリーは落ち着きなく歩きまわり、ルイーザはひどく取り乱していた。

「ほんとにもう、どこに行ってたの？」ルイーザが駆けよってきた。「いとこの子が捜しに来てたのよ。レジーナとホイットモア卿《きょう》がいなくなったとかって。お兄さまのことでもぶつぶつ言ってたから、何かあったのかと――」

「お兄さまは人を脅すのに忙しかったの」レジーナは、ぴしゃりと言った。

マーカスが、いぶかるように凝視してきた。「あんたを守ったじゃないか」

「わたしのいとこを絞め殺しかけて？」

「あいつが自分でまいた種だ。あんたを――」

「いいかげんにして」レジーナは一蹴《いっしゅう》した。「わたしに片をつけさせてくれればよかったのに。醜聞沙汰《ざた》は、わたしだけでなくヘンリーにとっても命取りになると言い聞かせられたはずよ。ヘンリーに悪い噂を流される心配もないわ。そんなことになれば、こっちだってお返しをするから。そのぐらい、彼もわかっているでしょう。わたしに結婚を申しこんで断られたなんて、世間に知れたら恥だものね」

「ホイットモア卿に求婚されて断ったの？」ルイーザが好奇心むきだしで見つめてきたあと、マーカスに視線を移した。

「こちらの公爵令嬢は理想が高くて、あの程度の男じゃ話にならないようだ」マーカスがむっつりと言った。

「自分にぴったりの相手だとは思わなかっただけでしょう」ルイーザが助け船を出してく

れた。

「ふん、どういうつもりか知らんが。あいつなら、レディ・レジーナが出す結婚の条件を兼ね備えているだろうに。爵位も財産もあって……人を食ったような態度だし」

「レジーナはそんな条件を出したりしないわ」頼りなげに、ルイーザがこちらを見た。「そうよね？　お兄さまに教えてあげて」

「いいのよ、あなたのお兄さまになんと言われようと」怒りが火を噴いている。「どうせ、わたしへのいやがらせで言っているだけだから」

ルイーザまでもが実の兄の言葉にとまどっているけれど。この二日間で、ルイーザにはずいぶん不信感を抱かれてしまった。いままで仲良くやってきたのに。ひねくれ者のマーカスがいやみばかり言うから。それもこれも……。

そのとたん、はたと気づいた。マーカスがこんな行動に出るのも、一生懸命わたしに嫌われようとしているから。ああ、そういうことだったのね。やっと、わかりかけてきた。矛盾した行動や無礼な態度、いやみな物言いの原因が見えてきた。

マーカスは、わたしのことを軽薄で移り気で血も涙もない女だと思いこみ、ルイーザにも同じように思わせたがっている。わたしへの不信感を植えつけられれば、兄の人柄にも疑いを抱くようになるかもしれないから。

こんなにも卑劣で陰険な手を使ってくるなんて！　わたしと真剣に交際をする気など、これっぽっちもなかった……だから、お世辞を言って点数を稼ごうともしないし、わたしの機嫌をとろうと身なりに気をつかうこともない。なのに、わたしったら、本気で好かれていると思いこんで。

涙がこみあげてきた。何度もまばたきをして涙をこらえる。ばかなわたし。きっとマーカスは、わたしが軽い女だという証拠もつかんで破滅させるつもりだったのよ。わたしったら、キスや愛撫に目がくらんで何も見えていなかった。ふたりきりで何をしていたか、ヘンリーの前であけすけに言われなくてよかったと思うしかない。

いまの時点では、ものすごく運がいいと思うなんて無理だけれど。男に利用され、操られた気がしてならないのだから。しかも、その男ときたら、社交界を毛嫌いしているくせに、社交界の誰よりも人を手玉に取るのが達者なのだから。

でも、手玉に取られるのも、これで終わり。村を襲わないかわりに乙女をむさぼり食うつもりでいるドラゴンに、ひと泡吹かせてやろう。この乙女には毒があるから、ものすごく苦いのよ。

10

無作法な殿方を大目に見てはなりません。
――ミス・シスリー・トレメイン『理想のお目付役《シャペロン》　若き淑女の話し相手《コンパニオン》のための手引き』

まずいことになった。自分でも、そう思う。レジーナに触れたり、口づけたりしたのは間違いだった。妖《あや》しい魅力の虜《とりこ》になってはいけなかった。ホイットモアのせいでレジーナの評判に傷がつくと考えたとたん、貴婦人の飼い犬のように闘ってしまったのは、骨抜きにされたからだろう？　無骨者の自分でさえ、理性を失えばどうなるかという想像はつく。ましてや、敵が近くにいるのに理性を手放してはならない。

馬車の向かいの席をうかがうと、レジーナは取りつくしまもない態度で窓の外を見つめていた。隣のミス・トレメインは、いい気味だと言わんばかりの顔で、こちらをねめつけてくる。あきらかに、この諍《いさか》いを歓迎している様子だ。

いまいましい。どいつもこいつも。

オペラの第二幕から、ずっとレジーナに無視されている。レジーナはルイーザかミス・

トレメインと話をするばかりで、こちらには目もくれない。社会の調和《シンフォニー》を乱す不協和音に接したかのような態度をつらぬいていた。

いつまでも、こんな態度をとらせてなるものか。たしかに、ホイットモアを脅したのはやりすぎたかもしれない。だが、血祭りに上げなかっただけ、ましではないか。あの鼬《いたち》野郎がレジーナの醜聞を言いふらすとほのめかしたとき、本当に血みどろにしてやりたかったのだから。

悪態をこらえ、窓の外に目をやる。あのとき、こわばった下腹部に気を取られていなければ、ホイットモアの言いがかりを都合よく利用できただろうに。レジーナが愚かなホイットモアになじられたとき、たしかに尻軽な女だと少しでも認めていたならば、取り引きなど放《ほう》り投げてもらえたはずだ。

それなのに、俺《おれ》はホイットモアを絞めあげ、黙らせてしまった。どういうわけだ？　似合いもしない騎士道精神にでも突き動かされたか。泥だらけの地面に外套《がいとう》を広げて貴婦人を歩かせる作法にも劣らぬほど似合わないのに。甘美な肌に口づけたせいで、レジーナの評判が泥にまみれてしまうのを黙って見過ごせなかったのだ。

にもかかわらず、レジーナは冷淡な仕打ちで報いてきた。激しい欲望を、不覚にも悟られたのがまずかった。いまやレジーナは多大な代償をしぼりとるつもりでいるのだろう。

そんなことをさせてたまるか。「明日の晩は芝居を観《み》に行くぞ。フォックスムアとルイーザも一緒だ」マーカスは、有無を言わさぬ口調でレジーナに告げた。「いま話題のエドマンド・キーンがドルリーレーン劇場に出ている」

隣の座席で妹が元気に相槌《あいづち》を打った。「いいわね。レジーナ、そう思わない？」

「ごめんなさい」レジーナは窓の外に目を向けたまま答えた。「明日の晩はハンゲート侯爵夫人の舞踏会に出る予定なの。わたしは兄と一緒に行くから、侯爵邸でお会いしましょう」

腹の底で憤りがくすぶった。「俺は招待されていない」それはレジーナも承知のはずだ。

「だから、ルイーザも行かない」

「でも――」ルイーザが反論しようとした。

「明後日《あさって》、みんなで乗馬に行ってもいいな」マーカスは言葉を奪いとった。「フォックスムアに予定がなければの話だが」

「大丈夫のはずよ。わたしは無理だけれど」うんざりするほど落ち着き払った物言いが憎らしい。「明後日は、お友達のパーティーに出ると約束してしまったの。でも、兄は大喜びでルイーザを乗馬にエスコートすると思うわ」

「ええ、わたしだって――」ルイーザが言いかけた。

「明々後日《しあさって》は？」癇癪《かんしやく》がつのり、声が低くなっていく。

「日曜日よ」レジーナが冷たい一瞥《いちべつ》をよこしてきた。「教会に行かなきゃ」

「えらく信心深いんだな」マーカスは、つっけんどんに言った。

「よこしまな行為に興じる人の魂のために祈っているの」レジーナが笑顔で返してきた。

「あんたのいとこみたいな連中のことか」

レジーナが唇を引きしめた。「知り合いの男性みたいな人のことよ」

ルイーザが腕に手をかけてきた。マーカスは妹の手を振り払い、息巻いた。「だったら月曜の夜はどうだ。キーンがまだドルリーレーン劇場に出ている」ちくしょう、懇願するつもりではなかったのに。レジーナに頭を下げるなど、まっぴらだ。今夜すでに一度、膝を屈している。あのような真似《まね》は二度とするものか。

「月曜の夜は予定が入っているの。火曜の夜も」口をはさもうとしたが、甘ったるい声でさえぎられた。「水曜の夜は〈オールマックス〉の舞踏会に行くつもり。あなたは入場資《バウ》格証明書《チャー》をお持ちじゃないの？」

マーカスは鼻息を荒くした。「はげたかどもにバウチャーをくれと頼みこむくらいなら、右手を切り落とすほうがましだ」

「あら残念。でも、紳士を絞めあげるには右手が必要ですものね」

「いいかげんにしろ、レジーナ――」堪忍袋の緒が切れかかり、マーカスは声をあげた。

「実際、いまの時期は、おつき合いで忙しいの。次に四人で顔を合わせられるのがいつになるか、はっきりしないわ。わたしのことはかまわず、どうぞ兄とあなたがただけで出かけてちょうだい。いちおう、帰ったら予定を確認してみるけれど。再来週ぐらいならご一緒できるかもしれないから」冷ややかな微笑を向けられ、マーカスはレジーナを揺さぶりたくなった。

紳士にあるまじき行為への仕返しということか。それともレジーナは取り決めを反故《ほご》にするつもりだろうか……。いきなり拳固《げんこ》を腹に叩《たた》きこまれたような気がして、さらに怒りが燃えあがった。取り決めを破らせるなど、とんでもない。交際すると約束したのだから、最後までがんばってもらおう。あるいは、妹の目の前で交際を断らせるか。それならそれで、こっちには都合がよい。

馬車が大きく揺れながら止まった。駆けよってきた使用人の手で扉が開けられたとき、マーカスは妹に声をかけた。「ここにいろ、ルイーザ。レディたちをなかへ連れていってくるから。すぐ戻る」レジーナに文句を言わせる暇もあたえず、馬車から飛び降りた。ふたりのレディに手を貸して馬車から降ろしたあと、エスコートしながら長い石段を上がっていく。レジーナも腕に手をかけてきたけれど、まるで重みを感じないのが腹立たしい。手を触れることさえいやがっているのか。ついさっきまでは、キスと愛撫《あいぶ》でとろけていたのに。なんて女だ。

屋内に入ると同時に、マーカスはミス・トレメインに顔を向けた。「レディ・レジーナとふたりで話がしたい」

ミス・トレメインが、うろたえた。「まあ、どうしましょう――」

「いいのよ、シスリー」レジーナが取りなした。「わたしも子爵さまに話があるの。すぐにすむわ」

そっけなく言ったあと、レジーナは玄関広間を歩きだした。その足取りは揺るぎなく、生粋の貴族らしい気品に満ちている。大股であとを追うマーカスは、自分の不格好な巨体と重い足取りを痛いほど感じた。

どうして自分は殿下の大柄な体格を受け継ぐばかりで、王族ならではの品格は授からなかったのか。実に情けなく、やるせない。

やせたホイットモアの腕のなかに収まっていたレジーナの姿が脳裏に浮かんできた。上品な男女が上品に抱き合って上品にキスを交わすさまは、絵に描《か》いたような眺めだった。あの野郎にレジーナが抗《あらが》いだすまでのことではあったが。

自分のキスは、貪欲《どんよく》なウルフハウンド犬の攻撃に近いものだった。おまけに、面倒な巨体のせいで、レジーナの胸に口づけするにも膝を折らなくてはならず……。

胸へのキスに抵抗されたわけではない。積極的な反応が返ってきて、いっそう欲情してしまったのだ。なにしろ、レジーナは魅力にあふれていた。ねじって結いあげたブロンドの髪は男心をそそる。女らしい胸のふくらみを見せつけられた男は、ひとり残らず、よだれをたらしてむせび泣くだろう。自分を抑えるなど無理な相談だ。

官能の柔らかなうめき声が耳に残っているうえ、舌で転がす胸の突起が小石のように硬くなっていく感触も思いだせた。あれほど積極的に愛撫を受け入れておきながら交際を断ってくるとは、どういう了見だ……。

「それで？」レジーナが振り返り、見上げてきた。「話って何かしら」

はっとして、マーカスは視線をさまよわせた。居間らしい部屋にいることすら気づいていなかった。おそらくレジーナの私室だろう。やみくもにレジーナのあとをついてきてしまったのか。よだれをたらす愛玩犬《あいがん》でもあるまいに。

気を引きしめろ。ここに連れてきたのも、わざとだろう。ここは、くだらない安ぴか物と華奢《きゃしゃ》な椅子だらけの罠《わな》なのだ。腰かけたとたんに椅子が壊れ、自分の大きな体を思い知らされるのだ。こんな不格好な無骨者のくせに身のほど知らずなやつめ、身ぎれいな紳士になってから出直してこい、そういうことか。

「つれない態度で仕返しか」マーカスは低い声を吐いた。

「おっしゃる意味がわからないわ」

「よく言うな。あのとき通路で俺が――」

「わたしのいとこを絞め殺そうとしたとき？　ひどく乱暴な物言いをしたとき？　わたしの名誉に一生消えない傷をつけようとしたとき？」

はらわたが煮えた。「あんたの名誉を傷つけようとしたのはホイットモアのほうだぞ。恩知らずな女だな、俺が手出しをしたことに感謝してもらいたいくらいだ」

「感謝ですって？　あんなに野蛮なことをして。ヘンリーだけでなく弟ふたりも敵にまわしたのよ。ほんの少しでも自分を抑えてくだされればよかったのに……」レジーナは口ごもり、気を静めるように息をついた。「そういえば、わたしもあなたに話があったの」

いよいよ来たか。手を切りたいと言うつもりなのだ。まさしく、こちらの思うつぼだ。それなのに、なぜこんなにも息が苦しいのか。

「どうやら、あなたが交際を申しこんできた理由を勘違いしていたようだわ」

マーカスは身構えた。「どういう意味だ」

「社交界での風当たりが弱まるよう、かばってほしいと言っていらしたでしょう？　ルイーザを支えるために社交の場に出たいのかと思ったのだけれど。でも実際、人前に顔を出すと、いつも相手かまわず無礼な真似ばかりなさるわね」

「腐った連中に礼儀正しくしてもしょうがない。何をしようと、どうせ白い目で見られる」

「何を言ってるの？　白い目で見られるのは、そういう態度のせいよ。嫌われるのも無理はないかもね。わたしや、ほかの人たちを侮辱してばかりいるもの。がんばって紳士らしく行動するような努力もしないし。それに、あなたの格好は、ちゃんとした場に出るというより、麦の脱穀に行くみたいだわ」

「自分らしくしているだけだ。こういう見た目なのは、最初からわかっていたはずだ」

「兄のせいで、わたしに無作法な態度をとるのかと思ったのだけれど。まさか、まともに人づき合いをするうえでの常識がまったく欠けていたなんてね」

マーカスは顔をしかめた。「そんなことはない。たしかに、ホイットモアが脅してきたときは、俺もやりすぎたかもしれんが。だからといって、契約違反の理由にはならんぞ」

「契約違反？　なんのこと？」

「俺がどこに誘っても断っただろう。だから契約違反だと言うんだ」

レジーナは、冷ややかで蔑《さげす》むような笑みを投げかけてきた。「誤解だわ。事態が改善するまで、あなたには距離を置いてもらいたかっただけよ」

マーカスは警戒のまなざしを向けた。「なんだと？」

「あれこれ同時に改善しようと思ったら、いますぐ準備しないとね」

マーカスは、たじろいだ。「なんの準備だ？」

「また社交の場に顔を出す準備。交際を続けるつもりなら、つまらない真似ばかりしていちゃだめでしょう。相手かまわず他人を侮辱するなんて、もってのほかだわ。わたしも体面を気にしなきゃいけないもの」呆然《ぼうぜん》と見つめる目の前で、レジーナは行ったり来たりしながら指折り数えて指示を出し始めた。「あなたは読書家だから、いちばん新しい紳士向けのマナーの手引書を送ってあげる。服装については、アイヴァースリー伯爵からお勧めの仕立屋を教えてもらえばいいわね。まともな紳士としての常識なら、たぶん兄が喜んで説明してくれる――」

「フォックスムアなんぞに指図は受けない！」マーカスは癇癪を爆発させた。「この格好のどこが悪い。俺は自分のやりたいようにやっているだけだ。常識がないのとは違う」

ゆっくりと振り返ったレジーナのまなじりは、つりあがっていた。「常識的な紳士らしいことは、わざと避けているとおっしゃるの？」

「ああ。悪いか」マーカスは、むっつりと答えた。

「どういうことかしら。まともな交際に、あれだけこだわっていた人が。隠れて会うのではなく、人目につくところで一緒にいたいと言い張っていらしたわね。そのかわり、普通に男女が交際するときのように接してくれるはずじゃなかったの？　礼儀正しく敬意を払ってもらえるものとばかり思っていたのだけれど。そういうのがまともな交際だと思うのは、わたしだけみたいね。あなたにとっては……なんなの？　わかるように説明していただけない？」

愕然《がくぜん》とした。こんなふうに話を進めたかったのではないのだが。「いや……その……」

「ご自分でも気づいていらっしゃるだろうけれど、あなたの態度のせいで恥をかくのは、わたしだけでなくルイーザも一緒よ。なのに、どうして態度を改めないの？」レジーナの目が、すうっと細くなった。「やっぱり、まともな交際じゃないってことかしら。わたしがルイーザと兄の後押しをやめるように仕向けているだけ？　ずいぶんと人を小ばかにしたやりかたね」

肝が冷えた。魂胆を見抜かれたか。「何をわけのわからんことを……」

「きれいな女と腕を組んで歩きたいとかなんとかおっしゃったのも全部、嘘《うそ》？　わたしにキスをしたのも、心を動かされたとか言ったのも？」マーカスは、自分の両手が震えているのを感じた。レジーナの下唇も、わなないていた。

かろうじて悪態をのみこむ。「わかっているだろう、俺がどんなに……心を動かされたか……俺は……」まずい、レジーナの言葉に縛られて身動きが取れなくなっていく。

「心を動かされても、わたしを喜ばせようとは思ってくださらないのね」

「そうは言っていない」マーカスは低くうなった。

「そういうことでしょう。違うと思えるようなことは何もしてくださらないし。下劣な魂胆で手玉に取られたと思うのが当然だわ。兄がルイーザを手玉に取っているとおっしゃいますけれど、あなたのやっていることも同じよ」

フォックスムアとの比較に胸を突かれた。話がとんでもない方向へ進んでいる。何がどうして、こんなことになってしまったものか。

男の魂胆をあらわにするなど、つれなき美女にとっては朝飯前なのだ。そうだろう？

「結婚の申しこみを十一回も蹴《け》った女を手玉に取れるとも思えないが」突如まわりに出現した泥沼が深さを増していくなか、必死に足場を取り戻そうと、マーカスは言い返した。

レジーナの目が憤怒《ふんぬ》に光った。「何度も結婚を申しこまれている女だから、手玉に取ってもいいと思ったのね？」

「やめてくれ、手玉に取ってなんかいない……俺はただ……」マーカスは毒づいた。「手玉に取っているのはそっちだろう。俺が社交界をどんな目で見ているか、わかっていたはずだからな。社交界のくだらない常識に従う必要がどこにある」

「だって、わたしと交際しているのよ？」顔をしかめてみせたが、レジーナはそっけなくつけくわえた。「もういいわ。なんとなくわかったから」

マーカスは体をこわばらせた。「わかったって、何が？」

「わたしをわざと手玉に取ったりしていないのなら……」レジーナは言葉を切り、超然と見つめてきた。「あなたの言葉に裏はないわね？」

「当たり前だ」マーカスは吐き捨てるように言った。言葉を交わすうちに、居心地の悪さが刻一刻とつのっていく。

「じゃあ、わたしが最初に言ったとおりにしてくださらなきゃ。人前に出るときの心得がなっていないもの」レジーナが重いため息をついた。「どうしてもっと早く気づいてあげられなかったのかしら。プライドが高すぎて、自分では受け入れがたいことでしょうけれど。文句を並べ立てて反発ばかりするなんて……不慣れな場所に出て右も左もわからないのを誰にも悟られたくない、まさしくそういう態度だわ」

「不慣れな場所？」マーカスは困惑した。

「はっきり指摘してはいけなかったかもしれないわね。紳士らしいお行儀のレッスンが必要だなんて言ったら、ますます態度が悪くなりそうだし」

「行儀のレッスンなど必要ない！」マーカスはどなった。

「どならなくてもいいでしょう」レジーナは取り澄まして言った。「だから、もういいわ。無理してやっていただかなくて結構よ」その表情には哀れみだけが浮かんでいた。

哀れみだと？

無数の赤が頭の奥で爆発した。人から哀れみの目で見られたことなど一度もない。妹でさえ、そんな目を向けてきたことはなかった。社交の場では少々見苦しい真似もしたかもしれないが、それもこれも、頭の弱い連中に理不尽な扱いを受けたせいだ。あんな連中にいい顔をしろというのか？　お高くとまった連中に？　へらへら笑って頭を下げろだと？　冗談じゃない……。マーカスはレジーナに面と向かって顔を突きだした。「ばかげたレッスンなど不要だ。あんたの突拍子もない思いつきや、ばかばかしい社交の心得なんぞにつき合っていられるか」

「お言葉ですけれど、器の小さな人にかぎって、そういうふうに反発するのよね。ダンスも踊れず、正しい言葉づかいも礼儀も知らないのを棚に上げて。でも、わたしは見捨てたりしないわよ。レッスンを手伝ってあげるから――」

「よけいなお世話だ！　誰の手伝いもいらない！」いつの間にか泥沼にはまりこんでいた。とても抜けだせそうにない。ここは退却するのが得策だろう。「もう戯言《たわごと》はたくさんだ。帰らせてもらう」

足早に扉へ向かおうとすると、レジーナが声をかけてきた。「ドレイカー子爵さま」

「なんだ」マーカスは歩調をゆるめもせずに問い返した。

「紳士らしくできず、レッスンを受ける意思もないとおっしゃるなら、あなたと楽しいひとときを過ごすのは、さし控えないといけませんわね」

マーカスは足を止めた。「やっぱり、契約を最後まで守るのがいやになったか」

「まともな交際をするとおっしゃるから、わたしも受けたのよ。でも、まともな交際がどういうものか、ご存じないようだし」

「なんだと、俺はちゃんと……」マーカスは言いよどんだ。頭まで泥沼にはまりこんでしまった気がする。「もういい。あんたの兄貴に、地獄に落ちろと言ってやれ。あんたが俺とつき合わないなら、フォックスムアにもルイーザとはつき合わせない」

部屋から飛びだしたとたん、扉の外で立ち聞きしていたミス・トレメインにぶつかりそうになった。マーカスは一瞬だけ足を止め、暗い目でにらみつけた。「やっと俺を厄介払いできてよかったな」

そして、マーカスは歩きだした。

11

若いお嬢さまがたは、そうとうおちゃめないたずらをなさいます。よくできたお目付役《シャペロン》は、あらゆる不測の事態を予測しておかなくてはなりません。

――ミス・シスリー・トレメイン『理想のお目付役　若き淑女の話し相手《コンパニオン》のための手引き』

マーカスは荒々しく馬車に乗りこむと、大声で御者に出発を命じた。あの女！　どいつもこいつも！　ろくでもない取り引きをしたのが間違いだった。レッスンだと？　言うに事欠いて、行儀のレッスンを受けろだと？　ばかばかしい！

「お兄さま、どうかしたの？」ルイーザが向かいの席から尋ねてきた。

「なんでもない」結構なことではないか。ようやく高飛車な公爵令嬢と縁が切れたのだ。遠いキャッスルメインへ帰るのが面倒だからと弟の町屋敷に泊まる必要もなくなった。馬や馬車につけるそろいの飾りに無駄金を使わなくてもいい。上着の仕立てにけちをつけてくる高飛車な女と夜を過ごすために、身なりを整える必要もない。口の達者な魔女と言い争うこともない。刺激的なやりとりも二度とない。暗闇《くらやみ》のなかで熱いキスをむさぼる機会もない。蜜《みつ》のような肌の禁断の甘さを味わうことも……。

ちくしょう、なぜ俺《おれ》をこんな目に遭わせる？

どうでもいい、もう過ぎたことだ。あんな女に礼儀知らずだと思われたところで痛くもかゆくもない。それこそ思惑どおりではないか。

いや、違う。レジーナに思い知らせてやりたかったのだ。取り巻き連中が狼《おおかみ》の群れで、まっとうな紳士もぼろぼろに引き裂くようなやつらだと。浅はかな楽しみにうつつを抜かしてばかりいる連中が、ルイーザを受け入れるはずもないと。

俺が礼儀知らずというわけではない。その気になれば人並みに紳士らしくできるのだ。

〝器の小さな人にかぎって、そういうふうに反発するのよね。ダンスも踊れず、正しい言葉づかいも礼儀も知らないのを棚に上げて〟

ああ、いらいらする！

「お兄さま？」馬車の騒音のなか、妹が声をあげた。「さっきのは本気？　わたしとサイモンを乗馬に連れていってくれるの？」

やれやれ。今度は妹の楽しみを奪わなくてはならないのか。「事情が変わった」

ぼんやりした灰色の街灯と馬車の明かりのなかでも、妹が眉根を寄せたのは見てとれた。

「どんなふうに？」

「フォックスムアとのつき合いは終わりだ」

ただならぬ勢いで妹の顔から血の気が失《う》せた。「どうして？」

「向こうの勝手だ」

妹が険しい目を向けてきた。「お兄さまがレジーナに何かひどいことを言ったんでしょう。だから、あんなに冷たい態度だったんだわ。ほんとにもう、いったい何をしたの?」

妹に取り引きの話をしたことは一度もない。だが、妹も愚かではなかった。兄とレジーナの関係が、必然的に妹とフォックスムアの関係に影響するのは言わずと知れたことだ。

「なぜ俺のせいだと思うんだ?　レジーナこそ高飛車で、恩着せがましくて——」

「あんなにやさしい人はいないでしょうに」妹は背もたれに体をあずけ、憤然とため息をこぼした。「お兄さまったら、レジーナにまで愛想を尽かされたのね」

「あんな女、こっちから願い下げだ。俺らしくないことばかりさせようとする」

「紳士らしくさせようとするってこと?」

ルイーザ、おまえもか。女の浅知恵から逃れる術《すべ》はないのか。「最初から紳士だろうが」

「紳士らしい態度なんか少しもとってないでしょう。サイモンにも言ったけど——」

「サイモン?」ファーストネームで呼び合うところまで進んでいるのか?

妹が顔を赤らめた。「いいでしょう。知り合って一カ月にもなるんだから」

マーカスは目をむいた。「あり得ないだろう、財産にも人脈にも恵まれた公爵が、醜聞まみれの女の娘とつき合うなんて」

「実際、つき合ってるもの。それに、ママのことはサイモンにきいてみたわ。そしたらね、小さいころ、会ったことがあるそうよ。いい人だと思ったって、言ってくれたわ」

「誰と比べて？　魔女か？」

妹が頬をふくらませた。「お兄さまには厳しかったかもしれないけど、ママだってやさしいときも――」

「おまえに何がわかる。そばにいてもらったこともないのに。あの女は、ろくに子育てもしなければ、屋敷にも寄りつかなかったぞ」

ルイーザはたじろぎ、窓の外に視線を向けてしまった。まずい、言いすぎた。こんな話を蒸し返して妹を傷つけるつもりなどなかったのに。

とはいえ、振り向いたルイーザの瞳は、帽子をとめるピンのように鋭かった。「ママの話をしてたんじゃない。わたし、サイモンを愛しているの。それがいちばん大事でしょう？」

今夜の状況は悪化する一方だ。「だが、向こうは、おまえを愛しているのか」

妹が肩をそびやかした。「そう思うわ」

「フォックスムアがそう言ったのか」

「まだよ。でも、つき合いだしたばかりだから。なのに、気持ちを確かめもしないうちにつき合いをやめさせるつもり？」

「おまえには、ふさわしくない男だ。おまえの保護者として、俺は良識に従って行動しなくてはならん」

「レジーナと交際していたときは、サイモンのことも認めてくれたんじゃなかったの？」

率直に話すしかない。「本音を言えば、あのときも、おまえにふさわしいとは感じなかった。だが、実際につき合ってみれば、おまえもあいつの本性に気づくと思ったんだ」

「そう思ったから、お兄さまもレジーナと交際することにしたのよね」妹は声をとがらせた。「それなのに、うっかりレジーナを傷つけたからといって、わたしたちも別れさせるの？」

「おまえ、正気か？　レジーナが傷ついた？　さっき、俺がレジーナに冷たくあしらわれるところを見ただろう」

「無作法な真似《まね》ばかりしたせいでしょう。あれぐらい当然よ。わたしがあんなことされたら、お兄さまとは二度と口もきかないわ」ルイーザが前かがみになり、真顔で手を握ってきた。妹がこういう顔をすると、ろくなことがない。「その気になれば、お兄さまだって、やさしくなれるでしょう。レディ・アイヴァースリーと話をするときみたいに。なのに、どうして今日はあんな態度をとったの？　せっかく関心を寄せてくれた女性に――」

「レジーナは俺に関心なんぞ寄せていない」マーカスは妹の手を振りほどいた。ルイーザが、あんな女の肩を持つなんて。一緒に悪口でも言ってくれるのが筋なのに。「俺に触れることさえ、おぞましいと思っているくらいだ。それもわからないのなら、おまえの目は節穴だな」

「わかってないのはお兄さまのほうよ。レジーナに見つめられていたのも、わかってないんでしょ」

マーカスは妹を凝視した。「なんの話だ」

「そっとうかがうみたいに見つめられていたの。レディがああいう目をするのは、気になる紳士を見つめるときだけよ」

ふいに脈拍がはねあがったものの、容赦なく黙殺した。もし本当にレジーナが関心を寄せてきたのだとしても、世間知らずの令嬢が物騒な男に好奇心をつのらせたにすぎない。

「俺が紳士らしくない態度をとったんで、目くじらを立てていただけだろう」

「そう？　じゃあ、お兄さまのことで、あれこれ質問してきたのはなぜかしら」

マーカスは息をのんだ。「質問？　どんな？」

「学校はどこだったの、とか。どうして身なりにお金をかけないの、とか」妹が片方の眉を上げた。「いつもあんなに不機嫌なの、とか」

まっとうな女が……まっとうでなくても……俺のことを質問してこようとは。そんな女がいること自体、驚きだ。たしかにレジーナは口づけに反応したが、たんなる好奇心以上の関心を寄せられていようとは考えもしなかった。ひょっとすると、という思いに引きつけられていく。それこそ危険だ。「で、なんと答えた？」

「自分でレジーナにきけばいいでしょ。私的な会話の中身を他人にもらすわけにはいかないもの」

「さんざんいままで――」悪態をのみこんだ。妹を膝にのせて尻をひっぱたきたい衝動と闘う羽目になったのは生まれて初めてだ。「いや、いい。噂《うわさ》好きな女どもが裏で何を言おうと知ったことか」

　妹が、はあと息を吐いた。「もう、お兄さまってば。レジーナが好きなんでしょう？　謝ったら？　仲直りできるよう、やるだけのことはやったら？」

「あんな口やかましい女に謝ったりするものか！」レジーナに頭を下げるなど、とんでもない。かといって、妹を御すこともできないが。「レジーナと俺のことはどうでもいい。フォックスムアと会うのは許さん」

　ルイーザが反抗的に顔を上げた。「絶対？」

「そうだ」マーカスは厳しい調子で言いわたした。「話は終わりだ」

「ああそう」

　マーカスは目をすがめた。「この件では文句を言うな」

「もちろん。なんでも言うとおりにするわ」

「えらく素直だな」妙に引っかかる。「口答えもしない」

「しないわ」妹の顔に浮かんだ微笑は、レジーナとまったく同じものだった。全身の血が凍りついた。

〝頭の固いお兄さまへの鬱憤《うっぷん》もつのらせているでしょうね〟キャッスルメインの屋敷でレジーナに言われた言葉がよみがえってきた。〝あなたの裏をかくことばかり考えるようになってもしょうがないわ〟

　なんということだ。ルイーザも妙な考えを起こしそうな気がする。社交界に出してやったせいで気が大きくなっているのだろう。俺がロンドンでの付き添いをやめたら、見張りを頼めるのはアイヴァースリー伯爵夫妻しかいなくなる。だが、ふたりとも新婚で惚《ほう》けているし、赤ん坊のことで頭がいっぱいだ。おまけに、いくらフォックスムアが疑わしいと訴えても、完全には納得してくれていない。

マーカスは心のなかで悪口雑言をまき散らした。

アイヴァースリー伯爵夫妻と一緒にルイーザに付き添うことは可能だ。しかし、社交の場に出てレジーナと顔を合わせなくてはならない。ありとあらゆるパーティーに出て、ホイットモアみたいなごますり屋どもを相手にしなきゃならんのか。レジーナの足元に這《は》いつくばり、よだれをたらしているような連中と？　ペンチで爪をはがされるほうがましだ。

どのみち、ルイーザが出席したがるようなパーティーに、自分も一緒に招待してもらえる見込みはない。レジーナのよしみで招待状はちらほら届いているが、ドラゴン子爵を呼ぶなと彼女が取り巻き連中に要請すれば、たちまち干上がるだろう。

結局、アイヴァースリー伯爵夫妻にルイーザの見張りを頼むしかない。

マーカスは歯ぎしりをした。妹を地下牢《ちかろう》に閉じこめておけたらいいのに。それでもレジーナが妹を見つけて救いだし、自分の屋敷にかくまってしまうだろう。フォックスムアの屋敷に。ならば、敵をそばに置いて目を離さぬほうがいい。

戦法を変える潮時かもしれない。当初の計画は思うように進まなかった。妹は、まだレジーナに心服している。もしもレジーナに〝紳士の心得もなく、よだればかりたらしている間抜け男とは、もうつき合えない〟などと告げられたら、妹はたいへんな騒ぎを起こすだろう。それとも、ふたりで力を合わせて歯向かってくるか。難儀なことだ。

いっそ、まともに交際をするほうが、もっと効果的だろうか。レジーナを怒らせるような真似ばかりしなければ、フォックスムアとルイーザを楽に見張れる。そのうえ、最終的な落としどころは、いまと変わらない。いくら紳士らしくしようと、どうせ社交界の連中からは難癖をつけられるし、そんな様子を高慢ちきな公爵令嬢が見れば、交際は中止すると言いだすはずだ。

しかも、そのことで妹に文句を言われる心配もない。努めてレジーナの機嫌をとってもすげなく拒絶されてしまうところを見せてやれば、妹は間違いなく味方についてくれる。そうすれば、フォックスムアとも別れるだろう。この俺にひどい仕打ちをした女の兄と、なお交際を続けるはずもないのだから。

「わかった、負けたよ。レジーナと仲直りする」

「まだサイモンとつき合ってもいい？」

ぱっと明るくなった妹の表情に、うなり声がもれてしまった。「いまのところはな」

うまくすれば、新たな作戦が功を奏して妹を味方に引きこめる。失敗しても、地下牢に妹を放《ほう》りこむだけのことだ。

妹ではなく、レジーナを放りこむほうがいいかもしれない。昨夜の夢が脳裏をよぎった。前の夢とは少し違う。地下牢につながれたレジーナは、なんでも言うことを聞きますと懇願していた。髪を肩のあたりで揺らしながら足元にひざまずき、お願いだからベッドに連れていってとせがんでくる。一糸まとわぬ姿で、視線をさえぎるハープもなく……。

「それで、どうやってレジーナと仲直りするつもり?」妹が尋ねてきた。

妄想が霧散し、気まずい欲望のたかぶりだけが残った。マーカスは膝に帽子をのせ、ひたすら妹の問いに意識を傾けた。「さあな」

「提案があるんだけど」

マーカスはため息をついた。「なんだ?」

「レジーナにいいところを見せたいなら……」

数時間後、マーカスは土砂降りの雨のなか、〈ブルー・スワン〉の入口で、バーンに会わせろと押し問答をしていた。ルイーザをアイヴァースリー邸まで送ってからバーンの屋敷へ行ったものの、主《あるじ》が午前四時より前に戻ることはないと執事に告げられた。さすがは賭博《とばく》場の経営者だ。

正面入口から〈ブルー・スワン〉に足を踏み入れるのは初めてだったので、守衛の男に止められた。

「会員でないかたはお断りです」流行遅れの外套《がいとう》と濡《ぬ》れそぼった髭《ひげ》を見て、守衛は嫌悪に上唇をゆがめた。「お通しできるのは、会員もしくは会員のお連れのかただけです」

「いますぐバーンを呼んでこい、さもないと――」

「ドレイカー！」ロビーに出てきた異母兄が声をあげた。「どうしてここへ？」

「話があって来た」マーカスは鋭く答えた。

「正面入口から？」バーンが手を振って守衛を制した。「どういう風の吹きまわしですか」

「えらくおもしろい冗談だな」ロビーに入ったマーカスは靴底を床にこすりつけ、通りでくっつけてきた泥を落とした。「今夜は、きさまの冗談を聞く気分じゃない」

守衛が軽蔑《けいべつ》の表情もあらわに水のしたたる外套と帽子を受けとったが、バーンは少しもうろたえず、くすりと笑った。先に立って自室へと向かう。「このような雨のなか、おいでになるとは。何かありましたか」

「救いようのない女どもを根絶やしにする策がなくてな」

「なるほど。女の悩みね」

部屋に入ると、バーンが扉を閉めた。

「女は世の災いだ」マーカスは暖炉に向かい、凍える手を温めた。

「いまごろ気づいたのですか」

マーカスはバーンをねめつけた。「そっちは女の悩みとも無縁そうだな」

「女をつけあがらせないようにしていますから。面倒になってきたら、すぐ別の女に乗りかえます」

「俺には無理だ。面倒を起こす女のひとりはルイーザだから」

「申しわけありませんが、いかんともしがたいですね。ありがたいことに、わたしに姉妹はおりません。そのような相談をされても――」

「ここに来たのは、頼みがあったからだ」

バーンの瞳の奥で好奇心が炎を上げた。マーカスとアイヴァースリー、そしてバーンは頼まれればいつでも助け合うと誓った。しかし、マーカスがバーンに助けを求めたことは一度もない。「どのような？」

マーカスは食い入るように暖炉の火を見つめた。

「〈オールマックス〉の入場資格証明書《バウチャー》がほしい」

「運営委員のご婦人がたが会合を開くのは月曜日で、もうアイヴァースリーにも伝えてあります。ルイーザの入場資格は認められるでしょう。確約はできませんが――」

「ルイーザのバウチャーじゃない」マーカスは歯を食いしばった。「俺のバウチャーが必要なんだ」

驚きに言葉も出ないのか、長い沈黙が続いた。それから、バーンが含み笑いをもらした。やがて声に出して笑い、ついには爆笑になった。子供が大勢で狂喜しながら走りまわっているときのような声だ。

マーカスはバーンに向き直った。「何がおかしい」

「ああ、はい……ええ……」バーンが苦しげに笑いながら声をしぼりだした。「〈オールマックス〉で、あなたが……人間味のかけらもない魔女どもに囲まれるかと思うと……」

「バウチャーを手に入れられるのか？」

バーンの笑い声が消えた。「なんとまあ、本気なのですか」

「当たり前だ。こんな夜中に、ただ冗談を言いに来たとでも思うのか。どうせ時間をさくなら、もっとましなことをする」

「〈オールマックス〉に行くとか？」またもやバーンが腹をかかえて笑いだした。

マーカスはバーンを絞め殺したくなった。「きさまの伝手《つて》じゃバウチャーは買えないか。だったら――」

「誰の伝手でも無理でしょう」凶暴な目でにらんでやると、バーンは長引く笑いの発作を抑え、すかさず言いつのってきた。「このわたしでさえ、バウチャーを手に入れるには、ありったけの借用書を振りかざさなくてはいけませんからね」

「運営委員に昔の愛人はいないのか」

「いますが、残りの六人に働きかける程度のことしかできませんよ」

「爵位があれば簡単にバウチャーが下りると思ったのだが。高い爵位は、結婚の条件として申し分ないからな」

バーンが鼻で笑った。「ドラゴンの異名を持つ男は、条件のよい結婚相手には含まれないような気もするのですが。髭面の男もだめでしょうね。いちばん格下の使用人より流行遅れの服を着ている男もだめです。それに――」

「もういい。言いたいことはわかった」ちくしょう、こいつはレジーナにも劣らぬほど食えないやつだ。「渾名《あだな》はどうにもならんが、ほかの助言には従えると思う。つまり……

折々に使える仕立屋を紹介してくれれば……」

「承知しました」バーンが言葉を引き継いでくれたおかげで、屈辱的なせりふを最後まで吐かずにすんだ。「知り合いの仕立屋が大急ぎであなたを改造してくれますよ。少なくとも、必死の努力はするはずです」

「バウチャーがいる……それから、服も……水曜の舞踏会に出るんだ」

「無理難題を言いますね」バーンが嘆息した。「あなた用のバウチャーを水曜までに入手するのは不可能です。しかし、同伴者用のチケットならば、なんとかなるでしょう。ルイーザのバウチャーは下りるはずだから、あなたは同伴者として〈オールマックス〉に入ればいい。運営委員のご婦人がたの面接に合格すればの話ですが」

面接？　寄宿学校の生徒みたいに？　もういいから全部忘れてくれとバーンに言ってしまいそうだ。しかし、改めてレジーナと交際するには、ほかに方法はない。「わかった」

「行儀よくすると約束していただきます」

「わかっている」

「本当にちゃんとできるのでしょうね？」

自信はない。レジーナにあれこれ言われた当初は頭にきたが、いくらか怒りが収まったいまでは、あながち見当違いな文句ばかりでもないという気がする。人前で行儀よくしようと努めていたのは、もう何年も前のことなのだ。マナーを忘れていたらどうする？　ばかな真似をしでかしたら？

ふん、社交界の連中が俺の態度を気にかけるわけじゃなし。何をしようと、どのみち連中には毛嫌いされるのだ。それでも、ルイーザのために努力せねばなるまい。

「マーカス？」兄が念を押してきた。

「ああ、行儀よくする。行儀ってやつを思いださせてもらわなきゃならんが」

兄が微笑した。「なるほど。では、知っているかぎりのことを教えてあげましょう」薄笑いが消える。「だが、ほかにもあります。髪を切りなさい」

「ああ」

「髭もそるように」

とんでもない。傷痕《きずあと》を見た召使いに卒倒された日から、ずっと髭を伸ばしてきたのに。顔じゅうに髭をたくわえて、もうそろそろ九年になる。「傷痕がむきだしになってしまう」

マーカスは鋭く言い返し、火かき棒を取った。

「運営委員のご婦人がたは傷痕よりもファッションのほうを気にします。いまは戦争も終わり、勇敢なイギリス兵が帰国してきましたから、傷痕など、ただのひび割れ程度にしか思われません」

兄の言葉は疑わしいが、どうしようもない。「わかった」マーカスは熱い火かき棒を見下ろした。「髭もそる」

長い沈黙のあと、バーンが口を開いた。「あの女のせいで、すっかり骨抜きですか」

回想にとらわれていたマーカスは、はっとして尋ねた。「誰だって？」

「つれなき美女」

マーカスは火かき棒を乱暴に戻した。「ばかなことを」

「まことに見目麗しい女ですね。美人だという自覚もありそうだ」

〝体だけが目当てなのでしょう……〟

マーカスは体をこわばらせた。「ああ、自覚はあるらしい。だが、美人なのを鼻にかけているかってことなら、それは違う」

「ふむ。噂どおり、血も涙もない女ですか」

「求婚してきた男を十一人も振っている」マーカスは、あいまいに答えた。「どう思う？」

兄が立ちあがり、声をひそめた。「いけませんよ。あなたより出来のいい男の妻となるように生まれついた女です」

マーカスは兄をにらみ、食ってかかった。「きさまも、アイヴァースリーも。この俺が女にすがりついて泣くような軟弱者だとでも思うのか。俺はただ、一緒に人前に出る取り引きをしただけだ。フォックスムアを見張るため、一緒にいるだけだ」

「なんとでもおっしゃい。相手はこれまで何人もの男を足元にひれ伏させてきた女ですよ」

「ああいう女から身を守る方法は心得ている。放っといてくれ。二十二歳で社交界と縁を切るまでは、いつも俺の図体《ずうたい》が冗談の種にされていたからな。クラバットをきれいに結ぶ技だの、カード遊びだの、歯の浮くようなお世辞を並べ立てるだの、そんなことに興味がないだけでも白い目で見られた」マーカスは吐き捨てるように笑った。「それに、令嬢どもは全員、お高くとまっていた。醜聞まみれの女の息子には目を向けられるのも厭《いと》わしいそうだ。法的には嫡子でも、俺が私生児だという噂は広まる一方だった。お上品な令嬢どもが、こそこそ言いふらしてくれたおかげでな」

「それはこちらも同じこと」バーンが話をさえぎった。「しかし、わたしは何年もかけて、出生の瑕《きず》を武器へと作りかえてきたのです。お上品な女たちを男なしではいられなくさせてしまう技も身につけました。いまでは女たちのほうが、わたしの足元にひれ伏している」

「夫のいないところでな」

「夫の目の前で首尾よくいただいてしまうこともあります」バーンの目がサファイアの青に輝いた。「いまや、わたしに面と向かって私生児呼ばわりする者など、ひとりもいません。わたしの機嫌をそこねる度量もない者がほとんどだから」

　そのせつな、バーンは地獄の悪霊より恐ろしい素顔を垣間見せた。そして、わざとらしく唇の端を上げた。

「とはいえ、わが弟は穴蔵のなかで人生の三分の一を無駄にしてしまった。そしていま、目も覚めるような美女が、かたじけなくも交際を許してくれている。さすがのあなたも、彼女の機嫌をとらずにはいられない心境に――」

「きさまやアイヴァースリーが何を考えてるか知らんが、俺は女にのぼせあがってなんぞいない」マーカスは厳しい声で言った。「それどころじゃないんだ。〈オールマックス〉の同伴者チケットは入手できるのか?」

「最善の努力を尽くしましょう」バーンが、にやりと顔をゆがめた。「しかし、努力が実った暁には〈オールマックス〉が修羅場になりますね」

12

お嬢さまを〈オールマックス〉にお連れするなら、なんの心配もありません。

――ミス・シスリー・トレメイン『理想のお目付役《シャペロン》　若き淑女の話し相手《コンパニオン》のための手引き』

くさくさした気分を表現できるような音色を求めて、レジーナはハープをかき鳴らした。けれど、もとよりハープは、そういった音楽に向いている楽器ではない。悲痛な響きのヴァイオリンがほしい。シンバルでもいい。あの男の頭にシンバルを叩《たた》きつけてやりたい。

「お茶はいらないのね？」部屋の反対側のテーブルから、沈んだ声が問いかけてきた。

シスリーは、いつも持ち歩いている手帳に何やら書きつづっていた。日記だという。日記に書く話題なんてあるのかしらと、レジーナはいささか意地悪なことを思った。シスリーの人生には、実際に心をときめかすような出来事など皆無なのだから。

わたしの人生も似たようなものかもしれないけれど……。レジーナは眉を寄せ、得意の曲を乱暴に弾いた。耳ざわりな響きのほうがいい。「お茶を飲みたい気分じゃないの」

「何か本を読んであげましょうか――」

「結構よ！」シスリーが身をすくませた。レジーナは口調をやわらげた。「そんな気分じゃないから」自分より本のほうがマーカスに好かれているのを思いだしたい気分でもない。ぼんやりしていたら弦をはじきそこねた。

「別れられてよかったじゃない」シスリーが言った。

レジーナは、はっと顔を上げた。赤面しながらシスリーに目をやると、視線が合った。頭のなかの考えをすべて読まれているような気がする。

「このところ、誰彼かまわずあたり散らしているわね。ドレイカー子爵と喧嘩《けんか》になって、交際を断られたから？」

「おかしなことを言わないで。断られたんじゃないわ。こっちから断ったのよ」

「子爵があなたの言うとおりにしてくれないから？」

それに、とんでもない下心を隠していたから。わたしはルイーザと兄を引き離すために利用された。そのことをマーカスに認めさせ、彼のプライドを傷つけようとしたのだけれど……粉々に砕かれたのは、自分自身のプライドだった。

マーカスが憤然と出ていってから、もう六日になる。あれ以来、なんの連絡もない。交際を続けると約束したのに、こうも無頓着《むとんちゃく》に放《ほう》り投げてしまう人の気が知れない。

「なんなの、いらいらして」シスリーが言葉を継いだ。「子爵は、あなたと釣り合うような人じゃないわ。あなたに振られた人たちのなかには、もっとちゃんとした紳士が大勢いたでしょう。離れていった人のことでくよくよするなんて珍しいわね」

たしかにそうだけれど。いままでは、たいがい男性を夢中にさせていた。マーカスも、わたしにのぼせあがるはずだった。わたしの膝にすがって這《は》いつくばり、許してくれと泣きついてきてもいいくらいなのに。

まさか。ドラゴンは泣きついたりしない。ただひたすら破壊し、襲いかかり、大きな体で動きまわりながら好き勝手に火をつけるだけ。

そうやって、わたしの心にも火をつけた。

〝鎖でがんじがらめにされ、なす術《すべ》もなく立ちつくしていたよ。あのハープになりたいと歯がみしながらな。ハープなら腿のあいだにはさんでもらえるし、あちこちさわり放題で……〟

体じゅう火がついたように熱くなり、あわててハープから体を離した。あやうくハープを倒しそうになる。何よ、あんな人。眠りのなかに忍びこんできて、あり得ないほど恥知らずな設定の夢を見させるだけじゃ足りないの？　夢の終わりのほうでは、いつも恥ずかしいことをしてくるし。いまでは、趣味に没頭しているところに忍びこんでくるし。

ハープを脚ではさむたびに、あの愛撫《あいぶ》を思いだしてしまう。マーカスの手は力強く、温かく官能を呼び起こした。金箔貼《きんぱくば》りの共鳴胴に胸が触れるたびに、先端の突起を吸いあげられた記憶がよみがえり……。

うなり声がもれた。まったく度しがたい。「ああもう、どうだっていいでしょう。お兄さまとルイーザの邪魔さえしなければ、ドレイカー子爵が何をしようと関係ないわ」

シスリーが、まじまじと見つめてきた。「邪魔するつもりはないみたい。この五日間、サイモンが何度ミス・ノースを誘っても、出かける気がしないと断られたそうだけど。今日は会う約束をしてもらえたんですって」

初耳だった。マーカスとの口論を兄に告げられずにいたものの、いつなんどき問いただされるかと気が気ではなかった。けれども、兄はまだ尋ねてこない。「誰に聞いたの？」

シスリーが肩をすくめた。「サイモンから。ルイーザのところへ行くのに何を贈り物にしたらいいかと相談されたのよ」

「どうしてわたしに相談してこなかったのかしら」

シスリーは、せっせと楽譜を片づけている。

「あなたの機嫌をそこねたくないからって」

「まあ、すんなりルイーザに会わせてもらえたわけでもないでしょうけど」

「会えたんじゃない？　贈り物を気に入ってもらえたと、あとで言ってたもの」

「そんな……」放心して椅子に背中をあずけ、宙に視線をさまよわせる。マーカスが足音も荒く出ていったとき、兄とルイーザにはいっさいの交際を禁じると断言していたのに。交際を禁じていないって、どういうこと？

「なんだ、ふたりとも。まだこんなところにいて」戸口で声がした。「もう五時近いぞ」

はじかれたように顔を上げると、兄が戸口にもたれていた。レジーナは返事もせず、ハープの練習に戻った。

「あら、サイモン」シスリーが声をかけた。

兄がこちらへ目を向けた。「今夜は〈オールマックス〉に行かないのか？」

シスリーが、促すような視線をよこしてきた。

「ええ」レジーナは答えた。「そんな気分じゃないの」

「そんな気分じゃないそうよ」シスリーが、しかつめらしく繰り返した。

「うるさいな、シス。聞こえたよ」サイモンが入ってきてハープの向こう側に立った。

「レジーナ、〈オールマックス〉の夜会には欠かさず行ってなかったか？」

レジーナの指は正確に弦をはじき続けた。「今夜はやめておくわ。何か問題でも？」

「そんな口のききかたをするな。僕が何かしたかい？」

お兄さまのせいで、ドラゴンの巣穴で焼かれる羽目になったのよ。

兄だけに責任を負わせるのは間違っている。

「ごめんなさい、今夜は行く気がしないだけ」

ファッションと最新のゴシップのことしか頭にない人たちを相手に延々とおしゃべりをするのも、以前ほど楽しいとは思えない。

兄にハープを引っ張られ、指が宙を泳いだ。

「お兄さま！」レジーナは大声をあげ、ハープを取り戻そうとした。

サイモンはハープを手の届かないところへずらしてしまった。「おまえも一緒に来るんだ。ルイーザをエスコートするから」

できるわけないでしょう。「〈オールマックス〉は嫌いじゃなかった？」

「ああ。でも、ルイーザが入場資格証明書《バウチャー》をもらったばかりでね。行きたがっているんだよ。だから、おまえもシスリーと一緒に付き添いをしてくれ。アイヴァースリー伯爵夫人が具合を悪くしたそうだから。ルイーザが今週かかったのと同じ風邪かな。ドレイカーも、おまえたちが付き添うならいいと言った」

脈拍が上昇する。「ドレイカー子爵はアイヴァースリー邸にいたの？　話をしたの？」

「もちろん。あいかわらず無礼な態度で、おまえが行かないのならルイーザも行かせないとか言い張っていたが。まあ、意外でもなんでもないだろう？　そういう取り引きだったよな」

取り引きは終わったのに。なぜマーカスは兄にそう告げなかったのか。ルイーザと兄の交際を考え直してくれた？　わたしと角突き合わせるのをやめたということ？

あり得ない。あの頑固な人が、そんな真似《まね》をするものですか。作戦を変えて、別の小細工を仕掛けてくるつもりだろうか。どんな手を使ってくるのか見当もつかないけれど。

「ドレイカー子爵も行くのかしら」何気ないふうを装って、レジーナはきいた。「バウチャーはないと言っていたけれど」

「ないみたいだな。行くとも言わなかったから、行かないんだろう」

わけがわからない。行かないとすれば、わたしとシスリーと兄にルイーザを預けるつもり？　誰ひとり信用していないのに、妹を一緒に行かせるの？　どういうこと？

「おまえの様子も尋ねてきたぞ」兄が言い添えた。「しばらくキャッスルメインのほうが忙しくて、こっちに出てこられなかったらしい」

「ふうん」レジーナは生返事をした。なるほど、そういうことね。これで納得がいったわ。マーカスは、わたしのことを何日か放っておこうと考えただけなのだろう。なんて姑息《こそく》な。わたしの頼みをはねつけても、ちょっと別れるふりをすれば懐柔できると思ったのね。何日か離れていれば、わたしの怒りも収まると思ったのね。

なんて傲慢《ごうまん》な男。

「とにかく、今夜おまえだけ欠席することもなかろう」兄の説得は続いた。「全部ぶち壊しにするドレイカーがいないんだから、楽しく過ごせるよ」

「その点ではたしかに楽しそうだけれど、あの人のことで取《と》り沙汰《ざた》をされたり、いやみを言われたりするのは気が進まないわ。それに、別にわたしが一緒でなくてもいいと思うの。シャペロンならシスリーだけで十分だし。ドレイカー子爵が行かないなら、わたしがどうしようと関係ないでしょう」

「おまえが一緒でなくてはだめだと言っていた」

「わたしに言うことを聞かせたいなら、あの人こそ、何をすべきか心得ているでしょうに」話しすぎてしまったと思いつつ、レジーナは立ちあがってハープを取り戻した。

兄が凝視してきた。「ドレイカーと何かあったようだな。オペラを観《み》に行ったときか」

レジーナはハープの腕木《ネック》をつかんだ。「なんのことかしら」

兄は、耳をそばだてているシスリーのほうに目をやった。「シス、〈オールマックス〉に行く仕度をしておけ。レジーナにも、すぐ仕度させる」

「わたしは行かないから」レジーナは言い返した。けれども、シスリーは早くも扉へ向かっていた。強い口調で命令されたら逆らうことなどできないのだった。

いやな予感がした。シスリーが出ていったとたん、兄が向き直ってきた。「今日、ヘンリーに会った」

「そう？」できるかぎり平然と返事をする。

「ドレイカーみたいな男をおまえと一緒にいさせるなんてどういうつもりかと責められたよ。だから、賭《かけ》をしたと説明して――」

「なんですって？」

レジーナは兄をにらみつけた。

「そんなことを言う権利があるわけ？」

「おまえのためを思って言ったんだよ。ヘンリーはおまえと結婚したがっているんだぞ。それなのに、おまえが本気でドレイカーとつき合っているなんて思われたらまずいだろう」

「参考までに言うけど、わたしはヘンリーに二回結婚を申しこまれて、二回とも断ったの」

「そうか」意外にも、サイモンは頬をゆるめた。「まあ、残念だとは言わない。あいつは頭が足りないから。でも、おまえは基本的に、頭の足りない男が好みだし――」

「そんなことないわ」顔が赤らんでくる。実の兄なのに、まるでわかってくれていないのはなぜだろう。

しかし、考えてみれば、それほど長いあいだ一緒に過ごしてきたわけでもなかった。レジーナに物心がついたころ、サイモンはもうイートン校に行っていた。卒業後は、いつも殿下や取り巻き仲間と出かけるばかりだった。そして数年前には父が世を去り、サイモンが家督を継いだ。自分のことは自分でできると思われていたレジーナは、かなり自由にさせてもらえた。

最近までは。

サイモンの話はやまなかった。「そういえば、ヘンリーが何やらぶつぶつ言っていたな。ドレイカーは、おまえにふさわしい紳士じゃないとか。どういうことかと尋ねても、妙にはっきりしない物言いで」

ヘンリーの口が堅くて助かった。「ただの焼きもちでしょう」

サイモンが片眉を上げた。「シスリーにもきいてみたが、何も知らないと言われたよ。嘘《うそ》をついているのか、本当に何も知らないのか。シスリーが僕に嘘をつくはずもないから、本当に知らないのだろう。もちろん、おまえは話してくれるね」

レジーナは兄に向けていた視線を落とし、精巧な彫刻のある黄金のハープのネックに指をすべらせた。「ヘンリーがドレイカー子爵を侮辱して、案の定、乱暴なことを言われたの。それだけよ」

「どうかな」近づいてきたサイモンが脇《わき》に立ち、黄金のハープに手をかけた。「今夜はヘンリーも〈オールマックス〉に顔を出すだろうから、またきいてみよう。何があったか、正直に話してもらえるかもしれない。見返りをやってもいいかな。たとえば、あいつが女に言いよるのを全面的に応援してやる約束とか」

レジーナは兄を見上げたが、鋼のようなブルーの瞳に、思わず体が震えた。「ヘンリーにそんなこと言わないわよね？　頭が足りないと言ったばかりなのに」

「そうだが、退屈したら自分でも何を言いだすかわからないからな。おまえとシスリーとルイーザが〈オールマックス〉で僕の気をまぎらせてくれなければ、ヘンリーと話をしてしまいそうだ」

まなじりを上げて兄を見る。サイモンの言葉は脅迫だった。とても効果的な脅迫。ヘンリーも嫉妬《しっと》深いから、たとえマーカスの脅しに震えあがっていても、何か見返りがあれば、いやらしい疑念を口にするかもしれない。「わかりました。〈オールマックス〉に行きます。わたしなんか連れていっても楽しくないと思うけど」

サイモンが肩をすくめた。「いいさ、楽しくなくても。一緒に行ってくれれば」

誰にも邪魔はさせないと言わんばかりに、いつもの自信満々な態度をにじませながら、サイモンは背を向け、悠々と音楽室を出ていった。レジーナは、兄に舌を突きだしてやりたいという子供じみた衝動に勝てなかった。

お兄さまもマーカスも大嫌い。わたしをこんな目に遭わせるなんて。マーカスとヘンリーのあいだに何があったか、兄に知られてしまうわけにはいかない。きっと大騒ぎになる。

けれども数時間後、兄たちと一緒に大階段を上がり、混み合うロビーに向かっていると、後悔の念が押しよせてきた。いくら脅迫されたからとはいえ、やはり来るのではなかった。

それにしても、どうしたのだろう、わたしったら。パーティーは嫌いじゃないのに。おしゃべりもダンスも大好きで、まわりの人の服装を眺めるのも楽しかったはずなのに。

最近、それが全部おっくうになったとすれば、誰が兄のもとに嫁いでくるのかと気をもんでいたせいだろう。別に、退屈になったからではない。絶対に違う。

それではなぜ、予備の大広間を目にしたとたん、気分が沈んでしまったのか。天井まで届く六面の窓が、こちらをわびしく見下ろす巨大な番人のように見えてしまうのはなぜ？どうして今夜はオーケストラの響きまで安っぽく聞こえるのだろう。

ばかばかしい。兄のことは放っておこう。マーカスもヘンリーも、どうだっていい。わたしを悩ませる男なんて、もう知らない。ダンスと音楽ざんまいの楽しい夜を、だいなしにさせてたまるものですか。死ぬほど踊りまくってやるんだから。

レジーナは、しゃれた会話ができると評判のミスター・マーカムと踊り、彼の美辞麗句を片っ端からこきおろした。ブラックリー卿《きょう》と踊ったときは、いちおう動きを合わせてはみたものの、くねくねしたステップについていけなくなった。

果てしなく長い一時間が過ぎた。お世辞のうまいピーター・ウィルキンズ卿に手を取られてダンスフロアに向かう。次の曲はリール。テンポの速い舞曲なので、話をしなくてもすむのが助かる。機知に富んだ会話で感心してもらおうと躍起になっている紳士から、あと一回でも大げさな賛辞を聞かされたら、たぶん絶叫してしまうだろう。

本物の会話がしたい。ついでに言えば、率直で飾らない言葉が聞きたい。わたしったら、どうしていきなり、こんなに妙なことを望むようになったのかしら。

「驚いちゃだめだよ。いま誰が入ってきたと思う?」位置について曲を待っていると、ピーター卿が小声で話しかけてきた。

「誰?」誰でもいいと思いながらも、レジーナは問い返した。

「最近きみが連れまわしてる男。ドレイカーだよ」

レジーナは凍りついた。どうしてマーカスがここにいるの? ルイーザは何も言っていなかった。運営委員がマーカスにバウチャーを出すわけがない。いくら頼みこんだところで、絶対に無理なはずなのに。

それともまさか、血迷ったマーカスは強行突破してきたのだろうか……。おそるおそる入口のほうへ振り向いた瞬間、どきりとして、息が喉でつまった。ダンスフロアを迂回《うかい》してくる男は、記憶にあるドレイカー子爵ではなかったから。

摂政皇太子の息子らしく、実に上品な物腰で、歩きかたも格好も洗練されている。何よりいでたちが立派だった。服は最新流行。伸び放題だった髪は短くなり、顔のまわりで波打っている。硬い表情を浮かべたその顔には、髭《ひげ》もない。

脈が乱れ、狂おしい賛美歌を奏でた。マーカスは髭をそり、服を新調し、どういうわけか奇跡的に〈オールマックス〉への入場を果たしている。

わたしのため？　わたしが頼んだから？　それとも、わたしには推し量ることもできない別の理由があるの？　わたしのためだとは、とても思えない。前に頼んだときは、ひどく失望させられたのだから。

それでも……前に頼んだとおり、髭をそってきた。絶対に何か理由がある。

なんといっても、深い傷痕《きずあと》が右頬を二分しているのだから。マーカスの言葉どおり、ひどい傷だった。落馬で受けたものならば、もっとぎざぎざな傷でもよさそうなのに、頬骨から顎先まで妙にまっすぐ下りている。レディにはとても見せられない傷だと言っていたのに、あえて人目にさらしてくれた……そう思うと胸が高鳴る。

胸が高鳴るのは、そのせいばかりではない。もしも傷がなかったとすれば、目もくらむほど端整な顔立ちと言ってもいい。こんなふうに身だしなみが整っていると、なおさら男前に見える。雪のように白いクラバットは名人技とも言えるほど完璧《かんぺき》に結んであった。漆黒のシルクの上着は体にぴったりと合っていた。これほどの仕立てができるのは、天下の伊達男《だておとこ》でダンディの権威、ジョージ・ブランメル御用達《ごようたし》の店くらいだろう。

おまけに、膝丈の短ズボン《ブリーチズ》といったら！　長い吐息が思わずもれてしまう。脚の形がよいだろうとは薄々感じていたけれど、体に合わないズボンごしには確信することもかなわなかった。いまは、自分の考えが正しかったと断言できる。なにしろ、〈オールマックス〉で義務づけられている白いブリーチズとストッキングが、みごとに鍛えあげられた腿とふくらはぎを包み、このうえなく心をそそってくるのだから。

そのとき突然、思いだした。息をのむほど魅力的で引きしまった腿に秘密の場所をこすられて、どれほど心が震えたか……。

とんでもないことを考えた自分自身に心のなかで悪態をつきながら、視線を引きはがす。けれども、まっすぐ見つめてくるマーカスのまなざしに気づいてしまった。その瞳に映るわたしは、まわりに居並ぶ浅ましい人たちと同じくらいみっともない顔で、あんぐりと口を開けているのだろう。

顔が火照ってきた。それでも、マーカスにほほえみかける程度のことしかできぬうちに曲が始まってしまった。踊らなくてはいけない。

これを踊りと呼んでいいものか、わからないけれど。答えの出ない疑問ばかりに身を焦がしつつ、ステップに気を配るのは容易ではなかった。どうしてマーカスは入ってこられたの？　なぜ来たの？　わたしのため？

よせばいいのに、つい視線をマーカスのほうへ何度もさまよわせてしまう。マーカスはいま、ルイーザとサイモンに話しかけている。ピーター卿とのダンスが終わり、ふたたび目を向けてみると、マーカスはルイーザをフロアに連れだそうとしていた。レジーナも別の男性と腕を組んでフロアに戻った。ダンスの約束をしたことさえ忘れていた相手だった。

その後レジーナは、退屈な紳士ふたりと退屈なダンスを二曲踊った。一方のマーカスはこともあろうにシスリーと踊ったあと、大勢の愛人がいると評判の未亡人の相手をした。

以前はおもしろい未亡人だと思っていたのに、いまは美人すぎて気に入らない。マーカスに媚《こび》を売り、ほほえみかけ、楽しそうにしている未亡人の様子に、いらだちがつのった。そして、アイヴァースリー伯爵夫妻までが姿を見せたときには、みじめな気分に追い討ちをかけられた。わたしがマーカスの妹のシャペロンとして信用されていたなんて、この程度でしかなかった。そんなもの、ただの口実にすぎない。マーカスは自分の華々しい登場を見せつけられるよう、シャペロンの名目でわたしを引きずりだしたのだった。

華々しく登場したのも計算ずくだろうか。ぞっとするほど男前の貴公子に変身して、いちゃついてくる女性たちの機嫌をとってみせれば、わたしの誤りを証明できると思ったの？

上等だわ。だから来ることにしたの？　せいぜい得意になっていればいいのよ。でも、もう有頂天にはさせない。気にしているなどと思わせるものですか。本当に、気にしていないのだから。気にしてなんかいない。ちっとも。

気にしないことに必死だったせいで、心を静める暇もないままワルツの時間になり、マーカスが目の前に現れた。百八十センチあまりの長身に最高級の服をまとい、みごとに身だしなみを整えている。意識しすぎて震えてしまったのが悔しい。調子が狂う。

流麗なしぐさで一礼するマーカスに、いっそう胸がときめいた。「ほかに約束がなければ、ダンスの相手をお願いできるかな？」

ここまで礼儀正しくダンスを申しこんでくるなんて。驚きの種は尽きないということか。マーカスに問われ、うなずくのが精いっぱいだった。

ダンスフロアで位置につくころには、脈が雷のようなリズムを打っていた。とんでもなく恥ずかしい行為まで許してしまったのに、彼とダンスをしたことは一度もない。

マーカスと向き合い、手袋ごと手を取られたとき、甘美なおののきが背筋を駆けおりた。マーカスは作法どおり、ふたりのあいだに十センチ程度の隙間《すきま》を残し、もう一方の手で腰を抱いてきた。ようやく覚悟を決めて彼の顔を見上げてみると、これ以上ないというほどつつしみ深いまなざしと目が合った。

背筋に残っていた緊張など、たちどころに流れ去った。ありとあらゆる疑問が、口からほとばしりでた。「いったい……どうして……いつの間に……」

「まさか、つれなき美女が俺《おれ》のせいで口もきけなくなったのではあるまいな」マーカスの唇が薄く笑った。唇を覆い隠す髭がないので、なおさら魅力的に見える。「そんなことがあろうとは夢にも思わなかったが」

頬の火照りを感じながら、レジーナは毅然《きぜん》と顔を上げた。「紳士に変身なさったとばかり思っていたのだけれど。もういやみを言ってくるようでは——」

「からかっただけだ、いやみじゃない」マーカスが破顔した。「あんたの注文は、紳士みたいに礼儀正しくしろってことだろう？　退屈な男になれと言われた覚えはない」

退屈な男になれるような言いかたね。

音楽が始まり、レジーナはマーカスと一緒にワルツのステップを踏みだした。マーカスの足取りは優雅で、かなり練習したことをうかがわせる。またもや驚かされてしまった。カントリーダンスが踊れるというだけでも意外なのに。しかも、ワルツは最近イギリスに入ってきたばかりだった。〈オールマックス〉に集まる人たちでさえ、全員がワルツを習得しているわけでもないのに。

「キャッスルメインにいながら、どうやってワルツを覚えたの?」たくみなターンでフロアじゅうを踊り進んでいくマーカスに、レジーナは問いかけた。

「誰がルイーザの練習につき合わされたと思ってるんだ?」周囲の人ごみに向かってマーカスが顔をしかめた。「白状すれば、こんなに狭いところで踊ったこともないが」

いつしかフロアは人であふれ、どのカップルもこちらへ押しよせていた。堂々たる物腰で現れたドラゴン子爵とつれなき美女の会話を聞きとろうと、耳をそばだてているらしい。

「みんな、あなたに好奇心をかき立てられたようね。わたしも人のことは言えないけれど。あなたがどうやって入ってきたのか、気になるわ」

暗い微笑がマーカスの唇に浮かんだ。「俺みたいな野蛮人が入れる場所じゃない?」

あからさまに投げ返されてきた言葉に、レジーナは眉をひそめた。「バウチャーをもらう気にもならないかと思っていたから。まさか、本当に運営委員に泣きついたりしていないでしょうね? はげたか連中とか言っていたのに」

「いや。ほかの男が俺にかわって泣きついてくれた。そいつ自身は、神聖な〈オールマックス〉に足を踏み入れることなど決して許されないのだが。幸い、俺のほうは、それなりの爵位と家名のおかげで同伴者用チケットがもらえた。ルイーザの同伴者として入れたよ」

つまり、運営委員のレディたちの面接を受けたということ？　心臓が早鐘を打ち始める。マーカスにしてみれば、並大抵の責め苦ではなかったはずなのに。わたしのために耐えてくれたの？「どうやって入れたかは、わかったけれど。どうして来たのかという説明にはなっていないわ」

「説明も何も。わかっているだろうが。聞き捨てならん挑発をしてきたのは、そっちだぞ」

「挑発？　なんのこと？」見当もつかないというそぶりで、レジーナは問い返した。

「人前に出られないほどのばかだと思われたくなければ、常識があるところを見せてみろと言ったな」マーカスは、遠慮もなしに間近からのぞきこんでくるカップルのほうへ顎をしゃくってみせた。「まあいい。前に話したことを覚えているか？　頭から足の先まで金ぴかに飾り立てても、どうせ俺は白い目で見られるんだ」

「もう一度、確かめてごらんなさい」レジーナは穏やかに言った。「白い目で見てくる人なんかいないでしょう？」

マーカスはレジーナの肩ごしに視線を走らせた。レジーナも、その視線を追った。自分の目に映っているものが、マーカスの目にも映るだろうか。誰もが興味津々という顔で、こちらを見つめている。けれども、それ以外の表情はない。うさんくさそうな顔を向けてくるのは、すでにマーカスと会い、無礼な言葉をあびせられた人だけだった。そんな人々の顔に浮かぶ表情さえ、嫌悪よりも警戒心のほうがまさっていた。

視線を戻してきたマーカスが、口元を厳しく引きしめた。「連中は俺の顔ばかり見ている。傷ばかり、じろじろ見やがって」

どう言えばいいのか。たいした傷ではないと言っても、気休めと思われるのがおちだろう。やはり、正直に言おう。「それはしょうがないわ。ずいぶん立派な傷だもの」

マーカスが片方の眉を上げた。「俺がつかいそうにない言葉だ」

「自分では見慣れた傷だろうけれど。他人にしてみれば……」傷痕から視線を引き離すこともできない。「つい目が行ってしまうの。血統書つきの名馬を、どうでもいい馬と区別する焼き印のようなものかしら。あなたと普通の人の差をつける焼き印」

手を握ってくる力が強くなった。「焼き印？　おもしろいことを言うな」

レジーナは傷痕に目をこらした。引きつれたようになっている。「そうでもないわ。その傷、ひどい火傷《やけど》の痕みたい。火傷の痕なら前にも見たことがあるの。聞いた話だと、その傷は、乗馬中の事故で負ったものなのよね。でも、そんなふうには見えないわ」

ふいに体をこわばらせたマーカスの様子からすると、どうやら図星だったらしい。「乗馬の傷がどんなふうになるか、知りもしないだろうが」

「ときどきチェルシー病院で慈善看護婦をしているの。傷痕も、たくさん見てきたのよ。

落馬して負うような切り傷と火傷の違いくらいわかるわ」

「あんたが？　慈善看護婦？」マーカスの口調は疑わしげだった。

「気をつけたほうがいいわ」レジーナは忠告した。「そろそろ紳士にあるまじき言動に近づいてきたから。危ないわよ。せっかくいままで、うまくいっていたのに」

わざと挑発めいた言葉を口にしてみると、マーカスが目をむいた。例によって無礼なことを言い返されるに違いないと、レジーナは身構えた。

けれど、何も言われなかった。マーカスは自分自身に苦行を課すかのように息をついた。

「ならば、話題を変えたほうがいいかな」

レジーナは仰天し、思わず顔をほころばせた。「そのようね」

本当は話題を変えたくなかった。どんなふうに傷を負ったのか、はっきり聞いていないから。火傷の痕なのは間違いない。けれども、なぜそんなにひどい火傷を、よりによって頬に負ったのだろう。

「そういえば、ようやく兄とルイーザの交際を認めてくれる気になったの？」

「あんたが俺と交際してくれるうちは。面倒な注文どおり、ちゃんと紳士になれることも証明できたと思うが」

レジーナは眉をつりあげた。「まだ証明できていないわ。身だしなみを整えて、いやみも言わずにワルツを一曲踊ったくらいじゃ足りないもの」

「では、もっとがんばるしかないな」マーカスに腰のあたりをなでられて、らちもなく心が震えた。「がんばったら、あとで褒美をくれるのだろう?」

「善行を積むこと自体が喜びだと言うでしょう」レジーナは澄まして答えた。

マーカスが笑った。低音で響く笑い声を耳にしたとたん、胸の奥が渇望にうずいた。

「いまは善行の話をしているんじゃない。面倒な注文に応じなければ、俺たち男はレディに相手もしてもらえないって話だ。がんばって注文に応じるんだから、何か見返りがあってもいいはずだ」マーカスが上体をかがめ、顔を寄せてきた。「どういう意味かわかるな?」

心臓の鼓動がいきなり疾走を始めた。「あなたが厚かましいのは、わかるわ」

マーカスが口元をゆるめた。「あんたのほうも、たまには、いけないことをやりたくなるんだったな」熱く燃えるまなざしが見下ろしてきた。「やはり、それなりの場所に行けばいいのか?」

レジーナはごくりと喉を上下させ、しみひとつないクラバットに視線を落とした。マーカスを図に乗らせてはいけなかった。けれども、大胆すぎる指先と唇と舌で愛撫された記憶に六日も眠りを妨げられたせいで、ますます渇望がつのっていた。さらなるキスと愛撫を求めてしまう。

体の位置も近すぎる。マーカスが身にまとう香油と石鹸《せっけん》の芳香さえ漂ってきた。大きくたくましい体が頼もしくて……胸がときめく。「ちょっと、近すぎるわ」

「だろうな」マーカスが耳打ちをしてきた。

「ほかの人たちに、なんと言われるか」

「言わせておけ」

マーカスの腕のなかに崩れ落ちてしまうより早くワルツが終わってくれて助かった。それでもダンスフロアを出るとき、彼の腕にかけた手に、大きな手が重なってきた。手袋に包まれた手は温かく、いとおしむように力強かった。そのうえ、マーカスの言葉が耳のなかで反響している。〝がんばったら、あとで褒美をくれるのだろう?〟ああ、思い返すだけで酔ってしまう。

陰険なハンゲート侯爵夫人がすぐそばに来るまで気づかなかったのは、そのせいだろう。夫人は柄つきの眼鏡をかかげてマーカスを見た。「意外なこともあるものですねえ。運営委員があなたを〈オールマックス〉に入れるつもりでいたなんて」

レジーナは体をこわばらせた。

「同感です、マダム」物憂げにマーカスが答えた。しかし、夫人が眉を曇らせたそのとき、マーカスはつけくわえた。「ここは、わたしやマダムのように知的な人間が来るところではありませんな。だが幸い、運営委員のご婦人がたは、わたしたちの別の魅力に目がくらみ、それに気づかなかった」

レジーナは固唾《かたず》をのみ、夫人の奇妙な表情を見つめた。夫人は、あっけにとられたような顔をしたあと、警戒の色を浮かべたのだった。とはいえ、知的と言われてまんざらでもなかったらしく、最後は冷ややかな微笑が表れた。「では、このわたくしを鞭打《むちう》つような無礼な物言いは二度としませんわね？」

レジーナは息をのんだ。

マーカスは声をひそめ、低くささやいた。「俺についての噂《うわさ》を聞いてないようだな。俺は美人が鞭打たれる姿に目がないんだ。もちろん、屋敷の地下牢《ちかろう》で、ふたり仲良く楽しむために鞭打つだけだが」

嘘でしょう？　鞭打ちを楽しむなんて……気でも違ったの？　驚いたことに、ハンゲート侯爵夫人は扇をぱっと開き、猛烈な勢いであおぎ始めた。そして、ひとくせありげな流し目をこちらへ送ってきた。「もったいないわねえ、レジーナ。子爵さまの洗練されたご趣味がわからないのかしら」

年甲斐《としがい》もなく恥じらうような表情をマーカスに向け、しなを作ってみせた夫人は、学校を出たばかりで間もない十五歳の少女のごとく、いそいそと立ち去った。

レジーナは、ふうと息を吐いた。「信じられない、あんなことをレディ・ハンゲートに言うなんて。あの人も、よくあなたを叩き斬《き》らなかったわね」

「俺も信じられん」マーカスが苦々しくうなずいた。「だが、機転をきかせていやみをかわすほうがいいと、あんたに言われたからな。つい、鞭打ちの話に突っこみを入れてしまった」

「運がよかったのよ、怒らせずにすんで。あんなに……突拍子もないことを言ったのに」

マーカスは小さく笑った。「運は関係ない。昔、レディ・ハンゲートと俺の母親は親しかったんだ。ふたりとも、猥談《わいだん》と大げさな話が好きでな。レディ・ハンゲートは若いころ……その……おかしな趣味の愛人がいると噂されていた」

「でも、鞭打ちだなんて……まさか……」

「そんな趣味があるとは信じられない？　そういうのが好きな女もいる。何が楽しいのか、俺には想像もつかないが」

「でも、あの人がそんな……」

「そもそもレディ・ハンゲートが鞭打ちのことなんか言いだしたのはなぜだと思う？」マーカスがウインクを送ってきた。レジーナは目を疑った。「キャッスルメインに引きこもるまでは、俺だって世間にもまれていた。それに、母親は骨の髄から噂話が好きだった」

「それはわたしの母も同じだけれど……でも……」

「無邪気な娘に、そんな噂話をする母親がどこにいる。あんたに言うわけがないだろう。だからといって、根も葉もない噂ということにはならんが」

レジーナは思いを新たにしながらマーカスを見つめた。案外、世間から完全に切り離された人でもなかったのね。その気になれば、ちゃんとした行動もできるし。「やっぱり、思ったとおりだわ」

「何が？」

「あなた、兄とルイーザを別れさせようと、わざと無作法な態度をとっていたのでしょう。わたしとつき合ったのも、ただの作戦ね？　兄かルイーザを怒らせて、別れさせようとしたのね？」

マーカスが、まじまじと顔をのぞきこんできた。「がんばって礼儀正しくする必要性を感じなかっただけだ。そういうことにしておこう」

ようやく真意を明かしてもらえたけれど、はっきり言われたら言われたで、ひどくせつない。「いまはどうなの？」

マーカスが相好を崩し、手を握ってきた。「その答えはわかっているはずだ。あんたの魅力に長く耐えられた男がいたか？」

ハンゲート侯爵夫人へのお世辞と、たいして変わらないように聞こえた。マーカスに口先だけのお世辞を言われても、あまりうれしくない気がする。「ばかにしないで。あなたが本気でつき合うつもりなんかないことくらい、わたしにだってわかるわ」

「そっちこそ、本気でつき合うつもりがあったのか」マーカスが半眼になった。焼き焦がすような視線で射抜いてくる。「本気になってほしければ、そっちも少しは本気を出したらどうだ。あんたが俺とつき合うことにしたのは、それが兄貴の役に立つと思ったからだろう。おそらく、あんたもフォックスムアのたくらみに一枚かんでいる。ルイーザを殿下の手のうちに引き入れる魂胆だな？」

「ルイーザは友達よ。わたしは友達を裏切ったりしないわ」レジーナは、きっと顔を上げた。「だいいち、そんなつもりで交際していたなら、あなたにキスなんか許していない」

「危ない遊びで刺激がほしかっただけだろう？」

「それだけでキスを許したわけではないわ」声が喉にからんだ。

手に食いこんでくるマーカスの指が痛い。「そうなのか?」

顔から火が出るかと思ったけれど、やっとの思いでマーカスと視線を合わせた。

「そうよ」

マーカスは何か別のことを言いたそうにしていたが、そのときシスリーがやってきて、猛然とシャペロンの任務に取りかかった。

レジーナは無謀な自分にあきれるばかりだった。われながら、軽率すぎる。マーカスに心を動かされているのを認めてしまうとは。彼に注目されたらうれしいなんて思わせてはいけなかったのに。彼が交際を申しこんできたのは、わたしと兄を怒らせるためだということぐらい、わかっていたはずでしょう? でも、奇跡のような変身を遂げたのは、本当にわたしを喜ばせたかったからだとしたら? まさか、本気で結婚を申しこんでくれるとしたら……。

マーカスの妻となった自分を想像してみる。ロンドンでは、ふたりでお芝居やオペラを観に行くのだろう。桟敷席で口づけを交わしたり、馬車のなかでひそやかな愛撫を受けたりするかもしれない。キャッスルメインでは、領主夫人としてマーカスと一緒に食事をしたり、使用人に指示を出したりするのだろう。領地の管理人に帳簿の相談をして……。

帳簿も読めないくせに! 心が沈んだ。なんて不毛な夢。そんな結婚など、できるわけがない。それに、子供はどうするの? たとえ出来の悪い頭が遺伝しなくても、子供に本も読んでやれない屈辱に、どうやって耐えられるだろう。ばかな母親だと子供に思われるのは……ばかな女だとマーカスに思われるのは、つらすぎる。

相手がマーカスだろうと誰だろうと、結婚できるはずもない。結婚したいなんて、かなわぬ夢を見るのは生まれて初めてだけれど。

13

若い殿方のいるところでお嬢さまをおとなしくさせておくには、口の軽いご兄弟のせいで痛い目を見ていただくのがいちばんききます。

――ミス・シスリー・トレメイン『理想のお目付役《シャペロン》　若き淑女の話し相手《コンパニオン》のための手引き』

〝それだけでキスを許したわけではないわ〟

続く一時間、頭のなかでレジーナの言葉が響きわたっていた。ここへ来たのは、妹がレジーナの取り巻き連中から邪険にされている現場を、今夜こそ押さえてやろうと思ったからだ。なのに、とんでもない展開になってしまった。初めのうちは例のごとく、見下すような目つきや、陰険にささやき交わす声にさらされていたというのに。人前に出ればいつも突きつけられる手厳しい態度だらけだったのが、たちどころに影をひそめてしまった。いまは控えめな好奇心と、しぶしぶながらも同席を黙認する気配しかない。

その中心に、白いレースと青いシルクで身を包んだレジーナがいた。黄金の髪を、帽子ではなく花で飾っているのは今夜が初めてだった。ことのほか暖かな春のように輝くレジーナは、その姿にふさわしく、どこに出しても恥ずかしくない物腰で接してきた。じっと見つめてくることも一度や二度ではなかった。ダンスフロアでも、レモネードのテーブルでも視線を感じた。広間の反対側にいたときも。そしていまは、すぐそばで見上げてくる。ワルツが終わってから、レジーナはずっと隣にいたのだった。

あいかわらず、ご機嫌取りの男や女に囲まれてはいる。しかし、レジーナにほほえみを向けられるという栄誉に浴したのは自分ひとりだった。いちばん多く言葉を交わしたのも自分だった。

どう考えていいものやら見当もつかない。レジーナのことだけでなく、ほかにもいろいろと誤解していたのだろうか。フォックスムアとルイーザのことも見誤っていたのか。いや、そんなはずはない。レジーナが陰謀とは無関係だとしても、フォックスムアのほうは絶対に何かたくらんでいる。

「ドレイカー子爵さま。戦争については、どうお考えですの？」レジーナが尋ねてきた。「ナポレオン・ボナパルトはついに敗北したのでしょうか」

マーカスはレジーナとの会話に意識を引き戻した。居並ぶ取り巻き連中を見まわしてみると、ドラゴン子爵と同じ輪のなかにいるとは思えないほど穏やかだった。

マーカスは、戦争にはまったく興味がないと言いたい衝動に駆られた。だが、そのような〝紳士にあるまじき言動〟を控えることにも、いいかげん慣れてきていた。「ナポレオンがエルバ島から脱出するのは、まず無理だろう。イギリス軍にも見張られているからな」

「子爵さまみたいに体の大きなイギリス兵に見張られていたら、とても逃げられないでしょうね」どこぞのレディのいとこだという若い娘が、きついスペイン語なまりで相槌《あいづち》を打った。マーカスが顔を向けると、娘は恥ずかしげに目を伏せた。「こんなに強そうな人から逃げるなんて無理ですもの」

マーカスは愕然《がくぜん》とした。まさか、これは誘われているのか？　最後に女の誘いを受けたのがいつだったかも思いだせないのに。女から誘われたことがあったかどうかも、さだかではない。「腕っ節の強い兵士より最新式のパーディ銃のほうが、ナポレオンの抑えにはきくだろう」ぶっきらぼうに返した。お世辞など言われるとやりにくい。

「きみは射撃をやるのか、ドレイカー？」別の声がした。今度は男だ。

マーカスは油断なく男に目をやった。「ときどきだが。領地の鶉《うずら》が増えすぎないようにしなくてはいけないから。放《ほう》っておくと、羊が毛を全部むしられてしまう」

意外にも、つまらない冗談が笑いを呼んだ。皆が大笑いしている。気のきいたことなど言うつもりではなかったのに。

「ふうん、銃は何を使う？」もうひとり、年格好の近い青年貴族が尋ねてきた。「たしかにジェームズ・パーディは、いいフリントロック銃を作る。だけど、僕はマントンのほうが好みだな。マントンの銃の信頼性は抜群だ」

「パーディの最新式は見たことがあるか？」マーカスは問い返した。こういう話題のほうが気楽だ。「いま軍が使っている銃よりもいいらしい」

男同士で銃の話に花を咲かせていると、ひとりのレディが口を開いた。「子爵さまの傷は、そのせいですの？　フリントロック銃で？」

マーカスは身を硬くした。だが、自分で言葉を発するより早く、レジーナが隣で答えた。

「乗馬中の事故でけがをなさったの。子爵さまのように活動的な男性には、よくあることよね」

そのひとことで、マーカスをずっと苦しめてきた傷痕《きずあと》は名誉の印に変わってしまった。レジーナはすばやく話題を転じ、先日のオペラの話を始めた。それを誰も気にとめていない様子に、マーカスは意表を突かれた。

とまどいつつレジーナを凝視する。傷を負った原因について、レジーナは私見をはさんでこなかった。はからずも、先刻の話はかなり核心に迫っていたのだが。どうして何も言わなかったのだろう。それ以上ぶしつけな質問が出ないよう、盾になってくれたのか？

談笑が続いている。ふと、目が合ったときのレジーナの顔つきは穏やかで、マーカスははっとした。レジーナと結婚すれば、こういう暮らしが待っている。レジーナは盾になってくれる。盾など必要ないときでも。一緒に腕を組んで、ありとあらゆる催しに顔を出すのか。望めば、いつでもダンスの相手をしてくれる。毎晩ともに晩餐《ばんさん》をとり……。ベッドをともにしてくれる。それ以外のことも、全部ふたりで。

やるせないほどの願望がこみあげてきて、胸がふさがった。本当に、この世界の一員になれるのならば。本当に未来が開け、妻子や友人を持てるのならば。ちゃんとした足場を世間で築けるのならば……。

らちもないことを考えるな。厄介なことになるのは目に見えている。いつもそうなのだから。それでもつい考えてしまう。領地に引きこもらず人並みの暮らしをする……そんな危険な誘惑に比べると、レジーナを利用して妹とフォックスムアを引き離す計画など、全部かすんでしまう。

しっかりしろ。マーカスは自分に言い聞かせた。たわいもない夢だ。つれなき美女は十一人の男を袖《そで》にしている。十二人めも、どうせ振られるだけだ。

いや、そうともかぎらない。結婚相手としては、われながら申し分ないのだから。爵位も財産もあるし、社交界でのけ者扱いされたりしていなければ、出生の瑕《きず》に目くじらを立てられることもなかったはずだ。いまなら風向きがよくなりつつあるから、事情が変わってくるかもしれない。

うまくやれそうな気がする。レジーナをキスで恍惚《こうこつ》とさせられたことだけは確かだ。一年のうち数カ月だけ田舎で暮らすことにさえ納得してもらえれば、何不自由ない生活をあたえられる。レジーナに、いつも一緒にいたいと思わせることもできるはずだ。ひとりふたり子供を作ってしまえば、夫と領地から離れられなくなるだろう。

心の声がした。〝子供がいても、おまえの母親は領地に居つかなかったではないか〟

ああ、そのとおりだ。しかし、あの女は誘惑に負け、罪を犯してしまったのだ。レジーナが妻になってくれるのならば、そんな誘惑から守り抜いてみせる。

マーカスは、まわりの会話に意識を引き戻した。ある紳士の屋敷の改築が話題にのぼっている。レジーナの意見は驚くほど的確だった。レジーナに張り出し窓の知識があり、庇《ひさし》についても持論があろうとは思いもしなかった。案外、興味の幅が広いらしい。

「きみの父上も以前、キャッスルメインを大々的に改築したそうだね」ひとりの紳士が話しかけてきたので、やむなく会話に交ざる。「ずいぶん長いことかかったのか？」

「それこそ何年も終わらなかった」マーカスは答えた。「子供のころは、正餐室に足場が組んであるのが当たり前だと思っていた」

いつの間にやらレジーナにすりよっていたスペイン娘が、興味津々という顔で見上げてきた。「キャッスルメインって、ドレイカー子爵さまのお屋敷？」

マーカスはうなずいた。

「お城《キャッスル》なんですの？」

「違うわよ、シルヴィア」いとこのレディ・アマンダが声を張りあげた。「ほんとは城じゃないの。あなたはイギリスに来て日が浅いから、わかってないのね。城じゃなくても〝キャッスル〟って名前がついてるものは、たくさんあるのよ」

スペイン娘が顔を真っ赤に染めた。でしゃばりなレディ・アマンダに、マーカスは思わず皮肉を言いそうになった。だが、それより早く、意気消沈しているシルヴィアにレジーナがほほえみかけた。「本当に城なのよ。由緒正しくて……」レジーナはマーカスを振り返った。「十五世紀初頭にまで、さかのぼれるのだったかしら？」

「まあ、そのぐらいかな」マーカスは肩の力を抜いた。レジーナがシルヴィアをかばっただけでなく、屋敷に関心を持ってくれていたことが胸にしみる。いい兆しだ、ものすごくいい兆しだ。

瞳を輝かせ、レジーナがシルヴィアに告げた。「地下牢《ちかろう》もあるんだから」

「本当？」シルヴィアが視線を振ってきた。「本物の地下牢？」

レディたちのあいだに興奮が広がった。マーカスは頬をゆるめた。「ヘンリー八世の時代には、ちゃんと地下牢として使っていたらしいが。そのあとは、だいたい倉庫がわりです。肉だのワインだの、代々の当主が適当なものを入れていた」

「子爵さまご自身は、何を入れてらっしゃるの？」レディ・アマンダが問いかけてきた。さも純情そうに、まつげをばささ揺らしながらまばたきをしている。

またしても色目を使ってくる女がいたとは。驚いたな。

レジーナが鼻を鳴らした。「あなたが好きそうなものは入っていないわ、アマンダ」

マーカスはレジーナを凝視した。まさか、嫉妬《しっと》してくれているのではあるまいな？

レディ・アマンダがいやみたっぷりに切り返した。「ああら、見てもいないのに、なんでわかるの？　さては、子爵さまのお屋敷を見たことがあるのね？　そんなにお城に詳しいなんて」

レジーナが顔を赤らめた。「その……わたし……つまり……」

「レディ・レジーナの兄上が、うちの妹にぞっこんでして」マーカスは即座に言った。

「もちろん、おふたりともキャッスルメインにおいでになったことがあります」レディ・アマンダが訳知り顔で仲間と目くばせを交わした。危険な会話を打ちきったほうがよさそうだ。「さて、そろそろ失礼します。次のダンスをレディ・レジーナと約束しているもので」マーカスはレジーナに腕をさしだした。「行きましょうか」

ほっとしたように顔をほころばせ、レジーナが腕をからめてきた。ふたりは舞踏会の広間へ向けて歩きだした。誰にも話し声を聞かれないところまで来るやいなや、レジーナがささやいてきた。「助かったわ」

「あんたが悲惨な目に遭えば、レディ・アマンダが大喜びしそうだな」

「他人の不幸だけに喜びを感じる性格なのよ」

マーカスは頭を振った。「そういう女でも友達づき合いをしているのか?」

「そういう人でもつき合わなきゃいけないの」レジーナが言い返してきた。「男性同士で銃の話をしたのは楽しかった?」

「まあな」マーカスは言葉を濁した。

「あのなかにアマンダのお兄さまがいるの。本当に親切だし、楽しくおつき合いのできるかたよ。でも、彼とお友達づき合いをしようと思えば、たまにはアマンダとも顔を合わせなきゃいけないでしょう?　だから会っているだけ」

「俺《おれ》には理解できん。そんな連中とつき合っても、なんの役にも立たないだろうが」

「役に立たない人もいるのは確かだけれど。そういう人のお友達とは、うまが合ったりするのよね。ほら、アイヴァースリー伯爵夫妻みたいに。そちらとつき合いたければ、やっぱり辛抱するしかないわ」

「あのふたりとつき合うために、無理して仲間の輪に入る必要もない。だいいち、あの夫婦と親しい相手はごくわずかしかいないし、俺ともうまくやっている」

「だったら、別のお友達はどうなの？　面倒なお仲間がいてもつき合いたい人はいるはずよ。たとえば、あなたのご兄弟とか」

マーカスはレジーナを注視した。「兄弟？」

「とぼけなくてもいいでしょう。あなたとミスター・バーンは仲がいいみたいね。それに、あなたがたが異母兄弟なのは周知の事実だもの」

「殿下は認知していない」

「そうね。でも、認知の必要もないわ。ミスター・バーンが落《お》とし胤《だね》なのは、誰もが知っていることだから。あなたの素性を誰もが知っているのと同じよ。賭《か》けてもいいけれど、意地を張らず殿下に歩みよれば、あなたもミスター・バーンも、ほかの落とし胤みたいに目をかけてもらえるはずだわ」

「だとしても、やはり信用できんな」マーカスは突《こ》っぱねた。「援助してもらえたところで、どうせ何か条件がついてくる。あんなやつに媚びへつらうつもりはない。ろくでもない条件をのむなど、まっぴらだ」

誰もいないレモネードのテーブルのところで、レジーナが足を止めた。グラスにレモネードを注《つ》いでやると、レジーナが真顔で見上げてきた。「だから何年も前に殿下を出入り禁止にしたの？」

「あいつのせいで、俺の母親は尻軽女になった。だから、領地に一歩でも足を踏み入れることを禁じた」

「殿下のせい？」

レジーナが何を考えているか、だいたいわかる。あの女が尻軽になったのは殿下のせいばかりではなく、本人自身のせいでもある。その容赦ない真実から、マーカスは十年以上も目をそむけようとしてきた。

もう思いだしたくない。マーカスは自分のグラスにもレモネードを注ぎ、閉口ぎみに言った。「あの女は関係ない。バーンの話をしているんだ。それに、こっちからバーンに何をどうしろとか言う筋合いもない。そもそも、どうしてバーンと仲がいいと思われたのか、理解に苦しむのだが」

レジーナが肩をすくめた。「同伴者用チケットを手配できる人といったら、あの人しかいないもの。それに、あの人は以前、運営委員と……親密な仲だったから。誰でも知っていることだわ」

「あんたは、若いレディが知らなくてもいいようなことに、やたらと詳しいな」

レジーナが微笑した。「おかげさまで。ゴシップに乗り遅れないよう努力しているの」

「なんのために？」

「敵と見方を見分けやすくするために」

「あんたの住む世界は最高だな、そんなことをしなけりゃならんとは」マーカスは口をつぐみ、グラスを軽くかかげてみせた。

「あなたの住む世界は違うの？ 領地の小作人のゴシップは耳に入れないようにしているとでも？ 信用に値するのが誰で、家族を虐待しているのが誰で、小銭で寄付もできない見栄《みえ》っ張りが誰かも知らないの？ そういう情報は参考にしないの？」

マーカスはレモネードを少し飲んだ。「それとこれとは別だ」

「どうして？ あなたと身分が違うから？ 自分でもわかっているのでしょう？ あなたの世界とわたしの世界は何も変わらない。善と悪、危険なものと安全なものから成り立っているの。どちらの世界だろうと、注意して生きようと思えば、そのふたつを見分けるのが肝心なの」

そのように考えたことは一度もなかった。「そうかもしれないな」マーカスはしぶしぶ認めた。

「あのね、あなたは自分の世界を完成させてしまったでしょう？ だから、そこに閉じこもっていると居心地がいいのよ。だけど、その気になれば、こちらの世界も理解できる人だわ。ここだって、あなたの世界だもの。どうしてそんなに反発するの？」

「こっちの世界に加わった覚えはない」

「入ってこようとしなかったからでしょう」

「入る価値を見いださなかった。それはいまも同じだ」

「ルイーザの結婚相手を選ぶには、そばで目を光らせておくほうが楽じゃない？」

マーカスは心ならずも含み笑いをもらした。「あんたの頭のよさは、自分の首を絞めるぞ。気がついているか？」

レジーナが輝かしい笑みを見せてくれた。「いいえ。あなたに言われるまで気づかなかったわ」

その笑顔は、ずっと鱗《うろこ》に覆われていたマーカスの心にしみ入った。甘いぬくもりが体じゅうに広がっていく。この女がほしい。分別も道理もないのは承知のうえだ。それでもレジーナがほしい。抱ければいいというわけでもない。

キャッスルメインで、そばにいてもらいたい。ことによっては、ロンドンで町屋敷を購入してもいい。体がせつなくうずいてしまうほど、レジーナがほしくてたまらない。レジーナは、ブレイクのドラゴンの絵に描かれた〝太陽の衣をまとった女〟を思わせる。自分《ドラゴン》だけを照らす太陽《レジーナ》がほしい。

だが、ドラゴンは女を食いつくすことなく手に入れられるのか？　太陽である女に焼きつくされることなく、自分のものにできるのか？　わからない。

「へえ、お楽しみのようだな」とげとげしい男の声が背後から聞こえた。

レジーナが笑顔を品のよい仮面に固めて振り向き、新来の男に声をかけた。「こんばんは、ヘンリー。お目にかかれてうれしいわ」

レジーナの愚鈍ないとこに顔を向けたマーカスは、会釈するよう自分に言い聞かせた。

「これから踊りに行くところだ」

「レモネードがいっぱい入ったグラスを持って？　そうは見えないね」あいだに割りこんできたホイットモアが、かなり少なくなったレモネードを自分用のグラスに注いだ。「それに、僕の前で芝居なんかしなくてもいいよ。ほかのやつらは、ころっとだまされるかもしれないけど。少なくとも僕は、きみたちが本当は何をしてるか、お見通しだから」

レジーナの瞳の奥に、おびえたような色がよぎった。「なんのことか、さっぱりわからないわ」レジーナはマーカスにレモネードのグラスを手渡した。「それに、本当にダンスをしに行くところなのよ。だからもう失礼するわ」

レジーナに腕を引かれ、マーカスも一緒に歩きだした。何日か前のように、またしてもホイットモアにレジーナをなじらせたくなかった。

「で、ドレイカーのほうは、その賭《かけ》で何をもらえる？」ホイットモアが大声で言った。

マーカスの足が止まった。レジーナの目のなかに狼狽《ろうばい》の光が見えたのだ。きつく握りしめてくるレジーナの手をそっとはずし、マーカスはホイットモアに向き直った。「賭？　なんのことだ」

「レジーナとサイモンの賭だよ。わかってるくせに。レジーナがきみを磨きあげて人前に出せるかどうかって賭だ。サイモンは失敗するほうに賭けた」

レジーナが即座に否定しなかったので、マーカスは呆然《ぼうぜん》とした。「ああ、その賭か」まったく予想していなかったというわけでもない。したり顔で目を細めるホイットモアの様子からすると、寝耳に水の話をぶつけたとでも思っているようだが。ホイットモアはレジーナにグラスをかかげ、乾杯した。「だからさあ、教えてくれよ。ドレイカーをきみの慈善活動に供したら、サイモンはどんな見返りをくれるって？」

「ばかなことを言わないで、ヘンリー」レジーナが、あわてて止めた。「慈善活動のつもりでドレイカー子爵さまとおつき合いしているわけじゃないわ」

「賭も慈善活動も一緒だ。きみはドレイカーを紳士に改造した。今夜のみんなの話からして、きみは賭に大勝ちしたようだな」

ホイットモアをにらんだ。

賭。慈善活動。ふたつの言葉が耳のなかでとどろいた。マーカスは、勝ち誇った態度のホイットモアがレモネードをすすった。「で、いくら儲《もう》けたんだい、レジーナ？」

「儲けも何もないわ……だって、お金なんか賭けていないもの」レジーナが小さな声をしぼりだした。

胃が引きつれた。レジーナがそう言うまでは、ホイットモアの誤解であってほしいと望んでいた。だが、そうではなかった。レジーナは本当にフォックスムアと下劣な賭をしていた。この俺を材料に。やはり、そういうことだったのか。賭でもなければ、俺なんかを相手に突拍子もない取り引きをしたりするものか。それなのに俺は、くだらない夢を見てしまった。レジーナとふたり、キャッスルメインで静かに暮らすなどと……。

なんと愚かな。危険な大海原へ飛びこめと誘いかけてくる妖精《セイレーン》のあやかしの虜《とりこ》になったりせず、本能に耳を傾けるべきだった。こんな男にレジーナが本気で心を寄せてくるわけもないのは、わかっていたはずなのに。なぜ心を寄せてもらえるなどと思ってしまったのか。一度か二度、キスを許してもらえたから？　体に触れさせてもらえたから？　そんなもの、賭に勝つための作戦でしかないだろう。

そして、レジーナはみごとに勝った。そのとおりだ。いまや、俺が落ちるところまで落ちたのは、誰もが知るところとなった。たくさんの誘惑を餌《えさ》にレジーナの口車に乗せられたあげく、よだればかりたらす愛玩犬《あいがん》になり果てたのだから。ほかの男どもと何ひとつ変わらない。フォックスムアは高笑いをしているだろう。

〝ここだって、あなたの世界だもの。どうしてそんなに反発するの？〟

能天気に浮かれていた自分が情けない。

だが、これで終わりだ。ひどく落ちこんだ気分をレジーナやホイットモアに悟られてたまるか。「なんの見返りがあるか教えてやろう」マーカスはホイットモアに話しかけながらグラスを置き、レジーナに腕をさしだした。内心では、細く優美な首を絞めあげてやりたかったのだが。「どうやら、公爵から全部聞いていないようだな。公爵は、俺たちが結婚を前提に交際するのを許してくれなかった。俺が無作法だという理由でな。それで賭をした。きさまの言ったとおり、もしもレジーナが俺を首尾よく磨きあげたら、公爵は俺たちの結婚を認めると約束した。そういう褒美があるなら、乗らないわけにもいかんだろう？」

レジーナが腕をからめてきた。ホイットモアが顔色を失った。「結婚？」ホイットモアの視線がレジーナに移り、ふたたび戻ってきた。

「ああ」なんとか口の端を上げてみせた。顔がひび割れるかと思ったが。「どうだ、レジーナは俺の申しこみを蹴《け》ったりしないだろう？」ホイットモアの顔が灰色に変化し、レジーナがうめき声をもらした。マーカスは、しれっと言い添えた。「では、そろそろ失礼する。本当にダンスをしに行くところだったからな」

マーカスはすぐに背を向け、ダンスフロアに向かって歩きだした。レジーナが自発的についてきてくれて助かった。さもなければ無理やり引きずっていく羽目になったかもしれない。

ホイットモアが暴露した真実は衝撃的だったが、それをレジーナに悟られて、有頂天にさせるのは悔しい。賭に勝ったのだから、もう十分だろう。これ以上、調子づかせてなるものか。

「ヘンリーを上手にあしらったわね」レジーナが小声で話しかけてきた。

レジーナのほめ言葉が、熱い酸のように胃を焼いた。マーカスは努めて何気ない口調で応じた。「ほめてもらえて恐縮だ」硬い声になった。

腕にかかっているレジーナの指がこわばった。「あのねマーカス、誤解しないで――」

レジーナの言葉がとぎれた。若い紳士が近づいてくる。以前、レジーナと一緒のところを見たことがある。

「レディ・レジーナ！」男が声をあげた。「次のダンスは、僕と踊ってくださるはずでは？」

レジーナが人気者でよかったと感じたのは初めてだ。自分の紳士っぷりをレジーナに値踏みされ、いい出来ばえだと鼻高々にさせたのをわかっていながら、まともに踊れるとは思えない。

レジーナが若い男をちらりと見たあと、視線を戻してきた。「ごめんなさい、ミスター・ジェロルド。あなたとの約束をすっかり忘れて、子爵さまの申しこみを受けてしまったの」

「かまわない」マーカスは制した。「先約があったのなら、俺は次のダンスまで待とう」

「でも――」

それ以上何も言われないうちにレジーナの腕を離し、男に会釈をしてから、マーカスはその場を離れた。

なんの問題もないという態度で、あちこちに頭を下げるよう自分に言い聞かせながら扉へ向かう。芝居などしたくもないが、今夜の収穫を捨てるつもりはなかった。ルイーザのこともある。レディ・レジーナのそばには二度と近づかないと心に決めたのだ、屈してはならぬ。手当たりしだい、男にも女にも子供にも怒りをぶちまけたいという衝動を、マーカスは叩《たた》きつぶした。なけなしの理性をかき集めて。

とはいえ、こんなところに長居するのもまっぴらだ。みごとな勝利にほくそえむレジーナを眺めていられるほど、おめでたくもない。幸い、帰ろうと思えば帰れる。自分ひとりで来たのだから、ひとりで帰っても不都合はない。

大階段を半分まで下りたとき、背後から呼びとめられた。振り向かずとも、レジーナの声だとわかった。マーカスは歯を食いしばり、何も聞こえぬふりで歩調を速め、ロビーへ下りていった。

背後で舞踏会用の靴が階段を下りてくる軽い足音も速くなった。あいにく、ロビーに下りても使用人が馬車を呼んでくるまで待たなくてはならず、たちまちレジーナに追いつかれてしまった。

隣に並んだレジーナが問いただしてきた。「待って、どこへ行くの？」

マーカスは使用人の手から帽子と外套《がいとう》をひったくった。外套を着せかけてもらうことさえ、もどかしい。「あんたには関係ない。もう帰る。今夜の分の辛抱は使い果たした」

「帰る前に話し合いましょう」レジーナが、食いさがってきた。

「俺を紳士に変えられるかどうかで、フォックスムアと賭をしたのだろう？」

「ええ、でも――」

「ならば、話すことは何もない。あんたは賭に勝った」近づいてくる馬車に目をとめたマーカスは、外階段を下りて歩きだした。

レジーナが追いかけてくる。

「マーカス、お願い、話を聞いて」

マーカスは答えようともせず馬車に飛び乗り、外套と帽子を向かいの座席に放った。だが、使用人が扉を閉めるより早く、レジーナも乗りこんできて外套の上に腰を下ろした。

マーカスは目をむいた。「降りたほうがいいぞ。俺は帰るんだからな。相乗りなんかしたくなければ――」

「まさか、わたしを馬車から突き落としたりしないわね？」

レジーナは平然としていた。

「そんなことをすれば、わたしは無事じゃすまないもの。〈オールマックス〉に戻りましょう――」

「ジョン！」マーカスは声を張りあげた。「馬車を出せ！」

動きだした馬車のなかで、レジーナをにらみすえる。

「もう一度だけきこう。降りるなら止めてやる」

レジーナが喉をごくりと上下させ、遠ざかっていく〈オールマックス〉の明かりを不安げに見つめた。それでも、かたくなな表情を浮かべたかと思うと、きつい目でにらみ返してきた。敢然と顔を上げ、腕組みをする。「だったら、わたしを突き落とすしかないわね。話し合うまでは降りないから」

なんて女だ。心を痛めたレジーナが追いかけてきてくれたと思うだけで、怒りが収まってくる。だが、べらべら言いわけでも始めようものなら……。

いや、何を言われようと関係ない。レジーナは俺をひざまずかせたかったのだ。いつもほかの男たちを、ひざまずかせているように。レジーナが賭で何を勝ちとったにせよ、この俺をだしにするのは、これが最後だ。もう二度と許さない。

14

お嬢さまから目を離したとたん、待ちかまえていた男に破滅させられてしまう危険があります。気をつけましょう。

——ミス・シスリー・トレメイン『理想のお目付役《シャペロン》　若き淑女の話し相手《コンパニオン》のための手引き』

「勝手にしろ」マーカスが言い返してきた。「好きなだけ乗っていればいい。俺《おれ》はちっともかまわん」

とげのある物言いに、レジーナは眉根を寄せた。これほど衝動的な行動をとった報いはかならず返ってきて、永遠の悩みの種になるのだろう。けれど、いまマーカスを行かせてしまえば、たぶん二度と会えない。そう思うと、たまらなかった。

ヘンリーから賭《か》けの話を聞いたときのマーカスの表情まで目のあたりにしてしまった。もうこれ以上、マーカスを狡猾《こうかつ》に利用したと思われたくない。激怒されるのは当然だけど、こんなことで会えなくなってしまうなんて絶対にいや。

「それなら、話をしてもいいわね？」

「話すことは何もない」にべもなく言い、マーカスは窓の外に目を向けてしまった。

ひと筋縄ではいかない。ドラゴンが戻ってきた。全身に鱗《うろこ》の鎧《よろい》をまとい、炎を吐いて身を守りつつ、巣穴へ戻ろうとしている。

ぐずぐずしてはいられない。公爵家の令嬢といえども、シャペロンもなしに男とふたりきりで馬車に乗るなど、もってのほかなのだから。人に見られでもしたら、評判は地に落ちる。早くなんとかしなければ、間違いなく誰かに見られてしまう。

「話すことは、たくさんあると思うの」なんとかマーカスを話し合いに引きこまなくては。

「まず、あなたがヘンリーに言ったこと。あなたからの結婚の申しこみを、わたしが蹴《け》ったりしないって。それが真っ赤な嘘《うそ》だってことぐらい、わたしも心得ているけれど」

マーカスは体をこわばらせたものの、こちらの思惑どおり話に引きこまれてはくれなかった。「いとこの誤解を正したければ勝手にしろ。好きなように言えばいい」

なんて頑固な男！「それなら、賭のこと自体が誤解だとヘンリーに言うわ。慈善活動のつもりで一緒にいるわけじゃないと説明するから」

「なんとでも」

「いいかげんにして。わたしがあなたをそういう目で見ていないのはご存じでしょう？」

マーカスの口元の筋肉が引きつった。「わかるさ、どういう目で見られているかってことぐらい。とにかく、俺の知ったことではない」

嘘つき。ものすごく気にしているくせに。むっつり屋の石頭。覚えたての紳士道で取り繕っても、気にしているのは隠せないわよ。「慈善活動か何かのつもりなら、おつき合いまで許すはずがないでしょう。あなたのように頑固で扱いにくい男性を思いどおりの紳士に作りかえるより、もっとましな時間の使いかたがあると思わない？」

「ふん、時間の無駄使いにならないように賭をしたのだろう？」

　賭なんてしなければよかった。「ねえ、兄が賭をしようと言い始めたのは、わたしがあなたとの交際を承諾したと知ってのことよ。あなたのしつけでもするつもりだと思われたみたい。だから兄は、交換条件まで持ちだしてきたの。わたしは断ろうとした。でも、交換条件の内容を聞いて、気が変わったわ。兄が本当にルイーザと結婚するつもりなのか、見きわめる機会だと思ったの」

「弁解は無用だ」マーカスは吐き捨てるように言った。「あんたの賭など、どうでもいい」

「どうでもいいわけないでしょう。わたしが考えなしに安っぽい賭に乗ったとでも思うの？　交換条件の内容も知りたくないの？」

　マーカスがさらに態度を硬化させ、ますます他人行儀になった。「別に。レディ・レジーナ、あんたが何をもらおうと俺には関係ない。どうせ新しいハープだかドレスだか宝石だろう。言いわけは、もうたくさんだ。馬車を戻してやろうか？」

「だめ、だめよ！」なんと傲慢《ごうまん》でものわかりの悪い男だろう。いくら説明しても、何ひとつ信じようとしない。「兄が勝ったら、わたしは兄とルイーザの交際に口出ししない。わたしが勝ったら、兄はあなたのところへ行って、ルイーザと結婚させてくださいと正式にお願いする。あなたに何を言われても、黙って従う。そういう条件だったのよ。新しいハープなんかじゃないわ！　兄がルイーザを利用していないと、はっきりさせることだったの！　兄がその条件をのむなら、本気でルイーザを愛しているってことでしょう？　そう思ったからこそ、わたしは賭に乗ったのよ」

一瞬、マーカスの心に届いたかと思った。マーカスの口元がほころんだような気がする。しかし次の瞬間、マーカスは不自然に大きく息を吸い、冷たい目を向けてきた。「俺のプライドをくすぐるような嘘など、つかなくてもいい。賭に乗った理由など、本当にどうでもいいんだ。俺たちはふたりとも、お互いを利用して、それぞれ必要なものを手に入れた。だから、もう終わりだ」

「ひどいわ！　それに、お互いを利用したって、どういう意味？」

マーカスの面持ちが、いちだんと無表情になった。「ホイットモアの言うとおりだ。俺は、ふたたび社交界に入るための足がかりがほしかった。あんたは、それをくれた。ただ賭に勝とうとしただけだろうがな。だが、いまは俺ひとりでも社交界に出入りできるようになった。だから、あんたは用済みだ。感謝はするが、もういらない」

残酷な言葉に息もできなくなった。マーカスがわたしに目をつけたのは、また社交界に出入りするための足がかりになると考えたから？　本当にそれだけ？

そうは思えない。マーカスはプライドを傷つけられ、反撃に出ているのよ。なんとか止めなくては。「じゃあ、わたしにキスをしたり、さわったりしたのも……あなたにとっては目的達成のための手段でしかなかったの？」

マーカスが肩をすくめた。「あんたが暇つぶしに危ない遊びをやりたがっていたから、つき合ってやっただけだ。あんたに引き続き協力させるための手段でしかない」

「ふうん、よくわかったわ」やっぱり。思ったとおりだわ。少し水を向けただけで、予想どおりの反応が返ってきた。わたしへの興味を失ったという返事であれば……仮定の話よ、もちろん……その言葉を鵜呑《うの》みにしたかもしれない。でも、わたしに欲望をいっときも感じなかったなんて、嘘に決まっている。さすがのドラゴン子爵といえども、感情を隠すのは上手じゃないようね。

レジーナは手袋のボタンを次々とはずしていった。片方の手袋を脱いだとき、マーカスが身を硬くしたように見えた。「自分がどう思われていたか、ようやくわかった気がするわ。わたしに欲望を感じている真似《まね》なんかしなくてもよくなって、ほっとしたでしょう。要するに、そういうことね？」

ほんの一瞬、マーカスはたじろいだ。もう片方の手袋を脱いでいく様子に、目が釘《くぎ》づけになっている。「そうだ」

レジーナは手袋を両方とも脇《わき》に置き、靴の具合を直すような格好で前かがみになった。実際は、胸を見せつけて油断させるためなのだけれど。大きく開いた胸元へマーカスの視線がまっすぐに飛びこんできたときには、呆《あき》れ顔《がお》を見せないようにするのがひと苦労だった。男って、本当にわかりやすい。「わたしなんかには、少しも魅力を感じないのよね？」

「少しも感じない」かすれた声でマーカスが繰り返した。

レジーナは隙《すき》を突いてマーカスの隣に移った。それから、まだマーカスが防御を固められずにいるうちに、素手で彼の腿に触れた。「では、こんなことをされても動揺なんかしないわね?」

マーカスが息をのんだ。「ああ、平気だ」

レジーナはもう一方の手を上げ、きれいにそってあるマーカスの頬をなでた。「これでも平気?」

「ああ……別に……平気だ」

レジーナはマーカスの耳に唇を押しあてた。「そうは思えないわ」耳にキスを落とす。それから、短くなった髪にも。まだシェービング・オイルの香りの残る頬にも。

マーカスの息づかいは荒く乱れている。「あんたが……ただ……口答えをしてくる男に……慣れていないだけだろう」

「違うわ。そうじゃないもの。自分でも気づいているでしょう?」

マーカスの反対側の頬を指先でさすりながら、キスを唇へと近づけていく。下唇を軽く歯ではさむと、マーカスは小さく悪態をつきながら上体をそらした。「やめろ」喉にからむ低い声。

「どうして? わたしに欲望なんて感じないのではなかった?」

「ああ……感じるわけがないだろう。妙な真似をしても無駄だぞ」

「無駄になったら困るわね」レジーナはマーカスの頬を手のひらで包みこみ、自分のほうへ顔を向けさせた。よそ見など許さない。「こうして、ふたりきりで馬車に乗ってしまった以上、わたしはもうおしまいね。だから、無駄なことだとは思いたくないわ」

そのまま唇を重ねる。マーカスは体をぎくりと震わせたものの、じっと動かず、全身を硬直させながら耐えている。きつく閉じた唇の合わせ目に舌先を走らせてみると、マーカスの喉の奥から低いうなり声がもれた。

マーカスがのけぞり、にらみつけてきた。その顔には生々しい情欲の色が刻みこまれ、瞳が熱く燃えていた。「やめろと言っただろう」マーカスは悪態をつき、レジーナを膝に抱きあげた。何度もののしりながらレジーナの頭をかかえこむと、いきなり唇を奪ってきた。

これまで経験したこともないほど強烈で、めくるめくようなキスだった。何かにつけて気絶するような女であれば、ひとたまりもなかったかもしれない。レジーナはマーカスの首に両腕をまわし、うっとりと快感をむさぼった。

やっと勝てた。何に勝ったのか、よくわからないけれど。こうなったからには、呼吸を止められないのと同じで、腕一本分の距離を開けた関係には戻れない。けれど、それでもいい。熱い激情のこもったキスに生の実感がこみあげてきて、それ以外のことはどうでもよくなってしまう。

荒々しい口づけと、ウエストからヒップにかけての奔放な愛撫《あいぶ》に包まれた無限のひとときが流れ去り、マーカスの唇が離れていった。「さぞいい気分だろうな」うなり声とともに、熱いキスが頬と顎と喉に降ってくる。

「まだ、あなたの関心を引けるとわかったから？」レジーナは誘うように首をそらした。

「ええ、とてもいい気分よ」

マーカスの唇が首筋に吸いついてきた。「生意気な魔女め……厚かましい妖精《セイレーン》め」せりあがってきた唇が耳たぶを甘くねぶる。「あんたに言いよってくる男どもみたいに、俺まで腰抜けの愛玩犬《あいがん》にしなけりゃ気がすまないのか」

「これで愛玩犬？　闘犬になったらどうなるかと思うと、ぞくぞくするわ。言っておきますけど、わたしは腰抜けの愛玩犬とふたりきりで馬車に乗ったことなんて一度もありませんから」

マーカスが体を離し、真剣な顔で見つめてきた。「これ以上、俺と一緒にいてはいけない。身の破滅だ」

「わかっているわ」

「それでもいいのか？」

おかしな話だけれど、いまは、それでもいい。「ええ」

「あんたは賭に勝ったんだぞ。もう慈善活動を続ける必要はない」

レジーナは、はじかれたように身を引いた。「慈善活動じゃないと言ったでしょう」ひどく傷つき、声がうわずってしまった。「まだ、あなたをそんな目で見ていると思うの？

だったら、もう一緒にいられないわ！」

逃れようとしたものの、マーカスの腕の力はゆるまなかった。「いまさら遅い」からかいの色をにじませた声が耳元でささやいてきた。「せっかくふたりきりで出てきたんだ。この状況を最大限に利用させてもらう」

慈しむような声の響きに、気持ちが静まった。つけこまれると思ったとたん、理性も戻ってきた。それでも、マーカスの指がゆっくりとドレスの胴着《ボディス》のひもを解きだした瞬間、かっと頬に血がのぼった。「まさか……本当にわたしを破滅させるつもり？」

「いや」マーカスはボディスを引きおろし、薄地のシュミーズを解きにかかった。「がんばって紳士になるのだから、何か見返りがほしいと前に言っただろう。忘れたのか」シュミーズの襟元が開かれ、むきだしになった一方の胸に、貪欲《どんよく》な視線が飛びこんできた。

「いま、もらうことにしよう」

ろくな抵抗もできぬまま、マーカスの腕のなかであおむけに倒され、胸に口づけられた。ああ、この前と少しも変わらない……どうしようもなく……せつないほど……気持ちいい。

思わず目を閉じてマーカスの腕を握りしめるのと同時に、唇での愛撫が胸ではじけた。もてあそばれた先端が硬いしこりとなってうずく。このうずきをやわらげるには、熱い舌できつく吸いあげてもらうしかない。

続いて、もう一方の胸にも罪深いまなざしが降ってきたかと思うと、唇でついばまれた。たくみなキスに背中がしなり、マーカスの口のほうへ胸を突きだしてしまう。もっとほしい。もっと。

夢中になっていたせいか、マーカスが自由のきく手でドレスをめくりあげ、脚をなでてきたことにも気づかなかった。下着ごしに腿のあいだをこすられ、はっとした。

「マーカス？」レジーナは蚊の鳴くような声できいた。「まさか、本気でわたしを……」

「心配するな」マーカスは唇を胸から引きはがし、かすれ声でつぶやいた。「さわるくらい許してくれ。でないと、気が変になる」

「そんなところをさわられたら、それこそ気が変になってしまうわ」レジーナは声を荒らげ、体勢を立て直そうともがいた。

「いいぞ、なっても」笑みをこぼすマーカスに膝の上で引き倒され、なかば横たわるような格好になった。悪魔のように器用な手が不届きな探検を続け、とうとう下着の合わせ目にたどりついた。「変にさせてやりたい。あんたのせいで、こっちは一週間も変になりっぱなしだったからな」

抗《あらが》うべきなのに、どうやって変にさせられるのかと期待してしまった。亜麻布の下着の合わせ目から分け入ってきた指先が、カールした茂みを梳《す》くようになでた。そしてとうとう、奥に隠れていた敏感な突起をさぐりあてた。そこを親指でなまめかしくこすりあげられたせつな、レジーナは馬車の天井にまで飛びあがりそうになった。

変になるって、こういうことだったのね……ああ、だめ。同じ場所をふたたび愛撫され、おののきが走った。「なんだか……変な感じ……」

「まだ早い」マーカスが楽しげに目を光らせた。「もう少しで、ちゃんと変にしてやるから」

その言葉どおり、たくみにあおってくる。なおも情け容赦なく敏感な一点を親指で磨かれ、身もだえしてしまう。執拗《しつよう》に攻め立ててくるあいだにも、一本だけ別にすべりおりた指がデリケートな隙間を押し開き、もぐりこんできた。

罪深いと言ってもいいほど馴《な》れ馴《な》れしい行為に衝撃を受け、レジーナは目を大きく見開いた。けれども、マーカスの上着に爪を食いこませて抵抗しようとしたとき、指が出ていった。そして、またもや突きあげてきた。もう一度。それから、もう一度。なめらかな動きで絶え間なく何度もこすり立てられ、息もできなくなる。

愛を交わすやりかたや、どういう具合になるかといった話は、さんざん聞いていたし、ちゃんと心得ている。けれども、こんなことをするとは誰も言わなかった。指を入れてくるなんて！　やめないで、お願いだから。

レジーナは目を閉じ、いたずらな手の動きに意識を集中した。とんでもなく不届きな指先に翻弄《ほんろう》され、思わず身をくねらせてしまう。体をよじり、さらなる快感を求めて……。

「こういう無作法はどうだ？」マーカスの低い声が響いた。

「好き……」そうつぶやいたレジーナは、陶酔を隠しもしない自分自身の声音にうなった。

「いいえ、嘘よ、いまのは」

「本心だろう？」低く渋い声が誘いかけてくる。「快感を恥じることはない。感じている姿もいいな」

　マーカスの苦しげな息づかいや、腰の下から押しあげてくるこわばりが、その言葉を裏づけた。不安を感じてもよさそうなものなのに、もうそれどころではない。オペラの桟敷で感じたのと同じときめきに、ますます血が騒いでいく……。

「レジーナ、本当のことを言うんだ」いっそう速く、大胆に指を動かしながら、有無を言わさぬ口調でマーカスが問いかけてきた。もぐりこんでくる指が増え、レジーナは吐息をもらした。ドラゴンの炎の輝きへとのぼりつめていく乙女のごとく、マーカスの手に腰を押しつけてしまう。「俺との取り引きに応じた理由をフォックスムアにきかれたとき、慈善活動だと答えたのか？」

「いいえ」必死にあえぐ喉も熱い。「言ったでしょう……違う……」

「だが、慈善活動と言われても否定しなかった」指が突きあげてきた。

「ええ」レジーナは声をしぼりだした。意地悪な問いに集中しなくてはいけないのに、脚のあいだで高められていく熱に意識を奪われ……。

　指の動きが激しさを増し、荒々しくなった。「なぜだ？」

「兄に……勘ぐられたくなかった……取り引きに応じた、本当の理由を……」

「本当の理由？」

「そうよ、だって……髭《ひげ》なんか生やしているのに……態度は悪いし、頑固なのに……」ろくに話すこともできず、口ごもってしまう。体をつらぬいてくる熱い刺激に頭がぼうっとなり、うまく頭が働かない。

ふいに、じらすような指の動きになった。あまりにも穏やかで……やさしすぎる。

「マーカス、お願い……」レジーナは恥ずかしさも忘れて懇願した。あとほんの少しで何かが解き放たれると本能的に感じたのに、やさしくされてしまったから。

「答えろ」強い口調と同時に指の力も戻ってきたけれど、同じ動きは再現されず、唇からもれた嬌声《きょうせい》は失望のうめき声に変わった。「髭や態度がまずいのに、なんだ？　本当の理由を言ってみろ」

「だって……すてきだと思ったんだもの！」マーカスの手に腰を押しつけ、続きを促した。それでも動かない手がもどかしく、レジーナは叫んだ。「好きになってしまったの、わかった？　早く、お願い、マーカス、お願いよ……」

「わかった、悪かった」ようやく納得したのか、マーカスが小さくうなずいた。ふたたび手を動かし始めたばかりか、唇にキスまで落としてきた。「わかった」

それからは問いかけもなく、言葉もなかった。絶妙なキスにひたすら翻弄されながら、たくみな指先にはじかれ、なでまわされ、かきまわされていく。かき立てられた炎がいっそう欲望をあおり、光と色彩と白い熱の爆発に体も心も焼きつくされてしまった。絶叫は、何もかも奪うような熱いキスにのみこまれた。

たくましい腕にしがみつき、力強い手に腰を押しあてながら痙攣《けいれん》の波に揺さぶられていると、重なっていた唇が離れ、燃える頬と顎と首にキスの雨が降ってきた。

「ああ……マーカス……」かろうじて声が出せるようになり、レジーナはささやいた。

「いまの……いまのは……」

「変な感じだったか」

「ええ」炎が収まり、温かく安らかな輝きへと形を変えるころ、レジーナは肩で息をしていた。「いまのは……いつも、こうなるもの……？」

首筋にマーカスが顔をうずめてきた。「ときどきだな。いつもじゃない。男が自分の行動を把握していれば、こうなることが多い。あと、女が――」

「はしたない真似をすれば？」正気に返ったとたん、急に恥ずかしくなった。絶えず鳴り響く車輪の音や、窓から勢いよく吹きこんでくる風、そして、衣擦《きぬず》れの音にも現実に引き戻された。マーカスに下ろしてもらったスカートがストッキングにこすれる音だった。

「男を求めてくれるなら」マーカスが言い直した。

レジーナは、ためらいがちに目を開いた。マーカスの顔に何が浮かんでいるかと思うと、なんだか怖い。下劣な賭に復讐《ふくしゅう》しようとしたのならば、実にみごとな手並みだった。もっと気持ちよくしてちょうだいと懇願させられたのだから。

けれども、マーカスの顔には勝ち誇ったような表情などなく、決して癒《いや》されそうにない飢えだけが、いつもと変わらずに浮かんでいた。

レジーナはマーカスの膝の上で身を起こした。体をよじると、ヒップにあたるこわばりが大きくなり、ひどく気がとがめた。「何かしてあげられることはない？　その……」わたしったら、何を口走っているのだろう。「もっと楽にしてあげられることがあれば……その……そこを……」

マーカスは苦しげに笑い、こめかみに唇を押しあててきた。「いや、いい。あんたが本当に破滅したいなら別だが」

レジーナは上体をそらし、マーカスを見つめ返した。「男性は、女性に触れられても満足しないの？　ほら、さっきわたしが触れられたみたいに……」

荒々しい欲望がマーカスの顔に広がった。「満足はできる。だが、いまは遠慮しておいたほうがいいな。あんなふうに触れられたら、あんたを〈オールマックス〉に連れて戻れる自信はない。戻らなきゃいけないのは自分でもわかっているだろう？」マーカスは膝からレジーナをかかえあげ、向かいの座席へ移した。その声には、あきらめの色がにじんでいた。「あそこを出てから、さほど時間がたっていないことを祈るしかないな」

「時間がたっていたら、どうなるの？」

熱く激烈な視線がぶつかってきた。「結婚だ。言うまでもない」

レジーナは息をのんだ。「結婚？　わたしと？　大嫌いな男の妹なのに？」

「兄が悪事を働いたからといって、そのつけを妹に払わせるのが妥当だとは思わない。それに、ほかに方法はなかろう？　こんな様子を人に見られたら一巻の終わりだ」

「見られたら……」レジーナは、おうむ返しに言った。

そのまま絶句していると、マーカスが顔をしかめ、〈オールマックス〉に戻るよう御者に命じた。方向転換をする馬車のなかで、レジーナは一心不乱に服の乱れを直し、身仕度を整えた。たったいまマーカスが口にした未来のことは考えないよう努めながら。

マーカスとの結婚。そんな自分を思い描いただけで、らちもなく浮かれてしまった。それでも、やがて現実が心にのしかかってきた。結婚してもらったくらいでは、どうにもならない。かえって面倒なことになる。

気づまりな沈黙のなか、マーカスがこちらを見た。そして、ごくりと喉を上下させた。

「ふたりきりで馬車に乗ったせいで評判に傷がついたら、結婚するしかないんだ。それはわかるな?」

「わかっているわ。ただ……その……わたし、結婚なんて考えたこともなくて……」

マーカスが疑わしそうに見すえてきた。「一度も? 本当に?」

「本当に本当よ」

マーカスは、しばらく黙りこんだ。「だから、言いよってくる男を片端から振ったのか」

「ええ」

「なぜだ。それだけの身分があれば男など選び放題だろうに、なぜそんなことをする」

わたしは傷物だから。子供まで傷物になってしまうかもしれないから。あなたに知られて、嫌悪の目で見られるのは耐えられないから。

レジーナは無理に明るい声を出した。「あなたが言うように、わたしは甘やかされていたの。ずっと自分の思いどおりに生きてきたわ。でも、結婚すれば、そう何もかも自由気ままってわけにもいかないでしょう？　よっぽど心の広い旦那《だんな》さまと結婚できればともかく、好きなときに好きなところへ行って、好き放題に選んだお友達と、好きなだけロンドンにいるなんて許してもらえないもの」

マーカスが体をこわばらせた。「俺は、そこまで心の広い夫になれる気がしない」

レジーナは、うつろな笑いを響かせた。「心の広い恋人にもなれていないのよ。結婚すれば、きっと専制君主さまになるわ」不機嫌になったマーカスを見て、穏やかに言い添える。「冗談よ。でも正直なところ、わたしから自由を奪って、いつも領地でそばにいさせようとするでしょう？」

マーカスが目をそむけた。どうやら図星だったらしい。

「わたしの友達も選ぼうとするわね」レジーナは言葉を継いだ。「わたしには、わかるの。あなたは、きっとそうする。ほら、殿下と会うことも許してくれなさそうだし。それに、殿下が顔を出しそうなパーティーにも行くなと言いそうね」

「ああ、そのとおりだ」こちらへ向けられる視線は、鎧のように硬かった。「あんなやつを、俺の大切な女に近づかせたりするものか」

またしても胸が愚かしく高鳴り始めた。「わたしを……大切だと思ってくださるの？」

「いま、きかなきゃならんことか？」

「いいえ」レジーナは手袋をはめることに専念した。「誰にも見とがめられず、うまく〈オールマックス〉に戻れたら……どうなるのかしら」

「何もなしだ。結婚しないのであれば、今夜のようにふたりきりで会うことは二度とない。交際もやめる。キスもしない」驚愕《きょうがく》のまなざしを向けると、マーカスは言いつのった。「俺の忍耐も、そこまではもたないからな。ただの舞踏会でも、あんたがほしくてたまらなくなる。ほかの男どものように、おとなしくエスコートだけしているなんて無理だ。そっちは、ちょっとした遊びのつもりなのに」

「そんなことないわ！」

「どうかな。結婚する気もないのに、結婚する気満々の女みたいな態度で。まったく、わけがわからん」マーカスが声をとがらせた。「気に入らない男を振るときの決まり文句なら、納得できるが。本当は俺が嫌いなだけなのに、結婚する気がないとか言っているのかもな」

「そんな嘘は言いません！」

「ならば、自分の評判に傷がつかないよう祈ったほうがいい。評判に傷がつけば、問答無用で結婚するしかなくなるからな」

それからずっと、ふたりとも黙りこんだまま馬車に揺られていた。ふたりのあいだで約束の言葉が宙を漂っている。マーカスに真実を打ち明けようか。けれども、恥ずかしくてとても言えない。だいいち、このまま会わなくなるかもしれないし。もしも交際を続けることになれば……そのときに考えよう。

〈オールマックス〉に戻ると、外の通りに人があふれていなかったので、ほっとした。一台だけ止まった馬車のなかに人影が見える。しかし、安堵《あんど》の思いも、馬車の紋章が公爵家のものと気づいたとたんに消し飛んだ。

マーカスの馬車が止まるやいなや、いきなり扉を開けたのは、ほかでもない兄だった。その顔は怒りに燃えていた。

「出てこい、この悪党！」兄がマーカスにどなった。

「喜んで」降りていくとき、ちらりとこちらへ向けた目は、その言葉が嘘ではないと物語っていた。

この期におよんでもなお、マーカスのことを考えると胸がときめいてしまう。隣で頭から湯気を立てている兄に目もくれず、マーカスは何事もなかったかのように、わたしを馬車から助け降ろしてくれた。おかげで、わたしが自分の意思で一緒にいたことまで兄に見抜かれてしまった。

「どういうことだ、レジーナ」サイモンが語気を強めた。「ばかな真似をしたものだな」

「さっきは、そうするしかないと思ったの」最悪の事態に陥ったというのに、なんだか妙に上気している。

マーカスは小さく笑い、サイモンは青筋を立てた。「冗談を言っている場合か」

「叱《しか》らないでやってくれ」マーカスが悠然と割りこんできた。「レジーナのせいじゃない」

「当たり前だ」サイモンは、かみつくように言った。「全部きさまが悪い。責任は取ってもらうぞ。いやなら、夜明けにレスター広場で決闘だ」

「ちょっと、落ち着いて――」レジーナは口を開きかけた。

「お兄さま！」背後で甲高い声がした。ルイーザが公爵家の馬車から自力で降り、駆けよってきた。


今度はマーカスが青筋を立てる番だった。「なんだ、ルイーザ。こんなやつとふたりきりで出かけるなんて、どういうつもりだ」

「ふたりきりではない」サイモンが言い返した。「シスリー！」

シスリーが馬車から顔を出した。「はい？」

サイモンは唇をゆがめるように笑い、マーカスをにらみつけた。「シャペロンを連れてくるぐらいの常識はある」

「お兄さまとレジーナを捜しに行くところだったのよ」ルイーザが、あわてたように言いつのった。「ミス・トレメインが心配して――」

「アイヴァースリーたちは？」マーカスが妹の言葉をさえぎった。「おまえのシャペロンだろうが」

「見つからなかったの。とにかく、ミス・トレメインが一緒だから大丈夫――」

「フォックスムアの役にしか立たないシャペロンだ」マーカスは、いっそう厳しい目でサイモンをねめつけた。「ろくに目もきかないし、馬車が変なところで止まっても目をそむけてくれる。たとえば、カールトン・ハウスとか」

「カールトン・ハウス？　なんの話？」

「なんでもない」うろたえた様子でサイモンが口をはさんだ。ひどく焦っている。

レジーナは兄に疑いの目を向けた。

兄はこちらを見ようともしなかった。「ごまかそうとしても無駄だぞ、ドレイカー。僕の妹をはずかしめて、どう始末をつける気だ」

マーカスが手を握ってきた。「結婚する。もう話し合いもすませた」

「すてき！」ルイーザが大声をあげた。

おろおろするシスリーとは裏腹に、サイモンの唇には、わざとらしい笑みが浮かんだ。

「そうか。では、手配をしよう」

「手配はこっちでやる」マーカスは、にべもなく言った。「公爵家の事務弁護士は誰だ？ 俺が話をつけて――」

「待って！」レジーナは叫んだ。何もかも早すぎる。馬車のなかでのやりとりにも、思いのほか動揺しているというのに。

男ふたりが渋面で振り向いた。

「なんだ」サイモンが問いかけてきた。

レジーナはマーカスに握られていた手を引き戻した。とんでもないことを口走ろうとしているという自覚はある。もとより、マーカスと結婚するしかない。もう向こうで人だかりができている。事の次第が知れわたるのも、あっという間だろう。少しばかり使用人に尋ねれば、全部わかってしまう……。

だめ、そんな恥をかかされたら生きていけない。社交界にしか身の置きどころがないのに。仲間はずれにでもされたら、きっとおかしくなってしまう。とはいえ、マーカスと一緒に何カ月も田舎に閉じこめられるのもつらすぎる。わたしの秘密まで知られては、耐えられるはずがない。いずれかならず、ばれてしまうのだから。

いま告白するしかない。でも、それで結婚の約束を取り消されたら？　身の破滅が待っている。のけ者にされてしまう。そんな目に遭うわけにはいかない。醜聞まみれの女になるより、生け贄《いけにえ》の乙女になるほうがまし。そのうえ、うまく立ちまわれば、マーカスに嫁いでも生け贄にはならずにすむかもしれない。

「子爵と結婚しろ」兄が決めつけるように言った。「ほかに道はない」

「わかっているわ。でも……」レジーナは大きく息を吸った。「マーカスに約束してもらいたいことがあるの。それがだめなら、結婚できないわ」

サイモンが厳しい口調で言い放った。「条件など出している場合か」

「いいだろう」マーカスが警戒のまなざしを向けてきた。「言ってみろ。なんだ」

マーカスの背後に目をやると、シスリーが呆然《ぼうぜん》と立ちすくんでいる。「まず、シスリーもキャッスルメインで一緒に暮らすことを許してほしいの。兄が独り身になってしまうから、もう同居は続けられないでしょう？」

シスリーの顔に安堵が広がった。サイモンが目を丸くした。「シスのことは心配いらないぞ。うちの屋敷のいずれかで、のんびり暮らせるようにしてやるから」

「だめよ、わたしと一緒に来てもらいたいの」なんとなく方針が定まってきた。マーカスに秘密を打ち明けずにすむかもしれない。「シスリーもキャッスルメインで暮らす。それがひとつめの条件よ」

「わかった」マーカスがうなずいた。「屋敷は広いから、使ってもらう部屋はいくらでもある。ほかには？」

レジーナは生つばをのんだ。こちらは難しいかもしれない。「ロンドンに町屋敷を買ってちょうだい。好きなときに、そこで暮らす自由がほしいの。社交シーズンとか」マーカスが顔をしかめたので、あわててつけくわえる。「もちろん、あなたと領地で一緒に暮らすのは全然かまわないわ。でも、気晴らしにロンドンへ出てくることも許してくださらないのなら、結婚は無理ね」

「いいかげんにしろ」サイモンが横槍《よこやり》を入れてきた。「わがままを言うな。父上は大目に見ても――」

「わかった」マーカスが制した。「それも約束しよう」レジーナは救われた思いで頬をゆるめた。そのとき、マーカスがふたたび口を開いた。「だが、こちらにも条件がふたつある」

レジーナは身を硬くした。

サイモンが両方の眉を高々と上げた。「きさまが条件など出せる義理か」

「第一に、貞節を守ると約束してもらいたい」

レジーナはマーカスをにらんだ。すっかり侮辱されたような気がする。「当然でしょう。わたしは浮気なんてしないわ」

視線がぶつかり合う。「一生ずっとだぞ。跡継ぎと予備の息子を産めば終わりというわけじゃない。裏切られるのはごめんだ。俺に隠れてだろうと、おおっぴらにだろうと、浮気は絶対に許さない。あんたと固い絆《きずな》で結ばれた友達連中が結婚についてどう考えているか、想像はつく。だが、俺は違うからな。たった一度の浮気でも、わかった時点で即、離婚だ。いいな？」

レジーナは、きっと顔を上げた。「結構よ。何度も言うようだけれど、わたしは本当に浮気なんてしないもの」

その顔を、マーカスが凝視してきた。納得のいくものが見えたのか、やおらサイモンのほうへ向き直った。「もうひとつは、フォックスムア、きさまへの条件だ」

「持参金なら、ほしいだけ用意してやる――」

「金じゃない。きさまの妹と結婚しよう。そのかわり、俺の妹の前には二度と顔を出すな」

15

性急な殿方には注意しましょう。
――ミス・シスリー・トレメイン『理想のお目付役《シャペロン》　若き淑女の話し相手《コンパニオン》のための手引き』

フォックスムアが険悪な形相を見せようと、妹とレジーナが即座に抗議の声をあげようと、マーカスはまるで動じなかった。一世一代の賭《かけ》だ。思いもよらぬ幸運か何かでレジーナを捕まえた。このまま逃がしたくない。非常識な条件を突きつけられてもなおレジーナに執着するのは、われながらどうかと思うが。

だが、ルイーザを連れだそうとしたフォックスムアには怒りが収まらない。レジーナがいなくなったのを口実に、ルイーザを殿下に引き合わせようとたくらんだのだろうが。断じてそんなことはさせない。もう二度と手出しをさせるものか。

「これが俺《おれ》の条件だ」マーカスは繰り返した。「ルイーザと手を切れ。さもないと、きさまの妹とは結婚しない」

「なんてやつだ」フォックスムアが声を荒らげた。

「妥協の余地はない」

「では夜明けにレスター広場で会おう」

「承知した」マーカスは応じた。「きさまがルイーザの前から消えてくれるなら、どういう消えかたでもいいぞ」

「もうやめて」ミルクにも劣らぬほど蒼白《そうはく》な顔のレジーナが割りこんできた。「どうかしているわ、いまどき決闘だなんて」

「お兄さまったら、むちゃくちゃよ」飛びついてきたルイーザに腕をつかまれた。「サイモンと決闘なんかしないで」

「ならば縁を切るんだな」

「できるわけないでしょう――」

「おまえの保護者は俺だ」マーカスは厳しく言ってのけた。「だから、なんでも黙って従え。いいか、こういう腹黒いやつとは二度と会うな」

「無理を言わないで」レジーナが声をしぼりだした。

マーカスはレジーナをぐっと見下ろした。「そっちの条件はのんだ。次はあんたの兄貴がこっちの条件をのむ番だ。それがだめなら、俺はあんたと結婚しない」

レジーナは唇を震わせたものの、まったく同時にフォックスムアへ顔を向けた。「条件をのむとドレイカー子爵さまに言って」

「冗談じゃない！　こんな下種《げす》野郎、地獄に送ってやる――」

「だめよ」レジーナは哀願するようにフォックスムアを見つめた。「意地を張って決闘なんかしたら、何年も噂《うわさ》の種にされてしまうわ。いつまでも汚名を着せられるなんて絶対にいや。子爵さまも頭に血がのぼっているけれど、だからって、死ぬところなんか見たくない。お兄さまが死ぬのもいやよ。ふたりとも死んだりしないで」

「決闘なんかすることないわ」ルイーザが折れた。こういう選択を迫られたら、かならず折れる。最初からわかっていたことだ。ルイーザがフォックスムアに歩みよった。「もういいわ、サイモン。その条件をのんで。あと二年たてば、わたしは結婚相手を自分で選べる年になるわ。あなたを愛しているんだから二年ぐらい平気で待てる。成人したら、誰にもどうこう言わせないもの」

妹をどなりつけようとしたマーカスは、フォックスムアの顔から血の気が失《う》せているのに気づいた。二年といえども、フォックスムアにとっては都合が悪いのか。どういうわけか知らないが、殿下は二年後でなく、いますぐルイーザを手に入れたがっているようだ。

マーカスはおもむろに相好を崩した。「聞いたか、フォックスムア。ルイーザはきさまを愛しているから、そのぐらい待てるそうだ」皮肉をこめて言う。「きさまもルイーザを愛しているなら、待てるよなあ？　そうだな、百歩譲って条件をゆるくしてもいいぞ。ルイーザが二十一歳になるまで会わずにいられたら、結婚を許す。そのときは、きさまが心からルイーザを愛していると認めてやろう」

フォックスムアが憎々しげに見上げてきた。

「いい考えだと思うわ」レジーナが同意した。

鋼のごとく冷ややかな口調に、マーカスは振り返った。レジーナは妙に幻滅したような表情で兄を見すえている。

安堵《あんど》の思いが押しよせてきた。レジーナは気づいている。これまではフォックスムアの思惑を知らなかったのかもしれない。だが、いまは気づいている。

「それに、思いだしてもらいたいのだけど」やはり物憂い声でレジーナは続けた。「賭はわたしの勝ちよ。約束どおり、正式にルイーザに結婚を申しこんで、子爵さまの言いつけにも従ってね。いま言われたとおりにすればいいようだから」

「おまえの勝ちと決まったわけじゃない。〈オールマックス〉で一度いい顔ができたからって、そのくらいで決められるものか」

マーカスはこの瞬間まで、レジーナに聞かされた賭の内容を全面的に信じてはいなかった。だが、どうやら本当だったらしい。なんとなく心が晴れてきた。レジーナが最初からルイーザのためを思ってくれていたとすれば、実にありがたいことだ。

「子爵さまを社交界にふさわしい紳士にする。そういう賭だったわね」レジーナが言い返した。「子爵さまは紳士になったわ」うなり声をあげたフォックスムアに言いつのる。「それに、ルイーザだって社交界に入ったばかりなのよ。もっと世間を見てから結婚しても遅くないでしょう。ルイーザが成人するまで待てばいいじゃない」

フォックスムアが当惑顔でレジーナから視線をこちらへ移してきた。罠《わな》にかかったという自覚はあるらしい。ごり押しをすれば、ルイーザを手に入れようと焦っている理由も説明しなければいけない。しかも、結婚の条件をゆるめたことで、ルイーザに反抗される心配もなくなった。

「条件をのむか」マーカスは促した。

フォックスムアはためらっていたが、吐き捨てるように答えた。「のむ」

「名誉にかけて誓え」マーカスは強く言った。

公爵の目が怒りに燃えた。「名誉にかけて誓う。これでいいか」

「結構」マーカスは言い返した。

「ありがとう、お兄さま」レジーナが声をかけた。

そのとき、ふと思った。万事うまい具合に進んでいる。レジーナと結婚できるうえ、フォックスムアが妹に近づけないよう追い払える。

マーカスは破顔した。「祝杯だ」ふいに鷹揚《おうよう》な気分になった。レジーナと妹にそれぞれ腕をさしだす。「行こうか、ふたりとも。そろそろひどい噂が流れているかもしれないな。広間に戻って噂を一掃することにしよう。婚約発表だ」

数時間後、サイモンやシスリーと帰路についたレジーナは、馬車の窓から外ばかり見つめていた。むしょうに心が騒ぐ。

マーカスとの結婚に浮かれ、らちもなく喜ぶ自分がいる。その一方で、結婚が決まるまでの不愉快な言い争いも頭から離れない。兄とルイーザが縁を切ること、それが結婚の条件だと言われたときは、マーカスを絞め殺したくなった。よくもまあ、人をばかにして。けれども、兄の顔を見たときからずっと、恐ろしい疑惑に悩まされている。どうしても忘れられそうにない。とはいえ、兄とふたりきりになるまでは何も口にするまいと心に決めた。自分の勘違いかもしれないから。勘違いであってほしい。

町屋敷に戻ると、シスリーはすぐに寝室へ引きあげた。レジーナはサイモンと一緒に自分の部屋へ向かった。サイモンを警戒させないよう、慎重に言葉を選ぶ。真実が別にあるのならば、兄の口から話してもらわなくては。

「迷惑をかけてごめんなさい。わたしが軽はずみなことをしたせいで、お兄さまの結婚を延期させてしまって。本当に悪いと思っているのよ、お兄さまをこんな目に遭わせてしまって――」

「いいから気にするな。おまえは実によくやってくれたよ」

「どういうこと？」サイモンを注視できず、レジーナは書き物机に近づいた。なんの用もなさない飾り物の机に向かい、便箋《びんせん》でも探すふりをする。「わたしのせいで、あと二年ルイーザに結婚を申しこめなくなったのに」

「たかが妹の婚約者に誓いを立てたぐらいで、僕が交際を控えるとでも思うのか？」

思わない。嘆かわしいけれど。「じゃあ、隠れて逢引《あいびき》をするつもり？」

「絶好の機会だ。結婚すれば、おまえたちは新婚旅行でいなくなるから――」

「新婚旅行?」一瞬、兄を問いつめるどころではなくなってしまい、レジーナは金切り声をあげた。

「もちろん行くだろう? 当然だな」

どうしよう、マーカスとふたりきりで旅行だなんて。頼みの綱のシスリーにも、ついてきてもらえない。

レジーナは不安を振り払った。マーカスをなんとか説得し、新婚旅行は省略してもらおう。それに、説得できなかったとしても、新婚旅行中に文字を読む必要もないだろうし。

新婚旅行中にやることといえば……。

レジーナは頬を赤らめた。シスリーがいなくても、なんとかなるでしょう。

兄は話し続けている。「おまえたちが新婚旅行に出かけてしまえば、ルイーザと会うにはなんの苦労もない。ドレイカーの命令にそむくよう言い含めるのも簡単だ」

その言葉に、ひとつの疑惑へと引き戻された。恐ろしい疑惑。

「ルイーザが言うことを聞いてくれるようになれば、おまえたちが旅行から戻ってきても問題ない。おまえがドレイカーを領地に引きとめてくれるからな。あいつが新婚生活で浮かれている隙《すき》に――」

「こっそり殿下とルイーザを引き合わせるの?」

サイモンが驚いたように口をつぐんだ。それが何よりの答えだった。

レジーナはサイモンに向き直った。「そういう魂胆だったのね」

「なんの話だか全然わからないな」

レジーナは怒りを爆発させた。「わたしに嘘《うそ》をつかないで！　お兄さまのせいで、わたしはドレイカー子爵とかかわる羽目になったのよ。だから、本当のことを聞く権利があるわ」

サイモンが、うしろめたそうな顔をした。「殿下は、ひとめ会いたがっているだけだ。血を分けた娘に――」

「血を分けた娘？　ルイーザは殿下の娘なの？」

「そうだよ。なんのつもりで殿下が彼女を宮廷入りさせたがっていると思うんだ」

「殿下の娘だなんて、マーカスからは何も聞いていないわ。それに、あの人のお母さまと殿下の関係は長続きしなかったはずだけど」

「ああ。だが、殿下のなさることだからな。逢引の機会はあったし、以前と同様に……その……楽しく過ごした。そして九カ月後にルイーザが生まれた」

「だからって、落《お》とし胤《だね》とはかぎらないわ」

「ルイーザの母親が、落とし胤だと言ったのさ。殿下はそれを信じた。だが、ドレイカーは頑として聞き入れず、殿下とルイーザを会わせようともしない。だから、殿下は直接ルイーザに会って話すおつもりなんだ」

〝あんなやつに、俺の大切な女に近づかせたりするものか〟マーカスの言葉が脳裏によみがえってきた。「それで、お兄さまと殿下は、ふたりしてルイーザをだましたのね？　結婚前提の交際を隠れみのにして――」

「そうするしかなかった。おまえの許婚《いいなずけ》のせいだ！」

「違うわ」胃が引きつる。「マーカスが利口すぎて、だませなかっただけでしょう。彼は最初から、お兄さまが計算ずくだと言っていた。わたしはずっとお兄さまを信じていたのに。こんなに陰険な人だなんて思いもしなかったわ」

兄が目をすがめた。「ふん、僕のことに疎かったようだな」

裏切られた無念の思いに、身を切られるようだった。いままでがんばってきたことは、兄の陰謀に手を貸すことでしかなかった。陰謀……いったい何をもくろんでいるの？

「なぜ？　なぜ殿下はルイーザを宮廷入りさせたがるの？　ひどい嘘までついて」

「そういう言いかたをするな！　嘘なんかついていない。僕はルイーザと、なんの約束もしていない」

「約束したも同然でしょう。甘い言葉をさんざん並べて。キスもしたの？」

サイモンが怒ったように顔をゆがめた。「おまえには関係ない」

「したのね。そうやって誤解させて――」

「殿下のために必要なことをやったまでだ」プリンセス・シャーロットの婚儀が間近に迫っているからだと、サイモンは弁解した。

その一言一句に、ことごとく気がめいってくる。「どうせ、何か見返りがあるのでしょう」

サイモンは身構えた。「僕は首相になる。昔からの目標だった。忘れたか？」

両手が汗ばんできた。「だからルイーザと結婚するふりをしたの？　ほんの少しでも愛していたのではなくて？」

サイモンが髪をかきあげた。「そんなに単純な話じゃない」

「単純な話よ」ルイーザは友達なのに。ついさっき、何ひとつ疑うことなく、お兄さまを愛していると言ってくれたのに。「愛しているの？　愛していないの？　どっち？」

サイモンの顔から表情が消えた。「僕が彼女に愛してくれと頼んだわけじゃない。そんなのは計算外だ。ルイーザがどう思おうと、僕のせいじゃない――」

「甘い言葉を信じこませても？　エスコート中のやさしい態度が、本当にやさしい気持ちから出ていると思わせても？　よくもそんな真似《まね》ができたわね」

「おまえに言われたくない。おまえこそ、ドレイカーとつき合うことにしたとき、特別な感情を抱いていたのか？　あの田舎者を思いどおりにあしらって、ただ利用しただけではないのか？」

「お兄さまを結婚させてあげるためだったのよ。ドレイカー子爵だって、取り引きでつき合うだけだと承知していたわ」ともかく最初は、そういうふうに始まった。「ルイーザは何も知らないのね、お兄さまに下心があったなんて。そもそも、どうするつもりだったの？　少なくとも、ルイーザと結婚する気はあったんでしょうね？」

兄が顔をこわばらせた。「彼女が首相の妻に向いていないのは、おまえにもわかるだろう」

「ひどい！」自分は何もしていないのに、けがらわしくおぞましい陰謀の片棒をかついでしまったような気がする。「賭をしたときも、わたしに嘘をついていたのね。ルイーザと結婚する気もなかったのね」

「正式に結婚を申しこんで、ドレイカーの指示に従う約束だったな。ドレイカーが僕とルイーザの結婚を許すはずもないことは、前々からわかっていた。結婚を申しこむだけならどうってことはない」

「ルイーザが傷つくわ」

「僕に結婚の意志があると勝手に勘違いされても困るよ」

「なんですって……舞踏会にエスコートして、甘い言葉をささやいて、贈り物までしたのに。なんの意味もない行動だったとか言うつもりでいたの？　ひどすぎる。最低な人ね」

サイモンの目つきが険しくなった。王の命令は絶対だ。「一点の曇りもない忠誠心を持って未来の王に仕える男と呼んでほしいな」

レジーナは、かぶりを振った。「わたしがただ目をそむけていると思ったら大間違いよ。これ以上ルイーザをだますような真似はさせない――」

「僕の言うことに従え」サイモンが大股で近づいてきた。目鼻立ちの整った顔に、強い意志がみなぎっている。「僕の計画を誰にも話すんじゃないぞ。せいぜい旦那《だんな》の機嫌をとっておけ。邪魔をしたら許さない。いいな」

「いや！」

「逆らうな。さもないと、おまえも最初から計画に加担していたと、大事なマーカスに言うぞ」

顔から血の気が引いた。「まさか、そんなひどい真似ができるわけ――」

「できるさ。ひとことでもドレイカーやルイーザにもらしてみろ。おまえも最初から承知していたと言う。ルイーザに接近しやすくなるよう、おまえを屋敷にさし向けてドレイカーの注意を引かせたと言ってやる」

「マーカスがお兄さまなんか信じるものですか」レジーナはつぶやいた。

サイモンが耳ざわりな声で笑った。「おまえはずいぶん信用されているようだな。結婚の条件に貞操を問われるぐらいだから。細かいことまで、くどくど言われていたじゃないか。おまえこそ、何も加担していないと信じてもらえるかな？」

「マーカスは信じてくれるわ」とても無理なのは、自分でもわかっている。ついさっきもマーカス本人から、兄と共謀したのかと責められたばかりなのだから。疑惑を裏づけるようなことを兄が言えば、マーカスはきっと鵜呑《うの》みにしてしまうだろう。

「そんなに自信があるなら、あいつのところへ行って全部ぶちまけてみるがいい」兄が冷たく言い放った。「どうなることやら。だが、おまえも加担していたと僕が吹きこんだら、それで終わりだぞ。どんな結果になろうとも受け入れる覚悟をしておけ。結婚前に全部あいつに打ち明けたとしよう。たとえ信用してもらえても、結婚は水に流れる。社交界でのおまえの立場は最高によくなるだろうな。かといって、結婚後に打ち明けたら……」兄は残忍な笑みを浮かべ、こちらを見た。「地下牢《ちかろう》の噂が何もかも嘘であることを祈ってやるよ」

「同感だわ」レジーナは厳しく突っぱねた。「マーカスが陰謀のことを知れば、お兄さまを地下牢に放《ほう》りこむだろうから。一カ月も食事抜きになるわね」

兄は一瞬、きつい言葉に震えあがったように見えた。それでも肩をそびやかし、蔑《さげす》むように唇の端をつりあげた。「おやおや、まったく、なんて言葉づかいだ。血は水よりも濃いと言うのに。兄の言うことは聞くものだよ、お嬢ちゃん」

「お嬢ちゃんなんて二度と呼ばないで。もうお兄さまの言うことも聞かないから。無理じいするなら、兄妹《きょうだい》の縁も切るわ」

「無理じいなどするものか」うんざりした口調でサイモンが言った。「兄として、聞きわけのない妹をどう扱うべきか、説明してやっただけだ」近づいてきたサイモンに肩をつかまれた。「だが、言うことを聞くなら、ドレイカーには黙っていよう。おまえも片棒をかついでいたなんて話はしないと約束する。ルイーザが宮廷で実の父親と一緒に暮らすことを選んだ暁には、寝耳に水みたいな顔をしていろ」

「実の父親ですって？」レジーナはサイモンの手を振り払った。「殿下はルイーザの父親なんかじゃない。父親になれば何か都合のいいことがあるから、いまになって父親ぶろうとしているだけよ」息が熱く、重くなっていく。「マーカスはお兄さまなんかより、よほど立派よ。彼をだますなんて、考えるだけでも胸が張り裂けそうだわ」

「そもそも、おまえが僕に干渉するからいけない。非常識な取り引きをしろと頼んだ覚えはないぞ。今夜、あいつとふたりきりで馬車に乗れと頼んだ覚えもない」

「わたしだって、陰謀の片棒をかつぐつもりで馬車に乗ったんじゃないもの」とはいえ、自分の意思でやったことだから、兄だけを責めるわけにはいかない。

「自分でまいた種だぞ、自分で刈りとれ。いいな？　なんなら、未来の義理の弟と仲良くおしゃべりでもしてやろうか」

兄の嘘を鵜呑みにしたマーカスに、どんな目で見られるかと思っただけで、全身の血が凍りついた。「ルイーザには近づかないと、名誉にかけて誓ったはずよ」なんとか兄を揺さぶろうと必死に食いさがる。「誓いを破るの？」

「僕は殿下に誓いを立てた。そちらのほうが、はるかに重要だ。誓いを破ったことでドレイカーが文句をつけてきたら、いくらでも責任を取ってやるぞ」サイモンが冷ややかな視線を向けてきた。「あいつが心配なら、文句をつけてこないよう、おまえが黙らせろ。僕の射撃の腕は一流だからな」

そうだった。兄は射撃が得意だった。マーカスのほうは、二十歩離れれば建物にも命中させられないと言っていたような気がする。「もういい。もう何も言わない。でも、お兄さまの仕打ちは絶対に許さない。絶対よ」

兄は無言で廊下へ出ていった。目玉をえぐりだされる寸前だと感じたのかもしれない。

それとも、妹を言い負かして悦に入ったのだろうか。どちらにしても、兄の命令ひとつであっさり倒れて死んだふりをするような妹ではない。じきに思い知らせてやるから。

レジーナは急いでシスリーの寝室へ向かった。まだ起きていて、力を貸してくれるといいけれど。兄の意向にそむかせようとすると、いつも骨が折れる。けれども兄は口をすべらせ、シスリーを田舎にやると言った。シスリーが田舎暮らしを喜ばないとは思いもせず。

そこに乗じれば、打つ手はある。シスリーが手を貸してくれれば、ルイーザが陰謀の餌《え》食《じき》にならないよう手を打てる。それに、どのみちルイーザだけは、いつもわたしの肩を持ってくれるはずだ。

16

お嬢さまが結婚なさっても、あなたが路頭に迷うとはかぎりません。賢い女性ならば上手に立ちまわり、お嬢さまが嫁いでいかれるころまでには大切な家族の一員となっていることでしょう。

――ミス・シスリー・トレメイン『理想のお目付役《シャペロン》　若き淑女の話し相手《コンパニオン》のための手引き』

この九年間、マーカスは、結婚など他人事だと決めてかかっていた。農夫の娘は若く生意気な小作人と結婚する。年のいった女性教師は地元の薬屋と結婚する。新聞の社交欄をにぎわせるような貴婦人は、頬に醜い傷など刻まれていない上流紳士と結婚するものだ。

それなのに、自分はいま、主教の前に立っている。傷やら何やらもあるというのに。イングランドでいちばん、いや、世界でいちばん美しい女性の華奢《きゃしゃ》な手を握っている。そして、彼女を妻に迎えようとしている。

驚くべきことだ。

たしかに、あわただしい結婚で、結婚許可証も特別なものだった。内輪だけのささやかな式で、ばか騒ぎにはしない。レジーナは、ばか騒ぎにも慣れているのだろうが。挙式までの一週間、レジーナと顔を合わせる機会は数えるほどしかなく、彼女の態度も妙によそよそしかった。それでも、誓いの言葉は、ためらうことなく口にしてくれた。

うれしそうでもなかったが。無理もない。公爵家に生まれた見目麗しい令嬢が、こんな不格好で引きこもりの無骨者と結婚して、きらびやかな社交界から遠く離れた田舎の退屈な暮らしで幸せになれるはずがない。

〝好きなときにロンドンで暮らす自由がほしいの〟

マーカスは顔をしかめた。それがどうした、レジーナは俺《おれ》のそばで幸せにしてみせる。キャッスルメインで、ベッドのなかでも外でも絶えず喜ばせ、ロンドンなど忘れさせてやる。頼まれたとおり町屋敷は借りてあるが、ずっとロンドンでのひとり暮らしを許すなど愚の骨頂だ。目覚めているあいだ、レジーナを片時も離さずにおくことになろうとも、絶対に両親と同じ轍《てつ》は踏まない。

主教の宣言で晴れて夫婦となったものの、誓いのキスを交わそうとしたところ、レジーナは気おくれしたようにまつげを伏せた。マーカスの胃が引きつった。レジーナは気おくれなどしない。度胸のすわった女だ。よそよそしいこともある。だが、気おくれなどするわけがない。もう結婚を悔やんでいるのか？

どうしようもない。

居並ぶ招待客が期待するのは上品で軽い口づけだが、マーカスは、いきなりレジーナを抱きしめると派手にキスをした。自分の女なのだと、世間に向かって声を大にして言う覚悟だった。

体を離すと、招待客の控えめな忍び笑いが広がるなか、レジーナは荒く息をついていた。その瞳の奥に火花が走る。たとえ怒りの火花だとしても、唐突に気おくれされるより、ずっとましだ。今日、ふたりでいるときに気おくれなど感じさせるものか。

甘い唇が忘れられず一週間も悶々《もんもん》としたせいで、欲望が限界までつのっている。レジーナの欲望もつのらせてみせる。今夜こそ、誰にも奪われないよう完全に自分のものにしてやる。俺の妻だ。たとえ拒絶されても止められやしない。

ふたりは招待客のほうへ向き直り、聖ジェームズ教会の通路を足早に進んだ。

「ご満悦って感じね」レジーナが小さな声でつぶやいた。「あなたを見ていると、ときどき思うの――」

「〈オールマックス〉の夜に俺を追いかけなきゃよかった、とか？」

レジーナが驚いたように見上げてきた。「違うわ」そして、さらに言い添えた。「そういうことじゃなくて。大急ぎで結婚した理由を、改めて喧伝《けんでん》する必要はなかったのじゃないかしら？」

マーカスは渋い顔をしたまま、口元だけで笑った。「あんたに泣きついてくる男どもに、もう人妻だから手を出すなと牽制《けんせい》するためなら、なんでもしてやる」

「式を挙げたのだから、それで十分でしょう」レジーナが切り返してきた。

とはいえ、口調の鋭さは消え失《う》せ、わずかなほほえみも浮かんでいる。

教会の外では、にぎにぎしく飾り立てた無蓋《むがい》の四輪馬車が待っていた。これに乗り、公爵邸で開かれる結婚の朝餐会《ちょうさん》に赴くのだ。招待客や野次馬に手を振りながら、マーカスは声をひそめて言った。「朝餐会はすっ飛ばして、このまま新婚旅行に出ないか」

レジーナは目を合わせようとしない。「あなたほどの体格の男性が食事を抜くなんて」

マーカスはレジーナの手を取り、すばやく手のひらにキスを落とした。「飢えの程度にもよる。いますぐ味わいたいご馳走《ちそう》は、ふたりきりで楽しむのがいちばんだ」

頬を染めるレジーナの様子に、体じゅうの筋肉が〝気をつけ〟の状態になった。「自重してちょうだい」レジーナが喉にからむ小声でたしなめてきた。

「努力はする。いまのところはな」

あいにく、朝餐会のあいだじゅう自重する羽目になった。公爵邸に着いた瞬間から、ずっと人目にさらされていたからだ。内輪だけの結婚式にしては、尋常でない数の客がいた。ミス・トレメインやアイヴァースリー伯爵夫妻、ギャヴィン・バーンのみならず、レジーナの取り巻きの貴族や貴婦人までもが出席していた。その半分は、マーカスが顔を見たこともない連中だった。

ホイットモアや弟たちの姿もあった。別に腹も立たないが。列をなす招待客から延々と祝いの言葉を受けつつ、ホイットモアのふくれっ面を眺めるのは、まことに痛快だ。こちらに彼の目が釘《くぎ》づけになるよう、いちいちかがみこんではレジーナの耳元でささやいたり、腕を組んだり、手に触れたりしてみせた。ついにホイットモアが弟たちを置いて立ち去ったとき、マーカスはかなり上機嫌になっていた。

　不愉快の種は、まだひとつ残っているが。フォックスムアの態度が実に神妙であるにしても、彼を結婚式に呼ばざるを得ないとしても、妹には近づけたくなかった。

　レジーナを連れて招待客の列から離れたマーカスは、ルイーザを捜して周囲を見まわした。ミス・トレメインと親しげに話す妹を見つけ、眉間《みけん》にしわを刻む。「俺の妹とあんたの親戚《しんせき》は、いつの間にか、ずいぶん仲良くなったんだな」

　レジーナの微笑は作り物めいていた。「おかしくはないでしょう。シスリーはアイヴァースリー伯爵邸に滞在しているのだから。ルイーザとも、しょっちゅう顔を合わせているわ」

「いまさらだが、どうしてキャッスルメインで暮らさないんだ？　町屋敷も借りたから、そっちに住んでもいいだろうが」

「シスリーは体が弱いの。どこだろうと、ひとりにさせたくないわ」

「うちの使用人が面倒を見るのに」

「それはレディ・アイヴァースリーも同じでしょう。喜んでシスリーを泊めてくれるし。シスリーを気づかってくれる人がいれば、わたしも気が楽だもの」

　自分は恵まれていると感謝するべきなのだろう。邪魔な女が新婚旅行についてこないのだから。付き添いなど不要だとレジーナに納得させるのは、かなり骨が折れた。

　とはいうものの……。「あんたの兄貴は、ミス・トレメインの手引きで誓いを破る気じゃなかろうな。やめておいたほうが無難だぞ」

「シスリーは、わたしを裏切ったりしない。それに、そんな真似《まね》をしたら、このわたしが許さないのはわかっているはずよ。兄が誓いを破ろうとしても無理だわ」

レジーナがこちらを見ようともしないのが気になる。「きっと何か仕掛けてくる。信用できるものか」

レジーナが視線を合わせてきた。「わたしのことは信用してくださるの？」

自分としては、信用できない。だが、それを口にするほど愚かではない。「もちろんだ」

「だったら、わたしの言うことも信用して。シスリーは信用できるんだから」レジーナの視線がルイーザのほうへ戻っていった。「まだ兄を疑っているのなら、ルイーザにそう言えば？　用心してもらえばいいわ」

「どうせ聞き流されるだけだ。俺が殿下や取り巻き連中に決して気を許さないのは、ルイーザも察している。ろくでもない偏見だと反発されるのがおちだ。納得させるには、あのことまで説明しなくては――」マーカスは押し黙った。口の軽い自分が恨めしい。

「あのこと？」

マーカスは嘆息した。妻ともなれば、やはり真実を耳にはさんでしまう恐れがある。

「ルイーザの出生には疑問の余地があるってことだ。少なくとも殿下は、そう思いこんでいる。ルイーザが自分の娘だと言い張っているんだ」

どういうわけか、それを聞いてもレジーナはあまり驚いていないように見えた。「あなたは違うとお思いになるの？」

「殿下がなんと言おうと、ルイーザは落《お》とし胤《だね》ではない」

「本当に？」

「状況的に、あり得ない。殿下もわかっていることだ。本当に娘だと思うのなら、もっと早いうちに親権を奪いとろうとしたはずだ。ミセス・フィッツハーバートと組んで、レディ・ホラティア・シーモアの娘の親権を奪ったようにな」

「だけどミニーには、後見人になれる身内がいなかったのよ。母親を亡くしたあとは、叔父とか、いとこぐらいしかいなくて」

「たとえ母親が殿下の元愛人でも、ミニーが落とし胤だと思うやつなぞ誰もいなかった。なのに、殿下は親権を争った」

「ルイーザに立派な保護者がいるとわかっていながら争うことはないでしょう」

マーカスはレジーナを横目で見た。「俺に愚弄《ぐろう》されたのは許せないはずだ。プライドを傷つけられたというだけでも争う理由になる」

レジーナは、しばし黙りこんだ。「あくまでも仮定の話だけど。殿下の実の娘なのが、そんなに悪いことかしら」

胸のうちで憤怒《ふんぬ》がしこりを作った。「俺はずっと、自分が偽物だと思いながら生きてきた。王室の正統な跡継ぎでもなく、ドレイカー子爵家の正統な跡継ぎでもない。教会の顰《ひん》蹙《しゅく》を買い、上流社会でも毛嫌いされる不倫関係から生まれた、忌まわしい存在。それは自分でも承知している。まさに、世間で忌み嫌われるものすべての象徴だ。そんな重荷は誰にも背負わせたくない。ましてや、ルイーザをそんな目に遭わせてたまるか」

「もう大人の女性なのよ。秘密を知っても、自分でなんとかできると思うの」

「どうかな。そっちこそ、兄貴の秘密をルイーザに知らせるか？　出世のためにルイーザを利用しようとしている悪党だと言うか？　想像できんな」

レジーナは蒼白《そうはく》になり、目をそむけた。「だって事実ではないもの」かぼそい声で言い添える。「それに、もしそれが事実なら、ルイーザの心が砕けてしまうわ」

「ああ。だからこそ、いっさいルイーザの耳には入れたくない。ふたりを引き離すほうがいい。頑固で過保護な兄をいくらでも演じよう。そのうちフォックスムアが陰謀に飽きて、全部あきらめてくれるなら御の字だ」

「あきらめなかったら？」マーカスは片方の眉をつりあげた。レジーナが言葉を足した。「つまり、ほら、ルイーザと交際することを」

「しつこくつきまとってくるようなら、命をもらう」マーカスはレジーナを厳しく見すえた。「兄貴の片棒をかついだら、そっちもただじゃおかない」

「ルイーザを傷つけることに、わたしが手を貸すはずもないでしょう」レジーナは物悲しい声で静かにつけくわえた。「信じていただけないだろうけれど、ずっとルイーザの幸せだけを願ってきたのよ」

「そうか」

だが、このやりとりは苦い後味を残し、朝餐会のぜいたくな料理でも、ぬぐい去ることはできなかった。レジーナは何か隠している。それは察せられたものの、隠しごとの中身まではわからない。

朝餐会が終わり、夫婦そろって子爵家の馬車に乗りこんでも、もやもやした思いは晴れなかった。ふたりともシャンパンでほろ酔い加減だったのだが。レジーナは薄地のウエディングドレスから、いささか物々しい旅行服に着替えていた。無数の房飾りを顎まで締めあげた桃色のドレスで、大きく立ちあがった襞襟《ひだえり》が、つんつんとがっている。〝さわらないで！〟と叫んでいるに等しい。

レジーナが隣に座ってくれていたら、ここまで気分が波立つこともなかったのだが。腰を下ろしたのは向かいの座席だ。初夜に向けて、あまり幸先《さいさき》がよいとは言えない。

レジーナをなごませようと、マーカスはポケットをさぐり、ルイーザから預かってきたものを引っ張りだした。騒々しい音を響かせて走る馬車のなか、レジーナの膝に封筒を置く。「ルイーザからの手紙だ。出発後に渡すよう言われていた。たわいもない女同士のあいさつ状か何かだと思うのだが。家族の一員になってくれてうれしいとか、そんな手紙かな」

だがレジーナは、なごむどころか眉を曇らせた。震える手で封筒を手提げ袋《レティキュール》に押しこんでしまう。「ありがとう」

「読まないのか？」

「あとでね」

「いま読んでもかまわないが」

「手紙はひとりで読みたいの。そういうものよ」

「そうか」納得したわけではない。レジーナは、このような結婚を望んでいるのだろうか。よそよそしくて他人行儀で、ひとりきりの結婚生活を？　どうにも釈然としない。しかし、改めるにしても、何をどうすればいいのか。

しばらく馬車のなかに気まずい沈黙が漂ったものの、やがてレジーナが口を開いた。

「これからどこに行くの？」

「秘密だ」

レジーナが喉を上下させた。「わたしが好きそうな場所？」

「そのはずだが。ふたりきりになれる場所だ」

「いつまでいる予定？」

「好きなだけ」

レジーナが息を吸いこみ、手元に視線を落とした。「あまり……遠くには行かないわね？」

その様子に、いっそう気がかりがつのった。「というと？」

「手紙をことづけられるような使用人はいる？」

「いくらでも。誰に手紙を出すつもりなんだ？」

「急な用事にそなえて、シスリーに行き先を知らせておきたいの」

「そうか」手紙を出したいと言われて、不愉快になった。身内への依存から抜けられずにいるようで腹立たしい。「ミス・トレメインを呼びつけるとかじゃなければ、好きなだけ手紙を出せばいい」マーカスはレジーナを凝視した。「俺とふたりでいるのがいやなのか？」

レジーナが思案げに見返してきた。「まさか」

「ならば、何が気に入らない？　妻になったいまより、婚約もしていないときのほうが、よほど愛想がよかったぞ」

レジーナが、取ってつけたような笑みを浮かべた。「結婚初日だもの、誰でも緊張するわ」

「ならば、ちょうどいい解消法がある」マーカスは向かいの座席に手を伸ばし、レジーナを膝にかかえあげた。

「マーカス！」レジーナが身をよじって逃れようとした。「まだ明るいのに！」

「そろそろ日が暮れる。おまけに、もう結婚したんだ」抗《あらが》う隙《すき》もあたえず、思う存分に口づける。当初、レジーナはキスを返すのもためらっていたようだが、ほどなくして本来のなまめかしさがよみがえってきた。

首にしがみつかれた瞬間、マーカスは気をよくして喉の奥で笑い、一週間分の辛抱に見合うキスで応《こた》えた。どこぞの野蛮な獣ではないのだから、馬車のなかで一線を越えるつもりはなかった。それでも初夜にそなえて、レジーナをその気にさせる程度のことはしておこう。あと二、三時間で目的地に着くはずだ。レジーナの欲望をつのらせ、処女ならではの不安をやわらげる時間はたっぷりある。

自分がそこまで持ちこたえられるかどうかが問題だが。唇を重ねるごとにキスが熱をおびていき、甘い肌を早く味わえなければ息の根も止まりそうな気さえしてきた。

かがみこんでレジーナの首筋に唇を押しあてたとたん。あやうく片目をつぶしかけた。

「うわ、なんだ！」マーカスは大声でわめき、のけぞった。見た目だけはレースのような襟飾りをつつく。「とがっているぞ！」

「襞襟《ラフ》よ」レジーナが憤然と答えた。「針金の芯《しん》で立たせてあるの」

「凶器だ」マーカスはうなった。「さわられないための魔除《まよ》けか」

レジーナは玉を転がすような笑い声をあげた。「そんなつもりで注文した旅行服ではないわ。ファッション誌《ラ・ベル・アッセンブリー》には〝このうえなくエレガントで斬新《ざんしん》なデザインがついに登場〟と書いてあったのよ。そう思わない？」

「たしかに斬新だ」

「目立つと思ったの」

「過激に目立つ」

レジーナの目がきらめいた。「過激なドラゴン子爵の妻にはぴったりじゃない？」

マーカスは不承不承、頬をゆるめてみせた。「ああ、そうだな、ドラゴン子爵の奥方どの。男をいたぶるデザインの服を選ぶ女なんて、ほかにはいないだろう」

レジーナが眉を片方だけ上げた。「馬車に乗ってすぐにいじめられるとは思わなかったわ」

「夫になる男のことを、ろくに知らなかったようだな」レジーナの耳たぶを軽くかむ。「今後ドレスを注文するときは、俺も立ち会うことにしよう。自分の奥方にキスをして、毎回こんな責め苦を受けるのはまっぴらだ」

「まあ、情けないドラゴン」レジーナが軽口を叩《たた》いた。「旅行服ごときに恐れをなすなんて。そんなことじゃ、ほかのドラゴンと渡り合っていけないでしょう」

「ほかのドラゴンなど、いなくていい」マーカスはレジーナの耳に直接ささやきかけた。「俺だけで十分だ」

よけいなことを言ってしまったと後悔した。レジーナが、たじろいだように身を引いたからだ。「わたしは夫ひと筋の妻になると誓ったわ。あなたも朝餐会の席で、わたしを信頼すると言ってくれたのに」

「疑ってなんかいないだろう。ほかのドラゴンの話をしただけだ」

「わたしは、ほかのドラゴンと結婚したわけじゃない。あなたと結婚したのよ」

「結婚するしかなかったからだ」マーカスは、もやもやした感情のひとつを口にした。

「ほかにも道はありました。選ばなかっただけです」

「見通しの暗い道ばかりだったからだ」マーカスは吐き捨てた。

「そうね。でも、この道を選んでよかったと思うの」

「本当に？」

「こうして、あなたの膝にのっているでしょう？」

「危険きわまりないドレスで女らしさを引き立てて」

レジーナが、くすくすと笑った。「これはもう着ないほうがよさそうね」

「いや、着てくれ。俺の留守中、ほかのドラゴンと会うときに。俺がこの手で着せてやる」

新妻が目を輝かせ、夫の顎に手をあてがってきた。「妬《や》いているあなたって、最高にかわいいわね」

マーカスはレジーナをにらんだ。「冗談で言ったんじゃないぞ。ほかの男に奥方を貸しだす気はないからな」

「わたしもよ。あなたをほかの人に貸したりしないってことだけど」

マーカスは呆然《ぼうぜん》とレジーナを見た。「俺が浮気できるなんて、本気で思っているのか？」

「〈オールマックス〉で、女の人たち全員に色目を使われていたわね。気がつかなかった？」

「ひとりか、ふたりだろう」もごもごと言う。レジーナが気づいていたと知り、心が浮き立ってくる。心配までしてくれたとは。「俺のことが物珍しかっただけさ。ハンサムな恋人と、醜い傷のある男とでは比べ物にも――」

「醜くなんかないわ」レジーナが勢いこんで言った。傷痕《きずあと》を指先でなぞっている。「勇ましい感じ？」

ただの気休めで言ってくれただけだ。それでもどういうわけか、すっかり気分がよくなった。「勇ましいか。なるほど」

レジーナの手が頬をなでてくる。「結婚したのだから、教えてくれてもいいでしょう？なんの傷？」

「なんでもよかろう、なぜそんなことを知りたがる？」

「だって妻だもの。あなたのことは全部知っておきたいわ」膝の上でレジーナが居ずまいを正した。「教えてくれないと襟で突き刺すから」

マーカスは苦笑した。「しょうがないな。これ以上傷を増やされちゃたまらん」

「落馬で受けた傷ではないわね？」レジーナが促してきた。

マーカスは嘆息し、膝の上のレジーナが楽に座れるよう、かかえ直した。「ああ。〈オールマックス〉で、あんたが言ったとおりだ。火傷《やけど》の痕だよ。焼けた火かき棒で殴られた」

レジーナが形のよい眉をひそめた。「そんなところを？　顔よ？」

「殴った本人も、顔をねらってきたわけじゃない。広い背中を打ちすえるはずだったのさ。背中なら上着が焦げて、肝を冷やすぐらいですむから。だが、殴られるのと同時に俺が振り向いてしまったものでね、頬を直撃された」

「ひどいわ、かわいそうに」レジーナの表情は、いたわりに満ちていた。そっと傷痕に触れてくる。やさしくなでて、傷を消そうとするかのように。「わたしの大事な旦那《だんな》さまに、なんてことを」

わたしの大事な旦那さま。〝わたしの大事な旦那さま〟だと？　こんなことなら、醜い傷の正体を、もっと早く告げておけばよかった。「まあ、しばらくは痛い思いもしたが」

マーカスは、ぶっきらぼうに答えた。「かわいい妹がこんな目に遭っていたら、それこそ大ごとだ。ルイーザのやつ、小さいくせに、えらく面倒見がよくてな。『レディズ・マガジン』で仕入れてきた治療法だのなんだのを毎日やらされたよ。わけもわからず。ともあれ、おかげで治りも早かった」

「ルイーザもその場にいたの？」

「いや、現場は見ていない。一部始終を話して聞かせたこともない。あのときルイーザも屋敷にいたかということなら、たしかにいたが」

レジーナが目をすがめた。「キャッスルメインでの話だったの？　ひどすぎるわ、自分の屋敷にいながら、そんな暴力を受けるなんて」

「もういいだろう、この話は」恥さらしもいいところだ。レジーナに、なんと思われるか。そう考えただけでも、ぞっとする。

「よくないわ。わたしは、あなたの妻なのよ。なんでも話してちょうだい、わたしの大事な旦那さま」

わたしの大事な旦那さま。またしても、夢のような言葉が聞けた。女の口から聞ける日が来ようとは思ってもいなかった。「やったのは母親だ」

つかの間、レジーナは、あんぐりと口を開けてこちらを見つめるばかりだった。恐ろしい一族に嫁いできてしまったと、今度こそ身にしみただろう。軽率に結婚したことを悔やんでいるに違いない。

しかしながら、レジーナの顔に浮かんできたのは激怒だけだった。「お母さまが？　実の母親が、こんなことをしたの？　なんてひどい！　この場にお母さまがいたら、わたし……絶対……ああもう、とんでもないことをやってしまいそう。自分の子供を火かき棒で殴るなんて。どうしてそんな暴力を振るったのかしら。頭が変になったとか？」

俺のために、ここまで怒ってくれるとは……。マーカスは面食らった。「そこまで変でもなかったが。頭に血がのぼっていてね。理性が飛んでいたんだ」

「そんなの関係ない。母親が息子を熱い火かき棒で殴っていい理由なんかないわ」

マーカスは、自分の母親をかばい立てするという、前例のないことをしてしまった。「ちょうど火をおこしていたんだよ。そのとき俺が、殿下とともども屋敷から出ていけと言いわたした。俺が家長になったのだからと。それで、あの女は猛烈に腹を立てた。殿下が文句を言ってきたんで、俺はちょっといやみを――」初夜を控えて、ここまで話すつもりではなかったのに。「とにかく、あの女は逆上して、火かき棒を持ったまま向かってきた。殿下が大声をあげて、俺が振り向いて、このざまだ。こんな傷になったというわけさ」

「ハンサムな顔を傷つけるなんて。撃ち殺されても当然だわ」レジーナは憤慨している。

ハンサムな顔？　この俺がハンサムだと思っているのか？　驚いたな。「あの女は、それなりの報いを受けた。あの騒ぎで、殿下の機嫌がすっかり悪くなってね。屋敷から追いだされた話も世間に広まって。それからだよ、あの女と殿下の仲が、ぎくしゃくしてきたのは。あの女が俺のことで、ろくでもない噂《うわさ》を流したのはなぜだと思う？　息子にひどい仕打ちをされたと言いふらしていたな。遺産相続からはずされたとか、殴られたとか、大嘘《おおうそ》ばかり並べて。俺のせいで殿下に捨てられた恨みを決して忘れなかった」

「自分のせいなのに！　あなたも、どうして噂を否定しなかったの？」

マーカスは身ぶるいをした。「母親に憎まれたあげく、熱い火かき棒で殴られた、なんて説明しろって？　誰の耳にも入れたくない。それに、あの女のことだ。くだらん言いわけを並べていただろう。俺に殴られたから、火かき棒で身を守ろうとしたとかなんとか」

「でも、殿下が――」

「どうせ、あの女の肩を持ったに決まっている。そこまで恐ろしい女を愛人にしたと世間に知られたら、体裁が悪いからな」マーカスは歯を食いしばった。「俺への仕打ちにも、見て見ぬふりをしていた」

「あなたへの仕打ちって？」

「なんでもない。とにかく、あの女の本性を暴いてやったとしても、もっとひどい嘘をでっちあげられただけだ」ふたたび、すさまじい勢いで羞恥心《しゅうちしん》がこみあげてきた。「それに、あの女が俺を怪物に仕立てるのは朝飯前だった。俺は殿下を出入り禁止にしたからな。そのうえ、二十二歳の俺は不器用で偏屈で、頭の軽い連中にがまんがならなかった。いまと同じだよ。当時から、社交界の鼻つまみ者の道を歩んでいたんだ。寄宿学校であびせられた汚名と、何年も闘ってきた」腹の底から苦い怒りがあふれてきて、胸がつまった。「父の名誉まで、けがされて」

「殿下のこと？」

「子爵のほうだ」マーカスは鋭く言い返した。

「でも殿下が実の父親でしょう？　聞いた話だと、先代の子爵が六カ月間のイタリア旅行から戻ってきたとき、お母さまは妊娠したばかりだったそうね」

マーカスは顔をしかめた。「ああ。俺が私生児だと知らぬ者はいない。その屈辱が永遠についてまわる。あの女は、跡継ぎと予備の息子を産む義務さえ果たさなかった。父がよそ見をしたとたん、申しわけ程度のお世辞と贈り物をひとつふたつもらったぐらいで、年若い殿下のベッドに入ってしまった」

「よそ見ですって？　六カ月も？　結婚して何年で？」

「二年だ」

「なのに、そんなに長くお母さまをほったらかしにしていたの？」

「ほったらかしにしたわけじゃない」マーカスは声をとがらせた。「あの女の身分と美貌《びぼう》に合うよう屋敷を改築して、喜ばせるつもりでいた」母の実家はとても古い家柄だが、しばらく前からひどく困窮していた。そんな金銭面での問題をひとつ、みずからの資産で救ってやったのが父なのだ。「だから父はイタリアへ行き、大理石を選んだり、邸宅を見てまわったりしていた」

「六カ月も？　お母さまを放《ほう》って？」

腑《ふ》に落ちないという目で見られたとき、マーカスは初めて、たしかに不自然だと感じた。

「一緒に行こうと誘ったと思う」父のため、もっともらしい言いわけを急いで探す。「だが、あの女はイングランドに残りたがったんだ。ロンドンに」

「いくら屋敷の改築のためだからって、六カ月もほったらかしにされて喜ぶ妻がいるとは思えないわ」

「だから浮気をしてもいいと？」マーカスは冷たい声で言った。

「そんなこと言ってないでしょう」レジーナのまなざしが焼きついてくる。「わたしが旦那さまにうっとうしがられて、一緒に屋敷にいるよりイタリアへ行きたいなんて言われたら、その理由を教えてもらうまでしつこく追いまわすわ。ひとりぼっちでほったらかしにされて、旦那さまだけ、ふらふら出歩かせるなんて絶対にいや」

不思議と気分が治まってきた。「まあ、そうだろうな」マーカスはレジーナの額に、さっと口づけた。「その言葉が本当かどうか試す気にもならないが」

レジーナが微笑しながら顔をしかめた。「試さなくていいわ」

レジーナへのキスは、たちまち激しいものへと変わった。熱い口づけを交わすうちに、いつしかレジーナの体をまさぐっていたものの、手ごわい旅行服に阻まれ、このうえなくもどかしい。ついに邪魔な旅行服を引きはがそうとした矢先、急に馬車が大きく揺れて止まった。ふたりとも、はじかれたように体を離した。

外を見たマーカスは、目をみはった。もう到着したのか。しだいに顔がほころんでくる。

「着いたぞ、奥方どの」

17

夫に隠しごとをせぬよう、お嬢さまを諭しましょう。かなり結婚生活が楽になるはずです。

――ミス・シスリー・トレメイン『理想のお目付役《シャペロン》　若き淑女の話し相手《コンパニオン》のための手引き』

レジーナは、あわててマーカスの膝から下り、窓から外をのぞいてみた。けれども、こちらの車窓からはオークや橅《ぶな》の林しか見えない。

「ここはどこ？」好奇心がつのる。

マーカスに指をからめとられた。「領地だ。普段使っている屋敷とは別の建物だが」

レジーナは呆然《ぼうぜん》とマーカスを見つめながら服の乱れを直し、ほつれた髪に手をやった。

「ハネムーンのあいだ狩猟小屋にでも引きこもるの？」

「ちょっと違う。まあ見てみろ」

早くも若い使用人が駆けより、馬車の扉を開けていた。マーカスと一緒に馬車を降り、あたりを見まわしたレジーナは、思わず目を疑《ほう》った。うっかりすると、いつの間にか外国へ連れだされてインドかトルコのまんなかに放りこまれていたと勘違いしそうだった。玉《たま》葱《ねぎ》形の丸屋根が空にそびえ、両側にペルシャふうの尖塔《せんとう》が立っている。どこもかしこも、幾何学模様の金線細工とアーチ窓、椰子《やし》の木をかたどった柱で飾られていた。

「すごい狩猟小屋」レジーナは驚きの声をあげた。

マーカスが含み笑いをもらした。「父は、建築の趣味の幅が広くてね。インド旅行のあと、領地内に小さいオリエンタル・パレスを建てようと考えた。名前も〝イリリア〟とつけた」

「変わった響きね」

「シェイクスピアから取ったのだが」マーカスが横目でこちらを見た。「あまり戯曲は読まないようだな」

「あいにく、まるで読まないわ」自嘲《じちょう》ぎみに答える。召使いたちが荷物を馬車から降ろし、せっせと運びこんでいくなか、レジーナは壮麗な宮殿を見上げた。「キャッスルメインの屋敷とは、どのくらい離れているの？」

「数キロかな」

なんと広大な領地だろうか。ロンドンから、さほど遠くはないので、何かあればシスリーの呼び出しに応じて戻ることはできる。とはいえ、自分の居場所をシスリーに知らせるのも苦労しそうだった。目的地に着いたら宿屋の使用人にでも小銭を握らせ、手紙を書いたり読んだりしてもらう予定だったのだけれど。子爵家の召使いでは小銭を握らせるわけにもいかない。ほかの手を考えなくては。でも、どうしたらいいの？

「父は、隠れ家にするためにイリリアを建てた」マーカスが弁解した。「ルイーザと俺《おれ》を連れて、引っこんでいられるように……キャッスルメインに例の客が来たときの避難所だ」

レジーナは東洋の宮殿に度肝を抜かれ、立ちつくした。「すごいわ。殿下にも見せたの？」

「いや」マーカスが一蹴《いっしゅう》した。「殿下とあの女の立ち入りは許していない」

「え？　だって、殿下がいまブライトンに建てている離宮は、こういう様式になるのでしょう？」レジーナはマーカスを斜めにちらりと見た。「わたしの記憶が確かなら、ドラゴンの彫刻も、たくさんあしらうはずだけれど」

マーカスが体をこわばらせた。「父が連中をイリリアに近寄らせるものか」

連中。憎しみのこもった声に、胸が痛む。マーカスに心ない問いかけをしてしまったからではなく、馬車のなかで、あんな話を聞かされたから。

マーカスが、ふたたび口を開いた。「とにかく、ここでハネムーンを過ごせば、少しずつ領地暮らしにも慣れてもらえると思ってな。キャッスルメインの屋敷や、ほかの建物に移りたくなれば、そうしてもいい。このままふたりでイリリアにいたければ、それでもいい」マーカスが腰を抱いてきた。かすれた声でささやいてくる。「俺としては、しばらくここで、ふたりだけで過ごしたい」

召使いの目の前でキスをされ、心臓が喉まではねあがった。しばらくって、どのくらい？　尋ねたいけれど、きっと質問の意図を誤解されてしまう。ルイーザが心配だなんて言えやしない。

シスリーがルイーザと仲良くなって、兄から引き離してくれることを祈るしかない。兄に押しきられたりしなければいいのだけれど。

実の母親にあんな仕打ちを受ければ、マーカスがわたしの結婚の動機まで疑うのも無理はない。けれども、どうすれば理解してもらえるのか。兄の陰謀を打ち明けたところで、すべて悪いほうへ転がってしまいそうだった。

ましてや、あのことを打ち明けるなんて……だめ、できない。まだ言えない。ベッドをともにするまでは、結婚を取り消されてしまう恐れもあるのだから。頭がおかしいというのは十分な理由になる。そんなことで結婚を取り消されたら、どれほどみじめだろう。

打ち明けるのは初夜のあとにしたほうがいい。何もかも手遅れになるまで隠していたと責められ、つぐないを要求されたら、なんでも従おう。どれほどの代償を支払うことになろうとも。

子供のことも、マーカスに判断をゆだねよう。案外、こだわらない可能性もある。字の読めない跡継ぎが生まれてもいいと言ってくれるかもしれない。知能が低いとか、もっと厄介な問題が生じても頓着《とんちゃく》しなかったりするかもしれない。

それに、マーカスの頭にはなんの問題もないのだから、たぶん子供も大丈夫。マーカスの健全な血筋が、わたしの血筋の欠点を補ってくれればいい。

そう祈ることにしよう。これまでさんざんつらい目に遭ってきたマーカスが、このうえ子供がらみの不運に見舞われるはずがない。

レジーナはマーカスから身を離し、明るく笑ってみせた。「なかを案内してくださる？　早く見たくてたまらないの」

「いいとも」心得顔に頬をゆるめ、マーカスが腰に手をまわしてきた。「まずは寝室だな」

「いますぐ？　わたし、そんなつもりじゃ――」

「心配するな」低い声には楽しげな響きがあった。「急《せ》かしたりしないから。夜は長い」

東洋の緑と金色に輝く上品な玄関広間や、黒い漆塗りに螺鈿《らでん》細工をあしらった調度品ぞろいの瀟洒《しょうしゃ》な居間に案内されても、不安をぬぐいきれない。そのつど感嘆の声をもらしたものの、心を駆けめぐるのは、今週、既婚の友人たちに聞かされた初夜の話ばかりだった。

誰もが皆〝恥ずかしかった〟とか〝屈辱だった〟などと口にしていた。〝初めのうちは気持ちよくて、終わりは最悪〟だけれど〝すぐに終わってくれるから助かる〟らしい。そして全員、こんな言葉で話を締めくくった。〝だけどね、終わってしまえば宝石ぐらいはもらえるわ。だから不足はないのよ〟

宝石が悲惨な体験か何かの埋め合わせになるわけでもあるまいに。そのうえ、マーカスに花をもらうことさえ想像できないのに、宝石だなんて。マーカスは花や宝石をくれるような男性ではない。

それでも、キスや愛撫《あいぶ》にかけては、とても上手だと思う。マーカスが相手なら、初夜もさほどつらくないだろう。なんといっても、まったくの未経験でもなさそうだし。娼館《しょうかん》には金で買える美人が大勢いるというから。友人たちの夫は、あまり経験を積んでいなかったに違いない。

それでも……レジーナは、かなり高いところにある幅広の肩を、そっと仰ぎ見た。友人たちの夫に比べると、マーカスの体格は、まさに獣じみていた。しかも、マーカスのほうが、はるかに猛々《たけだけ》しい。友人たちが夫の膝にかかえあげられる姿など、まったく想像できない。馬車のなかで、よからぬことをされそうになる姿も浮かんでこない。

一方のマーカスは押しつけがましくて強引で……たぶん大きい。いやだ、わたしったら。

「ここが厨房《ちゅうぼう》だ」ごく一般的な町屋敷の厨房ぐらいの広さで、整然と片づいている。「腹は減っていないか？」

レジーナは、やっとの思いで笑みを浮かべた。「朝餐会であんなに食べたのに？　冗談でしょう」

「それならいい」マーカスが目を光らせ、抱きしめてきた。「念のため、冷製料理でも用意しておくよう料理番に言っておいたが。夜は別のものが食べたい」

マーカスに口づけられた。そばに召使いがいないので、火傷《やけど》しそうなほど熱く大胆なキスになった。それでもマーカスの腕のなかにいると落ち着かない。馬車で膝の上にかかえられていたときとは違う。馬車のなかでは、たいしたことはされないだろうと達観していた。この旅行服を選んだのも、心のどこかに不安があったせいだろうか。

けれどもいまは、夫婦の行為を阻むものなど何ひとつない。

マーカスの指で旅行服のひもが解かれていくのを感じ、レジーナは赤面してのけぞった。

「召使いは？　厨房にいるところを見られたら――」

「今夜は暇を取らせた。朝には戻ってくるから用事を頼めるが、今夜は俺たちだけでいいだろう。初夜だからな」マーカスが顔をのぞきこんできた。「まだ緊張しているのか？」

「少しだけ」レジーナは不安をのみこみ、気丈に答えた。

ドラゴンそのものの笑顔で、マーカスはレジーナの腕を取った。「階上《うえ》に行こうか。緊張をほぐすものがある」

階段まで連れてこられたとき、胸が高鳴りだした。寝室。いよいよ寝室に行く。「いまさらだけど、冷製料理をいただかない？」

見下ろしてくるまなざしが熱い。「そうだな。とっておきのお楽しみが階上の部屋にあるのだが。それを見たあと、まだ食欲があるなら、また階下《した》に来よう。それでどうだ？」

レジーナは一方の眉を上げた。「とっておきのお楽しみって……あれとは関係ないの？　その……ほら……」

マーカスが噴きだした。「ああ。まあ、関係はないな」

興味をそそられたレジーナは、もう抗《あらが》いもせず、導かれるまま階段を上がって広い寝室に入った。暖炉に火が燃えさかっている。室内を見まわしたとたん、模様入りの赤いシルクを貼《は》った壁や、きらびやかな金色と緋色《ひいろ》の東洋ふうカーペットに目を奪われた。

続いて視界に飛びこんできたのは、これまで見たこともないほどみごとなハープだった。有名な家具職人チッペンデールの手による中国ふうベッドのそばで、いささか無作法な取り巻きに立腹した女王のごとく、高々と頭《こうべ》を上げて鎮座している。「ああ、マーカス」レジーナはつぶやき、呆然とつけくわえた。「わたしに？」

「当たり前だろう。この無骨な手がハープを弾くところなんて想像できるか？」

喜びが延々と続く笑い声になって唇からあふれだした。レジーナはクリスマスの五歳児のような心境でハープに駆けより、つくづくと眺めた。腕木《ネック》には、長い尾を持つドラゴンの彫刻が豪華に施されている。あきらかに特注の楽器だった。これほどの短期間で、どうやって入手できたのか見当もつかないけれど。弦に触れると絶妙な音色が響き、レジーナは顔をほころばせた。マーカスの指示だろうか、調弦もできている。

背後からマーカスが寄り添ってきた。「気に入ってくれたか？　白状すると、ハープには疎くてな。ルイーザと相談しながら職人に注文して――」

「すばらしいわ」レジーナは振り返り、マーカスの唇に真っ向から口づけた。「本当にすてき！　宝物だわ！」

いきなりマーカスの腕に抱きこまれた。大胆で熱いキスに、全身の力が抜けてしまう。ようやく上体を離したマーカスの目は、ぎらぎらと輝いていた。「銘文を読んだか？」

舞いあがっていた気分が、たちどころに勢いを失った。「めい……銘文？」

「ハープに刻印してあるだろう。奥方どののために、特別に入れさせた」

「気がつかなかった。あとで読むわ」レジーナはマーカスの首に腕をまわし、ふたたび伸びあがって唇を重ねた。ベッドをともにするのと、いまここで自分の瑕《きず》をさらけだすのとどちらか選べと言うなら、ベッドのほうが絶対にましだった。

けれども、マーカスが身を引いた。「いや、いま読んでほしい。さあ」

ハープのほうへ抱きよせられ、気持ちが沈む。マーカスが、共鳴胴に取りつけてある小さな金の銘板を指し示した。文字らしき刻印が見える。「ほら」

レジーナはうなずき、読むふりをした。「ええ。とてもすてき」

マーカスの笑顔が曇った。「すてき？　すてきだと？」

こくこくとうなずきながら、レジーナは銘文になりそうな言葉を必死に考えた。

「すてき？」マーカスが再度つぶやいた。ふいに苦い口調になる。「なるほど。こういう恥知らずな銘文への感想など、言わぬが花ということか」

「おっしゃる意味が、よくわからないわ」レジーナは、くぐもった声で言い返した。

「間抜けなふりなんかするな、レジーナ。らしくもない」マーカスが悪態をつき、背を向けた。「つまり、こういうことか。その旅行服も、緊張したとか言うのも、親類と同居したがるのも……俺とふたりきりになるのがいやなのか。水入らずの仲になると考えただけでも厭《いと》わしいんだな」

「そんなこと言ってないでしょう！」マーカスがほとばしらせている怒りにおびえ、レジーナは声をあげた。

「言う必要もなかったな」

こんな事態に陥るなんて。「ねえ、なんと刻印してあるの？」思いきって尋ねてみる。ひょっとしたら教えてくれるのではないかしら。「読めないのよ」

マーカスが鼻を鳴らした。

「なんと刻印してあるのか教えて」かすれた声で頼みこむ。

マーカスの口元が、ぴくりと震えた。「この口で言えというのか。そうやって俺を愚弄《ぐろう》する魂胆だな」マーカスは顎をさすり、失った髭《ひげ》を惜しむかのようにうめいた。「たくみな物言いでごまかされて、つい忘れそうになる。甘い言葉に油断したとたん、あんたの本性が鎌首《かまくび》をもたげて――」

「本性って何！」ああ、何が言いたいの？

「つれなき美女だからな。引きよせられてきた男の面目をつぶすのが生き甲斐《いがい》なんだろう。もういい、心配するな、マダム。もう今夜は面倒をかけないから」

レジーナは、扉のほうへ歩きだしたマーカスの腕にすがり、引きとめた。

「教えてと言ったでしょう！」涙があふれてきた。「お願いよ」

こちらが平静を失っているのに気づいたのか、マーカスが腹立たしげに見すえてきた。

「芝居などしなくていい。ちゃんと読めたくせに。くだらん飾り文字で刻印しないよう、注文のときに念を押したから――」

「読んでない」レジーナはマーカスの文句をさえぎった。「読んでないのよ」

「ならば、いま読んだらどうだ」

「読めない」止める間もなく、言葉が口をついて出てしまった。

「そんなはずがなかろう」マーカスに腕をつかまれ、なかば強引にハープのところへ引き戻された。「ほら、よく見てみろ」

「読めないの！」レジーナは腕を振りほどいた。「もういや！　何も読めないのよ！」ベッドに倒れこみ、わっと泣き崩れた。「読めない……読めないの……」

マーカスはレジーナの言葉がのみこめず、その場に立ちつくした。読めないとは、どういうことだ？　字ぐらい読めるに決まっている。公爵家の令嬢だぞ？　どこかの貧しい皿洗いの娘でもあるまいに。以前は読めたではないか。

読むところを見たことがあるか？

そういえば、ルイーザからの手紙は読もうとしなかった。それに、こちらの読書熱にはいい顔をしていなかったような気もする。フォックスムアはなんと言っていたか。〝ちょっと本を開いたところも見たことがない〟

だが今日、結婚許可証に署名したではないか。

喉が引きつった。そうだ、レジーナの署名は、判読しがたいなぐり書きだった。いかにも貴婦人らしい流麗な署名をするかと思いきや、そうではなかった。そのことで冗談を言うと、レジーナはすぐさま話題を変えたのだ。

「もっと早く……打ち明けたかったの……」胸が締めつけられるようなすすり泣きの合間

に、レジーナが声をしぼりだした。「言わなきゃいけなかったのに……ごめんなさい……」

「謝ることはない」当惑のあまり絶句していたマーカスは、あわてて言葉をかけた。隣に腰を下ろし、レジーナを抱きしめる。「泣かないでくれ、奥方どの」低くささやき、レジーナの頭を胸にもたせかけた。「もう泣くな」

レジーナの涙に、胸が引き裂かれるようだった。泣くところなど初めて見た。ましてや、くだらない癇癪《かんしゃく》を爆発させたせいでレジーナを泣かせてしまったと思うと……。

「あなたは本が大好きだから……」レジーナは涙に濡《ぬ》れた顔を上げ、かぼそい声で言った。「いつ知られてしまうかと心配で、まさに生き地獄だったわ。いつもはシスリーに読みあげてもらうのだけど、いまはロンドンにいるし……」

「なんてこった」マーカスはうなり、レジーナをかき抱いた。多くのことに合点がいった。なぜレジーナがシスリーとの同居を望んだのか。なぜ読書よりパーティーを好むのか。なぜ夜会で二重唱を歌おうとしなかったのか。本当に曲を知らなかったからだ。歌詞が読めなかったからだ。

二重唱を断られ、人前でレジーナをはずかしめた。そう思うと、気がとがめてならない。

「もっと早く打ち明けたかったの」胴着に顔をうずめたまま、レジーナが小さく声をこぼした。「でも、恥ずかしくて。打ち明けたら、結婚を取り消されそうな気がしたし。それに、もう……」すすり泣きは収まったものの、まっすぐに見上げてくるまなざしは、せつなく濡れていた。「お願い、結婚を取り消さないで。そんな屈辱には耐えられない。なんでも言うことを聞くわ……ずっと領地暮らしもする……わたし……わたし……」

「もういい、奥方どの」なおも懇願を続ける唇に、マーカスはそっと口づけた。心臓に杭《くい》を打ちこまれた気がする。レジーナにあびせた悪態や、考えなしの非難のひとつひとつがよみがえり、おのれを責めさいなむ。「結婚を取り消したりしないから。こんな理由で……ほかに何があろうと、結婚は解消しない」

「あなたは何もわかっていないのよ」レジーナがつぶやいた。その顔は蒼白《そうはく》な仮面と化している。「字も読めないのは……わたしの……頭が変だからなの」

「別に変じゃない」マーカスは抗弁し、レジーナを抱く腕に力をこめた。

「本当に変なの！」レジーナが両腕を突っ張り、腕のなかから逃れようとした。「シスリーにきいてみればいいわ。全部話してくれるから」あふれだす言葉は、痛ましいほど確信に満ちていた。「まともに字も読めないし、無理に読もうとすると頭痛がひどいの。子供を授かっても、わたしみたいに頭がおかしかったり、もっとひどかったりするかと思うと……」レジーナの目に、ふたたび涙があふれた。「ああ、もう死にたい！」

「そんなことを考えるな」マーカスは唇で涙をぬぐった。自分のほうが死んでしまいそうな気もする。「子供は大丈夫だ。間違いない」

だからレジーナは独身をつらぬき、結婚の申しこみを全部はねつけてきたのか。とても心やさしい天使かと思えば、いきなり残酷な妖精《セイレーン》に豹変《ひょうへん》するのは、こういうわけだったのか。誰も寄せつけず、ひとりで耐えてきたから。俺が近づくまで、たったひとりで。

だが、もしもレジーナの言うとおりだとしたら？　本当に頭がおかしいとしたら？　知能の低い子供や、気のふれた子供が生まれてくるとしたら？　もしも俺たちの子供が……。

いや、レジーナの頭は、おかしくもなんともない。きっと別の原因があるのだ。「あとでちゃんと考えよう、奥方どの。死がふたりを分かつまで、俺たちは夫婦だ。別れるつもりなどない。だから、結婚の取り消しなんて、口にするのもやめてくれ」

「だけど、取り消されてもしょうがないと――」

マーカスは先まわりして釘《くぎ》を刺した。「まだ言うか。そっちこそ、俺と結婚する気もなかったのかと勘ぐってしまうぞ」

決意のこもった鋭いまなざしが射抜いてきた。「まさか。わたしの結婚の誓いは、すべて本心からの言葉よ」

胸の奥で心臓が躍りあがった。「俺もだ」頭が変だなんて、間違いに決まっている。あとで、はっきりさせてやろう。公爵家の令嬢が字も読めない理由を突きとめてやる。いまは、以前のレジーナに戻ってくれるだけでいい。

今晩やるべきことをやってしまおうと心に決め、マーカスは口元をゆるめた。危険な旅行服の房飾りを解きにかかる。「絶対に結婚を取り消さなくていいようにするには、これしか考えられない」

レジーナが息をのんだ。蝋燭《ろうそく》の明かりを受け、涙に濡れた瞳が二枚のギニー金貨のようにきらめいた。「あの銘文は、どういう内容なの？」

旅行服の前を開けたせつな、マーカスの血がたぎった。シュミーズの柔らかな薄布を通して、ピンク色の蕾《つぼみ》がふたつ透けて見える。欲望が限界までつのった。「〝いとしき妻へ。地下牢《ちかろう》につないでおきたい、ただひとりの女へ〟」

ためらいがちな微笑がレジーナの唇に浮かんだ。「あまり……すてきな言葉じゃないわね。なんだか物騒な感じ」

「ああ、物騒だな」かがみこんで唇を重ねるあいだも、血潮が全身を駆けめぐった。「夜が明けるまでには、もっとすごいことになるぞ」

18

初夜の運びについてお嬢さまに伝えるのは、母上さまの義務です。けれども、それを母上さまが伝えられなかったり、ご自分の義務を果たさなかったりする場合は、お目付役《シャペロン》であるあなたが肩代わりをしなくてはなりません。

――ミス・シスリー・トレメイン『理想のお目付役　若き淑女の話し相手《コンパニオン》のための手引き』

やさしく温かいキスに心を奪われた。マーカスはまるで頓着《とんちゃく》していないらしい。妻の欠陥も気にならぬほど欲望をつのらせているのなら、こちらがどうこう言う筋合いでもない。

しかもいまは、マーカスの両手が旅行服のなかへもぐりこんできて、この世のものとも思えぬ魔法を胸にかけているのだから。あまりの快感に、天にも昇ってしまいそう。

うつむいて首にキスを落としたマーカスが、悪態をついた。「捨ててしまえ、こんな服」もう一方の房飾りを手早く解き、旅行服を引きおろす。「こんな襟に目を突かれるのも、これで最後だ」

レジーナは笑った。自分こそ捨てられずにすんだという安堵《あんど》の思いに、文字どおり目がくらみそうだった。「地下牢《ちかろう》につないでおく?」部屋の反対側へ旅行服を放《ほう》り投げたマーカスに、軽口を叩《たた》いた。

マーカスの目がぎらりと光り、薄布に包まれた体を熱くもてあそんだ。「奥方をつなぐほうがいい」

「結構よ」レジーナは断った。けれども息づかいは荒くなり、脳裏に浮かんできた情景は扇情的と言ってもいいほどに鮮明だった。

「気に入るかもしれんぞ」そのままベッドに押し倒され、頭の下に枕《まくら》をあてがわれた。さらに両手をつかまれ、チッペンデールの中国ふうベッドの頭板にある透かし彫り装飾を、それぞれ握らされた。マーカスの唇が胸まで下りてくる。シュミーズごしに舌ではじかれた突端が立ちあがり、硬い蕾《つぼみ》となってうずいた。「案外、心が躍ったりしそうだな。地下牢につながれたまま、迫りくる――」

「ドラゴンに食べられてしまう?」マーカスの空想の虜《とりこ》になり、レジーナは声をひそめた。

「ああ、そうだ」マーカスが胸に口づけたまま、うめくように言った。

初夜におびえていたのはつい先刻だというのに、夫の不届きな言動のせいで、はしたなくも正反対の心持ちになってしまった。熱い舌の愛撫《あいぶ》で体は柔らかくほぐれ、唇で吸いあげられたところが火照ってきた。

マーカスはシュミーズのひもを歯で解いた。シュミーズも引きおろそうとしたものの、胸が露出するまで下げるのは無理だった。腕が頭より高く上がっていたからだ。

そこでマーカスはシュミーズの縁に手をかけ、まくりあげた。ベッドの透かし彫りからレジーナの両手を引きはがし、一瞬のうちにシュミーズを頭から脱がせると、もとどおりに透かし彫りを握らせた。「離すなよ」レジーナに声をかける。「鎖で拘束したからな」

「わたしを？」

熱く燃えるマーカスの瞳が射抜いてきた。「しばらく、そのままだ」

いわれのない戦慄《せんりつ》がレジーナの体をつらぬいた。「わかったわ」

続いてストッキングと下着も脱がされ、レジーナは一糸まとわぬ姿をマーカスの目の前に横たえていた。頭からつま先まで視線でくすぐられ、思わず身じろぎをする。罪深いはずなのに、ひどく甘美な感覚だった。

次にマーカスはベッドから離れ、すぐそばの肘掛け椅子に座った。そして、無言のままじっとこちらを見つめてきた。

欲望を隠しもしない瞳に、心地よい震えが体じゅうを走った。傷の刻まれた厳しい顔に焔《ほのお》が躍り、本物のドラゴンのように見える。とらわれの乙女に襲いかかり、いまにもむさぼり食おうとしているドラゴン。

レジーナは、つばをのんだ。それでもベッドの透かし彫りを握りしめる手は離さない。

マーカスが一方のブーツを脱いだ。「拘束されるのが気に入ったようだな」喉にからむ声は、かすれている。

その声に、ますます気持ちがあおられていく。「あなたが意地悪なだけでしょう」

もう一方のブーツが音をたてて床に落ちた。「そうか、俺《おれ》の意地悪につき合ってくれるとは奇特だな。そういう女は、めったにいない」立ちあがったマーカスがベッドに近づいてきた。強く硬いまなざしが、ざらりと体をこする。「喜んでくれる女は、もっと少ない」

自分も彼に劣らず不道徳だと知られたのが恥ずかしくなり、レジーナは顔をそむけて視線を泳がせた。そして、いっそう気恥ずかしくなった。というのも、部屋のこちら側は中国ふうの内装で一枚の絵もかかっていないのに対し、向こう側の壁には大きな絵がかけてあり、半裸のニンフたちが描かれていた。違う、ニンフではない。大勢の不運な水夫を船から岩の上に身投げさせようと、手招きしている妖精《セイレーン》だった。

うめき声をもらし、レジーナはマーカスに視線を戻した。「ここは誰の部屋？」

「俺の部屋だ」

「お父さまは、あんな絵を壁にかけてもいいとおっしゃったの？」

マーカスが喉の奥で笑った。「まさか。あれを入れたのは最近だ」マーカスのまなざしでなでられたところが温かい。「きれいなセイレーンにそそられてね」

「娼館《しょうかん》で買える美人と同じくらい、そそられたの？」レジーナは辛辣《しんらつ》に言った。

「奥方どのと同じくらいに。こんな絶世の美女を買えるほどの大金など、うちにはないが」

あきらかに称賛のこもった目で見つめられ、くすぶっていた羞恥心《しゅうちしん》が燃えつきた。あとに残るものは悩ましい気分ばかり。熱い。そのうえ、妙なうずきを感じる。

マーカスが服を脱ぎだした。からめた視線をほどこうともせず、やはり時間をかけて、上着を脱ぎ捨てた。それから、胴着のボタンをひとつひとつ、ゆっくりとはずしていく。期待をあおられ、レジーナの息が荒くなった。マーカスはズボンの前をこわばらせながらも、腹立たしいほど悠々と服を脱ぎ続けた。

レジーナの体の芯《しん》が震えだした……収縮し……うずいている。いますぐ触れてもらえなければ死んでしまいそう。

マーカスがクラバットをほどき、ベッドに近づいてきた。シルクのクラバットを肌にたらし、そろりと動かしていく。ひどく敏感になった胸からお腹《なか》、さらに……もっと下のほうへ。薄布でじらされるもどかしさがたまらず、熱病にでもかかったように体が燃えた。ふたたびクラバットで胸をなでられ、つい体をくねらせた。それを最後に、クラバットが床に落ちた。「なぜあなたがドラゴンと呼ばれているのか、やっとわかったわ」レジーナはつぶやいた。「ときどき、とんでもない獣《けだもの》になるんだもの」

にやりと笑い、マーカスはシャツのボタンをはずした。「おや、獣みたいなのが好きなんじゃなかったのか？　念願の危ない遊びができるんだぞ」

「危ない遊びなんて――」マーカスがシャツを頭から脱いだとき、レジーナは口ごもった。思わず驚きの声をあげてしまう。格闘家にも劣らぬほど分厚く盛りあがった胸板は、下へ行くほど細くなり、意外なまでに引きしまったウエストに続いている。

マーカスの薄笑いが満面の笑みになった。「気に入ってもらえたのかな」

「どう見ても……獣だわ」

マーカスがズボンを脱ぎ、隣で横たわった。下着はつけたままだけれど、とくに想像をたくましくせずとも、その内側の様子に察しはついた。

「では、いますぐ獣らしいことをしなきゃいけないな」顔を近づけてきたマーカスに胸を吸いあげられ、長い吐息がこぼれる。「いいか？」かすれ声が尋ねてきたかと思うと、胸の先端を歯で軽くはさまれた。

「あ……いい……」レジーナは息をついた。透かし彫りをつかむ指がこわばった。唇と歯と両手でめちゃくちゃに責められていると考えただけで欲望が燃えあがり、信じられないほど気持ちが高まってしまう。

「もっと？」キスが胸骨をたどり、お腹へと下りてきた。そのあいだも、胸をなでてくる手の動きは止まらない。

「ええ、マーカス……ええ」あおられるまま何度もささやいた。「もっと……お願い……」

顔の向きを変えると、例の絵が目に映った。悩ましげなセイレーンが、嘲笑《あざわら》うようにこちらを見ている。セイレーンは愛撫をねだったりしないだろう。わたしのほうは、マーカスのこととなると完全に恥を忘れてしまうのに。

レジーナは目を閉じ、セイレーンを視界から追い払った。けれども、マーカスの手が離れていくのを感じたとき、のけぞって胸を突きだしてしまった。

「お願い……マーカス……」

するると、思いも寄らないところに唇が触れてきた。あそこに。脚のあいだに。ああ……なんてこと。

レジーナは瞬時に目を開けた。いつしか腿のあいだにマーカスの頭が移動している。両手で押し開かれたところへ、頭が下りてきてキスを……。

「マーカス！」とてつもない衝撃に、レジーナは抵抗した。脚を閉じようとしたけれど、許してもらえなかった。

「動かないでくれ、奥方どの」ぎらつく目が見すえてきた。「ドラゴンが食事中だ」

マーカスは視線を合わせたまま、熱い唇を寄せてきた。あの場所に。恋人がキスをするように。ただし、最も奥まったところに。すばやい舌の動きで意識が遠のきそうになる。ああ……もうだめ。何これ……信じられない……おかしくなってしまう。息が苦しい。何も考えられない。体を駆けめぐる荒々しい喜びに身をまかせること以外、何もできない。

歯まで使うなんて！　しかも絶妙だった。思いがけなかった。とんでもないことだった。あんなところを唇で愛撫されるとは。これほど罪作りな触れ合いをするための場所ではないのに。いやらしく吸っていい場所でもないし、ここまでじらされたら……もう……。

「マーカス……」レジーナは息も絶え絶えに言った。「これって……こんな……ああ……」

キスの嵐《あらし》が激しさを増した。レジーナは嵐のなか身もだえし、さらに渇望をつのらせた。舌でこすられるたびに大きく体がしなり、歯で引っかけられるたびに驚愕《きょうがく》のあえぎ声がほとばしる。叫びすぎて喉が痛い。まもなく見えてきたものは、あの晩〈オールマックス〉を出たあと馬車のなかで味わったのと同じ、甘い歓喜だった。

その歓喜は目の前で揺れている。あと少しで届く……あの……目覚ましいほどの奔流……。

マーカスが頭を上げてうなった。「だめだ。先走るな、セイレーンの奥方どの。俺を置いていくな。もう少しだけ待ってくれ。体をつなぎ、喜びを分かち合うまでは辛抱してくれ」

「マーカス！」夫がベッドから離れたので、なかば驚き、なかば憤慨してレジーナは叫んだ。マーカスのほうへ腕を伸ばす。「どこへ行くの？」

「これを脱ぐだけだ」

マーカスが下着を取った瞬間、レジーナは息をのんだ。黒々とした陰のなかから立ちあがっている隆起に、目が釘《くぎ》づけになってしまう。あれが入ってくるの？「嘘《うそ》……すごい……」

マーカスの目が光った。「いまのは、お誘いだと受けとっていいのかな」レジーナの両手に視線を走らせ、マーカスが言葉を継いだ。「鎖はどうした？」

いつの間にか、ベッドの透かし彫りから手が離れていた。「引きちぎったの」

含み笑いをもらしつつ、マーカスがベッドに戻ってきた。「それでこそ俺の奥方だ。鋼より強い」

マーカスがベッドに上がってこないうちに、レジーナは彼の腰を押さえた。「待って！」

「もう待たない」その手を払いのけ、マーカスが低い声で答えた。

「わたしがあなたに触れたいの」レジーナは食いさがった。「あなたを見たいの」

マーカスの頬が暗い赤に染まった。「だめだ」

「何よ、自分はさんざん見ておいて」レジーナは負けずに言い返した。「だから、今度はわたしの番よ」

「いま？」マーカスが歯ぎしりをした。

レジーナはうつぶせになり、両手で頬づえをついた。「いま」

マーカスがうめいた。それでも、じっと立ったまま、脚のあいだで力強く形をなす欲望の証《あかし》にレジーナがおずおずと手を伸ばすにまかせた。「初夜のことで誰かに入れ知恵をされたのか」マーカスの声は、かすれていた。「こうすればいいと言われたんだな？」

「先に結婚した友達が、ちょっとだけ教えてくれたの。だけど、思ってもみなかったわ。こんなに……大きいなんて」

「ちゃんと収まるから心配するな」マーカスが、そっけなく言った。

レジーナは指を一本だけ伸ばし、なめらかな稜線《りょうせん》にすべらせてみた。指が触れたとたん、それがびくりと動いたので仰天した。手を上下に動かしたところ、マーカスは本当に身を震わせた。胸がすくような、暗い喜びが心にわきあがってきた。

「ミス・トレメインは、なんと言っていた？」マーカスが苦しげに声をしぼりだした。レジーナは鼻を鳴らした。「とんでもなく恥ずかしいことをされるって。いやでたまらなくても妻なんだから、じっと寝たまま好き勝手にさせなきゃいけないって」

「オールドミスがセイレーンにベッドの手ほどきをするとはな。みんな忘れてしまえ」

「そのつもりよ」手のなかのものがすっかり硬さを増したことに驚き、レジーナはそれをきつく握りしめた。マーカスが悪態をついた。

「どうしようもないな、好奇心の強い乙女は」マーカスに手を押しのけられてしまった。

「もういい」

「でも――」

激しいキスで言葉を封じられるのと同時に、脚のあいだにマーカスが割りこんできた。いまだにうずく一点を指先でさぐりあてられ、緩急をつけて磨かれたせつな、たちまち熱い想《おも》いが息を吹き返した。そして、次にそこを押し広げてきたものは、もはやマーカスの手ではなかった。質量を秘めたものが腿のあいだを押し開き、ゆっくりと突き進んでくる。

レジーナは、重ねていた唇をもぎ離した。「だめ……裂ける……」

「大丈夫だ」こめかみへのキスと、ささやき声が降ってきた。

「裂けてしまう。だって、こんなに……それに、わたしのほうは……」

「ああ。きつい」マーカスが動きを止め、額にもキスを落としてきた。唇を引き結んではいたけれど。「それはしょうがない。だが信用してくれ。男はこれを何世代にもわたって繰り返しているから――」

「わたしが相手じゃないし」レジーナは引きさがらなかった。

マーカスが、くつくつと笑った。「そりゃそうだ。うちの奥方でなくて何よりだ」

いきなり腰を進められ、身構える間もなかった。しかし妙なもので、話に気を取られていたため下半身を意識せずにすみ、きつい感覚も少し楽になったように思う。

「それでいい」マーカスが耳元でささやいた。「力を抜くんだ、奥方どの。受け入れてくれ」

その言葉に従ってみた。すると、なんとか耐えられそうに感じた。心の底から楽しめるものではないにしても。続いてマーカスは、最後の関門を突き破りにかかった。その律動を体の奥底に感じるやいなや、レジーナは恐怖のあまり、すくみあがった。

マーカスが身を引き、輝く目で見つめてきた。「聞いてくれ、レジーナ――」

「わかっているわ、死ぬほど痛いのよね」レジーナは重い息を吐いた。「どのみち避けられないことなのでしょう?」

マーカスが喉にからむ声で笑った。「そうでもないはずだが」

いまのところ、友人たちの意見は的外れでもないような気がする。前半は気持ちがよかった。けれども、これは変な感じしかしない。おまけに恥ずかしい。絶対に痛そうだし。

レジーナは覚悟を決めた。「じゃあ、さっさと終わらせて。ただし、わたしを殺さないようにしてね」

マーカスが眉を寄せた。「そこまでひどくは……いや、いい。つらい部分が過ぎるまでは何を言っても信じてもらえないだろう」

体の芯に鋭い衝撃が走った。

なんの前触れもなく痛みが爆発し、内壁を激震させた。けれども、それはすぐに治まり、いちばん奥に植えつけられた鈍痛だけが残った。

マーカスは筋肉をこわばらせ、上体を浮かせた。ややあって、問いかけてきた。「どうだ？　まだ生きているか？」

レジーナは、ずっとつめていた息を吐きだした。「そうみたい」

「よかった。初夜に妻を死なせるなんて顰蹙《ひんしゅく》ものだからな。間違いなく非難の的にされる」

雰囲気をやわらげようとする軽い口調に、レジーナは頬をゆるめた。これが処女喪失のすべてなのかと拍子抜けしていたのだけれど。心の奥底では、友人たちの説明より楽しい体験であってほしいと、本気で期待する向きもあったから。

「本当に大丈夫か？」語調を強め、マーカスがふたたび尋ねてきた。

試しに腰を少しだけ動かしてみたところ、マーカスがなかに入ったままなのに、意外と苦痛を感じない。「生きているようね」

「そんなことばかりしていたら、すぐにあの世行きだぞ」マーカスが言葉を吐いた。

「そんなことって、これ？」ふたたび腰を動かすと、マーカスが本気でうめいた。

「やめてくれ、理性が蒸発する。軽くゆっくり抱かなくてはいけないのに」

「軽くゆっくり抱く？　もう終わりじゃなかったの？」

「始まったばかりだ」

ふうん。まだ終わりじゃないのね……。「それなら、こうすれば……」レジーナはマーカスに組み敷かれたまま、ふたたび腰を揺すった。「少しは違う？」

「気が変になりそうだ」マーカスが早口に言った。

友人たちの意見は、まるで的外れだったのだろう。レジーナは、わざとヒップをくねらせた。「変にさせてみたいわ」

「生意気な小悪魔め」マーカスが腰を引いた。そして時を移さず、ゆっくりと戻ってきた。

ふたたび体を離し、突きあげてくる。

なんだか不思議な感じ。体の芯が火照り、うずいてきた。リズムに合わせて腰を上げてみた瞬間、うずきが激しい欲望と化して一度に爆発し、意識が飛びそうになった。

「あっ……マーカス、これって……ああ……」

「俺が……言ったとおりだ」マーカスのリズムが速くなった。「奥方どのを見る目に……狂いはなかったな」

「あ……ん、何？」なんとか意識を集中させようとしたものの、あたえられる律動におののき、熱く燃えあがってしまう。奥深くでマーカスを感じるたびに、新たな戦慄が全身を駆け抜けた。

「まさに……つれなき……美女……」苦しげな吐息が、温かく頰をなぶる。「男を誘惑するために生まれついた女だ」

「ええ」そう思われたのがうれしくて、レジーナは言葉を返した。字も読めず、まともな子供を産むことさえ無理かもしれないけれど、たぶんベッドの上ではマーカスをずっと幸せにしてあげられる。「ええ、旦那《だんな》さま」

律動が激しい乱打となり、前と変わらぬ甘い興奮が体のなかで芽生えた。喜びの悲鳴とともに、レジーナはマーカスにしがみついて背中をそらし、絶頂感をさらに求め……。

喉の奥でかすれるような太くて低い声が響いた。「男を誘惑する女……」マーカスは責め続けた。「セイレーン……」

絵画に目を向けると、セイレーンたちが声援を送ってくれていた。「そうよ」レジーナはたくましい腕に指を食いこませた。「そのとおりだわ」

「俺のセイレーン」マーカスがうめいた。

「ええ……あなたのもの……」

レジーナのなかと外でマーカスが怒濤《どとう》のごとく荒れ狂い、すべてをのみこんでいった。マーカスが頭を上げ、視線でつらぬいてきた。「ほかのドラゴンなど、いらないからな」

「ええ……」レジーナはマーカスの下で身もだえしながら吐息で応じた。

ふたりの体のあいだにすべりこんできたマーカスの手が、愛撫に鋭く反応する一点を正確にさぐりあてた。「俺だけでいい」

「あなただけ」突起をこすりあげられ、レジーナはあえいだ。

「あなた……ひとりだけよ」

その約束のあとに、もはや言葉はなく、ただマーカスの体がレジーナの体を貪欲《どんよく》に食らいつくすばかりだった。指の動きによって、レジーナ自身の飢えも彼のものに劣らぬほど高まり、ついに体をマーカスに押しあてて身をよじった。のみこまれていくだけでなく、逆にのみこんでしまおうと躍起になっていた。

きれぎれに歓喜の叫びと嬌声《きょうせい》をもらすうちに世界が爆発し、とうとうレジーナは絶叫した。「マーカス！」

マーカスはレジーナの名前を口走りながら、最後の大きなひと突きを繰りだし、最深部ですべてを放出した。そのせつな、レジーナも力強い肩を固く握りしめ、みずからを天空へと解き放った。わきあがる安堵が喜びと混ざり合う。

いまやマーカスは、わたしの夫となった。もう後戻りする道はない。

ああ、よかった。

19

お嬢さまをしっかり教え諭しておくべきです。さもないと、大人になったときに、あなたの教えを捨ててしまうでしょう。

――ミス・シスリー・トレメイン『理想のお目付役《シャペロン》　若き淑女の話し相手《コンパニオン》のための手引き』

レジーナが眠りに落ちたあと、かなり時間がたってからも、マーカスは寝つけずにいた。何週間も恋い焦がれていた女を、ついに手に入れた。一度でも抱いてしまえば、レジーナを求める欲望の刃《やいば》も鈍《なまくら》になるものと思いこんでいた。だが、そうはならなかった。いまでもまだ、ふたたび包みこまれたいのだから。口づけで起こしたい。そうすればレジーナを味わい、愛撫《あいぶ》することもできるし……。

いや、ちゃんと休ませなくてはいけない。無理をさせてしまったから、数時間でも回復させなくては。自分の情欲の強さにレジーナがおびえていないことを祈るばかりだ。新妻が恐怖に駆られてロンドンへ逃げ戻り、都会的な相手を求めるようになったらどうする。

暗い考えに安らぎを毒されそうになり、マーカスはレジーナの乱れ髪にそっと鼻をうずめ、うっとりするような香りを吸いこんだ。

どうにか気分が落ち着いてくる。無理させようとなんだろうと、レジーナを喜ばせることはできたと思う。つらい段階が過ぎたあとは、みずから進んで熱狂の渦に身を投じてもらえたのだから。まったく、男冥利《おとこみょうり》に尽きるというものだ。

マーカスはレジーナに体を寄せ、抱きしめた。そして、ようやく眠りについた。

白々と夜が明けるころ、ハープの響きで目が覚めた。

まいったな。死んで天国に来たのか。ただ一度、天にも昇るような夜を過ごしただけで。

片目を薄く開けてみると、まだイリリアにいた。それでもハープの響きは聞こえている。

まぎれもない女の声が悪態をついたかと思うと、音楽がとぎれた。

それで完全に覚醒《かくせい》した。上体を起こしてみると、さほどベッドから離れていないところに妻がいた。丸椅子に腰かけ、ぶつくさひとりごとを言いつつ、何やら調整している。

しかも、何も身につけていなかった。夢で見たままの姿だ。

マーカスの下半身も完全に覚醒した。「毎朝こうやって起こしてもらいたい」上掛けを脇《わき》へ放《ほう》り、夜更けの不安が無意味なものだった喜びに胸をなでおろしながらベッドを離れる。

はっと見上げてきたレジーナが、顔をしかめた。「こう言っちゃなんだけど、裸でハープを弾くのは夢だけにしておけばよかったわ。演奏向きの格好じゃないみたいよ」

こちらが笑いをこらえているのに気づいたのか、レジーナは実に不機嫌そうな顔をした。

「ほう？」マーカスはレジーナに歩みよった。

「ここのところで膝を二回もすりむいたんだから」レジーナが文句を言った。「それに、この彫刻が肩にこすれてひりひりするし――」

「それはまずいな」そばを通りがてらハープをまっすぐに引き起こし、演奏しないときの角度で立てた。そうしてレジーナの背後にまわる。「なかなか絵になる格好ではあるのだが」かがんでレジーナの首にキスをした。

「あの旅行服だって絵になるわ。それに、とても役に立ったでしょう？」

マーカスは含み笑いをこぼし、片手をレジーナの胸にすべらせて愛撫した。レジーナは鋭く息を吸ったあと、その手に体をあずけてきた。

気持ちを奮い立たせるには、それで事足りた。マーカスはレジーナを椅子からすくいあげ、ベッドへ戻した。「ならば、ハープと旅行服なしでがんばるしかないな。いいか？」

返事のかわりに唇が上を向き、キスを求めてきた。

時が過ぎ、けだるい満足のなか一糸まとわぬ姿で仲良く横になったあと、マーカスはレジーナを抱きよせた。レジーナも自分から頭をマーカスの胸にのせてきた。

「痛い思いをさせたのではないか？　すまなかった」マーカスは低い声で謝った。「昨夜《ゆうべ》の痛手から回復するよう、もう少し間をあければよかったな」

レジーナは上掛けを引っ張り、ふたり一緒にくるまりながら答えた。「そうしてほしければ、あなたを起こすのに裸でハープを弾いたりしなかったわ。それに、痛い思いなんかしていないもの。それどころか……」くすりと笑みがもれる。

「何がおかしい？」

「友達。みんな本当に子供なんだもの。初夜の段取りを教えてもらったと話したでしょう？　おかげで、こっちの初夜まで悲惨なものになるかと心配しかけたわ」

マーカスは一方の眉を上げた。「つまり、そう悲惨でもなかったということかな」

見るからに妖精《セイレーン》めいた微笑がレジーナの唇に浮かんだ。「よかったわよ。自分でもわかっているくせに。ひとりよがりで鈍い人ね」

「ずいぶん楽しんでいたようだからな」

レジーナが流し目を送ってきた。「恥知らずで軽い女だとおっしゃりたいの？」

「まったくもって恥知らずだ。実に喜ばしい」

「いやじゃない？」

「ベッドをともにすることに喜びを感じてくれる奥方が？　まさか。いやだと思わなきゃいけない理由でもあるのか？」

レジーナの目が、すうっと細くなった。「宝石なんかにお金を使いたくないから、そんなふうに言っているだけでしょう」

マーカスは目をしばたたいた。「なんの話だ」

「友達から聞いたの。結婚のいいところなんて、あとで旦那《だんな》さまから宝石を買ってもらえることぐらいだって」

「宝石がほしいのか？」

「宝石を買うかわりに、さっきみたいにしてもらえなくなるのなら、いらないわ」

マーカスの口元がゆるんだ。「そういう交換条件は出さないが。すまん、宝石を買うことなど考えもしなかった」

レジーナが声をたてて笑った。「でしょうね。あなたは宝石を買うような人ではないもの」

「ハープは買っただろう？」マーカスは問いかけた。

「ええ。本当にすてき」

「銘文は読めなかったが」

レジーナが凍りついた。みるみるうちに生気が失《う》せていく。マーカスは、よけいなことを口にした自分に悪態をついた。だが、再度ベッドをともにして欲望がようやく収まりかけてきたいま、レジーナが字も読めずじまいになった理由を突きとめたいと感じた。「本当に何も読めないのか？」

小さくうなずき、レジーナが顔をそむけた。

マーカスはレジーナを背後から抱きこみ、腰に腕をまわした。「別に、それでもかまわないが。しかし、なんでまた公爵家の令嬢が――」

「ばか？」レジーナが苦々しい声を吐いた。「頭がおかしい？」

「字が読めないというだけの話だろう」マーカスは言い直した。レジーナを胸にしまいこみ、うなじに鼻をすりよせる。「頭はちっとも悪くない。そう言っているんだ。なぜ読み書きの練習をしなかった？」

レジーナが肩ごしに振り向き、見つめてきた。「怠けたとでも？　練習したのよ。何百回も、何千回も。一生懸命に。でも読めなかった」レジーナの下唇が震えた。「言ったでしょう、脳がちゃんと働いていないのよ」

「なんでわかる」

レジーナがため息をついた。「シスリーに勉強を見てもらいだしたころ――」

「シスリー？　公爵令嬢のシャペロンだと思っていたが」

「そうよ。でも、それだけじゃないの。わたしの家庭教師だった。最初からずっと」

マーカスは眉を片方だけ上げた。「お父上は家庭教師も雇えないほど貧乏だったのか？」

「まさか。家庭教師を雇わないよう、シスリーが父を説得してくれたの」レジーナが顔を向けてきた。「あのね、シスリーは父のいとこで、わたしが生まれたころから一緒に暮らすようになったの。お父さまが亡くなられて、その直後に。すごい美人でもなければ裕福な家の生まれでもないから、当時すでに独身をつらぬく覚悟でいたようね。わたしをかわいがってくれたのは、たぶんそのせいよ。わたしが字を読めていないと気づいたのもシスリーだった。わたしや兄が母に過剰な期待を寄せられていたことも見抜いて、あいだに入ってくれたのよ。それで、わたしの問題を誰にも気づかれないうちに、家庭教師になったの」

「両親も気づかなかったのか」

レジーナがうなずいた。「気づいていたら、母は屈辱のあまり死んでしまったでしょうね。父がわたしや兄と顔を合わせることなんて、めったになかったし。紳士の娯楽に明け暮れてばかりで、ほとんど相手をしてくれなかったもの。わたしが字を読めないことは、兄も知らないの」

マーカスは顔をしかめた。「読めないと言い張っているのは彼女だけということか」

「あなたが何を考えているか、想像がつくわ。でも、シスリーはそんなことで嘘《うそ》なんかつかない。本気で字を教えてくれようとしたのよ。でも、いくら教わっても、わたしには変なふうに見えるの。それに、少し大人になってから、ほかの人を相手に試してみたこともあるわ。簡単な単語を兄に読みあげてもらったりしてね。形から覚えられた単語なんてほとんどないのだけれど。あのときのことは、いまでもはっきりと覚えている。〝was《ワズ》〟だと思って読んでもらったら、兄は〝saw《ソウ》〟と言ったのよ」レジーナの目に涙があふれてきた。「わたしは単語のひとつも、まともに覚えられなかった」

「それで、あきらめたのか」

レジーナがにらんできた。「まさか。でも、すっかり落ちこんでしまって。頭痛が起きなければ、もっとがんばれたと思うけど」

「ああ、頭痛がするとか言っていたな」

「字を読もうとすると、いつも頭が痛くなるの。シスリーが、こっそりお医者さまに相談したら、無理に読んではいけないと言われたらしいわ。あきらかに脳に損傷があるからって。子供のころに高熱を出したからだと思うのだけど。とにかく、頭痛が負担になって、損傷がひどくなるかもしれないと言われて……それで、読む練習をやめたのよ」

「それきり何も読もうとしなかったのか」

「ときどきは読もうとしたけれど、いつも頭痛が――」

「ああ、なるほど」

なるほど、そういうことか。ミス・トレメインは、どこぞの偽医者に相談したのだ。あるいは、相談したと嘘をついたのだ。そして、根っから素直な子供だったレジーナは〝脳に損傷がある〟などという、愚にもつかない診断を鵜呑《うの》みにしたのだ。

もう少し、さぐってみよう。「では、本当に何ひとつ読めないのか？　どうやって何も読まずに通してきた？　人前でごまかすのは苦労しただろうに」

「読まずにすむ方法は、いろいろあるのよ」その笑顔は作り物のように見えた。「何か読まされそうになったときは、目が疲れたとか、眼鏡を忘れたとか言えばいいの。あとでひとりになってから読むと言ったりね」

昨日もそう言って、ルイーザの手紙を読もうとしなかった。

「昨夜のあなたみたいに、しつこく読ませようとする人がいたら、もっともらしいことを言うか、話題を変えるわ」レジーナが小悪魔めいた目で見つめてきた。「そこまでしつこい人なんて、ほとんどいないけれど。恥知らずな文を読ませようとする人もいないし」

「なぜわかる。読めないのに」

レジーナが肩をすくめた。「いつもシスリーがそばにいて、誰も見ていないときに、そっと内容を教えてくれるの。それどころか、何もかも読んでもらっているのよ。オペラの翻訳台本もあらかじめ買っておいて、読んでくれるわ。わたしの手紙を読んだり書いたりするのも全部シスリーなの。新聞や女性誌も読んでくれて――」

「そうやって、ずっと隠しとおしてきたのか」マーカスは冷ややかに言った。「それがなければ、字を覚える必要に迫られて、ミス・トレメインの手助けもいらなくなっていたかもしれないのに」

レジーナの目つきが険しくなった。「シスリーを悪く言わないで。ずっと律儀に助けてくれたのよ。たいへんだったと思う。わたしのそばを片時も離れられず、誰にもわからないよう、いつも何か読んだり書いたりしていたのだから。何か読まなきゃいけないものがあれば、いつだって文句も言わず眼鏡を出して、かわりに読んでくれたし」

「路頭に迷うより、ましだからな」

レジーナが、心外だという顔をした。「わたしがシスリーを路頭に迷わせたりするものですか。シスリーも、それはわかっているはずよ」

「そうか？　フォックスムアのほうは、彼女を田舎に追い払いたくてたまらないようだったが。妹に必要とされているという名目がなければ、とうの昔にお払い箱だ。そういうこともあって、文句も言わずに読む。当たり前だろう。しがない家庭教師の身分でも、路頭に迷うよりはずっといい」

　レジーナが上体を起こし、にらみつけてきた。「わたしが字も読めないのは、そう思いこまされたからだとおっしゃりたいの？　最初からシスリーにだまされて――」

「いや、そこまで言ってないが」内心そのとおりだと思いながらも、穏やかに話しかけた。「たぶん彼女は、字が読めないことを大げさに言い立てて、自分に依存させるよう仕向けたのだろう」

「本当に頭が痛くなるのよ！　シスリーの嘘なんかじゃない。わたしの仮病でもないわ！」

「ああ、そうだな」マーカスも起きあがり、レジーナの紅潮した頬を手のひらで包みこんだ。「しかし、何か読むと頭痛がするのは、よくあることだ。それでもみんな本を読むし、頭痛も乗りきる。脳に損傷を負って一生そのまま、なんてこともない」

　レジーナが顔をそむけたとき、涙が頬をこぼれ落ちた。「あなたには、わからないのよ」

「わかるとも」マーカスはレジーナを抱きしめた。「ちゃんとわかっている。頭痛はつらいものだ。俺《おれ》自身はそうでもないが、ルイーザが頭痛持ちでな。ひどい頭痛に悩まされているらしい」こわばった体を抱く腕に力をこめ、どうすれば納得してもらえるものかと考えをめぐらせた。「なあ、レジーナ。馬には乗れるか？」

「ええ」レジーナが、ぽつりと言った。

「では、初めて乗馬を習ったとき、何日も筋肉痛に苦しまなかったか？　座るたびに尻が……いや、腰が痛くならなかったか？　しばらく脚がゴムみたいに感じなかったか？」

レジーナは何も答えない。ややあって、いっそう弱々しい声でつぶやいた。「そうね」

「そのとき、脚や腰に問題があると考えたか？　馬には乗らないほうがいいと思ったか？」

「いいえ」レジーナが身を引いた。「でも、それは誰だって同じでしょう……脚や腰が痛くても、乗れるようになるまで練習するわ。わたしだけよ、字を読んで頭が痛くなるなんて」

「なぜわかる？　手当たりしだいに、レディたち全員にきいてまわったのか？　小学校の女の子たち全員に？　おそらく、字を読んで頭が痛くなるレディは二十人、五十人、百人はいるだろう。男もいるかもしれない」

レジーナの息づかいが速くなってきた。まなざしが、ひたと見上げてくる。

マーカスは言葉を重ねた。「奥方どのは本の話をしたがらないようだが、ではなぜ、ほかのレディたちも本の話をしないと思う？　誰だって、頭が悪いとか怠け者だとか言われるような真似《まね》は避けたいからな。この瞬間にも〝脳に損傷を負った連中〟が何百人もロンドンをうろついているかもしれんぞ」

「何をおっしゃりたいの？」レジーナが声をしぼりだした。

「つまり、いくら脳に負担をかけても、損傷の原因になるとは思えないってことだ。しかし、自分でやってみなければ実感できんだろうな」

突如レジーナの顔に浮かんだ悲痛な表情が、マーカスの心の琴線に触れた。この期におよんで、ようやく理解できた。なぜレジーナがロンドンでの社交にこだわるのか。なぜ田舎に閉じこめられることを恐れたのか。レジーナのように、字は読めなくても非常に頭のよいレディにとっては、レース編みや妻の義務だけを生き甲斐《いがい》に田舎でずっと暮らすなど、不幸以外の何物でもないはずだ。

ロンドンにいれば、オペラや演劇、それにサロンでの集まりが気晴らしになる。まわりの連中は間抜けぞろいかもしれないが、楽しい仲間ではあるだろうし〝損傷を負った脳〟の悩みから気をまぎらわせてくれる。

キャッスルメインにいれば、死ぬほど退屈するに違いない。だから、ここで自分と一緒にいてもらうには……。

マーカスは言葉を継いだ。「あとで、ひとっ走り屋敷に行って、昔ルイーザが使っていた文字の練習帳を取ってくる。ゆっくり練習すれば――」

希望がレジーナの顔に満ちた。「本当に字を覚えられると思う？」

「もちろん」

「ああ、マーカス！　字が読めるようになったらどんなにいいかしら！」

「気持ちはわかる。俺だって、この九年のあいだ気晴らしになる本がなければ、頭がおかしくなっていただろう」

ふいにレジーナの表情が曇った。「だけど、お医者さまの言うとおりだったら？　どうしようもなく頭が変になってしまったら――」

「ならない」マーカスはレジーナの唇に人さし指をあてた。「俺がついているから大丈夫だ。おまけに、俺たちはドラゴンだろう？　いつだって、やりたいようにやるんだ」それでもレジーナが愁眉《しゅうび》を開かないので、別の方針をとってみる。「それに、俺が勇気を振りしぼって〈オールマックス〉に乗りこんでいけたのは、ひとえに奥方どのがいたからだ。ならば、奥方どのも俺のために、多少の頭痛には耐えてくれるんじゃないのか？」

自分ひとりでは無理でも、夫のためという義務感か何かに突き動かされれば、やってくれるだろう。絶対に字が読めるようにしてやる。そうするしかない。ここで一緒に暮らしてもらうには、それしかないのだ。

「わかったわ」レジーナがため息をこぼし、胸にもたれてきた。「がんばってみる」

20

あなたのルールに従わないとどうなるか、お嬢さまに前もって思い知らせておきましょう。そうすれば従ってくださるはずです。

——ミス・シスリー・トレメイン『理想のお目付役《シャペロン》　若き淑女の話し相手《コンパニオン》のための手引き』

がんばった。ものすごくがんばった。必死にがんばった。それなのに、拷問とも言うべき四日間が過ぎても、まったく字が読めるようにならない。むしろ、以前より読めないくらいなので、文字の練習帳などというおぞましいものを考えだした人物を絞め殺したくなった。マーカスも絞め殺してしまいたい。とにかく、あきらめない人だから。

いまはハネムーン五日めの午前十時ごろ。マーカスとふたりでイリリアの豪華な客間にこもり、屋敷から持ってきてもらった文字の練習帳に苦しんでいる。自分の頭の悪さにも、字を間違えたときのマーカスの憂い顔にも、もううんざり。いらだたしげな顔も、自分自身のいらだちを映しているようで、うんざりする。

そして何より、頭が痛くてたまらない。そしてマーカスときたら、一分たりとも自分の使命をおろそかにする気はないらしく、冷湿布を頭にのせてベッドで横になることも許してくれなかった。色っぽく誘えば別だろうけれど、頭が痛いときにそんな真似《まね》ができるはずもない。

最高のハネムーンになったものだわ。

「またか、レジーナ」マーカスが赤いカバーつきの練習帳をめくった。練習帳なんて大嫌い。「文字の形を見てみろ。bで出っ張っているのは右側だ。左側じゃない。それだとdだ」

「とんまのd《ドルト》」レジーナは小さく口答えをした。「それも間違い？」

「自分のことをドルトなんて言うな」

「わたしのことを言ったんじゃないわ」練習帳を脇《わき》へ押しやり、レジーナは背もたれに倒れこんでマーカスをにらみつけた。「やっぱり無理よ。いつになったらわかってくれるの？　何時間も努力して読めるようになったのは、せいぜい自分の名前ぐらい。本なんて、とてもとても。ましてや書くなんて――」

「まあ落ち着いてくれ」マーカスが無精髭《ひげ》の生えた顎をこすった。「もっと簡単にいくかと甘く見ていたよ。白状すると、前よりミス・トレメインに一目おくようになったぐらいだ。しかし、がんばれば――」

「がんばれ？」乱暴に練習帳を閉じ、レジーナは勢いよく立ちあがった。「いいかげんにして！　練習帳なんか見すぎて寄り目にはなるし、座ってばかりでお尻の感覚もなくなっているのに、よくもそんな――」

「頼むから最後まで言わせてくれ」マーカスはレジーナを抱きよせ、自分の膝に座らせた。「よくがんばっていると思うよ。無理だと思わずに続ければ、また違ってくるだろうと言いたかったんだ。やりもしないうちから放《ほう》り投げるんじゃなくて」

いくぶん気持ちが落ち着いて、レジーナはマーカスと額を合わせた。「無理としか思えないわ。だって本当に無理なんだもの。何年もがんばって、それでもできなかったのに、どうしてやらせようとするの？」

「奥方どのを信じているからだ」マーカスが小声で言い、頬に鼻をすりよせてきた。「いままでは、ちゃんと練習する機会がなかっただけだ」

「いまは、ちゃんと練習しているわ。もうそろそろ、あきらめてもいいころじゃない？」

「まだだ！」マーカスが上体を引き、怖い顔をした。「俺《おれ》が許さない」

喉が引きつれて痛い。「ずいぶんむきになるのね。どうして？　自分の妻が字も読めないと思うだけで耐えられない？」

「違う。いまの状態に自分で満足しているなら、それでいい。だが、そんなふうには見えないな。そうだろう？」

「字を読む練習が大好きじゃなきゃいけないのでしょうけれど、そこまで必死にやらなくてもいいのよ。ハネムーンが終わってシスリーと一緒に暮らすようになれば――」

「彼女に読んでもらう必要はない。いざとなれば俺が読む」

レジーナはマーカスの頬をなでた。「ご冗談ばっかり。四六時中そばにいて、そんなことをするなんて無理だわ」

マーカスのおもてを頑固そうな表情がよぎった。「無理じゃない。やってやる」

「ルイーザに聞いたけれど、あなたは普通の領主以上に領地のことにかかりきりになっているそうね。そんな人がすべてをほったらかしにして、召使い頭の献立表や山のような指示を読みあげるのは不可能よ」

「領主は俺だ。やりたいようにやる。それに、奥方どのが親類ばかり頼るなんて、ごめんだからな。自分で読めるようになってもらうか、俺が読むか。ふたつにひとつだ」

レジーナは眉根を寄せた。「では、シスリーはどうなるの？」

マーカスが肩をすくめた。「好きなだけ町屋敷に住めばいい。本人も、そうしたいだろう。都会にいれば、やることがたくさんあるからな」

「ひとりぼっちにさせられないわ。いずれにせよ、あなたに何もかも読みあげていただくつもりもないし。女には、旦那《だんな》さまに見せたくないものもあるのだから」

マーカスの剣呑《けんのん》な目つきは氷さえ燃やしてしまいそうだった。「たとえば？」

「女友達からの手紙とか」顔が火照ってきた。「女性のための心得とか……ほら、ちょっと微妙な内容の」コルセットの品質に関する最新の記事をマーカスに読んでもらうなんて、がまんできない。絶対いや。「それに、すぐロンドンに戻るから、そのとき――」

「どういう意味だ、すぐロンドンに戻るとは。当分、戻る予定はないぞ」

心臓が早鐘を打ちだした。「まだ社交シーズンは終わっていないのよ。あなたのほうこそ、ルイーザのためロンドンにいたがるかと思ったのに」

「なぜだ？　妹はアイヴァースリーの屋敷にいるんだぞ」マーカスが面と向かって凝視してきた。「何か知っているのか？　ルイーザのために大急ぎでロンドンへ戻らなきゃいけない理由でもあるのか？　それなら話は別だが」

内心ひどく動揺していたものの、無理にほほえんだ。「もちろん、そういうわけじゃないけれど。ルイーザに誘いをかけたり、何か贈ったりする紳士は兄のほかにもいるのだから、そばで目を光らせていたいでしょう？　残すところ、あと一、二カ月だけだし」

「一、二カ月はここで一緒に過ごすつもりだったのだが。奥方どのがキャッスルメインの女主人の務めを楽に果たせるようにな」

レジーナは震える両手を膝のあいだに隠した。「それは社交シーズンが終わってからでもできるわ」ルイーザが別の誰かと結婚したあとか、キャッスルメインに戻ってきて次のシーズンを待つあいだでもいい。「いまの時期はロンドンにいたいの」

「領地にいてもらいたい」マーカスの顎の筋肉が引きつっている。

レジーナは毅然《きぜん》と顔を上げた。「わたしは、いつでもひとりでロンドンに行けるのよ。お忘れかしら？」

「俺が許可したときだけだ」

ぞっとして、レジーナは身を震わせた。横暴な男と結婚したのではあるまいかと案じていたのだが、その証拠を突きつけられたのは初めてのことだった。「好きなときにロンドンへ行ってもいいという約束だったでしょう」

「妻の義務をないがしろにされるとは思わなかったからな」

その物言いに、かちんときた。「わたしの意思に反して、ここに引きとめておくつもり？　それなら、シスリーに迎えに来てもらわなきゃいけないわね」

「どうやって？　手紙も書けないのに」

頬が熱くなる。「召使いに書かせるわ」

「そうか？」マーカスが暗い笑みを浮かべた。「字が読めないことは、おそらく実家の召使いにも話していなかったのだろう？　ならば、うちの召使いに打ち明けるはずもないな」

図星をさされ、いっそう怒りがつのる。「では、近所の村で誰か雇って――」

「やめてくれ、それだけは絶対に許さない」

「なんですって？　わたしの行動を止めだてするの？」

「そうだ」その言葉に、レジーナは身をよじってマーカスの膝から下りようとしたものの、がっちりと抱きすくめられてしまった。マーカスの顔にも怒りが燃えている。「俺は十年以上もひどい醜聞の種にされてきた。それでもやっと領民に認められ、領地や小作人思いの公正な領主として見てもらえるようになったんだ。なのに、今度は妻のことで後ろ指をさされる領主にしたいのか？　結婚して一週間もたたないのに妻に逃げられそうだと噂《うわさ》させたいのか?」

「逃げるつもりなんて――」

「醜聞の種にされるのがどんな気分か、わからないだろう。うちの使用人は信義に篤《あつ》いし口も堅いから安心だ。しかしロンドンの連中は……」マーカスは頭を振った。「だめだ。勝手な真似は許さない」

レジーナの憤りがことごとく消えた。このような自尊心を理解できる人間がいるとすれば、それは自分だけだろう。けれども、マーカスが手ずから作りあげた牢獄《ろうごく》に閉じこめられようとしている事実は消えない。

「ならば、歩いてロンドンへ行くだけよ」レジーナは、そっけなく言った。「地下牢に閉じこめられたら、どうしようもないけれど」

「そんなことをするものか」マーカスが重々しく息をついた。「わかった。どうしてもと言うなら、社交シーズンのあいだ一緒にロンドンへ戻ろう」

「ぜひお願いしたいわ」

「だが、あと何日か、字を読む練習をしてからだ。いいな?」

「いいわ」マーカスが折れてくれたことで、気が楽になってもいいはずだった。けれども、災いを防げたわけではなく、ただ先延ばしにしただけだという不安がぬぐえない。

「それに、ハネムーンは始まったばかりなんだ。あと何日か奥方どのを独り占めにしても、ばちはあたらないだろう?」

「そうね」欲望を含んだ声に、いくらか不安がやわらいだ。むろん、いますぐ求めてくるのだろう。結婚して一週間もたっていないのだから。「でも、ハネムーンのあいだじゅう、本と頭痛に苦しむのはいや。せめて今日は、違うことができない？」

くすぶる熱がマーカスの顔に表れた。「おおせのとおりに」低い声と同時に、キスが唇に下りてくる。

レジーナは笑いながらマーカスの唇に指を押しあてた。「それじゃなくって。もう、いやらしいんだから。そっちはたくさんやったでしょう」

マーカスが不満げに悪態をついた。「ほかに何がある」

「たとえば、思いきり汗をかくとか……」マーカスの目が輝きだすより早く、レジーナは制した。「乗馬で。領地のほかの場所を見てまわるとか、屋敷まで行ってみるとか」唇だけで、いたずらっぽく笑う。「有名な地下牢を見せていただくのもいいわね」

たちまちマーカスが無表情になった。「地下牢はあとまわしにしよう。あんなのを見てどうする。寒くて陰気なだけだ。古いワインのボトルや錆《さ》びた鎖があるぐらいで。レディ向きの場所じゃない」

「でも噂の場所だし、あなたの話もずいぶん聞いたから気になるの」

「無駄に想像をふくらませてしまっただけだろう。奥方どのが考えているような場所じゃないぞ。本当だ」マーカスが作り物の笑顔を向けてきた。「そんなに見たければ、そのうち案内しよう。だが、うじゃうじゃいる鼠《ねずみ》を蹴《け》散《ち》らして歩くのは気が進まんな」

鼠？　それは勘弁してほしい。「もう結構。あなたの言うことを信じるわ」

「だが乗馬は楽しそうだな。天気もいい」すばやいキスが耳をかすめ、胴着《ボディス》のなかにすべりこんできた手が胸をなでてくる。「だが奥方どの、その前に、ふたりきりで汗をかきたい。ずいぶん譲歩したのだから、そのくらいの見返りがあってもいいはずだ」

「あら、そうかしら？」むっと顔をしかめてみせたものの、すでに血は熱くたぎり、鼓動は速くなっている。「だめと言ったら？」

「なんとか説得するしかないな」

胸の先端を親指で転がされ、思わず声をもらしてしまう。そして、いつしか胸をマーカスの手に押しあてていた。

「そう厄介なことでもなさそうだ」

「あなたって……」

首にキスをされた。

「すごく意地悪な……」

舌先が喉を這《は》いおりてくる。

「ドラゴンだわ」

「いつものことだ」顎から唇へとキスを戻しながら、マーカスがささやいてきた。「だが、奥方どのが相手のときだけだ。いとしい妻、おまえだけだ」

屋敷に馬で乗りつけたとき、夕日は水平線にかかるほど落ちていた。父の奇抜な改築が悪趣味と思われていやしないかと、マーカスは妻の様子をうかがった。しかし、領地を見てまわったときと同様に、レジーナの表情は楽しげだ。

希望がわいてくる。いまならレジーナも、それほどロンドンへ帰りたがらないだろう。午後に見せたものを気に入ってくれたらしい。レジーナは鱒《ます》の養殖池に感嘆し、広大な大麦畑に目をみはり、酪農業の効率について尋ねてきた。領地経営の知識がほとんどないことは質問や言葉の端々からうかがえたものの、熱意にかけては文句のつけようもなかった。

だが、ささやかな熱意など、いつまでもつだろう。誰かに助けてもらわなければ献立の指図もできないし、使用人を雇い入れるときに手紙のやりとりをすることも不可能なのだ。召使い頭に備品を注文させることもできず、家事いっさいの監督もおぼつかない。

それはレジーナも心得ていた。字が読めなければ、女主人の務めが困難をきわめるのは目に見えており、レジーナは早くも逃げだそうとしている。ロンドンで遊び暮らすことしか頭になかった母のようだ。

マーカスはその思いを振り払った。表向きは似たようなものかもしれないが、あの女とレジーナとでは大違いだ。そら、見てみるがいい。この瞬間でさえ、きれいな頬は乗馬のせいで輝き、気力にあふれた瞳がきらめいている。あの女とは似ても似つかない。あの女は、キャッスルメインが退屈でわびしい場所だと思っていた。

レジーナは、持ち前の知性のおかげで、どのような苦労にも嬉々《きき》として立ち向かっていく。領主夫人の苦労のなかにも楽しみを見いだせるのだ。おまけに、ロンドンで幸せいっぱいに暮らしていたならば、そもそもドラゴン子爵とつき合うような冒険にあこがれたりするものか。

それでもやはり、心穏やかではなかった。レジーナとふたりでロンドンに出かけるのがいやなのではない。社交界での風当たりも弱まってきたから、劇場での一夜やアイヴァースリー邸での晩餐会《ばんさんかい》も楽しめそうな気がする。だが、上流社会の連中と一緒にいて完全に肩の力を抜くことはないだろう。殿下と鉢合わせする危険があるからだ。

そのうえ、田舎紳士でいるほうが、たいがい気楽でいい。孤独なのが唯一の不満だったが、これからはレジーナがそばにいてくれる……。

いつまで？　レジーナのせいで抜き差しならぬ状況に追いこまれてしまった。ずっとロンドンで暮らしたくはない。だが、ここでレジーナを無理やり引きとめれば、嫌われるのは目に見えている。とはいえ、ひとりでロンドンに行かせれば、別の男と出会うのも時間の問題だ……。

嫉妬《しっと》が心に重くのしかかり、落ちこんでしまう。レジーナが何をしようと、気にしなければいいではないか。だが、どうしても気にかかる。あっという間に魅力の虜《とりこ》になってしまった。レジーナを求める想《おも》いは日ごとに増す一方だ。頭痛に苦しむ姿を見るのはつらい。しかも、奥方にほほえんでもらうためなら、どんな大金も惜しいとは思わない自分がいた。気をつけなければ、たちまちレジーナの言いなりになってしまうだろう。母が父を自在に操ったように。そして……。

「庭園を見せてくださる？」隣で馬を止めたレジーナが、愛らしい笑顔で問いかけてきた。

その笑顔に、心をわしづかみにされた。

まったく、レジーナこそ、日差しをあびる庭園のように見える。髪は金色に輝き、頭にのせた青いボンネットはグレーの目を空の色に変えている。そして、ぴったりとした短い上着には、たくさんの小花の刺繍《ししゅう》があった。間違いなく、ロンドンの男のうち半分はレジーナを自分のものにしたがっていたはずだ。それはいまも変わらないだろう。

胸の奥で心臓がどきりと鳴った。

「マーカス？　庭園は？　庭園があるのでしょう？」

「ああ、あるとも。だが妹がいなくなってからは、みじめにほったらかしだ。妹が造園の指示を出していたものでね。ルイーザが監督していないと、うちの老いぼれ庭師は、すぐ怠ける」マーカスはレジーナをじっと見つめた。「造園の仕事は好きか？」

「ほかの人が造った庭園は好きだわ」レジーナは、ばつの悪そうな苦笑混じりに認めた。

「泥や虫が嫌いなの。わたしに庭園をまかせたら、たちまち悲惨な状態になるでしょうね」

レジーナがため息をついた。「あなたは見かけ倒しの妻を選んでしまったのよ、マーカス。あなたに後悔されないことを祈るしかないわ」

「らちもない」喉をつまらせながらも、マーカスは言った。「後悔などするものか。新しい庭師が必要になれば、いつでも雇える。だが、妻は雇えない」

近くの厩舎《きゆうしや》から若い使用人が走ってきたので、マーカスは馬を降りた。「さあ、奥方どの、庭園を歩こう。ひどいありさまの庭園だが」手綱を若者に渡し、レジーナのそばに行く。「そのうち、泥や虫もあまり気にならなくなるだろう」

疑わしげな顔をしつつも、レジーナはマーカスの手を借りて馬から降りた。それでも、しゃれた小道を歩いていくあいだ、ひとことも口をきかない。小道の脇には無数の花が咲き乱れている。庭仕事に慣れた者の手にかかれば、もっと見ばえがよくなるだろう。だが、それをレジーナには望めない。これ以上ないほどはっきりと断言されたのだから。

荒れ放題の庭園を一巡して、急な斜面を薔薇《ばら》園のほうへ下りていったそのとき、血も凍るような悲鳴が背後で響いた。ふたりが飛びあがって振り向くのと同時に、七歳くらいの男の子が、尻もちをついて膝をかかえるような格好で坂をすべり落ちてきた。

脚からひどく出血している。

好奇心旺盛《おうせい》な料理番の息子だと見てとったものの、マーカスは動けずにいた。しかし、レジーナは一瞬たりとも無駄にしなかった。泣きじゃくる子供に駆けより、そばに座りこんで脚を診た。マーカスが急いで近づいていくと、レジーナはもう首のスカーフをほどき、止血帯がわりに傷の上で縛っていた。

「ごめんなさい……ごめんなさい、旦那さま」子供が声をあげた。おびえきった目が涙に濡《ぬ》れている。「奥方さまがどんな人か……見てみたくって……でも柵《さく》から犂《すき》の上に落っこちて……いっぱい切れて……」子供は、こわごわとレジーナを見上げた。「奥方さまあ、俺、死んじゃうのかな」

「死ぬわけないでしょ」レジーナは、きっぱりと言った。おびただしい出血にも、まるで動じることなく、平然と傷の具合を診ている。「もっとひどい傷も見たことがあるし、もっと具合の悪い子も大勢いたけれど、誰も死ななかったわ。あなたみたいに元気な子なら、すぐ治るわよ」

ああ、そうだった。慈善看護婦の経験があるとか言っていたな……。マーカスは少し肩の力を抜いた。「俺にできることがあるか？」

「この子を屋敷に連れていきましょう。急いで治療しなくては」

厨房《ちゅうぼう》のある裏口に向かうと、料理番の金切り声の出迎えを受けた。領主に抱かれた息子の姿が窓ごしに見えたのだろう。屋敷から飛びだしてきた料理番に続き、下働きの少女ふたりが追いかけてくる。「ティミー！　ああ、なんてこと、ティミー！」

「大丈夫よ」レジーナが料理番に声をかけた。マーカスは子供を厨房へ運びこんだ。

料理番は息子の傷を一瞥《いちべつ》し、大丈夫というレジーナの言葉に納得したらしく、ほうっと息を吐いた。

レジーナは厨房の中央のテーブルを示した。「ティミーをそこに寝かせて」料理番を振り返る。「丈夫な針と糸をちょうだい。清潔な布を濡らしてきて。清潔で乾いた亜麻布もいるわね。あと、物置にテイラー軟膏《なんこう》でもある？」

「はい、あります」料理番が戸棚を開けた。「丈夫な針と糸はここに。鶏《とり》の詰め物をとじるときに使うやつですが。これでいいでしょうか」料理番は下働きの少女に目をやった。「何ぼんやり突っ立ってるんだい。軟膏を持っといで」

　少女が厨房から駆けだしていくと、料理番は息子に視線を戻した。「まったくもう、この子には困ったもんですよ、奥方さま」言われたとおりのものをレジーナに手渡す。「けがをするのは今月で三回めなんだから」

「男の子はそういうものよ」レジーナが、かすかな笑みを浮かべた。「腕白で、危ないことが大好きなのよね」

　しかしレジーナが針に糸を通したとき、ティミーに腕白坊主の面影はまるでなかった。迷子の羊のように泣き叫びだしたのだ。

　マーカスは子供の手を握った。「こら、しっかりしろ。大騒ぎしてもなんの足しにもならんぞ。おとなしく縫ってもらえ、すぐ終わるから。痛かったら、俺の手をできるだけ強くつかんでいればいい。わかったな?」

　ティミーは泣くのをやめ、おびえた様子で見上げてきた。総じて領地の子供たちは領主をなかば恐れており、マーカスはいつも、やるせない思いをかみしめていた。だから、レジーナに傷口を縫われたティミーが手を握りしめてきた瞬間、まんざらでもない気分が胸に広がった。

「そうだ、がんばれ」マーカスは太い声で励ました。「ぎゅっとつかんでいろ」

　ティミーは息をつめたものの、マーカスの顔から目を離さなかった。「ほっぺたに大きい傷ができたときも、こうだったの？　旦那さまも、俺みたいに犂の上に落っこちたの？」

「お黙り、ティミー」料理番が息子を制し、申しわけなさそうな視線を送ってきた。

「悪い魔法使いのお婆《ばあ》さんと戦ったときの傷よ」レジーナが口をはさんだ。「キャッスルメインを乗っとりに来たお婆さんが、火のついた松明《たいまつ》で旦那さまに悪い魔法をかけようとしたの。旦那さまは大けがを負わされたけれど、がんばったのよ。あなたも一生懸命がんばっているわね。強い子ね」

ティミーが胸を張り、握りしめていた手をゆるめたとき、マーカスは笑いをこらえた。悪い魔法使いのお婆さん呼ばわりされた母が生きていれば、レジーナの目をえぐりだそうとしただろう。

「はい、おしまい」レジーナが糸の端を歯で切りながら言った。「ほらね？　たいした傷じゃなかったでしょう？　これでもう安心よ」即席の止血帯をほどくと、傷口の縫い目を確かめて、にっこり笑った。

料理番が顔をしかめ、止血帯をのぞきこんだ。「上等なスカーフが、しみだらけになって。あいすみません、奥方さま」

「気にしないで」レジーナが、こちらへ顔を向けてきた。「旦那さまが新しいものを買ってくださるから。そうよね？」

「十枚買おう」マーカスは、むっつりと応じた。「ほしいものは、なんでも買ってやる」

料理番と下働きの娘が驚いたように目を見交わしたので、マーカスは体をこわばらせた。新妻に鼻の下を伸ばしている愚か者でございと、片膝をついて言い放ったようなものだ。

マーカスは苦虫をかみつぶした顔で言い添えた。「ご婦人がたが鮮やかに傷の手当てを終えたようだから、俺は犂を片づけに行くとしよう。あのまま放置しておくわけにはいかん」

厨房を出ようとすると、軟膏を取りに行かされた娘が、何本もの薬瓶の入った箱をかかえて戻ってきた。マーカスの体半分が扉から外へ出たとき、娘の大声が聞こえた。「すいません、奥方さま。あたしは字が読めないもんで、どれが軟膏だか、さっぱり。物置にあったやつを全部持ってきました」

はっと振り向き、マーカスは厨房へ戻った。もう料理番が箱をレジーナに渡している。

「奥方さま、見てくださいますか？　眼鏡が手元になくて」

あわてて厨房に入ると、青ざめたレジーナが箱をのぞきこんでいた。マーカスが駆けよるより早く、一本の瓶を手に取ると、時間をかせぐように正面の文字を指でなぞっている。

そのとき、いわく言いがたい表情がレジーナのおもてをよぎった。「あら、阿片チンキ《ラウダヌム》ね。これじゃないわ」

マーカスはレジーナの手から薬瓶を奪った。まずい、もし間違えていたらどうする？

ちらりとレジーナを見ると、不安げな視線がぶつかってきた。「たしかにラウダヌムだ」

レジーナの顔が、ぱっと上気した。「そんな気がしたの、マーカス。そういう字だったような気がして。最初の字はLじゃなくて数字の一かと思った。そのときわかったわ。読めたの。ちゃんとLに見えたのよ」

料理番と下働きの娘たちが不思議そうに顔を見合わせていたものの、マーカスは気にもとめなかった。「ほかのを読んでみろ」

レジーナが別の瓶を手に取った。「W……C……テイラー？　テイラーでいいの？」

マーカスは薬瓶をつかんだ。「ああ。封のところにあるのは薬屋の名前だ」

「それ塗ったら、しみる？」ティミーの問いに、ふたりとも現実に引き戻された。

「ちょっとだけ」レジーナは小声で答え、残りの薬瓶を箱ごとマーカスに渡した。縫合した傷口にテイラー軟膏を塗り、亜麻布を巻く。「ひどい傷痕《きずあと》が残ると思うけれど、ちゃんと治るわよ」

「なんとお礼を申してよいやら――」料理番が口を開きかけた。

「いいのよ」レジーナが間に合わせの包帯を縛ってとめた。「自分が役に立てるだけでも、うれしいわ」

料理番と息子のティミーから解放されるには、もうしばらくかかったが、ほどなくマーカスとレジーナは廊下へ出て客間へ向かった。

「慈善看護婦をやっていたというのは嘘《うそ》じゃなかったのだな」マーカスは、ぼそぼそと話しかけた。

レジーナが、いたずらっぽい視線をよこしてきた。「嘘だと思ったの？」

の？」

「嘘であってほしいと思った。そんな聖女さまだと知っていたら、結婚を申しこむ勇気も出なかったぞ」

ぽっと頬を赤らめたレジーナが愛らしい。「だけど、庭仕事もできない女よ。忘れたの？」

「どう考えても、庭仕事よりけがの治療のほうが上だ」マーカスはレジーナの手を取り、握りしめた。「結局、まるで見かけ倒しの奥方どのというわけでもなかったな」

レジーナが笑った。「わたしの刺繍を見ていないから、そんなことが言えるのよ」

「この目で見たかぎり、俺には十分すぎるほど家事の上手な奥方どのだ」マーカスは本気で言った。

大勢の使用人がにぎやかに立ち働いている玄関広間に近づいたとき、レジーナの指が袖《そで》口《ぐち》の縁をもてあそんできた。「やっぱり、いますぐ……読む練習に戻らなきゃだめ？」なんのことやら理解できずにいると、レジーナが目を合わせ、ほほえんだ。「いまの騒ぎで気がたかぶってしまったの。ゆっくり過ごしたいのよ」

マーカスの豪快な笑い声に、使用人たちが振り返った。そのとき、やせた男が使用人のあいだから進みでて、近づいてきた。

たしかアイヴァースリーの屋敷の若者だ……。そう思いあたったとき、男は封印された手紙をさしだした。「子爵さまにお手紙です」

封印を破ったとき、いやな予感が背筋を駆けおりた。手紙を読んだとき、懸念が激怒となって燃えあがった。

「なんの知らせ?」白墨のように血の気の引いた顔で、レジーナがきいた。

「ロンドンに戻らなきゃならん」

「いますぐ?」

「ああ、いますぐに。あんたの腐れ兄貴がルイーザを誘拐しようとした」

21

下心があって結婚を申しこんでくる殿方の誘惑には気をつけましょう。
――ミス・シスリー・トレメイン『理想のお目付役《シャペロン》　若き淑女の話し相手《コンパニオン》のための手引き』

ゆうに三十分が過ぎ、マーカスと一緒にキャッスルメインを発《た》つころには、もはや動揺を抑えきれなくなっていた。「マーカス、早く手紙を読んで聞かせてちょうだい。自分では読めないのだから」

さきほど身も凍るような言葉を発したときから、マーカスは口をきいてくれない。手紙を読んでほしいと訴えても耳に入らぬかのように、馬車の仕度や、ロンドンで一泊せざるを得ない場合にそなえての荷造りを使用人に命じている。レジーナが自分用の荷造りも使用人に言いつけたとき、マーカスは暗い視線を向けてきた。それでも、止めるそぶりは見せなかった。

そんなわけで、いまは夫婦そろってロンドンへ急行している。マーカスは食い入るように窓の外を見つめ、レジーナは事の次第が知りたくて半狂乱になっていた。

「マーカス、お願い――」

「読まなくてもわかっているのだろう」

「どういうこと？」

怒りをたぎらせた瞳が射抜いてきた。「はなからフォックスムアの思惑を知っていたな」

「知らないわ！」

「ルイーザのためにロンドンに帰ろうと騒いでいたじゃないか。フォックスムアの思惑に気づいていたらしいな」

レジーナは息をのんだ。「たしかに、兄がルイーザに会おうとするかもしれないとは思ったわ。でも誘拐なんて考えもしなかった。いつもの兄は、そこまで――」

「計算ずく？　権力の亡者？」

「そこまで無謀な人じゃないもの。何が目的だったのかしら。見当もつかないわ」

「ルイーザの評判を泥まみれにすることだ」マーカスがうなった。「白昼堂々、通りで落ち合う手はずをつけていた。馬車で連れ去るつもりだったんだ、あの野郎」

「なんてこと」レジーナはうめいた。「誰かに見られてしまった？」

「いや。幸い、それはない。だが、早朝こっそり抜けだしたルイーザをミス・トレメインが追わなければ、フォックスムアのたくらみは成功していただろう」

「全部わたしのせいだわ。もし人に見られていたら――」

「どうして、あんたのせいになる？」マーカスが腕組みをした。

　レジーナは、絶望的な思いでマーカスを見た。打ち明けなくてはいけない。怒り狂った兄が嘘《うそ》を吐き散らす前に、真実を告げたほうがいい。「もう気づいているのでしょう？　兄の行動を、ほんの少しでも予測できていれば――」

「だから、どうして全部あんたのせいになる？」さらに冷えた声で、また問いただされた。

　心が沈んだ。「〈オールマックス〉で夜会があった晩、兄から聞いていたのよ。ルイーザに近づかない約束なんか破るつもりだって。何がなんでもルイーザと殿下の面会をお膳立《ぜんだ》てしてやるって。まさか、ここまで過激な行動に出るとは夢にも思わなかったけれど」

　マーカスの顔色は石のようだった。「だから俺《おれ》には内緒にしていたのか」

「シスリーが止めてくれると思ったから。現に、止めてくれたでしょう？」

　目をぎらつかせ、マーカスが身を乗りだしてきた。「万一のことがあったらどうする。それでも黙っているつもりだったのか」

　手のひらに汗がにじんできた。「とても話せなかった。あなたやルイーザに兄の思惑をもらしたら、わたしも最初から一枚かんでいたことにすると脅されたの。最初にキャッスルメインを訪ねたのも、兄の言いつけだったことにすると脅されたのよ」

「フォックスムアの言いつけではなかったのか」

「考えられないでしょう、ルイーザを傷つけるような計画に、このわたしが一枚かんでいたなんて！」

　マーカスの顎の筋肉が、ぴくりと動いた。「どう考えていいやら、皆目わからん」

「わたしが一枚かんでいたなら、ルイーザを守るようシスリーに頼むはずがないもの。わたしのほうこそ、シスリーの助けが死ぬほど必要だったのに」

いかめしい表情が若干やわらいだ。「脅されていたと話してくれればよかった。ひとこと俺に注意しておくべきだった」

「どうせ兄の嘘を真に受けて、わたしの話なんか信用してくれなかったでしょう！」レジーナは背筋を伸ばした。「そのことで、ひどいいやみを兄に言われたわ。わたしは貞節さえ疑われているものね。最初から嘘などついていないと信じてもらうなんて、とても無理よ」

マーカスが口汚くののしった。「あんたの兄貴は人間のくずだ」

「そうね。でも、兄の言うことにも一理あるわ」マーカスの険しい視線に、レジーナはつけくわえた。「もし兄の思惑を打ち明けていれば、あなたは何をしたかしら。ハネムーンの真っ最中にルイーザを連れ戻した？　キャッスルメインに閉じこめた？」

「そんな話を聞かされた以上、ルイーザをロンドンに置いておけるか」

「でしょうね。でも、それじゃルイーザの結婚相手を見つけるのも難しくなるわよ」レジーナは、きっと顔を上げた。「わたしは考えに考え抜いて手を打ったの。兄からルイーザを守るよう、シスリーに頼んだわ。シスリーは、そのとおりにしてくれた」

「だが下手をすると、ルイーザの評判が地に落ちていた――」

「ええ、わかっているわ」レジーナは重く息を吐いた。「そうなれば、わたしも自分で自分が許せなくなっているところよ。でも、兄も人目を避けたようだから、ルイーザの評判を落とす気などないのでしょう。殿下とルイーザを、ちょっと会わせてあげたいだけなのよ」

マーカスがにらみつけてきた。「後押しでもしたいような口ぶりだな」

「もちろん兄の後ろ暗いやりかたには反対よ。でも、あなたがここまで頑固でなければ、つまらないたくらみを仕掛けてくることもなかったのじゃないかしら。あなたが自分でルイーザを殿下に引き合わせてもよかったのだから。殿下の言い分を全部聞いたら、あとはルイーザ自身が決める問題だもの」

「あんたの考えなしの兄貴のせいで、ルイーザは破滅させられそうになったんだ。それに、海千山千の殿下を相手に、ルイーザが自分で身の振りかたを決められると思うか」

「殿下は、あなたが思うほど極悪非道でもないわよ」レジーナは、きっぱりと言った。

「あいつのことを何も知らないんだな。あの男がご婦人がたに振りまく愛想のいい笑顔とか、人好きしそうな受け答えとか、美術や音楽の趣味がいいとか、そんな側面しか見えていない。俺が目にしてきた側面は何ひとつ知らないんだ」

自分の夫のことで、このうえなく重要な事実が明るみに出ようとしている、そんな気がした。「どういう側面？」

「慢心して体まではちきれそうになったあげく、夫のいる女にまで見境なく手を出す。俺の母親とか、アイヴァースリーの母親――」

「アイヴァースリー?」レジーナはマーカスの言葉をさえぎった。「伯爵も落《お》とし胤《だね》なの?」

マーカスが目をみはり、眉間《みけん》にしわを寄せた。「しまった。俺が言う権利などないのに」レジーナはマーカスを見つめた。心臓が早鐘を打っている。だからマーカスと伯爵は仲がいいのか。だから伯爵夫人は社交界でルイーザの後見をしてくれたのか。これで納得がいった。「本当にアイヴァースリー伯爵は殿下の落とし胤なの?」

「お父上が不能で、お母上は一度だけ過ちを犯してしまったらしい。殿下が相手だ。アイヴァースリーは、そう断言した。だから本当なのだろう」

「だけど、殿下のほかにも愛人がいたのかも――」

「そういう話は聞いていない。アイヴァースリーのお母上は、うちの母親とは大違いのようだ」マーカスの口調が硬くなった。「殿下にとっては、どうでもいいことだがな。スカートさえはいていれば相手かまわずだから」

「そうね。あなたが殿下を恨む気持ちもわかるわ」レジーナは慎重に言葉を選んだ。「でも、そんな男性は社交界に大勢いるでしょう。ほら、ミスター・バーンも遊び人だし。それなのに、彼がルイーザに近づくのは問題ないのよね? だったら、どうして殿下にだけ目くじらを立てるの?」

「ひとたびルイーザを手中に収めれば、あとは思いのまま、やりたい放題だからだ!」マーカスは吼《ほ》えた。「脅して言うことを聞かせようが、地下牢《ちかろう》に閉じこめようが――」

「地下牢に閉じこめる？　まさか。殿下がそんな……」マーカスの形相に、全身の血が凍りついた。「まさか……あなた自身がキャッスルメインの地下牢に閉じこめられたなんて言うんじゃないでしょうね……」

それからずっと、路面を踏む馬蹄《ばてい》の音だけが響いた。マーカスは唇を引き結んだまま、窓の外に目をやった。「一回ある」

恐ろしさに息をのみ、レジーナはマーカスを凝視した。「殿下のせいで？」

怒りを熱くたぎらせた視線が戻ってきた。「殿下の命令で。実の父親の徳性を憂える生意気な十三歳の息子に、種馬殿下は愚かしくも、まるで聞く耳を持たなかった」

「未来の国王を諌《いさ》めたの？」レジーナは、あきれて声をあげた。

「国王にふさわしくない下劣な畜生と言ってやった」

「なんてことを」十三歳のマーカスの無謀さに、開いた口がふさがらない。

「そのくらい怒っていたんだ。学校で母親のことを〝王室御用達《ごようたし》の商売女〟とかなんとか、ひどい物言いで囃《はや》し立てられれば当然だろう。父《てて》なし子《ご》扱いされるだけでも業腹なのに、屋敷に戻れば、あいつを家族ぐるみでもてなす真似《まね》までさせられて……」マーカスは低く悪態をついた。

「さぞつらかったでしょうね」マーカスほど父親思いの少年が、出生のせいで何人もの悪童から囃し立てられ、必死に耐えていたかと思うとたまらない。「ほかの子たちは、うらやましかったのかもしれないわね。自分も王族の息子に生まれたかったって」

「その王族に頬をつねられたり、成績表を見せろと言われたりしなくてもいいなら、うらやましくもあろうが。子供のころは、殿下に来られるのがいやだった。父は書斎に引きこもるし、あの女は浮かれるし。俺は家庭教師まかせにされ、母親の寝室には近寄るなと言い含められた」

マーカスの腿の上で、両手が握りこぶしを作った。

「俺がすべての意味を悟るころには、殿下はもうキャロライン妃殿下と結婚していた。しばらくキャッスルメインにも来なかった。そしてルイーザが生まれ、両親は仲良くやっているように見えた。あの助平野郎を厄介払いできたと、俺は本気で思ったよ。だが十三歳になって、あるとき祝日に屋敷へ戻ると、あいつがまた来ていた。いつものように、あの女の隣に。それで頭に血がのぼり、俺はあいつをどなりつけた……」マーカスは声をひそめ、罵倒《ばとう》の言葉を吐いた。「下劣な畜生と」

「無理もないわ」

「殿下は、そうは思わなかった」その口調は火さえ凍らせてしまいそうだった。「謝れと言ってきたので、俺は突っぱねた。それで、三日のあいだ地下牢に閉じこめられた」

「三日も？」心臓が胃まで沈んだ。

「鼠《ねずみ》は多いし、湿っぽくて寒いし、夜の冷えこみも厳しくてな」マーカスは体を震わせた。「十三歳で、やたらと頑固だった俺の忍耐力にも、さすがに限界がきた。三日めの晩、殿下に謝れとあの女が言いに来るころには、もう地下牢で夜を過ごす気力などなかった」

マーカスは、かみしめた歯のあいだから言葉をしぼりだした。

「俺はプライドをのみこんで神妙に謝罪した」怒りに満ちた瞳が突き刺さってくる。「だが、その恨みを忘れたことは一度もなかった。そして九年後、ようやく恨みをぶつける日が訪れた。面と向かって憎しみをぶちまけたんだ。女を連れてキャッスルメインから出ていけ、二度と戻ってくるな、そう言ってやった。お返しに、火かき棒を顔面に食らったが」

その声音に入り混じる苦痛が、レジーナを切り裂いた。「なんて……ひどい……」

「別に、同情されたいわけじゃない」マーカスの紅潮した頬を落日が照らしている。「殿下は、あんたが思うような人間ではないと心得てくれればいい。あいつの手からルイーザを守るためなら、俺はなんでもする。どんなことでも。聞こえたか？」

レジーナはうなずいた。とはいえ、いまだに信じられない。あの殿下が……のんきで陽気な殿下が、実の息子を三日も地下牢に閉じこめるなんて。

けれども、マーカスが嘘をつくとも思えない。それに、今朝は地下牢を見せたがらなかったし、女を地下牢に閉じこめるという噂《うわさ》について初めて伝えたときも、ひどく怒っていた。そんな態度からすると、やはり嘘ではないのだろう。でも……。

「本当に殿下の命令だったのかしら。もしかすると、お母さまの独断で――」

「あの女は殿下の奴隷そのものだった。殿下の命令なしには何ひとつしない女だ」

「お父さまは？」

「ロンドンにいた。だから殿下は気兼ねなくやってきて、けちな暴君みたいに勝手な真似ができたんだ」

機嫌をそこねる覚悟で、あえて尋ねてみる。「地下牢に閉じこめろという命令を聞いたの？」

マーカスが顔をしかめた。「たしかに聞いた。あいつも、俺が三日もがんばるとは思わなかったらしい。俺が悪鬼のような風体で謝りに来るのも予想外だったようだ」

誰の命令にせよ、年若いマーカスが地下牢に閉じこめられたと思うと、胸が締めつけられる。「食事も抜き？」

「ふん、そこまですることもないと思われたのだろう。あんなところに入れられるだけでも十分な責め苦だ。ベッドと食べ物と用足しの壺《つぼ》はあった。外に出られなかっただけだ」

マーカスは肩をすくめたが、むしろ身を震わせたように見えた。視線が硬い。「昔話はもういい。要するに、殿下は信用できないってことだ。あんたの兄貴と同じでな」

「いちばん信用ならないのが兄だもの」レジーナは力なく息を吐いた。「それで、これからどうなさるの？」

「ルイーザに話を聞いてから考える」

「兄と決闘なんかしないと約束してちょうだい」

マーカスが一方の眉を上げた。「あいつのことが心配か」

「あなたが心配なのよ」レジーナは声をあげた。自分が夫より兄を案じていると思われたようで心が痛む。

　マーカスは固く結んでいた口元をゆるめた。「決着は、この手でつける」

「決闘になれば、わたしは兄もあなたも失うことになるのよ。負けたほうは命を落として、勝ったほうは国外追放だもの。そんなの耐えられない。ルイーザだって生きてはいられないでしょう。兄を決闘に呼びださないと約束してちょうだい」

　マーカスが小声で悪態をついた。

「約束して！」

「ああ、わかった。だがな、国を出てしまうとルイーザの身を守れないから、決闘を思いとどまるだけだぞ」

　妻をひとりにしたくないからとは言ってくれなかった……。わたしのことは、どうでもいいの？　それとも、国を出るときは一緒だってこと？

　重く気づまりな沈黙が立ちこめるなか、マーカスの言葉を苦々しくかみしめていた。どうでもいいなんて言われたくない。気にかけてもらいたいと、つくづく思う。夫の気難しい顔を目にするたびに胸が高鳴るのだから。ほんの数日ベッドをともにしただけとはいえ、激しいくらいにやさしく抱かれて身も心もとろけてしまったいま、どうでもいいと言われるなんて耐えられない。

　マーカスを愛しているのだから。

　こらえた涙が喉に流れこんでくる。マーカスの気持ちがわからないので、ずっと自分を抑えてきたけれど、いつしか心をからめとられていた。新しいハープに彫りこまれたドラゴンの尾のごとく、忍びやかに。

愛してしまうのは当然かもしれない。ハネムーンに字の読みかたを教えてくれるような男性だもの。一緒に社交の場へ出るために、山ほどの屈辱にも耐えてくれた男性だもの。大切な妹を危険から守るためなら、どんなことでもするような男性だもの。

涙で目の奥が熱い。間違いなく、わたしはマーカスを愛している。そうでなければ、こんなに涙もろくなるはずがない。

まばたきをして涙をこらえ、沈む夕日を見つめる。わたしもマーカスに愛してもらえないだろうか。ルイーザの評判が地に落ちかけたのは、わたしのせいでもあるけれど、いつの日かマーカスに許してもらえるだろうか。愛してもらえなければ、そのつらさに耐えられるかどうか、わからないから。

22

お嬢さまに、ひたすら尽くしましょう。ご結婚後にお返しをしていただけるはずです。

――ミス・シスリー・トレメイン『理想のお目付役《シャペロン》　若き淑女の話し相手《コンパニオン》のための手引き』

アイヴァースリー伯爵邸の客間に通されたとき、レジーナは身ぶるいをした。墓穴にも劣らぬほど陰鬱《いんうつ》な空気が漂っている。ルイーザはシスリーと伯爵夫人にはさまれた格好で寝椅子に腰かけていた。伯爵は暖炉のそばで不動の姿勢をとり、片手を大理石の炉棚に置いていた。付き添いの大人たち三人が狼狽《ろうばい》や懸念の面持ちでいるのに対して、当のルイーザは反抗的な態度を隠しもしない。

マーカスは妹に目もくれず、伯爵に歩みよった。腹違いの兄弟。こうして見ると、たしかに似ている。黒い髪も、背格好も、顎の形も。マーカスのほうが角ばっているかもしれないけれど、まぎれもなく同じ形だった。皇太子殿下と同じ形の顎。

こちらの視線にレディ・アイヴァースリーが気づき、考えこむような表情を浮かべた。夫の本当の父親を知っているのだろうか。そうに違いない。社交界でルイーザの後見を引き受けたくらいだから。それに、この屋敷で催された晩餐会《ばんさんかい》の席上で、伯爵はなんと言ったか。〝ドレイカーは家族も同然だ〟

まあ、たしかに家族も同然ね。もっと早く気づいてもいいくらいだった。

マーカスが伯爵のそばで足を止めた。伯爵は申しわけなさそうに口元を引きしめた。

「ドレイカー、すまなかった。まさか、こんなことになろうとは――」

「おまえのせいじゃない。俺《おれ》が夢にも思わなかったほど、きちんとルイーザの面倒を見てくれたよ。小娘が暴走すると歯止めがきかなくなるだけだ」

「ずいぶんな言いぐさね」はじかれたようにルイーザが立ちあがった。「お兄さまは何もわかってない――」

「やめなさい、ルイーザ」レジーナは急いで制した。「いまのお兄さまは、ものすごく怒っていらっしゃるわ。わたしなら、火に油を注ぐようなことは言わないわね」

なおもマーカスは相手にせず、ルイーザを座らせようと促しているシスリーのほうに顔を向けた。「ミス・トレメインに話がある」

シスリーが両手でハンカチを固く握りしめ、おどおどと腰を浮かせた。「なんでしょう」

「まずは礼を言いたい。俺も妻も、ずいぶん世話になった。このお返しはたっぷりすると約束しよう。さて、フォックスムアと妹のあいだに何があったか詳しく教えてもらおうか」

シスリーが、どうしましょうと言いたげな視線をよこしてきた。レジーナはうなずいた。

シスリーの顔つきが明るくなった。「公爵がどのようにルイーザを手引きしたかということについては、あいにく見当もつきませんわ。あらかじめ知っていれば、こんな事態になるまで放《ほう》っておきませんでしたのに。ルイーザあての手紙は全部、わたしが先に目を通すようにしています」

「裏切り者」ルイーザがつぶやいた。

ここにきて初めて、マーカスが妹に視線を向けた。「失礼、お嬢さん。いま聞こえてきたのは、目上の人に対する侮辱かな。おまえより年齢も教養も上で、俺自身の妻の親類でもある女性を愚弄《ぐろう》したのか」

ルイーザは首をすくめるだけの分別を持ち合わせていたらしく、小声で答えた。「いいえ」

「よろしい。聞かなかったことにしよう」マーカスはシスリーに向き直った。「続けてくれ」

シスリーは気兼ねするようにルイーザを見やり、口を開いた。「わたしの眠りが浅くて、ようございました。咳《せき》がひどくて、朝早く起きてしまうこともしょっちゅうなのです。それで、ルイーザがこっそり部屋を抜けだしていく物音を耳にしました。表へ出たルイーザが心配で、あとを追ってみると、庭園のすぐ外で公爵の馬車が待っていたのです。ルイーザが乗りこむ寸前に、わたしが呼びとめました。屋敷に戻らないと、みんなが駆けつけてくるまで叫びますよって。公爵はルイーザを急《せ》かし、いいから早く乗れと言ったのですが……」シスリーはルイーザをちらりと見た。「とんでもないことになると、ルイーザにもわかってもらえたようですわ」

「駆け落ちの出だしからつまずいたのに、スコットランドまでたどりつけやしないでしょ」ルイーザが言い返した。

「スコットランドだと？」マーカスが声をとがらせた。「世間知らずにも、ほどがある。あの男が本気でおまえとの結婚を考えているとでも思うのか」

ルイーザが血相を変えた。「そう言ってくれたわ」

「お兄さまったら」レジーナは嘆息した。とても信じられなかった。兄が自分の望みをかなえるため、本当にルイーザに嘘《うそ》をついたなんて。「そこまで軽はずみな人だったのね」

「つくづく愚かな男だ」マーカスは厳しく言った。

「やめて！」ルイーザが急に立ちあがった。「サイモンをいじめないで。わたしたちは何も悪いことなんかしてない。結婚したかったの。でも、お兄さまは許してくれないでしょう？」

「会わないと約束したはずだ」

ルイーザは、うしろめたそうな顔をした。「したけど……でも……再来年まで待ったところで、どうせ許してもらえないもの。だから、いっそ駆け落ちしてしまえば、お兄さまにも止められないと思って――」

「もういい。荷造りをしに行け。一緒にキャッスルメインに帰るんだ」

「社交シーズンは終わってないのに！」ルイーザが抗議した。

「おまえの社交シーズンは終わりだ、お嬢さん。来年の社交シーズンはどうするか、時間をかけて慎重に考えなくてはなるまいな」

レジーナと伯爵夫人は歯がゆい思いで顔を見合わせた。ふたりともマーカスの性格を心得ており、こういう行動に出るだろうとは思っていた。そして、ルイーザの性格や若い娘がやりそうなことも心得ており、こんなふうに押さえつけるのは逆効果だと見抜いていた。

「いつまでも屋敷でおとなしくしていると思ったら大間違いよ！」ルイーザが叫んだ。

マーカスは問答無用とばかりに肩をいからせた。「俺はおまえの保護者だ。自分の思うとおりにやる。あの悪党がつきまといだしたとき、そうしておけばよかった。あいつの口車に乗せられないぐらいの頭が、おまえにもあると思ったのだがな」

「サイモンはわたしを愛しているのよ！」ルイーザは反発した。「お兄さまの言うことなんか聞かない、サイモンはわたしを愛しているの！　そう言ってくれたもの！」

らちがあかない。こじれる一方だった。「マーカス、本当のことを話してあげて」レジーナは声をかけた。「もう、それしかないわ。兄が何も言わないのなら、あなたが事情を説明するしかないでしょう。頭ごなしに命令するなんて、あんまりよ」

「説明など不要だ」マーカスは吐き捨てるように言った。「よけいな口をはさむな、レジーナ。あんたには関係ない」

レジーナはたじろいだものの、引きさがらなかった。「もうルイーザの姉になったのよ。

だから関係あります」

「フォックスムアの思惑を知りながら黙っていたときに、そんな分別があるとよかったな」

きまりの悪さに顔が火照ってくる。伯爵夫妻の視線が痛い。「マーカス、とりあえず、わたしたちだけで話し合えない？」

「話すことはない」ドラゴンは例によって洞穴に引きこもろうとしている。それが腹立たしい。「ルイーザ、荷造りをしに行け。ミス・トレメインも、俺たちと一緒に行きたければそうするがいい」

ルイーザは渋っている。

「早く行け！」マーカスがどなった。

ルイーザは飛びあがり、シスリーに促されて客間から出ていった。

マーカスは弟のほうへ振り返った。「すまん、おまえとキャサリンには面倒をかけたな。こうなったことで、おまえたちを責めたりしないから」

伯爵が肩をそびやかした。「なあ、奥方の言うとおりだよ。ルイーザに事情を説明したほうがいい。殿下は今後も手を出してくるぞ」

「それは兄も同じよ」レジーナも言い添えた。

「フォックスムアの件は俺が片をつける。おまえが心配することはない」マーカスの険しい目が、こちらを向いた。「それから、あんたは二度と口出しするな。わかったか」

腹が立ってしょうがない。妻と妹に同じ扱いをするなんて！「わかっているわ、いまのあなたが冷静でないことはね。でなきゃ、子供に命令するような物言いなんかしないはずだもの」

「夫は妻に命令する権利があるのだぞ。従ってもらいたい。尻をぶたれたくなければな」

まなじりをつりあげて伯爵夫人が立ちあがった。「ちょっと、マーカス！　言いすぎよ！」

「アイヴァースリー、奥方の手綱を引いておけ」マーカスがうなった。

伯爵が鼻を鳴らした。「そっちが自分の奥方の手綱を引いているみたいに？　ご親切にどうも。だが俺は別に、片目を開けて寝る趣味はないから」伯爵は夫人に腕をさしだした。

「おいで、奥さま。弾の飛んでこないところに避難しよう」

夫人が憤然とマーカスをにらみ、伯爵と一緒に出ていってしまうと、レジーナは絶望にとらわれた。以前のマーカスが戻ってきてしまった。礼儀知らずで無作法で、人の感情など気にもかけない無骨者。やたらと火を吐くせいで隅へ追いやられ、窮地に立たされるドラゴン。心配してくれる人たちが大勢いるのに、ことごとく切り離そうとするマーカスを、黙って見過ごすわけにはいかない。「マーカス――」

振り向いたマーカスは、態度にも表情にも険があった。「甘い言葉で俺の癇癪《かんしゃく》をなだめられると思うなら、考え直せ」

「わたしだって、そこまで能天気じゃないわよ。こういうときのあなたは、何をしようとなだめられないもの。でも、頭を冷やして考えれば、わかっていただけると思うの。なんの説明もなしにルイーザをキャッスルメインに連れて帰るのは、絶対によくないわ。ルイーザは、幸せな結婚をして、社交界でも丁重な扱いを受けてしかるべき女性よ。田舎に閉じこめて飼い殺しにしたら、最悪の形でお返しをされるわよ」

「勝手にさせればいい」

「それこそ、勝手なことをするでしょうね。間違いないわ。だいいち、社交シーズンの真っ最中にルイーザを連れ戻すのは、まずいと思うの。兄とルイーザの仲が噂《うわさ》にならないようにしなきゃいけないのに、とんでもなく面倒なことになるわ。保護者であるあなたの非常識な行動が、みんなにどう思われるか」

マーカスが顔をしかめた。「ルイーザをここに置いておけというのか」

息が楽になった。まるで聞く耳を持たないというわけでもないらしい。

「わたしたちも、そばについているの。ちゃんと事情を説明してあげれば、社交シーズンが終わるまで、おとなしくしてくれるでしょう。兄にも、わたしが話をつけるわ。そうすればもう何も――」

「だめだ。あの男と話をするのは許さない。聞こえたか」

これほど聞く耳を持たないとは。

「兄に伝えなきゃいけないでしょう。もう二度と――」

「フォックスムアの件は俺が片づける。あんたやルイーザを近寄らせるのは、どう考えても不安だ。いつなんどき口車に乗せられるか、わかったものじゃないからな。あの男に近づいたりせず、俺のそばにいろ。あんたもルイーザも、絶対に近づいてはならん」

脈が激しくなってきた。「わたし、あなたの言葉を正確に理解できているのかしら。実の兄と話すことも禁じるとおっしゃるの？」

冷たい口調に面食らう様子を見せたものの、マーカスの頑固な態度は崩れない。「そうだ」

「死ぬまで？」

マーカスの顔から表情が消えた。「どのみち、話をする機会は二度とない。あんたもルイーザも、今夜のうちにキャッスルメインに帰るからな」

レジーナは歯を食いしばった。「それで醜聞になっても？　ルイーザが二度と社交界に出入りできなくなっても？」

「もう決めたことだ。ロンドンとは、おさらばだ。あんたにしてみれば、夫と領地で暮らすより社交界で遊びまわっているほうが好みだろうがな」

「そんなことはないわ！」

「そうか？　実際、ロンドンを出てからずっと、戻りたくてうずうずしていただろうが。文句があるなら、いくらでも言え。だが、わがままを大目に見るつもりはない。あんたにもルイーザにも、わがままは許さない。父は、あの女のわがままを許してしまったが。妻と妹に同じことをさせたくない」

「お母さまと同じ過ちを繰り返させたくないってこと？　妻の務めをないがしろにして殿下のもとへ走ったお母さまを、止められなかったから？　同じように道を踏みはずさないうちに、わたしとルイーザを閉じこめるつもり？　そういうことね？」こちらも怒りをつのらせ、つかつかとマーカスに近づいていく。「ルイーザは、お母さまとは全然違うわ。わたしだって違う」

「当たり前だ。あの女より、あんたのほうが十倍も女らしいし、きれいだし、ずっと分別もあって――」

「だったら、なぜ信用してくれないの？」

「あんたを疑っているわけじゃない。お世辞を並べて言いよってくる連中が信用できないんだ。あの女より、あんたのほうが十倍も色っぽいからな。そのうえ、結婚したからシャペロンもいらない。ひとりで出歩きだすのを、連中は待ち構えているんだ」

ひどい母親の話を聞かされた以上、疑う気持ちもわからなくはない。かといって、ずっと夫に疑われっぱなしでいるなんて絶対にいや。「不倫はふたりいなきゃできないのよ。わたしがその気にならないかぎり、ひとり歩きを千人の男が待ち構えていようと関係ないわ」

「たちの悪い男もいるんだ。あんたは何もわかってない。そういう連中がどれほど――」

「何日か子供向けの手習いにつき合ってくださったせいで、わたしが子供じゃないこともお忘れのようね。わたしは男性のあしらいかたを心得ているの。もう何年も男性の突撃をかわしてきたのよ」

「俺の突撃はかわさなかった」マーカスの目に光が宿る。「危ない遊びにのめりこんだ。だからこそ、俺なんかと結婚する羽目になったんだぞ」

「いまさら、そんなことでわたしを責めるの？」涙がこみあげてくる。レジーナは片手を上げ、マーカスの冷たく硬い頬をなでた。「結婚したのは、あなたを愛してしまったからよ。鈍い人ね。そうでなきゃ、危ない遊びがどれだけ楽しくても、結婚なんかしないわ」

マーカスは一瞬、ただ呆然《ぼうぜん》と見つめてきた。それから、頬をなでる手に自分の大きな手を重ねた。「俺を愛しているならキャッスルメインに戻り、ロンドンのことは忘れてくれ」

平手打ちを食らったに等しい。マーカスは愛情に満ちた言葉を返そうともせず、わたし自身の愛の告白で、わたしを縛ろうというの？

「ひどいわ！」レジーナは必死に涙をこらえながら手を引き戻した。「わたしは、あなたの囚人にはならない。たしかに、あなたの妻よ。愛人みたいなものかしら。でも、囚人には絶対にならないから」

マーカスの顔が激怒にゆがんだ。「あんたは俺の妻だ。俺のものだ。俺がキャッスルメインに戻れと言っているんだ。だから、あきらめて――」

かぶりを振り、あとずさってマーカスから離れる。「あなたの牢屋《ろうや》がどれほど美しくても、わたしはおとなしく閉じこめられたりしない。あなたは三日で音を上げたのに、わたしが一生のあいだ黙って閉じこめられているとでも思う？」

マーカスが神話の獣か何かのように近づいてきた。「俺の言うとおりにしろ」

「いつでも自由にロンドンに来てもいいと約束してくれたじゃない。約束を破るのね！」

「フォックスムアも俺の妹につきまとわないと約束した。だが、あいつは約束を破った。だから、俺が約束を破って何が悪い」

「あなたの約束は、兄と交わしたものじゃない。わたしと交わした約束よ。兄の分別のなさはどうしようもないけれど、あなたには、ご自分の約束ぐらい守っていただきたいわ」

「そっちこそ、結婚の誓いを守ってもらいたいものだな。夫を愛し、敬い、従うことを誓ったはずだ。だから、いますぐルイーザと一緒にキャッスルメインに戻れ。あとで戻ってきても入れてやらんぞ」

レジーナは息をのんだ。背後でも同じように息をのむ音が響いたけれど、聞き流した。

「なんですって？」

「今後いっさい、キャッスルメインへの出入りを禁じる」言いすぎたと承知しているかのように無愛想な口調だけれど、ひとたび口に出した言葉は戻せない。

驚くほどのことでもない。マーカスは母親にも同じ罰を下した。母親と縁を切ったのだから。妻の場合は扱いを変えるなどと、どうして思えたりするの？

わたしはマーカスを地下牢に閉じこめていないし、火かき棒で焼き印を押したこともないから。マーカスの横暴ぶりに疑問を抱いただけだから。マーカスを愛してしまったから。

脅し文句の動揺から立ち直れぬまま振り向くと、ルイーザとシスリーが戸口にいた。ふたりの荷物をかかえた使用人が歩いていく。

ルイーザが蒼白《そうはく》な顔で兄を凝視した。「お兄さま、ばかなこと言わないで」

「馬車に乗れ、ルイーザ」マーカスは命じた。「俺たちもすぐに行く」

「でも、お兄さま――」

「行けと言っている！」

ルイーザが背を向け、足早に去った。シスリーは不安もあらわに目で追っている。

「ミス・トレメイン、レジーナに妻の本分を教えてやってくれ」

マーカスに冷たくにらまれ、シスリーはあきらかに震えあがった。「ねえ、レジーナ。やっぱり旦那《だんな》さまと一緒に行くほうがいいのではなくて？」

「ご忠告ありがとう」レジーナは、つっけんどんに答えた。「シスリーは牢獄暮らしで満足かもしれないけれど、わたしは遠慮したいわ」

マーカスが、かみしめるように言った。「ミス・トレメインも選択を迫られているようだ。俺の妻と一緒にロンドンに残ってもいいが、その場合は、あんたもキャッスルメインには入れない。もしくは、俺と一緒にキャッスルメインに行き、妹の話し相手になるか。賢明な選択をしてくれることを祈る」

レジーナは厳しい目でマーカスを見すえた。「わたしたちのために尽くしてくれた病弱なシスリーまで諍《いさか》いに巻きこむなんて。どういうつもり？」

マーカスが、ぎらつく目で見返してきた。「あんたの目を覚まさせたいだけだ。ミス・

トレメインがそばにいなければ、社交界でやっていけないのだろう？　招待状を読んだり、返事や礼状を出したり、その他もろもろのことはどうする」

ぞっとした。わたしの瑕《きず》まで自分の武器にしてしまうの？　そこまでする人だったの？

「まさか……ご存じなの？　字を読めないこと……」背後でシスリーが金切り声をあげた。

「そうよ」レジーナは声をしぼりだした。「それでもかまわないと言ってくれたわ。でも、嘘だったようね」

マーカスの瞳が燃えあがった。「嘘など言うものか！　そんなことを気にかけるのは、むしろ社交界の取り巻き連中のほうだろうが。なのに、俺より連中を選ぶんだな？」

「違うわ、マーカス。牢獄に閉じこめられるより、自由に生きるほうを選ぶの」レジーナは、かたくなで怒りにあふれた顔を見すえた。恐怖にあふれた顔だった。いまマーカスとともに行けば、きっと彼の妄執は止まらなくなってしまう。けれども、一緒に行かなかったら、はたして許しを得られる日は来るのだろうか。

その可能性にすがるしかない。これはマーカスの魂を救うための戦いで、どれほどの犠牲を払っても勝たなくてはならないのだから。

「あなたはずっと洞穴に引きこもり、世界のいちばん醜い部分から目をそらしてきた。そのかわり、美しい部分もすべて見逃してしまったのよ。でも、わたしは同じ轍《てつ》は踏まない。もう一度あなたが世界と向き合う気になるまで、ここで待っているわ。あなたを本気で愛しているから、わたしまで洞穴に引きずられていって一生を終えるわけにはいかないの」

踵《きびす》を返し、客間を出て階段へ向かう。あてもなく、やみくもに歩いていく。これ以上ここにいたら胸から心臓を引きちぎられてしまう、そんな気がしてならなかった。

背後の廊下に足音が飛びだしてきた。「一緒に帰れと言ったはずだ！」

レジーナは、ひたすら階段を上がった。

「俺の妻だろうが！」

その妻に、ずいぶんな扱いをしてくれるじゃないの……。レジーナは、あふれてきた涙を乱暴にぬぐった。

二階の廊下は静まり返っていた。階段を上がりきって、どこでもいいから泣ける場所を探そうとしたとき、野太い声が響いた。「よかろう。ロンドンで朽ち果てたいなら勝手にしろ。俺の知ったことじゃない。ひとりで勝手に、のたれ死ぬがいい」

レジーナは凍りついた。止めどなく涙があふれだす。ブーツの足音は荒々しく廊下を通り、玄関から出ていった。そして、まぎれもない馬蹄《ばてい》の音が石畳の道を遠ざかり、ついに通りの喧騒《けんそう》へと消えた。

このとき初めて、心の箍《たが》がはじけ飛んだ。レジーナはその場に崩れ落ち、こらえきれずにむせび泣いた。このまま永久にマーカスを失ってしまうかもしれない。戻ってきてくれるのだろうか。

誰かが階段を上がってきて、そっと話しかけてきたけれど、レジーナは嗚咽《おえつ》をこらえることも、床から立ちあがって椅子に座ることもできなかった。

ふいに肩を抱かれた。やさしい、聞き慣れた声がささやいてくる。「泣かないで、レジーナ。そんなに泣いたら体に毒よ」

「シ……シスリー？」レジーナは涙にくれた目でシスリーを見上げた。「シスリー……一緒に行けばよかったのに」

「やめてちょうだい。わたしはいつだって、あなたのそばにいるわ」

「マーカスは脅しを実行に移すわ。シスリーまで出入り禁止になるのよ。わたしは生活の保障もしてあげられないのに――」

「いいから、泣かないで」シスリーはささやき、レジーナの頭を自分の胸に抱きよせた。

「いつでもサイモンが助けてくれるわよ」

「だめ」レジーナは、ぴしゃりと言った。「こうなったのも、みんなお兄さまのせいよ。顔も見たくないわ」涙で喉がつまる。「それに、お兄さまはマーカスに、こ、殺されてしまうでしょうし」

「大丈夫、僕が話しておきますよ」

視線を上げると、伯爵夫妻が並んで立っていた。ふたりとも心配そうな顔をしている。

「あなたの兄上に、すぐ手紙を書きます」伯爵が言葉を継いだ。「命が惜しければドレイカーの怒りが治まるまで領地に引っこんでいろと、警告しておきましょう」

「マーカスは、よけいなお節介だと怒るのではないかしら。それに、あなたとマーカスが仲違《なかたが》いするようなことにでもなったら……せっかく仲のよい――」兄弟なのにと言いそうになって、あわてて口をつぐんだ。「お友達同士なのに」

伯爵がさらに表情をやわらげ、シスリーに目を向けた。「これまで、僕たちの友情の絆《きずな》はびくともしなかった。あいつの癇癪に耐えるか、公爵との決闘であいつが死ぬのを見るか、どちらか選べというなら、癇癪に耐えるほうがましですからね」

「そのうち機嫌を直してくれるわ」伯爵夫人が口を開いた。柔和な笑みを浮かべ、夫の手に自分の手をすべりこませた。「いつものことよ」

「そう思えたら、どんなにいいでしょう」

「ドレイカーはあなたを愛していますよ。それは断言できる。まあ、愛するのが不器用な男もいますがね。キャサリンの言うとおりです。二、三日、そっとしておけばいい。よろしければ、僕から言って聞かせましょうか」

「いいえ。あの人が自分で結論を出さなくてはいけないことです。わたしを妻にしたいのか、それとも囚人にしたいのか。わたしは囚人になるつもりはないし、それは彼も心得ています」だからこそ、二、三日でなんとかなるものでもないだろう。

伯爵夫人が言った。「当分ここで暮らすといいわ。そうなさいね？」

「ご迷惑をおかけするわけには……それに、町屋敷もあるし――」

「らちもない」アイヴァースリー伯爵が口をはさんできた。「あなたとシスリーは、ここにいればいい。話は終わりです」なお言い返そうとすると、伯爵が穏やかにつけくわえた。

「町屋敷の鍵《かぎ》をお持ちではないのでしょう？　だいいち、召使いたちも、あなたを町屋敷に入れるなとドレイカーに厳命されているかもしれませんよ」

その可能性は高い。いいかげん腹が立ってきたかわりに、涙が引いた。「そうね」レジーナは苦々しくうなずいた。「マーカスなら、そのぐらいやりそうだわ」

妻を自立させないため、付き添いまで取りあげようとした人だもの。出入り禁止を召使いに言いつけることも、ためらわずにやるだろう。

それでも、シスリーが一緒にいてくれるのは心強い。

おかげで、心にひとつ考えが浮かんだ。レジーナはぐっとつばをのみ、シスリーを見つめ、そして伯爵夫人を見つめた。いまや義理の妹となったキャサリン。きっと信用できる。

「何日かお世話になるということなら、シスリーと一緒に、わたしに読み書きを教えてくださいますか？」

23

若いお嬢さまの自主性を、いつまでも押さえつけないようにしましょう。少々わがままなくらいのほうが、後年おおいにものをいうかもしれません。

――ミス・シスリー・トレメイン『理想のお目付役《シャペロン》　若き淑女の話し相手《コンパニオン》のための手引き』

レジーナのいない暮らしが、これほどつらいとは思わなかった。実際、あとさき考えず怒りにまかせてアイヴァースリー邸を出たときは、想像もしていなかったのだが。

だが、あれ以来レジーナのことを考える時間は、いやというほどあった。マーカスはトーストと紅茶と朝刊を前に重い息を吐き、誰もいない正餐室《せいさん》に鎮座する大時計のほうへ目を向けた。九時。まもなく領地の管理人が朝の打ち合わせに来る。それから二時間は、未練がましい思いにさいなまれずにすむかもしれない。

しかし正午を過ぎると、何も手につかない数時間が大きく口を開けて待ち構えている。なにしろ、領地の仕事や投機はおろか、書斎の宝物にも集中できないのだ。そして最後はひとりきりで夕食をとるのだろう。ルイーザが一緒に食事をしてくれないから。三日前、ふたりでキャッスルメインに戻ってきてからというもの、一度も食事をともにしていない。アイヴァースリー邸を出てから、まだ三日しかたっていないのか。三週間、三カ月……いや、三年も過ぎたような気がする。果てしない責め苦。ベッドは空っぽで、胸にはぽっかりと穴があいている。妻が座るべきテーブルの反対端も……。

マーカスは、立て続けに悪態を並べた。

手つかずのトーストを脇《わき》へ押しやる。以前は、こういう生活に満足していたではないか。領地に引きこもって仕事に没頭し、妹だけを相手に暮らしていた。妹の機嫌をそこね、何日も口をきいてもらえないこともあった。なのに、ゆっくりと規則的に時を刻みながら人生を削りとっていく大時計に、ふいにカップを投げつけたくなってしまうのはなぜだろう。

レジーナのせいだ。日々の暮らしに妻が飛びこんでくるまでは天国を味わった覚えなどないし、何が欠落していたのかということさえ完全に気づいてはいなかった。それをレジーナが一変させたのだ。あの始末に負えない女が。

それが、なんと甘美だったことか。温かく、やさしい妻と同じベッドで目覚めることにも、あっという間に慣れてしまった。レジーナを心地よく膝に抱いて朝刊を読んだり、字を読む練習につき合ったりすることにも、じきに慣れた。

レジーナと、ひとつになることも……。

それこそレジーナのような女が男を惑わす手管ではないか。柔らかく悩ましく誘いかけてくるのは、たかぶる下半身と欲望に悶々《もんもん》とする男を慰み者にしたいからだ。ひとたび男の下半身を御してしまえば、意のままに動かすのは造作もない。男は、なす術《すべ》もなく手玉に取られ、逃げることもできなくなってしまう。たとえ逃げたいと思ったとしても。

マーカスは両手で顔を覆った。そこが問題なのだ。いまとなっては、本当に逃げたいかどうかも判然としない。どんな暮らしでも……それこそ、レジーナに媚《こ》びへつらう連中に交じって社交界で暮らすのであろうと、いまよりもましだ。

結局、父があの女の不貞を受け入れるようになったのも、これが原因なのか。あの女のせいで疲れきってしまったから？　たとえ妻の愛のひとかけらでも、ないよりはましだと思ってしまったのか？　冗談じゃない、そんなことで納得してたまるか！

「お兄さま」

マーカスは、はっと顔を上げた。耳になじんだ声は、怒りを含んでいた。「どうした」

「話があるの」ルイーザは女王か何かのごとく堂々と部屋に入ってきた。やれやれ、もうレジーナと同じ足取りで歩くようになったか。あと何年もたたぬうちに、社交界で〝つれなき美女〟などと呼ばれるようになるのか。

マーカスは体をこわばらせた。「その顔つきからすると、まだ根に持っているようだな」

「ついさっき、レディ・アイヴァースリーから手紙が届いたの」

マーカスは目をすがめた。「そうか」

「レジーナの衣類を送ってほしいと頼んできたわ。レジーナとシスリーは伯爵邸にいるみたいね。ほかに行くあてもないし」

「どういうことだ。ねだられたとおり、町屋敷も借りてやったのに」

「鍵《かぎ》を渡してないでしょ。それに、召使いにレジーナを通していいと伝えてもいない」

マーカスは椅子に座ったまま、もぞもぞ体を動かした。まるきり失念していた。「実家があるだろう。そっちに戻ればいい」それはそれで、おもしろくないが。

「レジーナも向こうのお兄さまのことを根に持っていて、同じ屋敷では暮らしたくないみたいね。でも、問題はそこじゃないの。サイモンがいなくなったらしいのよ」

「なんだと？」

ルイーザがテーブルに歩みより、新聞の切り抜きを突きつけてきた。「読んで」

レジーナの名前……というより、結婚後の姓が視界に飛びこんできた瞬間、喉の奥で息が干上がった。マーカスは切り抜きをひったくり、読み進んだ。

〈メリントン邸での晩餐会で、ドレイカー子爵夫人は友人たちの熱烈な歓迎を受けた。友人たちは皆、最近垢抜《あかぬ》けしたドレイカー子爵と夫人のハネムーンの話を聞きたがった。子爵は領地の用事で出てこられないとのことだが、彼のよき友人アイヴァースリー伯爵夫妻と連れだって現れた子爵夫人は輝いていた。優美なドレスは淡い黄色と白のフランス産のクレープ地で、飾りには……〉

領地の用事で出てこられない？　ふん、そつなく隠しごとをする女だな。夫を捨てたとは口が裂けても言わないだろう。

　ファッションについての無意味な記述はすべて読み飛ばしていたが、ひとつの名前に目がとまった。〝ホイットモア卿《きょう》〟心臓が、どきりとはねた。さらに読み進んでいく。

〈ホイットモア卿がドレイカー子爵夫人に無視される理由は不明だが、ともあれ夫人は、親類である卿の姿を見て、あきらかに不快感を示した〉

　マーカスは切り抜きを呆然《ぼうぜん》と見下ろした。屋敷への出入りを禁じると脅したのに、レジーナは〈オールマックス〉で夫を侮った男に仕返しをしてくれたのだ。親類でもある男に。レジーナさえ許せば、あの男はすっ飛んできて夫の後釜《あとがま》に座ろうとするだろうに。

　レジーナにその気はないらしい。だが、折れるのも時間の問題かもしれない。このまま俺《おれ》が鬱々《うつうつ》と思い悩むばかりで一緒にいてやらなければ、いつまでよろめかずに耐えてくれるだろう。冷たい恐怖に胸が締めつけられる。ああ、なんということをしてしまったのか。

　レジーナについての記述が続くかと期待したが、次に書かれていたのは別のことだった。

〈もうひとりのレディの不在も歴然としていた。ドレイカー子爵夫人の義妹ミス・ノースは、夫人の兄フォックスムア公爵と同伴する姿がしばしば見受けられていたものの、晩餐会には現れなかった。公爵もメリントン家と親交があるにもかかわらず出席していない。

子爵夫人によると、ミス・ノースは風邪をこじらせ、当分パーティーには出られないとのこと。公爵が現れなかった理由については、子爵夫人にもわからないという。あくまでも推測にすぎないが、公爵が以前ミス・ノースに関心を寄せていたことからすると、ミス・ノースのいないパーティーに出席する意思がなかったものと思われる。このふたりについては今後も注目していくこととしよう。近い将来、結婚の可能性がなきにしもあらず〉

「くだらん」マーカスは切り抜きを脇へ放《ほう》った。レジーナに言われたとおり妹をロンドンに置いておけば、よけいな取《と》り沙汰《ざた》などされなかっただろうに。あれこれ噂《うわさ》されることなく、妹と公爵をさりげなく引き離せたかもしれない。だが、いまとなってはもう遅い。

「サイモンに何をしたの?」

マーカスの鼻先でルイーザが切り抜きを振り立てた。記事のどこを重視しているか一目《いちもく》瞭然《りようぜん》だ。

「彼を傷つけるようなことをしたら、絶対許さない!」

「三日もキャッスルメインから出ていないんだぞ。何もできるわけがなかろう」義理の兄を絞め殺しにロンドンへ出かけようという気にもなっていないのだ。ルイーザをひとり残して出かけられないからだが。

おまけに、あの男を殺さないとレジーナに約束してしまった。もうレジーナとの約束を少なくともひとつ破ってはいるが、これだけは守らないと永遠に許してもらえなさそうな気がする。義兄を殺すことは、妻に憎まれるための最短の道だ。妻に憎まれないようにするのが何より肝心だと、にわかに思えてきた。

「じゃあ、サイモンをどうするつもりだったの？」ルイーザが涙声で尋ねてきた。

「まだ決めていない」とはいえ、無傷で逃がしてやる気などなかった。機会があればすぐ、うまい復讐《ふくしゅう》法がないかとバーンに相談するつもりでいた。悪魔の化身のような異母兄ならば、ふざけたフォックスムアを徹底的に痛めつける方法にも心当たりがあるだろう。

ルイーザがテーブルに腰かけた。「で、わたしは？　わたしのことは、どうするつもり？」

「いまさら、それをきくのか？」マーカスは一方の眉をつりあげた。

「この前の晩、馬車のなかで言われるかと思ったのに、何もないんだもの。あれ以来、ずっと機嫌が悪いみたいだから、その話題を出したくなかったの」

「時間がたてば機嫌も直ると思ったのか」

ルイーザが、きっと顔を上げた。そのしぐさはレジーナそっくりだった。「そうかもしれないわね」

マーカスは、かぶりを振った。「無駄なことを。この期におよんで、機嫌がどうのこうのという問題か。ロンドンで言ったことを撤回するつもりはないからな。おまえは当分ここにいろ。秋になったら、来年の社交シーズンをどうするか、俺たちで考えておく」

「俺たちって誰？　お兄さまとレジーナ？　自分の妻を追いだしたのは、お兄さまでしょうに。忘れたの？　レジーナのために町屋敷を借りてやったとか思ってるようだけど、レジーナのほうは、そこを気兼ねなく使えるとは感じていないみたいね」

　その言葉に横面を張られたような気がした。自分で自分の妻を追いだしてしまった。レジーナはロンドンにいる。アイヴァースリーの慈悲にすがるしかないと考えたらしい。そして、夫への憎しみを日々つのらせているのだろう。

　なんということだ、二度と戻ってくれなかったらどうする。

「俺とレジーナの問題だ。おまえには関係ない」マーカスは、ぶっきらぼうに言った。

　ルイーザが勢いよく立ちあがった。「そうかしら。お兄さまが癇癪《かんしゃく》を起こしたのは、レジーナがわたしの肩を持ってくれたからでしょう。レジーナはいまでも、わたしをかばってくれてる」ルイーザの下唇がわなないた。「なんの得にもならないのにね。わたしが風邪だなんて、いつまで社交界で言い続けられると思う？　それに……サイモンに結婚を申しこまれたことが誰の耳にも入っていなくて、このまま彼が社交界に出てこなかったら……わたしに関して、ひどい噂が流れるまで、どのくらいかかるかしら」

「噂など流れない」マーカスは声をしぼりだした。「俺が止めてやる」

「あら、どうやって？　おしゃべりな人たちを、どなりつけてまわる？〈オールマックス〉に乗りこんで、舌を切り落としてやると脅すの？　オペラ劇場でホイットモア卿を脅したときみたいに？」

　マーカスは、あんぐりと口を開けて妹を見た。「なんで知っている」

ルイーザが青ざめた。「いけない。言うんじゃなかった。お兄さまが気に病むだろうから止められていたのに」

「誰に？」マーカスは、かみつくように問いただした。

「レジーナ。婚礼の朝餐会で、わたしと何人かのレディに話してくれたの。オペラ劇場で何があったか。心配してたみたいよ、ホイットモア卿がお兄さまを恨んで、あることないこと言いふらすんじゃないかって。だから、先に事情を説明しておこうと考えたのかもね。お兄さまのことを誰にも悪く思われたくないと言ってたわ。絶対に悪く思わせないって。お兄さまがレジーナの名誉を守るために体を張ったなんて、すごくロマンチックよね。手を取り合っていたところをホイットモア卿に見られたんでしょ？」ルイーザが喉を上下させた。「でも、口をすべらせちゃいけなかったわね、わたしったら」

「話してくれてよかったよ」一言一句に罪の意識を叩《たた》きつけられたが。レジーナは……賢い妻は、悟っていたのだ。振られた男の恨み言よりも、けなげな女の言い分のほうが、あっさり信じてもらえると。ただし、先に説明した場合にかぎられるが。

　母は父の名誉を守るために作り話などしただろうか。いや、そうは思えない。なにしろ、息子の名誉も守ろうとしなかったのだから。だがレジーナは、屋敷から閉めだされたというのに、自分自身の名誉が傷つく危険を冒してまで夫をかばったのだ。

「お兄さま？」

「ああ」なんということだ。俺は、どこまで道を踏み誤ってしまったのか。

「どうしてサイモンが嫌いなの？」

マーカスは慎重に言葉を選んだ。「おまえを大事にしないからだ」

それを聞くなり、ルイーザが眉根を寄せた。「もしかして、わたしが私生児だから愛してもらえないとか思ってる？」

心臓が止まった。「誰がそんな嘘《うそ》を言った。あの男か？　あの野郎――」

「誰にも言われてないわ。わたしが……自分で考えたのよ」ルイーザの目に涙があふれてきた。「本当のことなのね？」

「まさか、冗談じゃない。おまえは正真正銘、第五代ドレイカー子爵の娘だ」

ルイーザが涙をぬぐった。「わたしだって、ばかじゃないのよ。ジョージおじさま……っていうか、殿下は……いつも、うちにいたわね。それが当たり前のような気がしていたけれど。やっぱり、ものすごく不自然よね。だから、わたしもお兄さまと同じで、きっと私生児だろうと考えたの」

「いや、おまえは……」マーカスは口ごもった。「知っていたのか、俺のことまで」

ルイーザの精いっぱいの微笑に、心をえぐられた。「ひどい言い争いを聞いてしまったから。ママと殿下が出ていく直前に、お兄さまと大喧嘩《おおげんか》したでしょう？」

マーカスは顔をしかめた。「聞かれていたとはな」

「全部じゃないけど。あとで先生にきいてみたら、お兄さまが落《お》とし胤《だね》だと誰にも言わないよう注意されたわ。とくに、お兄さま本人に言ったら傷つけてしまうから、内緒ですよって。それから……わたしもジョージおじさまの娘なのかときいたら、絶対に違うと言われたわ。そのときは納得したんだけど」

「それでいい」

「お兄さま」若い娘にしては、ひどく大人びた口調だった。「わたしも社交界に出たのよ。殿下と大勢の愛人の話なら、さんざん聞いたわ。それに、いまから思えば、殿下はうちに入り浸ってばかりだったわね」

「おまえが生まれた年には来ていない。その事実だけで十分だ。父上も納得していた」

ルイーザは下唇をかんだ。「だけど、わたしが殿下の子供だという可能性が消えたわけじゃないでしょう？　ママは年がら年じゅうロンドンに行ってたもの。うちに殿下が来なくても、情を通じ合って身ごもるのは簡単よ」

「情を通じ合う？　そんな言葉をどこで覚えた」

ルイーザにも、頬を赤らめる程度のたしなみはあった。「レディ・アイヴァースリーにきいたの。先生の言うとおりだとは思えなかったから。だって〝男と女が同じベッドで眠ると赤ちゃんができるんです〟なんて言うのよ。わたしが小さかったころ、しょっちゅう怖がってお兄さまのベッドにもぐりこんだわね。それでも赤ちゃんはできなかった。だから、先生の話は嘘だと思ったのよ」

マーカスは鼻を鳴らした。「やれやれ、家庭教師がそんな話をすること自体、夢にも思わなかったぞ。気づいていれば首にしたのに」

ると思う？」ルイーザの表情が痛々しい。「何も知らない子供のまま、危なげなく人生を歩んでいけ

「いや、もちろん違う。だが――」

「そこがお兄さまのいけないところよ。わたしを守ってくれているつもりなのよね。でも本当は、殺しているだけなの。少しずつ、じわじわと。いつまでもキャッスルメインにとどまるよう呪《のろ》いをかけて……」ルイーザは嗚咽《おえつ》に喉をつまらせた。「このまま一年間ずっと、ここにいなきゃいけないのなら、きっと死んでしまうわ。女同士の話ができるレジーナもいないのに」

涙をこぼしながら〝きっと死んでしまう〟と訴えるのはルイーザの得意技だ。けれども、今度ばかりは胸に突き刺さった。深々と。レジーナの言葉と、あまりにも似ていたから。それが何を意味するか、いまになってようやく、心の底から理解した。レジーナもいないのに、あと一分でもここに閉じこめられたら、きっと死んでしまう。

喉にこみあげてきた苦いものを懸命にのみくだす。「わかったよ。もう一度おまえをロンドンに連れていく。それでいいな」

それで話は終わり、元気に立ちあがった妹がキスをしてくれるものとばかり思っていた。妹が荷造りをしに飛びだしていったあとは、どうすれば妻に戻ってきてもらえるか考えよう、耐えがたいほどの譲歩を重ねずにすむ方法をさぐろう……そう思っていた。

しかし、ルイーザは腰も上げず、こちらを見つめるばかりだった。「そうやって話をそ

らすのね。質問に答えたくないものだから」

マーカスは目をしばたたかせた。「質問？」

「わたしが殿下の娘かもしれないってこと」

違うと言いかけてやめた。〝何も知らない子供のまま、危なげなく人生を歩んでいけると思う？〟

ため息をつき、マーカスは妹の手を取った。「正直、よくわからない。違うとは思うが」

言いよどんだものの、何もかも話せと言うレジーナやアイヴァースリー伯爵夫妻の声が、耳の奥でやかましく反響した。「殿下は、おまえが娘だと信じきっているようだ」

妹の手がこわばった。「それでさっき、サイモンに聞いたのかと言ったのね？　彼が殿下と親しいから？」

マーカスは眉間《みけん》にしわを寄せた。「ああ」

「それでサイモンに、わたしをカールトン・ハウスに連れていくつもりかと言ったのね？〈オールマックス〉を出たところで、お兄さまたちと鉢合わせしたとき」

すっかり忘れていた。「そうだ」

ルイーザの手が震えだした。「わたしのことで、サイモンと殿下が何かたくらんでいると思うのね？　だからサイモンが気に入らないの？」

「俺は……その……」

「レジーナも知っているのね？　サイモンとの交際を二年待つよう説得してきたのは、お兄さまに同調しただけかと思ったけど……そういえば、サイモンにひどく腹を立てていたこともあった……」ルイーザが痛々しい声をもらした。ふたたび目に涙をあふれさせる。「サイモンは、愛していると言ってくれたけど……そうじゃなかったのね。心にもないことを言っていただけなのね」

「いや、それは違うだろう」

「お兄さま、最初から全部わかってたの？」ルイーザは憤りのこもったまなざしを向けてきた。「妹がころっとだまされるのを、ただ見てたの？　ずっと――」

「確信が持てなかったんだ。レジーナはフォックスムアが誠実だと言い張るし、俺も信用しかけてしまった。彼女はフォックスムアのことを信じていたが、〈オールマックス〉の夜会のあと――」

「何があったの？」ルイーザが腕組みをした。「全部、詳しく知りたいわ。教えてもらう権利はあるわね？　わたしが、ばかみたいな真似《まね》をしているあいだ、何があったの？」

まだルイーザの目に光るものはあったが、それは怒りの涙に変わっていた。妹は、屋敷を追われた日の母そっくりに見える。神よ、フォックスムアを救いたまえ。もはや復讐《ふくしゅう》を考えるまでもなさそうだ。ルイーザが自分で片をつけそうだから。

「俺も全部知っているわけじゃないが……」マーカスは口を開いた。「とにかく、あの晩、レジーナはフォックスムアに不始末をわびて、機嫌をとろうとしたらしい。だが、レジーナが言うには……」マーカスは、殿下がルイーザの宮廷入りを望んでいるのだと説明した。

マーカスが何か言うたびにルイーザの背筋が伸びていき、ぎらつく瞳がさらに輝きを増した。いまにも復讐の女神と化してイングランドの空に舞いあがり、フォックスムアの首を引きちぎりに行きそうだ。その光景は、さぞかし見ものだろう。

「それをわたしに話してくれる人は、ひとりもいなかったのね。レジーナまで、何も教えてくれなかった」

裏切られた悔しさがにじむ口調に、マーカスはあわてて言い添えた。「しょうがなかったんだ」兄に脅されていたからと弁解すると、ルイーザの顔から血の気が失《う》せた。

「ひどい、なんて卑劣な男！」視線が突き刺さってくる。「意見してくれなくていいのよ。そうね、たしかにお兄さまの言うとおりの人だったわ。だけど、わたしだって、ほんの少しでも事情を話してもらっていたら――」

「最近まで証拠がつかめなくてな」マーカスは弁解するように言った。

「でも、疑う理由はあったんでしょ。ほかの人には、さんざん話しておきながら、わたしには内緒にしたのね。わたしの生い立ちに謎《なぞ》があることを知らせたくなくて」ルイーザが腕を組み直した。「なるほどね、全部わかったわ。この〝おつき合いごっこ〟が、どこからどこまで殿下の筋書きだったのかはわからないけど」

マーカスは呆然と妹を見すえた。「最初から最後までだと思う」

「どうかしら。殿下がわたしを宮廷入りさせたがっているのは本当かもしれないけど、サイモンにキスや愛の告白までさせるとは――」

「キスをしたのか？」マーカスはうなり、椅子から飛びあがった。「あの野郎、八つ裂きにしてやる！」

「やめて」ルイーザも立ちあがった。「やっと社交界で堂々としていられるようになったのに、ぶち壊しにしないで」

「なんだと？」マーカスは声を荒らげた。かわいい妹のはずなのに。いつの間に、こうもきつい女になってしまったのか。

「サイモンには、それ相当の罰を受けてもらわなきゃいけないわね」

「たとえば？」マーカスは慎重に尋ねた。

ルイーザが半眼になった。「ひとつ考えがあるの。でも、まずは情報を得ないと。それに、わたしを宮廷入りさせるために殿下がここまで極端なことをするなら、面と向かって説明してもらうのが筋じゃない？」

「会うのは絶対に許さん」

「最後まで話を聞いて。わたしには知る権利があるわ。この騒ぎのどこまでが殿下の策略で、どこまでがサイモンの意思だったのか」

有無を言わさぬ口調に、マーカスは落ち着かない気分になった。

「それはそうだが……」

「殿下と話がしたいわ。サイモンとレジーナにも立ち会ってもらいたいの。レジーナなら、サイモンに言われたことを、殿下の目の前で包み隠さず話してくれるだろうから」

耳の奥で鼓動がすさまじい音を響かせている。「おまえとレジーナが、フォックスムアや食わせ者の殿下に会うなら、俺も同席するぞ。でなけりゃ許さん」

「それこそ譲れない条件よ」

マーカスは妹を凝視した。「俺とレジーナを仲直りさせる小細工か何かのつもりか」

「いいえ」妹の声音が柔らかくなった。「仲直りしてほしいのは、やまやまだけど。サイモンが卑劣だから、信用のおけるレジーナに同席してもらいたいのよ。お兄さまこそ、レジーナがサイモンの妹だからって、このままずっと会わずにいるつもり？」

「いや」

「レジーナは信用できるわ。いろいろ話を聞いてしまったいまでも、やっぱり信用できると思う。守れない約束なんかしたことはないし、わたしに嘘をついたこともないから。胸に手をあてて、よく考えてみて。お兄さまにも、そうだったでしょ？」

自分とレジーナのあいだに起こったことを、すべて思い返してみる。レジーナは、兄のもくろみを隠していたときでさえ、嘘は一度もついていない。字が読めないことを打ち明けてくれなかったが、それで責めるのは酷というものだ。自分こそ、おのれの過去を少しも打ち明けようとしなかったではないか。

つれなき美女を信用するのは難しいかもしれない。だがレジーナは、つれなき美女などではないのだ。いつも思いやりがあって、癇癪も見逃してくれた。ルイーザをかばって反論してきたときも、思いやりにあふれていた。

こんな自分にも情けをかけ、愛していると言ってくれた。気難しくて過保護で、ベッドをともにするのはおろか、同じ空気を吸うことさえ憚《はばか》られる愚か者だというのに。問題は、許す気持ちがレジーナに少しでも残っているかどうかだ。あんな仕打ちをして、あんな暴言を吐いておきながら、いまさら許してくれなどと言えた義理でもないが。

ルイーザが穏やかに言った。「お兄さまだって、レジーナを愛しているんでしょう？それがいちばん大切なことだわ」

マーカスは妹の肩ごしに、ダイニングテーブルの反対端を仰いだ。そこにはレジーナが妻として座っているはずだった。もしも、この場にいたとすれば。追いだしたりしていなければ。「愛しかたが、よくわからないんだ」

妹が手を握ってきた。「情けないわね。愛するなんて簡単よ。同じだけの愛を返してくれる相手さえいればいいの」

ひよっ子の口から、こんな言葉を聞かされようとは。

ルイーザはマーカスの手を胸に押しあてた。「それに、もう嵐《あらし》は過ぎたでしょう？だったら、あとはレジーナを愛してあげるだけよ。レジーナもお兄さまを愛してるんだから」いたずらっぽい笑みを浮かべる。「どこがいいんだか全然わからないけど」

マーカスは笑おうとしたが、何も出てこなかった。「俺にも、さっぱりわからん」

レジーナは、いまでも愛してくれているのか。正気に戻るまで待つと言ってくれたが、あれは何日も前のことだ。レジーナが態度を硬化させるより前。結婚相手が野蛮なドラゴンだと気づくより前のことだった。

わが身の過ちに気づいても、もはや手遅れだと思い知るのは、まさにこんな心境だろう。愚かなドラゴンは、父と同じ轍《てつ》を踏むまいと躍起になるあまり、誰よりも大切な女を投げ捨ててしまった。

レジーナに去っていかれてはならぬと、そればかり考えていた。なのに、逆上してわれを忘れ、レジーナが去っていくしかなくなるよう仕向けた。

おのれの最低な面を見せてしまったいま、レジーナは戻る気になってくれるだろうか。ここかロンドンで、あるいはどこか別の場所でもいい、一緒に暮らしてくれるだろうか。ほんのわずかでもレジーナに理性が残っていれば、まず無理な相談だ。いまさらながら、キャッスルメインが牢獄《ろうごく》だという意味が、ようやくわかってきた。望みもしない孤独な暮らしを強いられるのならば、どこであろうと牢獄と同じだ。

「お兄さま」ルイーザが静かに口を開いた。「ジョージおじさまとサイモンとレジーナを集められる？」

マーカスはため息をついた。「ああ。一日か二日はかかるだろうが」

ルイーザは重い息を吐いた。「じゃあ、お願い。サイモンに復讐する機会をちょうだい」

だめだと突っぱね、安全なキャッスルメインにルイーザを閉じこめておけたら、どんなにいいか。だがいままでは、それが間違いだと承知している。ルイーザもレジーナも、閉じこめたりしてはいけないのだ。レジーナについては、もう打てる手はなくなったかもしれない。だが妹への態度を改めるのは、まだ間に合う。

「わかった。みんなと会わせてやる」

そのときは、レジーナにも少しは許してもらえるかもしれない。

24

お嬢さまに情が移っても、あなたの判断を曇らせるようなことがなければ問題ありません。

　　　　──ミス・シスリー・トレメイン『理想のお目付役《シャペロン》　若き淑女の話し相手《コンパニオン》のための手引き』

　午後遅く、レジーナはシスリーやキャサリンと一緒に、塵《ちり》ひとつないアイヴァースリー邸の勉強部屋でテーブルを囲んでいた。食い入るように見つめているのは、キャサリンの好きな作家の詩。手元にはアルファベットを彫りこんだ積み木が並んでいる。

　レジーナは最初の行を懸命に読んだ。「〝わたし……わたしは……〟」

「難しすぎやしない？」シスリーが声をあげた。

「そんなことないわ」レジーナは、積み木の浮き彫りを指でなぞった。隣の文字と形が似ている。「ああ、nだわ。そうよ……uみたいに見えたりするけれど、違うのよね」

どういうわけか、指で触れると文字の違いがわかりやすくなる。理由は不明だけれど、キャッスルメインでそれに気づいてからは、字を覚えるにはこの方法しかないと思っている。キャサリンとシスリーが、ともに果てしない忍耐力を発揮し、根気よく教えてくれたことも励みになった。

レジーナは息をついた。「〝わたしは、ひと……ひとり、さ……さま……さま……さまよった〟……さまよった？」

キャサリンがうなずいた。

頭がずきずき痛むが、なんとかこらえる。伯爵家の料理番がミルク酒を出してくれているので、頭痛がひどくなりすぎたら飲めばいい。とはいえ、日ごとに痛みが薄れていくような気がした。マーカスの予測どおり、頭痛に慣れてきたのだろう。

眉根にしわが寄る。考えたら泣いてしまうし、頭痛もひどくなる。泣くのは夜にベッドに入ってからにしよう。

まともに眠れるわけでもないし。

「〝わたしは、ひとり、さまよった……ま……まるで……まるで……〟」ああ、また厄介なdが出てきた。それともbだろうか。でも、bだと意味が通じないから……。「〝雲、雲の……ように。わたしはひとり、さまよった。まるで雲のように〟これで合っている？」

キャサリンが顔をほころばせた。「ええ。読めたわね」

レジーナは何度もまばたきをした。「ちゃんとした詩が一行読めたってこと？　子供向けの絵本じゃなくて？」

「子供向けの絵本じゃなくて」キャサリンが、おうむ返しに言った。

「ひとりで読めたのね」もはや興奮も抑えきれず、レジーナは椅子から飛びあがって、つま先立ちでくるりと一回転した。「ひとりで一行読めた！　本物の詩が読めたんだわ！」

　やはり笑いながら立ちあがったキャサリンと一緒に、少女のように踊りまわる。ふと見ると、シスリーが無言のまま泣いていた。青白い頬に涙が流れている。

　レジーナは踊るのをやめ、そばに駆けよった。「どうしたの？　肺の具合でも悪いの？」

「いいえ……いいえ……」シスリーは口ごもり、すすり泣いた。「もっと前に……十年以上も前に……字を覚えられたのに……」いつも手にしている特大のハンカチでも、流れ落ちる涙をぬぐうには間に合わない。「ちゃんと……教えてあげればよかった……」レジーナの手をきつく握りしめる。「わたしのせいだわ。あの医者の言うことなんか信用しなければよかった。そうしたら、きっと――」

　嘘偽《うそいつわ》りのない嘆きに、レジーナ自身の涙も流れ落ちた。「泣かないで。自分を責めたりしないで」シスリーを抱きしめる。「わたしだって信用してしまったもの。ふたりとも信用してしまったの。シスリーだけが悪いんじゃないわ」

「わたしが悪いのよ！　あなたは子供だったでしょう。わたしが面倒を見てあげなきゃいけなかったのに！」

「面倒を見てくれたじゃない。いつだって最高の先生で、最高の話し相手だったわ」

「だけど、もっとやりようがあったのよ」シスリーが鼻をかみ、また泣きだした。「ただ……あなたに何かあったらと思うと、恐ろしくて。わたしが子供を産むなんて無理だし、あなたは本当にかわいらしくて、繊細な子で……こんな子供に恵まれるなんて、夢のまた夢だし……あなたに、もしものことがあったら……。それに、あの医者は本当に……」

「もういいの」レジーナはささやき、シスリーを抱く腕に力をこめた。「シスリーはいつも心の底から、わたしのためを思ってくれたもの」

シスリーが身を引き、涙目で見つめてきた。「あんな化け物と結婚する羽目になったのもわたしの責任だし。わたしさえいなければ――」

「シスリーの責任なんて、かけらもないわ。それに彼は化け物じゃないわよ」レジーナはシスリーの手をなでた。「本当なんだから。きちんと向き合ってみれば、とてもいい人だと思えるようになるわ。ちょっと頑固なときもあるけれど」

「いつもでしょう?」そばに腰を下ろしたキャサリンが口をはさんできた。

レジーナは義理の妹に目を向けた。

「たまには少しぐらい、ましになったりしないの?」

「全然。なんとか折り合いをつけていくしかないわね」キャサリンが頬をゆるめた。「その分、別のところで埋め合わせをしてくれるわよ」

レジーナは作り笑いで応じた。マーカスのいないベッドで眠るのは、ひどくさびしかった。それ以上に、聡明《そうめい》で強情で辛抱強いマーカスが恋しかった。突飛なところさえ恋しい。まったく予測もつかない人なのだから。おかげで、どんな夜会や舞踏会やパーティーに出ても退屈に感じてしまう。最近は、出かけるのも気が進まない。シスリーやキャサリンと昼から夕方まで勉強部屋にこもり、苦労しながら詩を読むほうが、天気の話しかできない人たちのおしゃべりに耳を傾けるよりましだと思う。

われながら、マーカスと考えかたが似てきたのかと呆《あき》れてしまう。けれども、あれから四日も過ぎたいま、不安になってきた。マーカスは本当に機嫌を直してくれるだろうか。妻に歯向かわれるなんて、とうてい納得しがたいことだったかもしれない。結婚生活が最悪の展開を迎え、領地とロンドンでの別居生活に陥ったらどうしよう。

考えるだけでも、ぞっとする。

開け放した勉強部屋の扉を廊下側から軽く叩《たた》く音とともに、使用人の男が顔をのぞかせた。「奥方さま。レディ・ドレイカーに手紙が届いています。子爵さまからの手紙ですので、すぐお読みになりたいかと」

レジーナは赤くなった。マーカスとの口論が伯爵邸の使用人すべての耳に入ってしまったせいで、ばつの悪さが何日も消えずに残っている。それに、マーカスが手紙をよこしたのであれば……吉報のはずがない。

キャサリンが使用人に声をかけ、入ってきてレジーナに手紙を渡すよう告げた。受けとった手紙は、思いのほか重かった。気持ちが沈んでいくのを感じながら、レジーナは封を切って手紙を開いた。二本の鍵《かぎ》が膝に落ちた。

困惑しつつ手紙を凝視する。一枚の紙にマーカスの太い筆跡で何やら書きつけてあった。

「読んであげましょうか？」シスリーがきいた。

断れたら、どんなにいいか。シスリーは大好きな親類だし信用もおける。それはキャサリンも一緒だった。そうはいっても、シスリーにもキャサリンにも、こういうプライベートな手紙は読んでほしくない。とはいえ、自分で読もうとすれば半日はかかる。ましてや、マーカスのなぐり書きはひと筋縄ではいかない。それに、シスリーに手紙を読んでもらうことは、彼も承知しているはずだった。だから、とてもプライベートな手紙でもないのだろう。

いっそう気持ちが打ち沈んだ。「ええ、お願い」レジーナはシスリーに手紙を渡した。

シスリーが眼鏡をかけ、手紙を読みだした。「〝親愛なる奥方どの。わが友人の屋敷に滞在しているとのことだが。はっきり伝えなかったのは申しわけないが、別に、奥方どのを宿なしにしようとしたわけではない。町屋敷の鍵を同封しておく。シスリーと町屋敷を使ってくれてかまわない〟」

レジーナは悲痛な声をあげた。「このままずっと別居するつもりなのね」

「そうでもなさそうよ」シスリーがあわてて言った。「続きがあるの。〝ルイーザを連れて町屋敷に行くから、準備しておくよう使用人に伝えてもらいたい。到着は明日だ〟」

心拍数が急上昇した。マーカスは正気に戻ってくれたのだろうか。でも、それならどうして自分で足を運ばず、手紙をよこすの？

「明日？」キャサリンが叫んだ。「何事もなかったかのようにロンドンにぶらっと出てきて、レジーナに両手を広げて迎えてもらえるとでも思っているのかしら」

「まだあるの――」シスリーが続きを読もうとしたとき、階下から怒声が響いてきた。

「つべこべ言うな、いるんだろう。い、妹を呼べ、いますぐ呼んでこい、さもないと……絶対……絶対に……自分で捜しに行ってやる」

「あらまあ」シスリーがつぶやいた。「サイモンだわ」

キャサリンが眉をひそめた。「酔っているようね」

「レジーナ！」サイモンが階段の下でわめいた。「おい、下りてこい！」

「酔っているのか、頭がおかしくなったのか」レジーナは低くつぶやき、立ちあがって戸口へ急いだ。階段に歩みより、階下の兄をにらみつける。「出ていって！」

兄がよろよろと階段を上がってきた。「どういうことか説明しないと、出ていかないぞ」

たしかに酔っている。いったいどうしたのだろう。兄が酔うなんて本当に珍しい。

駆けつけてきた使用人ふたりに羽交い絞めにされ、サイモンは暴れだした。「離せ、この野郎！　やんごとなき筋にかかわる用事なんだぞ！」

やんごとなき筋？

使用人たちがサイモンを玄関へ引きずっていこうとした。

「もういいわ」レジーナは声をかけた。「離してあげて」あまりにも異例のことで、とても見過ごしてはおけない。マーカスがロンドンへ出てくるという知らせを受けた直後なのだから、なおさらだった。

解放された兄は、ふらつきながら上着の乱れを直した。ぶつくさと文句を言っている。

レジーナは階段を下りていった。「何をしに来たのよ？　領地に行ったんじゃなかったの?」

「アイヴァースリーに言われて? ふん、まさか。僕は逃げたりしない。おまえの旦那《だんな》が決闘したいと言うなら、好きにさせろ。受けてやる。頭を撃ち落としてやる」

「そんなていたらくじゃ、誰の頭も撃ち落とせないわね」レジーナはサイモンの腕をつかみ、客間へ引っ張っていった。兄のため冷たい水を持ってくるよう使用人に頼む。兄の頭を水中に沈めてしまえたら、どんなにいいか。

「大丈夫だ」サイモンが腕を振りほどいた。「ひとりで歩ける。放《ほう》っておいてくれ。おまえこそ、なんでこんなところにいる? 旦那をしっかり捕まえておくはずじゃなかったのか」

「残念ながら、そうもいかなくなったわ。お兄さまがマーカスの妹を誘拐しようとしたせいでね」レジーナは冷たく言い捨てた。「それで彼は腹を立てて、わたしを追いだしたのよ」

「なんだと?」サイモンは頭をすっきりさせようとしたのか、かぶりを振った。「あり得ない。おまえも行くんだろう。筋が通らないぞ。あいつがおまえに腹を立てたなんて」

「なんなの、まったく」脈絡のない兄の話が理解できず、レジーナはつぶやいた。とりあえず客間に向かったものの、何も聞きだせないうちに、サイモンはだらしなく長椅子に倒れこんだ。「ねえ、説明してちょうだい。わたしがどこに行くのですって?」

「カールトン・ハウスだ。みんなで会うんだろう? おまえの旦那とルイーザも交えて」

キャサリンが戸口に立った。「そのようね。手紙に書いてあったわ。明日の午後、ルイーザを連れて内密に殿下と会うから、レジーナにも同行してほしいそうよ」

「僕も呼びだされたぞ」兄がわめいた。「なんのつもりだ？　やつは何をたくらんでいる？」

「知らないわよ」心が乱れる。マーカスは何年も殿下と顔を合わせようとせず、ルイーザに近寄らせることも固く禁じていた。それなのに、いったいどういうことだろう。「キャサリン、手紙には、ほかに何か書いてなかった？」

　愛している、とか。許してくれ、だとか。

　キャサリンの背後にシスリーが現れ、すまなそうに答えた。「何もないわ」

「ドレイカーのやつめ、僕と殿下の関係を壊す気だな？」サイモンがうなった。「だからルイーザも連れてくるんだ。もしルイーザが、あのことを殿下に話してしまったら……」サイモンは目を閉じた。「まずいぞ。絶望的だ」

　レジーナは、マーカスのことしか考えられなかった。結婚生活には、どう影響するのか。この大雑把な手紙で、マーカスは何かを伝えようとしているのだろうか。何か意味があるとすればの話だけれど。

　レジーナはサイモンに向き直った。「ここまで二頭立て馬車《フェートン》で来たの？」

「ああ」

「自分で御してきたのね？　そう、ちょうどよかった」レジーナは戸口へと足を向けた。

「フェートンを借りるわ」

「なんだって?」サイモンはよろよろと立ちあがったものの、あやうくティー・テーブルに突っ伏しかけた。「おまえには無理だ――」

「お兄さまこそ、馬車を動かせる体調じゃないでしょう。それに、いますぐキャッスルメインに行かなきゃいけないの」

「フェートンを御したことがあるの?」キャサリンが問いかけてきた。

「お兄さまに何度か手綱を取らせてもらったから」

キャサリンが片方の眉を上げた。「アレクの帰りを待つほうがいいんじゃない? タッターソールの馬市から帰ってきたら、馬車を出してもらうわ」

「いいえ、だめよ」レジーナはキャサリンとシスリーのそばを足早に通り抜けた。「わたしひとりで行けば、門前払いを食わされずにすむと思うの。さすがのマーカスも、わたしをひとりでロンドンへ返したりしないでしょう」

「大丈夫かしら。脅しを実行しないと思う?」玄関で追いついてきたキャサリンが言った。

「さあね。手紙と鍵を送ってきたし……」レジーナは使用人の手を借りて外套《がいとう》を身につけた。「とにかく、マーカスが何を考えているのかと気をもみながら、じっと座って待つなんて、たとえ一分間でも無理よ。いますぐ片づけなきゃ」

しかし、馬車を疾走させても不安は収まらない。キャッスルメインへの二時間もの道中、ずっと気をもみ、いらだっていた。町屋敷の鍵を渡されたのは、自由を認めてもらえたということ？　それとも、マーカス自身が自由を望んでいる？　なぜ自分で来なかったの？　やはり、どうしようもなくプライドが高い人だから、自分が間違っていたとは認められないのだろう。殿下と会うことにしたのも、最後にもう一度、罵声《ばせい》をあびせたいからに違いない。わたしと兄も殿下の取り巻きとして、まとめて槍玉《やりだま》にあげるつもりなのだ。

けれども、ルイーザも同行させるらしい。これまで頑として真実を告げようとしなかったのに。マーカスは考えを改めたの？　それとも、ルイーザが自分で真実を突きとめたのだろうか。ふたりとも、殿下と取り巻きへの復讐《ふくしゅう》を決意したの？　わたしと兄も殿下の取り巻きだから、まとめて復讐するつもり？　それにしても、マーカスが復讐を望んでいるならば、ルイーザも連れて町屋敷に泊まるというのが腑《ふ》に落ちない。

キャッスルメインに着くころには、すっかり腹が立っていた。もしもマーカスが屋敷に妻を入れるなと執事に命じているのなら、ひと泡吹かせてやるんだから。大事な屋敷の玄関広間でフェートンを乗りまわし、マーカスの頭上で馬たちにダンスを踊らせてやるわ！

しかし、玄関先に馬車で乗りつけても、誰も文句を言ってこない。ぎょっとした表情の若い使用人があわてて手綱を取り、馬車から降りるのに手を貸してくれた。やはり仰天した面持ちの使用人が玄関の扉を開けた。そして、見るからに取り乱した執事が出てきた。

屋敷の使用人に、きちんと紹介もされていなかったと、ふいに思いだした。執事と言葉を交わしたのも、最初にキャッスルメインを訪れたときだけだった。それどころか、あのとき執事は門前払いを食らわせようとしていた。

執事の名前さえ知らない。「あのう……わたし……レディ・ドレイカーなのだけれど」

執事が真っ赤になった。「はい、存じあげております、奥方さま。ジェームズがお召し物をお預かりいたします」執事は、ぽかんと口を開けている若い使用人を手招きした。使用人が、はじかれたように駆けよってきて自分の務めを果たした。

レジーナは息を吐いた。「旦那さまに話があるのだけれど。いらっしゃるかしら」

「はい、奥方さま。邪魔をしないよう申しつかっておりますが……その……二時間ほど前に地下牢《ちかろう》へ下りていかれました、アイリッシュウイスキー一本と絵を一枚持って。正直に申しまして、いささか心配になってきたところです」

執事でなくとも心配になる。ただでさえ居心地の悪い地下牢なのに、以前そこで三日も過ごした人が入る場所ではない。

ふと、執事が口にしたもうひとつの言葉に引っかかりを覚えた。「絵を持っていったの？」

「さようでございます。ミスター・ブレイクが描いた恐ろしいドラゴンの絵です」執事が身を乗りだしてきた。「あの絵を好ましく思う者など当家にはおりません。まことに、おぞましい。しかし旦那さまが、どうしてもあれを寝室にかけるとおっしゃるので。たまに、はずしたかと思えば、地下牢にお持ちになりますし。ご機嫌が悪くなると、いつも地下牢にこもってしまわれるのです」

レジーナはうなずいた。そういえば、マーカスは地下牢で怒りを爆発させると言っていた。もう二時間も地下牢にこもったきりなのであれば、そうとう怒っているに違いない。レジーナは、ごくりとつばをのんだ。

「やっぱり、わたしも下りなくちゃいけないようね」

執事は一階にある使用人の区画へレジーナを案内し、陰気な石壁の廊下の突きあたりで小さな扉を示した。「こちらが入口です。階段を下りたらすぐですので」

不安が背筋を駆け抜けた。マーカスと地下牢のことで冗談を言い合ったときとは勝手が違う。なにしろ、おぞましい絵を眺めながら二時間もウイスキーを飲んでいるマーカスを追って地下牢へ入るのだから。

それでも、ここまで来たらあとに引けやしない。レジーナは執事に礼を言い、扉を開けた。

薄暗い石段を何歩か下りたとき、不機嫌な声が下から響いてきた。

「邪魔をするな、ルイーザ。明日になれば、しゃきっとなって悪魔どもと対決してやる。だが今夜はひとりで、自分の罪をよくよく考えていたい」マーカスの声が、くぐもった。「まったく、犯した罪が多すぎて、きりがない」

胸の奥で心臓が激しく脈を打った。酔ったような口ぶりではない。しかし、その声に混じる絶望は、なまじ泥酔しているより恐ろしい。

歩調を速めたとたん、いきなり妙な場所に出た。五メートル四方くらいの空間で、天井の高さは男性がなんとか立っていられる程度しかない。狭いうえ、ひどく寒い。岩を掘り抜いて作った地下牢だった。古びた長椅子が壁際に置いてあり、かびの生えた岩壁と錆《さ》びついた鎖のなかで変に浮いて見える。

弱まっていく夕日が天井近くの細窓からさしこんでいるものの、大半の明かりは蝋燭《ろうそく》によるものだった。おびただしい数の蝋燭。岩棚の上の壁から突きでている年代物の張り出し燭台《しょくだい》や、壁際に並ぶ枝つき燭台に、無数の蝋燭が立ててあった。そのまんなかで、マーカスがこちらに背を向けて立っていた。

ここは大人の男性が引きこもる場所でもなければ、十三歳の子供を閉じこめていい場所でもない。この光景を目のあたりにして、これまでまったく理解できていなかったことが、ようやくのみこめた。

マーカスの母親と殿下に対する憤りが、たちまち胸のなかで燃えあがった。何年も前、年端もいかない少年をこんなところに閉じこめて壊そうとしたなんて。そのせいでマーカスは、まともな扱いを受ける権利など自分にはないものと思いこんでしまった。いまだに、そんな考えにとらわれていても無理はない。

何もかも力ずくで手に入れようとするのも当然だろう。ほかの方法など知るよしもないのだから。ならば、ほかの方法もあると、いまこそ知ってもらおう。

突然、足元で物音がした。鼠《ねずみ》の話が記憶によみがえり、思わず悲鳴をあげてしまう。

「ルイーザ、まだいたのか」マーカスが振り返った。「邪魔をするなと、あれほど――」

こちらの姿を認めたとたんに口ごもる。「レジーナ?」かすれた声で問いかけてきた。自分の目が信じられないのだろう。「ここで何を?」

胸の奥で心臓がねじれあがった。マーカスは憔悴《しょうすい》しきっており、わたし以上に眠れていないらしい。澄んだ瞳に苦悩の影がさしている。以前のように髭《ひげ》も伸び始めていた。

「わたしを通すなと執事に伝え忘れたようね」

マーカスがたじろいだ。「忘れたわけじゃない」

彼の腕のなかに飛びこんで〝何もかも水に流しましょう〟などと口走りたい衝動を抑えるのに、とても苦労した。何もなかったことにするつもりはない。このような事態を二度と引き起こさぬためにも、ドラゴンの魂を救わなくては。今度こそマーカスを洞穴から引きずりださなくてはいけない。

「なぜロンドンに来てくださらなかったの?」レジーナは苦しい思いのたけをあふれさせた。「なぜ自分で鍵を持ってきてくださらなかったの? あんな中途半端な手紙を送ってよこしたりして」

マーカスは殴打に耐えるかのごとく、無言のまま立ちつくしていた。「とても許してもらえないと思ったからだ。ひどいことを言ってしまったから――」

「そうね。だから、じかに謝りに来るぐらいのことはしてもよかったでしょうに」

マーカスの陰鬱《いんうつ》な表情に、罪の意識が刻まれた。「正直に言うと、会ってもらえる自信もなかった」マーカスは疲れたように息を吐き、大きな体を重々しく長椅子に沈めた。

「会ってもらおうだなんて、虫がよすぎる」

どうしたのよ、マーカス。戦いなさいよ。「あなたって、いつもこうなの？　謝らなくてはいけないときに地下牢で飲んだくれて、くよくよ思い悩んでばかりいるの？」長椅子に歩みよったレジーナは、マーカスが凝視していた絵に目をとめた。

愕然《がくぜん》とした。妖《あや》しい灯火《ともしび》のなか、不気味な絵が浮かびあがっている。想像していたものとは、まるで違う。鱗《うろこ》に覆われた体と爬虫類《はちゅうるい》じみた長い尾を持つ普通のドラゴンの絵ではなかった。爬虫類のような姿をしてはいるが、まぎれもない男性の絵で、地獄の悪魔を思わせる。くよくよと思い悩むには、いかにもうってつけの絵だった。

「こんなものを二時間ずっと眺めていらしたの？」レジーナは眉をひそめ、マーカスに視線を戻した。「執事が言ったとおりだわ。おぞましい絵」

マーカスがウイスキーのボトルを取りあげ、乾杯のしぐさをした。「〝みごとなまでに、おぞましい〟わが妻、かく語りき」

レジーナは、喉にからむ涙を必死にこらえた。「あなた自身を描いた絵だとでも思っていらっしゃるようだけど」

「違うか？」いささか挑発的にウイスキーをらっぱ飲みにしたマーカスは、手の甲で口をぬぐった。

「まるで違うでしょう」間近で絵を見直してみると、金髪の女がドラゴンの足元に横たわっていた。額縁のいちばん下に黄金の銘板が取りつけてあり、絵の表題が記されている。少しでも読みやすくなるよう、レジーナは表題を指でなぞった。「〝太陽の衣をまとった女〟を、わたしと重ねているのかしら」

「そのまんまだろう」そこまで言って、マーカスは何度かまばたきをした。「ちょっと待て……なぜ表題がわかった」

「いま読んだの。あなたが地下牢でくよくよ思い悩んでいるあいだ、わたしも少しは勉強したのよ。キャサリンとシスリーのおかげで、ずいぶん進歩したわ」レジーナは、ぎこちなく笑った。「今朝、詩を一行だけ読めるようになったのよ。ひとりで読めたの」

「たいしたものだ」心からの称賛だった。けれども、すぐにマーカスの表情が困惑ぎみに曇った。ボトルを床に置く。「やはり俺《おれ》は、なんの役にも立たない夫だったというわけか。字の読みかたを教えることもできない」

ひどく悲しげな口調に心を引き裂かれた。「ものすごく教え上手というわけじゃないのは確かかね。でも、あなたがいなければ、読めるようにはならなかったわ。あなたのおかげで、自分でも読めると思えたのだもの。絶対に読めると言ってもらえたから、がんばる気にもなったのよ」

レジーナは心を静めてから、どんよりと打ち沈んだ面持ちのマーカスに向き直った。いまのマーカスに、ここまで暗い顔をさせておくいわれはない。

「だけどね、わたしのことはどうでもいいの」マーカスを見すえる。「あなたのほうこそ、何が問題なのか自覚していらっしゃる？」

油断のない視線が返ってきた。「きついことを言われそうだな」

「言ってやろうじゃないの」貴婦人らしからぬ物言いに、マーカスが目をみはった。「問題なのは、ちょっと頭のおかしなお母さまよ。でれでれと殿下に媚《こび》を売って、あなたも同じようにすると思いこんだのね。でも反抗されたものだから、無理じいしたのよ」

まばたきをして涙をこらえた。決して涙を見せないよう自分に言い聞かせる。

「それであなたは、お母さまの駆け引きに押しつぶされないよう、自分をドラゴンに変えてしまったの。媚を売るよりましだものね。殿下の気を引こうとして、お母さまみたいにさもしい真似《まね》をするよりましだから」レジーナはマーカスに近づいていった。「でも、あなたはドラゴンなんかじゃない。わたしだって〝太陽の衣をまとった女〟でも妖精《セイレーン》でもなければ、つれなき美女でもないわ。まあね、ドラゴンはあなたの一部だし、セイレーンは間違いなくわたしの一部ではあるけれど」

腰を浮かせて目をむいているマーカスに、レジーナは容赦なく言いつのった。

「あなたは、ただのドラゴンじゃないわ。弱い者を命がけで守ってくれる、本好きで頭のいい男性だわ」息が喉につまる。「愛を交わすときだって、思いやりにあふれている。地下牢に女をつなぐ話の口ぶりからでも伝わってくるもの。ドラゴンに自分の人生を支配させるのは、もう終わりにしましょう」レジーナは手を伸ばし、太い傷痕《きずあと》を指先でなぞった。「ドラゴンをねぐらに戻す潮時だわ」

低いうめき声がマーカスの唇からもれた。「戻す方法がわからなかったら？」

「わかっているはずよ。初めて出会った日には、とても無理かもしれないと思ったけれど。

あなたが〈オールマックス〉に颯爽《さっそう》と入ってくるのを見て、きっと大丈夫だと感じたわ。あなたはドレイカー子爵よ。財産も名誉もあって、未来の国王の血まで引いている。王子さまなのよ。たとえ名はなくとも、品性が気高いの。ドラゴンの下にひそむ王子さまが見えたのでなければ、わたしはキスも許さなかったし、さわらせることも……結婚することもなかった」いつしか涙がこぼれ落ちていた。「あなたを愛することもなかった」

つかの間、マーカスの顔に希望が輝いたものの、すぐに消えてしまった。マーカスは、かたくなに頭を振った。「いまは愛しているとか言っても、いつまで続くかな。自分の母親にも愛されなかったのに。あんたに愛してもらえるはずがない」

悲痛な声に深々と胸をえぐられた。これほどの苦悩を、マーカスは乗り越えられるだろうか。けれども、みすみす敗北させるわけにはいかない。

レジーナはマーカスの顔を両手で包みこんだ。「お母さまも、お母さまなりにあなたを愛していたと思うの。当たり前でしょう？　どうやって愛したらいいか、わからなかっただけ。お母さまは、強くて立派なドラゴンの尾にしがみつこうとした狐火《きつねび》よ。しがみつけなかったけれど」

マーカスの目に涙がにじんできた。レジーナは彼の首に両手をかけた。

「でも、わたしは違う。いとしい人に、しがみつける。しがみついてみせるわ。振り落とされたりしない。何をされようと、なんと言われようと。追いだされたりもしない。つれなき美女もわたしの一部だし、あなたに関しては容赦ないんだから。なんとしても、あなたを洞穴から光のなかへ出してあげる」

そのせつな、何かがマーカスのなかではじけ、うめき声もろとも抱きすくめられた。キスで唇をとらえられ、むさぼるように奪われた。かすかにウイスキーの味がした。蝋燭の煤《すす》のようなにおいもする。それに、マーカスのにおい。わたしのマーカス。

体の芯《しん》まで焼き焦がし、何もかも奪い去っていくようなキスだった。まるで、わたしという存在を魂に刻みつけるかのように。ややあって、マーカスは唇をもぎ離した。「ひどいことを言ってすまなかった。どれほど後悔しているか、わからんだろう」頬に、まぶたに、鼻に、キスの雨が降ってきた。「なんでも言うとおりにする。いつだって好きなときにロンドンに連れていくし、ここにいるほうがよければ、そうしよう。俺を捨てずにいてくれるなら、なんでも望みをかなえてやる」

「捨てたりしないわ」あなたが、わたしを愛してくれるかぎり。

それでも、わたしを愛しているとは言ってくれないのね。そこまで気を許していないのは、いまもなお心の片隅に不安があるから。とはいえ、愛してくれているのは間違いないと思う。ただ、その言葉を口にすれば、自分自身を乗っとられてしまうような気がするのだろう。そのうえ、彼は何年ものあいだ戦ってきた。他人に、とりわけ女に、自分自身を乗っとられてしまわぬよう、いまだにもがき苦しんでいる。

だからこそ、今夜その言葉を彼の口から引きださなくては。愛していると口にできるくらいまで恐怖心を克服してもらう方法といえば、ひとつしか思い浮かばない。

「いまお願いしたいことが、ひとつあるわ」レジーナはマーカスに告げた。

「なんでも言ってくれ」マーカスが力強く答えた。

「抱いてほしいの」

マーカスのまなざしが陰りをおびた。「わかった。階上《うえ》へ行こう――」

「いいえ。ここで抱いて。この地下牢で」

25

お嬢さまが選んだ結婚相手は、あなたなら決して選んでさしあげないような殿方かもしれません。とはいえ、お嬢さまがご自分の選択に満足していらっしゃるのであれば、あなたも満足すべきです。おつき合いを続けるうちに、ましになっていく殿方もいるものです。

——ミス・シスリー・トレメイン『理想のお目付役《シャペロン》　若き淑女の話し相手《コンパニオン》のための手引き』

マーカスは思わず身ぶるいをした。レディである妻を、こんな場所で寝かせるなんて、とんでもない。「だめだ、冗談じゃない。まさか本気で言っているわけでは——」

「本気よ。本気だといけない？」

「ここは汚いし、レディに似つかわしくないだろう」

きらめく瞳が、霧をつらぬく鋼のように突き刺さってきた。「でも、わたしがここで裸になっている夢を見たのでしょう？」

いわく言いがたい焦りに胸が締めつけられる。「言っただろう、どうしてあんな夢を見たのか、自分でもわからないんだ。俺《おれ》がここにいる理由は、ただ、ひとりになって——」

「犯した罪について考えたかったのよね。さっき聞いたわ」不意打ちを食らい、マーカスは長椅子に押し倒された。起きあがる暇《いとま》もあたえられず、腿のあいだに細腰をねじこまれてしまう。

たちまち下半身が硬さを増していく。なまめかしい微笑とともにレジーナが髪のピンをはずし、大きく頭を振った。肩に広がる金の巻き毛のカーテンに、息が喉の奥でつまった。レジーナが手早くドレスの胸元をくつろげた。「誰にも迷惑のかからないところで鬱憤《うっぷん》を爆発させるため、地下牢《ちかろう》に下りた。そうおっしゃっていたわね？」

胴着《ボディス》がはだけ、薄地の亜麻布のシュミーズがあらわになった瞬間、マーカスは喉の渇きを覚えた。うなずいたが声は出せず、ただレジーナを凝視することしかできない。蝋燭《ろうそく》の明かりだけでも、薄い布ごしに胸の先端の薔薇色《ばらいろ》が透けて見える。助けてくれ、誰か。

レジーナは、からかうように胸を突きだしてきた。「地下牢へ下りた本当の理由は、ひどく獰猛《どうもう》で醜くなってしまったドラゴンを解き放つためでしょう？　誰の目にも触れさせたくなくて。それなら、わたしがドラゴンも御せるところを見せてあげる。完全に姿を現したドラゴンも手なずけられるんだから」

レジーナが服を脱ぎ捨てた。薄手のシュミーズ姿を目にしたとたん、全身の血管が熱くふくれあがった。ほっそりした腕と、むきだしの首筋が、金色の灯火《ともしび》に浮かんでいる。

手を伸ばしたが、払いのけられた。すぐにシャツの裾《すそ》をつかまれ、頭から脱がされる。レジーナの行動を把握できぬまま、片手を取られ、頭上の壁の鉄輪を握らされた。「ドラゴンを鎖でつなぐわ」そう言うなり、レジーナはマーカスの指を鉄輪にからめさせた。

脈が速くなる。抗《あらが》いもせずにいると、反対の手も同じように鉄輪を握らされてしまった。

「ドラゴンのつなぎかたを教えてあげる。ドラゴンを鎖でつないでも、魂を乗っとられる心配なんかないのよ。楽しいことだと教えてあげるわ」上げた腕を、レジーナの両手がすべりおりてくる。その瞳は輝いていた。「そうすれば、次にドラゴンを鎖でつなぐようお願いするときにも、悪いようにはしないと信じてもらえるでしょう?」

レジーナが一歩下がり、シュミーズのボタンをはずし始めた。

「つなぎたくないと言ったら?」マーカスは声をしぼりだした。

「なんでも望みどおりにすると言わなかった? また約束を破るつもり? 本気かしら」

マーカスは、うなり声をあげた。その声は、レジーナが身をくねらせてシュミーズを脱いでいくにつれて、喉の奥でごろごろと響く音に変わった。勘弁してくれ、彼女は本物の妖精《セイレーン》だ。つれなき美女だ。太陽の衣をまとった女だ。背後から降りそそぐ蝋燭の明かりが、まばゆい輝きで肩にキスを落とし、黄金の髪を炎に変えている。だが、日食なのが口惜しい。この目で見て、この唇で愛撫《あいぶ》して、この手で触れたいところが、ことごとく陰になっている。

身を寄せてきたレジーナがささやいた。「目を閉じて」

目など閉じたくない。長いあいだレジーナの姿を見ていなかったというのに。しかも、十三歳のときに真っ暗な地下牢で三日も夜を過ごしたのだ。何が悲しくて、これほど多くの蝋燭を灯《とも》していると思うのか。細窓から十分に光がさしこんでくる日中で、夜でもないのに……。

マーカスはレジーナをにらみ、かすれ声で言った。「断る」

レジーナが果敢に顔を上げた。「目を閉じて」有無を言わさぬ口ぶりだった。

「閉じさせてみろ」

レジーナが息をのんだ。そして、ほほえんだ。笑みのなかの不敵な光に、身構えずにいたのは迂闊《うかつ》だった。かがみこんできたレジーナの胸が唇をかすめたとき、たちどころに硬くなった先端を、マーカスは反射的に舌でからめとろうとした。

無駄に舌を突きだしただけだった。

硬さを増した突端が頬の傷痕《きずあと》をなぞっている。「目を閉じて、マーカス」今度はセイレーンの艶《あで》やかな声が誘いかけてきた。「いいことがあるわよ」

レジーナの片手に、するりと腿のつけ根を包みこまれた。あやうく手のなかでのぼりつめそうになる。

まぶたが落ちた。自分でも気づかなかった。レジーナを味わいたいという意識しかない。それに、手でじらされただけで暴発しないよう、耐えるのが精いっぱいだ。このまま手が離れていき、空虚にうずく体で孤独に取り残されたら耐えられないと、そればかりを思う。

満足げに低くつぶやいたレジーナが、胸で軽く唇をこすってきた。口を開けてみると、今度こそ首尾よくレジーナを味わうことができた。ただ味わえただけではない。口のなかにさしこまれた胸を、少しずつ丹念に吸いあげていった。そのような機会に恵まれたことなど一度もないかのように舌をからませていると、やがて、あえぎ声が聞こえてきた。満足感がこみあげてくる。鎖につながれたドラゴンであっても、おとなしく伏せている必要などないのだ。レジーナの手でズボンの前を開かれ、マーカスは細い指に腰を押しつけた。こちらにも、目をつぶった見返りがほしい。

レジーナが、くすりと笑った。「腰を上げてちょうだい。ズボンを下ろしてあげる」

あっという間にズボンを脱がされ、古びたダマスク織りの長椅子に尻がのっていた。腿の上で、レジーナが横座りに腰かけている。蜜《みつ》をたたえた壺《つぼ》が口を開け、待ってくれている様子が脳裏に浮かぶ。蝋燭の明かりに照らされた柔らかなカールも想像できる。しかし、見ることはできない。見たくてたまらないのに。

「目を開けたい」マーカスは苦悶《くもん》の声をもらした。

「まだよ、いとしい人。わたしを満足させたいなら、もう少し辛抱して」レジーナの指が欲望の切っ先をかすめるやいなや、どくりと流れこむ血潮にこわばりが増した。

「もうだめだ、レジーナ――」

言葉がとぎれた。刀身に沿って、ゆるゆるとじらすようになでられ、苦しいうめき声がこぼれてしまう。そのとき、レジーナの唇が胸に触れてきた。唇と舌の動きで、理性などあとかたもなく吹き飛んだ。

どこをどのように触れられるか予測できないせいで、神経が研ぎ澄まされている。乳首を舌先でなぶられ、ぞくりと体が震えた。腿のつけ根のふくらみまで愛撫されたときは、レジーナを押しのけたりしないよう、壁の鉄輪を握りしめた。

レジーナは胸に口づけたまま、しいっとささやいてきた。「落ち着いて、わたしのドラゴン。痛いことなんかしないから。絶対に傷つけたりしない。だから、わたしを信用して」

穏やかな声とやさしい手に身をまかせているうちに、欲望の中心への愛撫にも慣れてきた。からみついてくる甘い香りが意識のなかにしみわたり、流れ落ちる髪に全身をくすぐられることにも慣れてきた。レジーナの愛撫に身をゆだねる恐怖心を手放すにつれて、ますます欲望をあおられていく。目を閉じているせいで敏感になり、口づけも深さを増した。

だが、これでは硬くなりすぎて暴発しかねない。

「ちゃんと抱きたい」マーカスは声をしぼりだした。

「そう?」腿の上でレジーナが座り直した。その瞬間、しっとりとしたカールが腰をかすめた。レジーナが少しずつ体を沈め、たぎる欲望の証《あかし》を腿のあいだにはさんでくれた。体をつなげているわけではないが、その感覚にかなり近いものがあったので、息の根さえ止まってしまうように思えた。

「頼む……」こんな言葉が自分の口から出るとは。聞くに堪えないが、何度も口をついて出てしまう。「レジーナ、頼むから……」

「ねえ、教えて、マーカス」水気を含んだ狭間《はざま》で前後にこすられ、マーカスは苦しい息の下で悪態をついた。「なぜ町屋敷の鍵《かぎ》を送ってくださったの？」

その問いに、マーカスは沈黙した。「鍵がいるんじゃないかと……思ったからだ」

乳首をかじられた。「それから？」

「それから？」マーカスはうなった。突き進んでいきたいという衝動に耐えられない。

「理由はそれだけ？」獰猛な欲望に、ふたたび柔らかな部分をこすりつけてくる。

マーカスはうめいた。馬車のなかでレジーナに同じことをした記憶が、ぼんやりとよみがえってくる。こんなふうに快感をかき立ててやり、答えを引きだそうとしたのだった。だが、いまの自分は、レジーナのようには持ちこたえられないだろう。すぐに体をつながなければ、神経がはじけてしまう。

「鍵を送ってくださった理由はそれだけ？」またレジーナが尋ねてきた。

「信用していると、わかってもらいたくてな」

そう答えたのがよかったのか、レジーナが深々と腰を沈めてきた。思わず目を見開いたものの、とがめられるようなことはなかった。熱をおび、迷いのないまなざしが、こちらを見つめている。「それから？」レジーナが問いを重ねた。

上で動いてもらいたくて腰を突いてみたものの、レジーナはじっと座ったきりでいる。甘やかに包みこむ熱にそそられ、下腹部は痛いほどに充血していた。

「それから？」レジーナが繰り返した。

「あんたがほしい」マーカスは言わずもがなのことを口にした。

レジーナは眉を寄せただけだった。「それから？」いらだちが少し声音に混じっている。

ようやくレジーナの意図が読めた。あの言葉を、いままで告げていなかったのはなぜか。あの言葉を口にすれば、レジーナをつけあがらせてしまうような気がしたからだ。なんでも思いどおりにできると勘違いさせ、歯止めがきかなくなるような気がしたのだ。

しかし、いまはレジーナを止めたくない。信頼しているから。夫を苦しめたり、裏切ったりしないのは、わかっている。あんなにひどいことを言ってしまったのに、レジーナは戻ってきてくれた。

地下牢にまで下りてきて、これほど一生懸命に想《おも》ってくれる女など、ほかにはいない。これほど信頼できる女もいない。

「愛している」マーカスはささやいた。

レジーナの目に涙があふれた。「本当に？」

「愛している」鎖で縛《いまし》められるどころか、いきなり自由になったように感じた。完全に解放された。

目もくらむような喜びが胸にこみあげてきた。マーカスは鉄輪から手を離し、レジーナの頭を抱きよせた。

「愛しているんだ！」唇と頬と喉にキスをちりばめる。「ああ、たまらなく愛しているよ」かすれ声になった。

つのる想いに瞳を輝かせ、扉をくぐり抜けてきた女を愛さずにいられようか。こんな俺のことを、聡明《そうめい》で思いやりがあるとか、弱い者を命がけで守るたぐいの男だとか言ってくれた女なのに。オペラ劇場で、仲間の悪口から俺をかばってくれた女なのに。初めて出会ったとき、無垢《むく》な心を怒りに震わせ、面と向かって堂々と主張してきた女なのに。

腿の上でレジーナが体を揺すりだした。「ああ、マーカス……わたしも、あなたがすごく好き。置いていかれて、死ぬかと思った」

「俺がばかだった」マーカスはレジーナの首筋に、かぐわしい髪に、顔をうずめた。「大ばか野郎だ」

「そうね」レジーナが両肩をつかんできた。なめらかに上下する腰の動きは、まばゆいほどに熱く、とろけるように甘い。「それでも、わたしのおばかさんよ。もう二度と、ひとりで行かせたりしない。いいわね？」

「ああ。そばにいてもらわないと、ドラゴンを解き放ってしまうからな」息が荒くなる。「ドラゴンを放ち……領地の上空を飛びまわらせて……奥方どのが見つかりしだい……俺のところまで……引きずってこさせる」

ひと突きごとに内圧が高まり、出口を求めて噴きあげそうになる。もう限界かと思ったが、必死にこらえた。そしてついにレジーナの息も荒くなり、柔らかく包みこんでいた内壁が収縮を始めた。腕のなかで、細い体がすべてを明けわたしてくれたように感じた。

それと同時に、嵐《あらし》にのみこまれた。体をつないだ一点から熱を放っていく。振りそそぐ愛がレジーナをいっぱいに満たすように。恍惚《こうこつ》の叫びとともに体の奥底まで震わせているレジーナを、マーカスは胸にかき抱いた。

「しがみついていろ」吐息でささやく。「ドラゴンにしがみつくんだ。絶対に離さないから」

ふたりは早々に地下牢を出た。もう目的は果たしたから、今度は快適なベッドがいい。ベッドで夫を抱きしめ、これからは永遠に連れ添うのだと実感してもらいたかった。邪魔をせぬようルイーザが気をつかってくれたので、その晩は主寝室にこもり、目もくらむような甘い言葉とキスの合間に、初めてでもあるかのように結婚の誓いを交わした。

明け方ごろ、レジーナはマーカスに体をつらぬかれながら目覚めた。ふたたび快感の渦にのみこまれていくあいだ、数週間前に自分をこの地へ導いてくれた運命のいたずらか何かに、ただひたすら感謝していた。マーカスと出会っていなければ、こんなにも狂おしくすばらしい愛も知らぬまま、字も読めないことで一生おびえて暮らさなくてはいけなかったのだから。

広いベッドの上、乱れたシーツにくるまり、ようやく満たされた気分で静かに抱き合うころ、レジーナは勇気を出して悩みをぶつけてみた。「シスリーはどうなるの？」

マーカスが肩をすくめた。「前に決めたとおりだ。ここで暮らすんじゃないのか？」

「同居させてもらえるかどうか、自信がなかったの。わたしがシスリーを頼りにすると、あなたはひどく不機嫌になってしまうし――」

「頼る必要などないとわかっていたからだ。いずれは読めるという確信があったからな」マーカスが髪に小さなキスを落としてきた。「それに、俺も身勝手だった。自分が頼ってもらいたかったんだ」

レジーナはそっと肌を寄せた。「ちゃんと頼りにしているわよ。もう、これまでのようにシスリーを頼れないだろうし。いまではシスリーのほうが、わたしを頼りにしているもの」

「そうだな。誰もが奥方どのを頼りにしている」マーカスが背中をなでてきた。「今日ロンドンに行ったら、シスリーを連れて帰ろう。どこでも、彼女が帰る場所と決めたところへ。おまけに、社交シーズンが終わるまでロンドンに滞在するなら、ルイーザの付き添いもしてもらえる」マーカスの声が低くかすれた。「俺たちは忙しくて、付き添いなんぞやっている暇はないからな」

甘美なおののきが全身に走ったけれど、まだ尋ねたいことがある。「ルイーザといえば……なぜ殿下と会わせることにしたの？」

マーカスはため息をつき、レジーナを胸に抱きこんだ。「奥方どのの言うとおりだと悟ったからだ。殿下が父親かもしれないと、ちゃんと話してやらなきゃいけなかった。それに、俺の説明だけではだめなんだ。自分の確信が本当に正しいのか、わからなくなってしまったからな。長年、殿下を恨んでばかりいたせいで、現実の人となりが見えていないような気もする。だから、殿下と会うのはルイーザのためだけでなく、自分自身のためでもある」

「おかげで兄は大あわてよ」レジーナはマーカスの胸にキスを落とした。「伯爵邸にも押しかけてきたわ。何がどうなっているのか説明しろと言って」

「なんと答えた？」

「何も知らないと答えたに決まっているでしょう。それで納得してもらえたわけでもないけれど」

マーカスは喉の奥で笑った。

レジーナは頭を上げ、マーカスを横目でにらんだ。「あなたって、ときどきいやみったらしいわね。それはそうと、実際どうなっているの？」

マーカスは、またしても笑うばかりだった。「俺だって、ろくに知らないんだ。信じてはもらえんだろうが」

ルイーザとのやりとりを聞き、レジーナは頭を振った。「ルイーザは兄をどうするつもりなのかしら。兄がルイーザに近づいたのも殿下の差し金だとしたら――」

「ああ。ルイーザはフォックスムアを痛い目に遭わせてやろうと、何か考えているらしい。うまくいくといいな」

「同感だわ」

怪訝《けげん》そうな色がマーカスのおもてをよぎった。「自分の兄貴だろうが」

「そうだけど、やりかたが汚すぎるもの。ルイーザに屈服させられればいいんだわ」

「奥方どのが俺をひざまずかせたみたいに？」マーカスの声は穏やかで、いやみのかけらもなかった。

レジーナは、にんまりと笑った。「ええ、そうよ。あなたを、ひざまずかせたみたいに」マーカスが目を輝かせつつ体勢を入れかえ、のしかかってきた。押し広げた腿のあいだで両膝をつく。「たとえば、こんなふうに？」

「そのとおりよ」

「セイレーンめ」マーカスがつぶやき、かがみこんで唇を重ねてきた。

レジーナは体の奥でマーカスを感じながら、たまにはセイレーンになるのも悪くないと思った。とても気分がいい。

26

お嬢さまが頭のよいかたなら、油断してはなりません。きりきり舞いさせられるでしょう。

――ミス・シスリー・トレメイン『理想のお目付役《シャペロン》　若き淑女の話し相手《コンパニオン》のための手引き』

客間で二十分も待たされたのに、まだ殿下が現れる気配はない。とはいえ、意外にもマーカスは怒りをあらわにしていなかった。ルイーザのほうは、いらだっていたけれど。

レジーナは気をもみながら、うろうろと歩きまわる義妹に目を向けた。「ねえ、ルイーザ。ちゃんと来るから。あんまり熱くならないで」

マーカスは椅子に深々と身を沈め、くつろいでいた。「もったいぶって、わざと遅れてくるんだ。そういうこすっからいことをする野郎だよ」

「余のことをよくわかっておるようだな」外で苦々しい声がした。

殿下がサイモンと並んで客間に入ってきたとき、レジーナは即座に立ちあがり、マーカスはゆっくりと腰を上げた。

作法どおりの会釈とあいさつが続いたあと、ふいに殿下がルイーザに顔を向けた。「ジ

う?」

ぎこちなく進みでたルイーザが、殿下の頬にキスをした。「うかがってもよろしいでしょうか。身内でもないのに、なぜわたしは殿下をおじさまとお呼びするようになったんですの?」

サイモンがうめき、マーカスは笑いをかみ殺した。レジーナは頬がゆるんでしまわないよう懸命にこらえた。

ところが、なんと殿下は、くすくす笑った。「そなたは少しも変わっておらぬな。いつも率直にものを言っていた」悠然と椅子に近づき、腰を下ろす。

レジーナはマーカスをうかがった。苦虫をかみつぶしたような顔でにらむ視線の先には、痛風の脚を苦しげに足のせ台に上げる殿下の姿があった。そのとき、マーカスのおもてに衝撃が走り、気づかうような表情が続いた。マーカスが殿下を気づかっている?

殿下がマーカスの視線に気づいた。「余は変わったかね、ドレイカー? 九年で二十歳も老けこんでしまったよ。摂政とは難儀なものよのう」

マーカスが身構えた。「だらしない生活をしているからだ」

なんてことを。ルイーザが話をする機会さえないまま、追いだされてしまう。

殿下は顔をしかめただけだった。「ほう、わが息子の高潔なる性分が頭をもたげてきたか。しょっちゅう責められたのを忘れておったぞ」

客間に沈黙が降りた。殿下は、ほかの三人の前でマーカスを息子と呼んでしまったことに気づいているのだろうか。

サイモンは気づいたらしい。客間に入ってきたときも落ち着かない様子だったが、いまでは挙動不審もいいところなのだから。なんだか怪しい。

殿下がルイーザを手招きした。「さて。そなたの兄の手紙によれば、余にききたいことがあるらしいな。この際だから、なんでもきくがよい」

ルイーザは喉を上下させたものの、殿下に近づいていった。

「話はレジーナから聞いています。わたしが宮廷に上がることをお望みだそうですね。理由も聞きました。でも――」

「フォックスムア。われらの意図をレディ・ドレイカーに明かしたのか」殿下が話の腰を折り、じろりとサイモンをにらんだ。

「しかたがなかったのです」サイモンが口を開いた。「少々かぎつけられ、ドレイカーに告げると脅されました。それゆえ、すべて説明し、おのれの本分を尽くすよう諫《いさ》めたのです」

「諫めた?」マーカスが語気鋭く言った。「嘘《うそ》をつけ。脅迫したくせに。レジーナもぐるだったと俺《おれ》に言えば夫婦仲は壊れる、そんなふうに脅しただろうが」

「本当かね?」殿下がレジーナにきいた。

レジーナはうなずいた。

「自分の義務と思えることをしたまでです」サイモンが声を振りしぼった。

「あのキスも義務?」ルイーザがいきなり口をはさんだ。「愛しているとか、駆け落ちしようとか言ったのも? 本当は、わたしを殿下に引き合わせることしか頭になかったのに?」


サイモンは死人のような形相になった。

「答えてやるがよい」ルイーザの反論を聞くうちに殿下は顔色を変え、青筋を立てていた。

「嘘偽りなく答えよ、公爵。かようなことをしたのか。この子の心をもてあそんだのか」

サイモンの目が光った。「やむを得なかったのです。ほかに方法はありませんでした」

サイモンはマーカスをさし示した。「ルイーザとはもう二度と会わないと、子爵に約束させられたのです。ルイーザは約束にこだわりました。それでやむなく、舞踏会でひとりになったときを見はからって説得し……」サイモンは口ごもった。さらに深く墓穴を掘っているとと自覚したのだろう。石のように硬い表情の殿下に向き直り、必死に釈明する。「彼女を宮廷に上がらせたいとおっしゃったではありませんか。だからこそ、水入らずで会う段取りをつけてさしあげようと思ったのです。ひとえに、殿下のお言葉に従って――」

「キスをしろとは言っておらぬ」

サイモンが体の両脇《りょうわき》でこぶしを握りしめた。「いかにも。わたくしの独断です」

「それに、何も約束せぬよう言っておいたはずだが。約束したのだな?」

「ほかに方法がなかったのです!」

「ひとつはあったようだが。そのときどきに、余にうかがいを立てることもできたはずだ」

「面会を望まれたのは殿下ですよ！」サイモンが不満げな声をあげた。

殿下が鼻白み、目をそらした。「ご苦労だった、フォックスムア。どうするか決まりしだい、そちに伝える。だが、いまはひとりで客人たちと話をしたい。そちは下がってよい」

まぎれもない、裏切られた無念の思いがサイモンの顔に浮かびあがった。「そういうわけにはまいりません」

「下がれ」殿下は冷ややかに告げた。「さもなくば人を呼んで――」

「御意」短く答えたものの、サイモンの頬は紅潮し、目は極端にぎらついている。

レジーナ自身が陰謀に苦しめられたのでなければ、兄を気の毒に思っただろう。

扉に向かって歩きだしたサイモンを、ルイーザが呼びとめた。「サイモン」

サイモンは足を止めたが、振り向かなかった。「なんだ？」

「本気でわたしを想《おも》ってくれたことが、ほんの少しでもあった？　それとも、何もかも殿下のための計略だったの？」

サイモンは静かに振り返り、ルイーザの頭からエレガントな靴のつま先にまで視線をすべらせた。そのまなざしは、かつてマーカスがレジーナを見つめたときにも劣らぬほど熱く、飢えていた。「キスは本気だった」かすれた声で答える。「僕だけの意思でキスをした」

そして踵《きびす》を返し、出ていった。

後ろ姿を目で追うルイーザが、体を震わせたように見えた。

「余はどうしたらよい？　なんでも言っておくれ。わが友の行きすぎたふるまいの罪滅ぼしをさせてもらおう」

ルイーザが姿勢を正し、毅然《きぜん》と笑みまで浮かべて殿下に視線を戻した。「まず、どうしてわたしの宮廷入りをお望みになるのか、教えていただきたいんです」

殿下の表情が暗くなった。「つまり、そなたが余の娘かどうか知りたい、ということかね」

ルイーザは頬を赤らめたものの、引きさがらなかった。「はい」

マーカスがレジーナの隣で体をこわばらせた。

「そなたの母からは、かように言われておる。それに……相見《あいまみ》えた時期からすると、可能性は……なくもない。だが、違う可能性も同様にある。正直なところ、はっきりしたことは余にもわからぬ」ルイーザの面持ちが沈んだのを見て、殿下が言い添えた。「だが、気持ちとしては、そなたは余の娘だ。だからこそ宮廷に入ってもらいたかった。その思いは、いまも変わらぬ。幼いころの姿しか見られなかったから、もっとよく知りたいのだ」

ルイーザが微笑し、マーカスはレジーナの隣でうなった。妹の感情がもろくなり、たやすく揺さぶられてしまうと案じているのは間違いない。実際、ルイーザはぐらついている。

それを自覚できるだけの分別がそなわっているよう祈るしかないと、レジーナは思った。

「考えさせてください」ルイーザが答えた。「宮廷勤めを命じられることが、たいへんな名誉だということは存じております。でも、お受けするには、ひとつお願いがございます」

殿下が身を乗りだした。「なんでも申してみよ」

「サイモンの望みは首相になることでしょう？」

レジーナとマーカスは目を見交わした。

殿下は、ためらいを見せた。「さよう」

「きっと、いい首相になると思います……将来的には。広い世界を知ったあとに。つまり、イングランドの外の、もっと広い世界ということですけど」

殿下が思案顔でルイーザを見つめた。「たしかに、そうかもしれぬ」

「どこか、よその土地で外交官か総督の仕事をするのは、ものすごくサイモンのためになるとお思いになりません？　インドとか、西インド諸島とか。若く傷つきやすいイングランドのレディの愛情をもてあそべないようなところに、しばらく行ってもらうんです」

マーカスがレジーナに耳打ちしてきた。「ドラゴンといえば俺のことだと思っていただろう？」

「兄はルイーザの仕打ちを絶対に許さないでしょうね」レジーナは耳打ちを返した。

「なるほど。そなたも含めて、余の身内をもてあそんではならぬと教えこむには、早いほうがよかろうな」殿下がルイーザの手を握った。

ルイーザは殿下の手を握り返した。

「フォックスムアは任官をあっさり蹴《け》ってしまうだろうが」

生意気な小悪魔ルイーザが殿下に身を寄せた。「首相の座への後押しをやめると言えば、蹴ったりしないでしょう」

殿下がルイーザをまじまじと見た。「わが友であり、最も気心の知れた相談相手でもあるフォックスムアより、そなたのほうを選べと申すか」

「めっそうもない。わたしはただ、このままでは宮廷勤めなどできないと申しあげているだけです。公爵みたいに、うさんくさい殿方と一緒の世界では、やっていけませんもの」

下唇を震わせるしぐさは、むしろ芝居がかっていた。「つらすぎます」

もうマーカスが妹を心配する必要など皆無だと、レジーナは思った。

「よかろう。総督だな」ふたたび殿下が椅子にもたれた。「そうすれば、宮廷に入ってくれるのだね？」

「考えさせてもらうと言ったはずだ」マーカスが口をはさんだ。

ルイーザは兄に目もくれなかった。「フォックスムア公爵が外国での任務を引き受けるのであれば、わたしも喜んで宮廷に仕えさせていただきます」

「だめだ、ルイーザ――」マーカスは制しかけた。

「騒ぐでない、ドレイカー！」おもむろに殿下が立ちあがった。「ルイーザが引き受けてもよいと申すなら、そちの知ったことではない」

マーカスは、つかつかと殿下に近づいた。「保護者は俺だ」

「うむ、たいした保護者であったな」殿下が言い返した。「キャッスルメインで大切に守り抜いた結果、ルイーザはどうした？　フォックスムアのように弁舌たくみな輩《やから》の口車に乗り、ものの一カ月で駆け落ちを決意してしまった」

「きさまの差し金だろうが！」

「肝心なのは、そこではないぞ。ルイーザはちゃんと現実の世間を学んでいける。宮廷におれば、それができよう」

「堕落するのがおちだ！」

「お兄さま、お願いだから――」ルイーザが口を開こうとした。

「もういい、ルイーザ。こんなところに来たのが間違いだった」マーカスは殿下をにらみつけた。「きさまのどこが変わった。ほんの少しも変わっちゃいない。昔と同じように、身勝手で人を手玉に取ってばかりいる」大股で妹に近づき、腕をつかんだ。「ほら、帰るぞ。レジーナも来い」

レジーナは、うめき声をもらした。この事態を恐れていたのだった。殿下のこととなると、マーカスは理性を失ってしまう。

「戻ってこい！」殿下が背後から呼びとめてきた。「立ち去るのは許さん！」

「せいぜい見送りでもするんだな」マーカスは語気を強め、ルイーザを引きずりながら、まっすぐ扉へ向かった。レジーナも、あわてて追いすがる。

「なんと頑固なやつだ……地下牢《ちかろう》のことは余も知らなかったのだ！」殿下が叫んだ。

全身が石と化したかのように、マーカスが立ちどまった。重苦しい沈黙が客間に広がったが、ややあって、ルイーザのひそひそ声に切り裂かれた。「うちの地下牢の話？」

殿下が耳ざわりな声でルイーザに話しかけた。「しばらくレディ・ドレイカーと広間に行っていてはくれぬか」

「レジーナは、どこにも行かない」マーカスは石のように無表情な顔を父親に向けた。「ここにいる。さもなければ、俺も出ていく」

殿下が青ざめた。「わかった。ルイーザ、扉を出てすぐ左に行くと侍女がおる。邸内を案内させるがよい。ふたつ返事で引き受けてくれよう」

ルイーザは賢明にも、その言葉に従った。

ルイーザがいなくなると、すぐに殿下が重い足取りで近寄ってきた。「どうやら奥方も心得ておるようだな。そちが……その……地下牢に入れられたときのことを」

「三日だ、三日」マーカスは苦悶《くもん》の声をあげた。「知らなかったとは言わせんぞ」

「本当に知らなかったのだ。そちの母が火かき棒で殴りかかっていったあの日まで、本当に何も知らなかった。なぜジリアンがあれほど腹を立てたと思う」

「出ていけと俺に言われたからだ」食いしばった歯のあいだからマーカスが声を出した。

「女癖の悪い愛人と一緒に失《う》せろと言われたからだ」

殿下がたじろいだのと同時に、レジーナはマーカスの腕に手をかけた。マーカスはその手を取り、痛みさえ覚えるほどの力で指を握りしめてきた。

「それもある」殿下がうなずいた。「だが、それだけではない。そちを三日も地下牢に閉じこめたことまで言われてしまえば、余の反応は目に見えておるからな」ふいに殿下の顔を苦悩がよぎった。「なんと情けない。こたびのサイモンの不始末は皆、ルイーザを宮廷入りさせんとする余の望みから出たことだとでも思うたか。誓って、そうではない。そちと話し合おうにも、ほかに手がなかったからだ。そちに罵倒《ばとう》されたあの日も、話し合おうとしたのだが、ジリアンが火かき棒で殴ったせいで、冷静な会話などできなくなってしまった」

殿下が重い体を引きずるように歩いてきた。

「そちの怒りが収まるのを待って、余は手紙を書いた。手紙は封も切らぬまま戻ってきた。何度も手紙を書いたが、同じことだった。使者も遣わしたが、そちに殴り倒された」殿下が声を震わせた。「余は望みを捨てなかった。いつかきっと、そちが社交界に戻ってくると信じた。いつかきっと、そちも舞踏会か何かに顔を出すと、風の便りに聞くであろう、そのときに相見える機会もあろう、そう思い続けた」

マーカスはレジーナの手を握りしめた。手が折れてしまうかとレジーナが不安になるほど強い力だった。

「だが、そちは出てこなかった。やがて、ルイーザが社交界に出るという話を聞き、ふたり一緒に会う方法を思いついた。そちは妹を守るためなら、まるで手段を選ばんからな。ここに乗りこんできて、余の手からルイーザを奪い返すことさえ厭《いと》わぬ。そうであろう？」

マーカスは何も言わず、落ちくぼんだ目で殿下をにらむばかりだった。

「余を許してはくれぬか？」小さくかすれた声で殿下が問いかけた。「地下牢のことは本当に知らなかったのだ。かような仕置きを許すはずがなかろう」

「知らなかっただと？　よく言うな」マーカスは厳しい口調で返した。「俺が三日も顔を出さずにいたのに、何も尋ねなかったのか」

「尋ねたとも。そちの母は、部屋に閉じこめたと申しておった。子供部屋だ。食べ物を山ほど用意し、好きなだけ本も読めるという話であったが」

「ふん、俺が謝りに行ったとき、三日も部屋で本を読んでいたように見えたか」

「白状すると、気づかなかった。あれが謝る態度かと腹を立てていたものでな。口では謝罪しながらも、そちは憎しみに満ちた目で余をにらんでおったから」

「しかたないだろう。鼠《ねずみ》の出る地下牢に三日もいたんだぞ。夜は真っ暗だし。あの女が置いていった古い寝椅子で丸くなり、いつ鼠が足をかじりに来るかという恐怖を必死に振り払おうとした。昼間は何もすることがなく、あの女が食事を持って下りてくる音に、ひたすら聞き耳を立てていた。そのあとは叱責《しっせき》が降ってきた。まだ片意地を張っているのか、まだ親が喜ぶようなことも言えないのかと――」

「意地っ張りにも、ほどがある」殿下が声をとがらせた。「地下牢に放《ほう》りこまれたその日のうちに、なんでも言ってやればよかろうものを。そうすれば、すぐ出られたし、余に怒りをぶつけられた」

「それでどうなる。きさまの手で、あの女を放りだしたか。そんなことをしてみろ、あとで俺がどんな目に遭わされると思う？」

「余は、そちの父と話をしたはずだ。子爵がきちんと……奥方に救いの手をさしのべたであろう」歩みよってきた殿下の顔は、罪の意識という仮面に覆われていた。「そちが火かき棒で殴られるまで、余は気づかなかった。あそこまで……ジリアンが錯乱していたとは。以前から頭に血がのぼりやすい女であったが。最後のころは、そちのことも、余の心をつなぎとめておくための唯一の手段としか見ていなかった。だから、そちが余を怒らせると、いつもジリアンは……そちを矯正するためなら、どのような手段も講じた」

「それを一度も止めなかったのは誰だ。辛気くさい子供部屋に三日も閉じこめることを許可したくせに」

「そちには、よい薬になると考えたからだ。余に対する態度が目に余ったからな。未来の王ではなく、町の与太者でも相手にするような態度であった」殿下は大儀そうに背筋を伸ばした。「人前で余のことを種馬などと罵倒するとは、もってのほかだ」

「そう言われるのがいやなら、女癖の悪い息子をズボンから出さなきゃいい」

「それでは、そちも生まれてこなかったが」

マーカスは口ごもった。恨めしそうに父親をにらみつける。

「マーカス、余は生まれてこのかた、数々の過ちを犯した。だが、そちをもうけたことは過ちではない。ただ、まだ機会があるうちに、そちの父と余の関係を説明できればよかったのにと、そればかりが悔やまれてなあ」

「説明することなど何がある。きさまは父の友人だった。妻を横取りするまでの話だが」

「別に、横取りしたわけではない」殿下が嘆息した。「そちの父が妻のことを、さほど気にかけていなかっただけだ」

「地位だの社交だのを気にかけても――」

「情欲まで、ないがしろにしていた。そちの母は情熱的な女だったが、父は修行僧のような男でな。色事には、およそ関心がなかった。だから妻を長いあいだ放っておいたあげく、飢えた体を癒《いや》してくれる相手のもとへ走らせてしまったのだ」

「父は母を愛していた」マーカスは、かみつくように言った。

「いかにも。あの男なりに愛してはいた。しかし、妻の飢えを癒すほど愛してはいなかった」殿下は肩をすくめた。「あの男が愛したのは本だ。建築だ。人間ではなかった」弱々しい笑みを浮かべる。「そちとルイーザは例外だ。ちゃんと愛されていた。そちとルイーザも、父を愛していたのだろう?」殿下の声音が乱れた。「うらやましかったぞ。そちの愛と尊敬を得ていた子爵が。余は、どれほど努力しても無理だったのに」

殿下は目をそむけた。まなざしが硬くなっていく。

「そちの母も、余の思いに気づいた。それゆえ、そちの愛と尊敬が余の手に転がりこんでくるよう努めた。このうえなく愚かな真似《まね》であったが」苦々しい笑い声が唇からもれた。「そんな真似をしても不毛だと言ってやればよかった。なにしろ、ハノーヴァー王家の厄介な気性が、余からそちへと受け継がれておるのだからな。そちは頑固で強情で意地っ張りだ。余の父とそっくりだ」殿下の視線がマーカスに戻ってきた。「実の母に下劣な噂《うわさ》話《ばなし》を流されたとき、何ゆえ即座に否定しなかったのだ?」

「なぜ殿下が否定してあげなかったのです?」レジーナは憤然と割りこんだ。「マーカスを狼《おおかみ》の群れのなかに置き去りにせず、助けてあげればよろしゅうございましたのに」

レジーナの存在を忘れていたかのように、殿下は目をしばたたき、顔をしかめた。

レジーナは頓着《とんちゃく》しなかった。マーカスにつかまれていた手を引き抜くと、殿下に近づいていった。「マーカスはずっと領地に引きこもって、孤独に暮らしてきたのですよ。殿下がマーカスのそばで、しかるべき役割を果たしてくださらなかったせいです。本来なら、ちゃんと面倒を見るのが筋というものでしょう」

殿下はレジーナの顔をしげしげと見た。「まったくもって、そのとおりだ。いまさらだが、できることなら罪滅ぼしをしたい」

「俺の妹を堕落させるのが罪滅ぼしか」マーカスは手厳しくはねつけた。

殿下は疲れたようなため息をついて、ゆっくりと首を横に振った。「それほどまでルイーザを余に近づけたくないなら、この話はなかったことにしよう」

マーカスが、つめていた息を吐いた。

「だが、ものは考えようだぞ。ほんの何年か宮廷におれば、社交の技にも磨きがかかる。まっことルイーザにふさわしい縁談のたぐいを引きよせるには、欠かせぬ技であろう。ふさわしい男と添わせるためにはな」殿下とマーカスの視線がぶつかった。「うつけたことを余がもくろんだせいで、ルイーザとフォックスムアの間柄が噂になるかもしれぬが、それも確実に消せるはずだ」

実際、殿下は的を射ていた。マーカスでさえ、そう思ったらしい。マーカスの表情の奥に葛藤《かっとう》が垣間見えたのだから。

ついにマーカスが、ため息をこぼした。「考えておく」ぶっきらぼうに言う。

殿下の提案を一も二もなく突っぱねなかっただけでも一歩前進といえる。

殿下のおもてに安堵《あんど》が広がった。「ゆくゆくは、奥方とふたりで余と晩餐《ばんさん》をともにすることも考えておいてくれぬか？」

長い沈黙が続き、レジーナが横目でうかがうと、マーカスは目をうるませていた。「そうだな」ようやくマーカスが口を開いた。「そのうちに」

そのあと、ふたりはルイーザとともにカールトン・ハウスを辞した。

数時間後、ルイーザは寝室に引きあげ、マーカスはレジーナと一緒に町屋敷の主寝室にいた。「あの男の言うとおりだと思うか？」

「あの男？」レジーナは髪を下ろしながら問い返した。

なると思うか?」

鏡のなかで、マーカスが背後に立った。「殿下。宮廷入りさせるのがルイーザのために

そういう質問ができること自体、驚きだった。この問題に関して、自分の意見も重んじてもらえることが、たまらなくうれしい。

レジーナは慎重に言葉を選んだ。「そうかもしれないわね。世間を知るうえでは絶好の機会だもの。どういう人が理想の結婚相手なのか、具体的にわかるようになるでしょう」

「ほう?」マーカスが低くつぶやき、かがんで髪に唇を寄せてきた。「奥方どのにとって、理想の結婚相手とは、どういう男だ?」

「自分を信頼してくれる男性よ」レジーナは立ちあがり、マーカスと向き合った。「自分を尊重してくれる男性」夫の首に両腕をまわす。「それに、愛してくれる男性」

「それだけか?」マーカスが、そっけなく言った。

「でもないわ」レジーナは、いたずらっぽく笑ってみせた。「頑丈な地下牢もなくちゃね」

エピローグ

お嬢さまがよい結婚をすれば、あなたは役目を果たしたことになります。けれども、お嬢さまが幸せな結婚をすれば、あなたは自分の立派な仕事ぶりをほめてもよいでしょう。

——ミス・シスリー・トレメイン『理想のお目付役《シャペロン》　若き淑女の話し相手《コンパニオン》のための手引き』

やはりここからでは、ろくに見えやしない。マーカスは幼い息子を小脇《こわき》にかかえて腰を上げると、テラスを突っきり、ガラス戸ごしにアイヴァースリー邸の舞踏会の広間をのぞきこんだ。

ジャスパーのよだれで上着の袖《そで》はべとべとだ。マーカスは含み笑いをもらした。「バーン伯父さんの前で、よだれをたらすんじゃないぞ。二度と抱っこしてもらえなくなるからな」

マーカスはガラス戸の向こうの広間を見渡し、生後二カ月の息子にも見せてやろうと前方へ傾けた。

「ほうら、アレク叔父さんとキャサリン叔母さんがリールを踊っているぞ。たいしたものだな。どこかでママもバーン伯父さんと踊っている。あのひねくれ者も、気の毒に。最近ママは、あいつを結婚させる使命に燃えているんだ。まったく相手にされていないが」

マーカスは小さなジャスパーをかかえ直したあと、人であふれる広間に目をこらし、くつくつと笑った。

「ミス・トレメインにも、いい男ができたようだ。今夜はずっと、例の大佐につきまとわれているからな。社交の手引き書なんぞを出版したせいで、えらく評判になったらしい」

それから、マーカスは妹に目をとめた。

「おう、ルイーザ叔母さんがいる。どこぞのやさ男と並んでフロアから出ていくところだ。驚くようなことでもないな。いまは宮仕えの身で、大勢のやさ男どもをぞろぞろ引きつれているんだから」ここに立って妹とフォックスムアのダンスを眺めたときから、もう一年あまりが過ぎてしまったとは、とても信じがたい。「おまえの洗礼式のパーティーに出席するためだけに、ルイーザ叔母さんは雅《みやび》な宮廷から出てきたんだぞ。どう思う?」

マーカスは息子を見下ろし、ひとり悦に入った。賢そうな茶色の目、わずかに生えた濃い色の髪、ありがたいくらいに平凡な体格。ほんの少しでも殿下を思わせるところなど、かけらもない。

「誰にもおまえのことをドラゴンとは呼ばせない。そんなやつがいたら、パパが火を吐いて、追い払ってやる」マーカスは頬をゆるめた。「それより早くママに捕まったら別だが。かわいそうになあ、鋭い舌で切り刻まれてしまうぞ」

「誰の舌が鋭いんですって？」女の声が間近から問いただしてきた。

「おっと」マーカスは息子に話しかけた。「かのレディが現れたぞ。噂《うわさ》のママだ」

「ずいぶんおもしろい冗談だこと」レジーナが声をとがらせた。「それに、こんなところで何をなさっているのかしら。ジャスパーを連れて、暗いなかで、こそこそと」

マーカスは相好を崩した。「アイヴァースリー邸の舞踏会は、こうやって外からのぞくにかぎる。おまえの邪魔にもならないし。なんといっても、ジャスパーは生まれて間もないからな。ちびすけがいると、おまえは世話を焼いてばかりで少しも楽しめないから、引き離してやったのに」とがめるようにレジーナをにらむ。「うまくいかないものだな。俺《おれ》がいなくなれば、即刻おまえは気の毒なバーンを捕まえて、なんで結婚しないのかと説教に取りかかると思ったのに。ダンスを踊らなきゃいけないときも、しつこくねばって」

「ちゃんと踊りました」レジーナの目がいたずらっぽく輝いた。「結婚生活の利点についてひとことふたこと口走ったとしても、上品に話をしただけだから。わたしが何を言ったか、彼は気づいてもいないはずよ」

マーカスは鼻で笑い、息子のほうへ首をかしげた。「ジャスパー、心配しなくてもいいぞ。いずれ結婚相手を探すころには、パパがママの気を引いておいてやるから」

すべるようにレジーナが夫の隣に立ち、いとしげに息子を見下ろした。「わたしが大事な息子にふさわしいお嫁さんを見つけるとは思えない？」

「まったく。おまえとキャサリンとルイーザの面接に合格するような娘は、吹きだまりの雪みたいに純粋で、ジャスパーを死ぬほど退屈させそうなお嬢さまぐらいだからな」

レジーナが鼻を鳴らした。「あなたにまかせていたら、ジャスパーの心を引き裂いてしまうような行儀の悪いおてんば娘と結婚させてしまいそうだわ」

「ジャスパーの母親みたいな女と結婚させるよ」マーカスはかがみこんでレジーナの頬に口づけた。「それがいちばんいいと思う」

気をよくしたのか、レジーナがほほえんだ。「いつの間に、そんなにお世辞が上手になったの？」

「紳士らしくしなければ交際できないと、愛してくれた女に言われたときだ」

「頭の切れる女性だわ」

マーカスは喉の奥で笑った。「たしかに頭が切れる。シスリーの話だと、つい今朝がた、シェイクスピアを読んでいたそうだな」

レジーナは眉をひそめた。「読んだというより、必死に文字を追ったって感じかしら。でも、前に比べると、ずいぶん読めるようになったのよ。今週は戯曲を通しで読めたの。せっかくあなたがキャッスルメインからロンドンへ戻ってきたのだから、次の戯曲は読み聞かせていただこうかしら」なまめかしい笑みが唇に浮かぶ。「いますぐキャッスルメインに帰ろうとおっしゃるなら別だけれど」

「社交シーズンの真っ最中に、おまえをロンドンから連れだせるとは思いもしなかったな」

レジーナが指先を上着の袖にすべらせてきた。「あら。でも、キャッスルメインにいるといいこともあるのよ。人目も避けられるし」声をひそめ、ささやいてくる。「ベッドも大きいし」

マーカスは口元をゆるめた。「実に悩ましい誘いだが。残念ながら、ルイーザとの約束があるものでな。今週は、おまえと一緒にカールトン・ハウスの晩餐会《ばんさんかい》に顔を出すと言ってしまった」

レジーナが、まじまじと見つめてきた。「それって、殿下にジャスパーを見せるということ?」

「おまえの目はごまかせないな。まあ、そういうことだ。おまえの言うとおりだよ」

「わたしの言うとおり、ルイーザを宮廷に入れたのもよかったでしょう?」

「かもしれないな」マーカスはしぶしぶうなずいた。

レジーナが楽しげに握りこぶしを腕にぶつけてきた。「よかったとおっしゃい、この石頭。プリンセス・シャーロットの侍女を務めるのは、ルイーザのためになったでしょう? かなり洗練されたし、気品が身についたもの」

マーカスはため息をついた。「ああ、たしかに。だが、いまだに嫁のもらい手がない」

「そのうち現れるわよ。それに、最初の縁談で即決するより、ゆっくり時間をかけて結婚を決めるほうがいいわ」輝く目が見すえてきた。「わたしはひとりめで手を打ってしまったけれど。でも結局、それがよかったみたい」

温かな微笑で応じると、レジーナが夢見るような表情を浮かべたので、マーカスは妻を庭園の茂みに押し倒さずにいるのがやっとだった。

「ねえ、こうしない？」シルクの声音でささやかれると、いっそう血が騒ぎ、胸が高鳴る。ガラス戸を開いて広間に入ったレジーナが、こちらを振り向き、流し目を送ってきた。

「ジャスパーは大勢の過保護な親戚《しんせき》に預けて、わたしたちも踊りましょう」

マーカスは、しばらくその場で立ちつくした。息子を腕に抱き、暗い闇《やみ》を背に、命より大切な女を見つめる。

何もかもが変わった。もう陰のなかに身をひそめたり、洞穴に隠れたりしなくてもいい。つまはじきにされることもない。

「おまえからダンスの誘いを受けるとは思わなかったよ」かすれた声で答える。

そして、ドラゴン子爵は妻を追って光のなかへ歩きだした。

著者あとがき

もうお気づきでしょうが、レジーナが字を読めずにいたのは失読症《ディスレクシア》という学習障害が原因です。ディスレクシアの症状はさまざまですが、本書では最も一般的なものを取りあげました。調べてみたところ、この障害を持つ人でも、指で触れながら学習すれば、文字を覚えやすくなったりするようです。レジーナにも、この方法で文字を覚えさせました。

プリンセス・シャーロットに関する話は、すべて真実です。摂政皇太子は、娘シャーロットをオラニエ＝ナッサウ公家のヴィレムに嫁がせる心積もりでいました。しかしその後、本書の設定年である一八一四年の夏、シャーロットは別の男性と恋に落ちます。ザクセン＝コーブルク＝ザールフェルト家の公子レオポルトを見初め、ヴィレムとの婚約を解消したのです。一八一六年にはレオポルトと結婚したものの、悲しいことに、わずか数年後、出産により命を落としてしまいます。

マーカスの母レディ・ドレイカーは、摂政皇太子の愛人であった既婚の貴婦人ふたりをなんとなくモデルにしています。いずれも、レディ・ドレイカーのように残酷な人物ではありませんでしたが。一方のメルバーン子爵夫人は四年におよぶ愛人生活で、殿下とのあいだに息子ジョージ・ラムをもうけたとされています。

もう一方のハートフォード侯爵夫人は、実の夫に黙認されながら十二年にもわたって殿下と不倫を続けました。殿下は侯爵と友好的で、ウォリックシャーのハートフォード邸をしばしば訪問し、子息とも非常に親しい仲になっています。ただし、こちらは殿下がわずか十五歳のときに生まれているため、落《お》とし胤《だね》の可能性はまったくありません。

『つれなき美女』の表題を持つ詩のうちで最も有名なものはジョン・キーツの作品ですが、本書の設定年にはまだ書かれていません。とはいえ、キーツの詩の原案は、アラン・シャルティエの詩をチョーサーが翻訳したものです（摂政時代にはチョーサーのオリジナルだと思われていました）。そのため、本書でも『つれなき美女』を使うことができました。

〝黄金の眠りが、おまえのまぶたにキスをする。目覚めのときには、ほほえみが起こしてくれる〟という詩はビートルズのオリジナルではありません。トーマス・デッカーの詩で、イングランドでは広く知られた子守《こも》り唄《うた》です。実際、《アビー・ロード》のライナー・ノートにはデッカーの名が記されています。

サブリナ・ジェフリーズ

訳者あとがき

本作品は、型破りな登場人物が予想もつかないドラマを繰り広げる〈背徳の貴公子〉シリーズ第二作めにあたります。リージェンシー・ロマンスといえば、精神障害を起こしたイギリス国王ジョージ三世にかわり、息子のジョージ・オーガスタス・フレデリック（のちの国王ジョージ四世）が摂政皇太子《プリンス・リージェント》として政務に就いた時代の物語で、ロマンス小説ファンにも人気の高いジャンルです。そのジョージ殿下が大勢の愛人と浮名を流し、生まれた庶子たちのひとりが本作の主人公マーカス。子供のころから私生児のはずかしめを受け、母親の暴力により顔に傷まで負わされたマーカスは、放埒《ほうらつ》なジョージ殿下や底の浅い社交界を嫌悪しながら領地に引きこもっていました。しかし、かわいい妹をまともな相手と結婚させるには、社交界に送りださなくてはなりません。おまけに、妹に接近してきたのは、殿下の腰巾着《こしぎんちゃく》で野心家の公爵でした。人嫌いのマーカスも、社交の場に出て妹を守る必要に迫られます。

本作品に数多く描かれた社交の舞台のなかでも、頂点に位置するのが〈オールマックス〉でしょう。一七六五年に創設された〈オールマックス〉は、きわめて規定が厳しいことで有名な社交場でした。それこそ、集う人々にも超一流の地位や富、ファッション、そして作法を求めたのです。ここで水曜の晩だけ開催される舞踏会は、七人の上流婦人による運営委員が取り仕切っており、彼女たちの厳格な統制のもと、招待客に厳しい条件をつけていました。入場可能なのは、運営委員から入場資格証明書《バウチャー》を発行された人物か、しかるべき筋から紹介を受けた者にかぎられます。また、男性は、ぴったりした膝丈のブリーチズと白のクラバットを着用しなくてはなりません。前作で名前だけ登場したウェリントン公アーサー・ウェルズリーは、ワーテルローの戦いでナポレオンを破った陸軍元帥でイギリスの主席公爵ですが、これほどの大貴族でさえ、長ズボン姿で〈オールマックス〉に入場しようとして断られたという逸話が残っています。

凶暴なドラゴンだの鈍重な熊《くま》だのと揶揄《やゆ》され、むさくるしい格好で偽悪的な態度ばかりとっているマーカスは、社交界の神殿に足を踏み入れることができるのでしょうか。ヒロインとの恋模様に加えて、この点でも目が離せません。

二〇一〇年五月

富永佐知子

訳者　富永佐知子
東京藝術大学音楽学部楽理科卒業。主な訳書に、サブリナ・ジェフリーズ『黒の伯爵とワルツを』、キャサリン・コールター『南の島の花嫁』『湖畔の城の花嫁』『エデンの丘の花嫁』、サンドラ・ブラウン『過ぎ去った日は遠く』（以上、MIRA文庫）がある。

背徳の貴公子 II
竜の子爵と恋のたくらみ
2010年5月15日発行　第1刷

著　　者／サブリナ・ジェフリーズ
訳　　者／富永佐知子（とみなが　さちこ）
発 行 人／立山昭彦
発 行 所／株式会社 ハーレクイン
東京都千代田区外神田3-16-8
電話／03-5295-8091（営業）
03-5309-8260（読者サービス係）

印刷・製本／大日本印刷株式会社
装 幀 者／岩崎恵美

ISBN978-4-596-91415-6